Luiz Alfredo Garcia-Roza

Die Tote von Ipanema

Ein Fall für
Kommissar Espinosa

Aus dem brasilianischen Portugiesisch
von Karin von Schweder-Schreiner

Berliner Taschenbuch Verlag

*Gefördert durch das brasilianische Kulturministerium/
Fundação Biblioteca Nacional.
Obra publicada com o apoio do Ministério da Cultura do Brasil/
Fundação Biblioteca Nacional/Departamento Nacional do Livro.*

Deutsche Erstausgabe
Mai 2003
BvT Berliner Taschenbuch Verlags GmbH, Berlin,
ein Unternehmen der Verlagsgruppe Random House GmbH
Die Originalausgabe erschien 1998 unter dem Titel
Achados e perdidos
bei Companhia das Letras, São Paulo

Umschlaggestaltung: Nina Rothfos und Patrick Gabler, Hamburg,
unter Verwendung einer Fotografie von © Sigrid Reinichs, München
Gesetzt aus der Janson durch psb, Berlin
Druck und Bindung: Elsnerdruck, Berlin
Printed in Germany · ISBN 3-442-76166-2

Mein Dank gilt meinem Freund, dem Anwalt Marcio Donnici, der mich zu den Polizeiwachen von Rio de Janeiro und zum Gerichtsmedizinischen Institut begleitet und meine telefonischen Nachfragen zu kriminalistischen Themen geduldig ertragen hat.

1

Nicht die Flüche hatten den Jungen mitten in der Nacht geweckt, er war gewohnt, bei Lärm zu schlafen, sondern der Tritt gegen den Pappkarton, eine Kühlschrankverpackung, von irgendjemandem vor zwei Tagen auf den Bürgersteig geworfen, die ihm seitdem als Bett und Bleibe diente. Hoffentlich fiel niemand auf ihn. Er sagte keinen Mucks, blieb still liegen und horchte, sein Herz hämmerte, bis der Klang der Geräusche ihm die Gewissheit gab, dass er nicht von Vandalen attackiert wurde. Er steckte den Kopf hinaus und sah sich spähend um. Möglichst geräuschlos, eine Überlebensstrategie. Der Mann war betrunken aus dem Restaurant gekommen und versuchte, einer mit Goldschmuck behängten Frau beim Einsteigen in das Auto zu helfen, das gut zwei Meter vom Pappkarton entfernt stand. Genauer gesagt, war sie es, die ihm half. Der Mann, schon einiges an Jahren und Alkohol hinter sich, stolperte über die Beine der Frau und stürzte fast auf den Karton. Mit viel Mühe wuchtete er sich auf den Beifahrersitz, ließ jedoch ein Bein draußen zwischen Auto und Bordstein hängen und hatte anscheinend nicht die Absicht, es hineinzuziehen. Die Frau hatte sich ans Steuer gesetzt und wollte den Wagen starten, was sie aber nicht konnte, weil sich der Schlüssel in der Tasche des Mannes befand und der noch die Tür offen und das Bein draußen hatte. Der Junge verlor das Interesse an der Szene und wollte gerade den Kopf zurückziehen, da sah er die Brieftasche, die in oder vielmehr fast außerhalb der Gesäßtasche des Mannes griffbereit kippelte. Er verharrte in seiner Beobachtungsposition und wartete ab. Der Mann versuchte vergeblich, sein Bein ins Auto zu ziehen, der Schuh klemmte zwischen dem Wagen und dem Bordstein. Bei jeder Bewegung, mit der er sich zu befreien versuchte, wackelte die Brieftasche, sein Körper wankte gefährlich und er drohte auf den Bürgersteig zu stürzen, während er ächzend den Schlüssel aus der Tasche ziehen wollte. Da er ihn in der linken Tasche nicht fand, suchte er in der rechten, und bei dieser Pendelbewegung seines Oberkörpers fiel die Brieftasche geräuschlos zwischen Auto und Bürgersteig. Endlich war der Schlüssel gefunden, der Parkboy kam helfen, das Bein wurde ins Auto gesetzt, die Tür aber nicht gleich geschlossen, denn der Mann hatte noch Schlagseite nach draußen. Der Parkboy fasste ihn behutsam an der Schulter und drückte ihn hinein, bis es ihm mit einiger Kraftanstrengung gelang, die Tür zu schließen. Der Junge dachte, wenn der Mann nach Geld suchte, um dem Parkboy etwas zu geben, würde er merken, dass seine Brieftasche weg war, doch noch bevor die Frau den Motor angelassen hatte, sackte ihm das Kinn auf die Brust, er murmelte zusammenhangloses Zeug und besabberte sein Hemd. Der Wagen fuhr ruckelnd an, der Parkboy blieb mit leeren Händen zurück. Der Junge wartete, bis der Parkboy sich entfernt hatte, vergewisserte sich, dass kein Fußgänger nahte, und kroch wie eine Schlange aus dem Karton. Er hätte die zwei oder drei Meter bis zum Bordstein ohne weiteres normal gehen können, doch aus den Fernsehfilmen, die er im Schaufenster von Elektrogeschäften gesehen hatte, wusste er, dass Spezialkommandos beim Einsatz robben. Er griff nach der Brieftasche, schob sie sich unters Hemd und kroch zurück. Trotz der Dunkelheit reichte das Licht im Karton aus, um den Inhalt des Beutestücks zu untersuchen. Er zählte das Geld. Drei Fünfzigerscheine, fünf oder sechs Zehner (das war nicht genau festzustellen), ein Fünferschein und zwei oder drei Einer. In den anderen Fächern steckten Kreditkarten, ein Scheckheft und ein Plastikausweis, auf dem er mit einiger Mühe die roten Buchstaben des Wortes

POLIZEI entzifferte. Vor Überraschung erstarrte er sekundenlang. Im ersten Moment wollte er alles sofort wieder wegwerfen. Bis auf das Geld. Er war ja nicht so verrückt, mit einem Polizeiausweis in der Tasche herumzulaufen, aber auch nicht so blöd, Geld wegzuwerfen.

Trotz der späten Stunde war die Straße belebt. Wenn er die Brieftasche wegwarf, würde sie nicht lange unbemerkt liegen bleiben. Er wartete einen geeigneten Moment ab, kroch aus seinem Karton und legte die Brieftasche so hin, dass er beobachten konnte, wer sie aufhob. Leute, die aus den Bars und Restaurants an der Avenida Atlântica kamen, Liebespärchen, kleinere Gruppen von Halbwüchsigen, alle gingen achtlos daran vorbei. Wahrscheinlich, weil jener Teil des Bürgersteigs im Dunkeln liegt, dachte der Junge. Also kroch er wieder aus dem Karton und beförderte die Brieftasche mit einem kurzen Fußtritt an eine hellere Stelle. Dann kehrte er in den Karton zurück.

Als er den Mann kommen sah, stand für ihn sofort fest: Der wird sie aufheben. Der Mann ging und schaute absichtlich desinteressiert, aber tatsächlich hatte er die Brieftasche viel früher gesehen, als jeder andere Passant sie entdeckt hätte. Er beschleunigte sein Tempo, blickte sich nach allen Seiten um, bückte sich behände und elegant, ergriff die Brieftasche und steckte sie ein, ohne sie näher anzusehen.

Das gefiel dem Jungen nicht. Schließlich gehörte die Brieftasche auch ein bisschen ihm, er hatte sie auf den Bürgersteig geworfen, und dass gerade dieser Mann sie gefunden hatte, passte ihm nicht. Er kroch aus dem Karton und folgte ihm in einigem Abstand. Der Mann ging in Richtung Avenida Atlântica, von wo er zuvor gekommen war, bog um die Ecke und setzte sich auf eine Betonbank. Während er so tat, als schnürte er sich einen Schuh zu, sah er sich nach allen Seiten um. Nachdem er sich vergewissert hatte, dass er nicht beobachtet wurde, zog er die Brieftasche heraus, schaute sich wieder um, breitete den Inhalt auf der Bank aus und sah sich der Reihe nach alles an. Erst betrachtete er sorgfältig das Scheckheft und die Kreditkarten, dann griff er nach dem Polizeiausweis. Er wendete ihn lange hin und her, schließlich steckte er ihn ins eigene Portemonnaie. Das Scheckheft und die Kreditkarten steckte er in die Hosentasche. Nachdem er sämtliche Fächer mit einem Finger durchsucht hatte, warf er die Brieftasche unter die Bank, stand auf und ging weiter. Nun wirkte sein Schritt verändert.

Eine Frau war mit ihm zusammen gewesen, aber er konnte sich nicht mehr erinnern, wo sie abgeblieben war. In Unterhose, Hemd vom Abend zuvor und Socken, aber ohne Schuhe, lag er auf seinem eigenen Bett. Wie er dahin gekommen war und wer ihm Hosen und Schuhe ausgezogen hatte, wusste er nicht. Möglich, dass er allein gekommen war, sich ausgezogen hatte, auf das Bett gelegt und augenblicklich eingeschlafen war. Aber das Auto? Er konnte sich nicht erinnern, selbst nach Hause gefahren zu sein, so wie er sich auch nicht an die Frau erinnerte, es war nicht das erste Mal, dass ihm so etwas passierte. Schnapsnarkose nannte man das. Im Prinzip hatte er nichts dagegen, bis auf die Tatsache, dass die schönsten Augenblicke ausgelöscht wurden. Er konnte sich nicht an die Frau erinnern, an das, was passiert war … kurzum, an den schönen Teil. Genauso wenig wusste er, wie er nach Hause gekommen war. Ein Fremder konnte ihn nicht gebracht haben, in seiner Brieftasche gab es keinen Hinweis auf seine Anschrift. Die Brieftasche. Er sah sich um und entdeckte die zusammengeknüllte Hose vor dem Bett; als er sich hinunterbeugte, um nach ihr zu greifen, war ihm, als wäre der Kopf für den Hals zu schwer, er sah alles etwas verschwommen, und nur unter großer Anstrengung gelang es ihm, nach der Hose zu angeln. Er sah in den Taschen nach, keine Brieftasche. Er setzte sich auf die Bettkante, im Kopf hämmerte es unerträglich, er ließ den Blick über die Kommode, den Nachttisch, den Fußboden, die Stühle schweifen, keine Spur von der Brieftasche. Er versuchte aufzustehen, was nur ging, indem er sich den Kopf mit beiden Händen festhielt, und als er etwas brummelte, merkte er, dass ihm die Zunge am Gaumen klebte. Mühselig schleppte er sich ins Wohnzimmer, nur wenige Schritte vom Bett entfernt. Was er dort zu finden hoffte, wusste er nicht. Jedenfalls fand er nichts; oder vielmehr nichts Besonderes. Er kehrte ins Schlafzimmer zurück und durchquerte den Raum in Richtung Badezimmer. Der Versuch, ins Toilettenbecken zu urinieren, misslang gründlich. Er betrachtete sich im Spiegel über dem Waschbecken und strich sich mit dem Finger über das zerknitterte Gesicht; sein Anblick erschreckte ihn nicht mehr. Er zog sich aus und trat in die Duschkabine. Das kalte Wasser linderte die Kopfschmerzen nicht, fügte nur zu seinem allgemeinen Befinden einen kleinen Kälteschock hinzu. Noch hatte er sein Gleichgewicht nicht so weit wieder gefunden, dass er sich im Stehen abtrocknen konnte. Sich mit einer Hand an der Wand abstützend, in der anderen das Handtuch über den Boden schleifend, ging er zum Bett, legte sich hin und wartete regungslos darauf, dass der Kopf, der scheinbar im Badezimmer geblieben war, den Körper einholte. Er blieb so lange liegen, bis er vollkommen trocken war, ohne das Handtuch benutzen zu müssen. Er war sich ziemlich sicher, dass es Samstag war, vielleicht auch Sonntag, aber mit Sicherheit kein Wochentag. Nach langem Zögern ging er zur Tür und holte die Zeitung. Es war Samstag. Die Uhr im Wohnzimmer stand auf zwanzig nach zwölf. Dass es Mittag war und nicht Mitternacht, wusste er dank des unerträglich grellen Lichts, das ins Fenster fiel. Die Uhrzeiger bewegten sich ein ganzes Stück, bis er entschieden hatte, ob er zu Mittag essen oder frühstücken gehen sollte; Letzteres schien ihm vernünftiger. Beim Anziehen vermisste er seinen Gürtel. Er befand sich weder in der Hose, noch war er woanders zu entdecken. Vielleicht war er in einem Stundenhotel gewesen; wo sonst hätte er seinen Gürtel liegen lassen sollen? Er nahm einen anderen aus dem Schrank, zog sich fertig an, steckte das Geld ein, das er immer für einen Notfall im Haus hatte, und dies war ein Notfall, vergewisserte sich, dass er den Wohnungsschlüssel bei sich hatte, zog die Tür zu, und erst als er hinausging, fiel ihm auf, dass auch der Autoschlüssel verschwunden war.

Während er im Café an der Ecke im Stehen frühstückte, versuchte er zu rekonstruieren, was in der vergangenen Nacht geschehen war, doch brachte er nicht mehr als ein vages Bild von Magali und dem Restaurant zu Stande. Das Bild war zwar nicht deutlich, doch er glaubte, dass es nur Magali gewesen sein konnte. Diese Vermutung musste er zur Gewissheit machen, die Brieftasche konnte bei ihr sein, auch wenn ihm beim besten Willen kein Grund dafür einfiel. Abgesehen vom Geld, dem Scheckheft und dem Polizeiausweis ging es um die Kreditkarten, und die musste er, falls die Brieftasche nicht bei Magali war, so schnell wie möglich sperren lassen. Einigermaßen klar konnte er das jedoch erst nach der zweiten Tasse Kaffee, einem Käsesandwich und zwei Kopfschmerztabletten denken. Er musste nach Hause gehen und telefonieren. Er hoffte inständig, die Frau sei Magali gewesen. Wieder in der Wohnung, suchte er, bevor er sie anrief, noch einmal vergeblich alles ab. Bei Magali ließ er es fünfzehn- bis zwanzigmal klingeln. Dann legte er auf und wählte eine Nummer, unter der man den Verlust seiner Kreditkarten melden konnte, in der Hoffnung, es habe noch niemand einen Kühlschrank oder Farbfernseher damit gekauft oder seine Garderobe für die nächste Saison erneuert. Dann wählte er wieder Magalis Nummer. Niemand nahm ab. Da kam ihm die Idee, die Brieftasche im Auto zu suchen. Womöglich hatte er die Kreditkarten voreilig sperren lassen. Was, wenn die Brieftasche im Auto auf den Boden gefallen war? Er wusste nicht mehr, wo er den Wagen geparkt hatte, konnte sich nicht einmal erinnern, ob er im Wagen nach Hause gekommen war. Er sah aus dem Fenster. Die Straße war schmal und machte gleich hinter seinem Haus eine Biegung. Das Auto war nicht zu sehen, vielleicht stand es hinter der Kurve oder in der nächsten Straße. In dieser Gegend fand man nicht so leicht einen Parkplatz, und sein Gebäude besaß keine Tiefgarage. Er ging hinunter, lief die Straße ab, ging einmal um den ganzen Block, sah in den Nachbarstraßen nach. Von seinem Auto keine Spur. Er durfte nicht vergessen, der Bank den Verlust seines Scheckhefts mitzuteilen, es musste noch etwa halb voll sein, so um die zehn Schecks, außerdem die Kreditkarten, das Auto … das Hämmern im Kopf ging wieder los. Er kehrte in die Wohnung zurück und nahm noch eine Tablette. Ihm blieb nichts anderes übrig, als mit der Schadensbilanz bis zum Montagmorgen zu warten. Er bestellte per Telefon eine Pizza, kam aber nicht dazu, sie zu essen – als der Bote klingelte, lag er in tiefem Schlaf.

Er wachte am frühen Abend auf, benommen vom vielen Schlafen, doch ohne Kopfschmerzen. Seine Wohnung lag an der Grenze zwischen Copacabana und Ipanema, und Magali wohnte am anderen Ende des Viertels, in der Nähe vom Tunel Novo, dem Übergang von Copacabana nach Botafogo, aber er war entschlossen, sie aufzusuchen, um zu erfahren, was passiert war. Dass sie das Telefon nicht abnahm, ließ vermuten, dass es ihr genauso schlecht ging wie ihm oder noch schlechter. Immerhin bestand die vage Chance, dass sie die Brieftasche bei sich hatte.

Vom Schaukeln des Taxis drehte sich ihm der Magen; ein Käsesandwich war zu wenig als Ersatz fürs Mittagessen. Während der Fahrt durch Copacabana dachte er zum hundertsten

Mal daran, mit dem Trinken aufzuhören. Essen, trinken, vögeln, die drei schönsten Sachen im Leben, allerdings nicht unbedingt in dieser Reihenfolge, sagte er immer. Wenn er die eine aufgab, blieben zwei übrig, wobei die Tage einer davon vermutlich gezählt waren. Da alle älteren Menschen Diät halten mussten, fragte er sich, welchen Sinn es hatte, weiterzuleben. Sofern man das, was dann noch blieb, überhaupt Leben nennen konnte.

Kaum hatte das Taxi vor Magalis Haus angehalten, erlebte er die erste angenehme Überraschung des Tages: Wenige Meter weiter stand sein Auto. Unversehrt. Voller Zuversicht, seine Brieftasche mit dem Scheckheft, den Kreditkarten und Ausweisen wieder zu finden, stieg er in den Aufzug. Es war ein altes Hochhaus mit Einzimmerapartments, insgesamt fast zweihundert, in ziemlich schlechtem Zustand. Wenigstens funktionierten die Fahrstühle ordentlich. Er klingelte an Magalis Apartment, bis die Nachbarn sich beschwerten. Fuhr wieder hinunter und fragte den Portier. Nein, die Bewohnerin von Nr. 918 hatte er seit dem Vortag nicht gesehen, auch nicht, als sie nachts nach Hause kam, der Nachtportier war ein anderer, dessen Schicht fing erst abends um zehn an, und jetzt war es noch keine acht Uhr. Er ließ sich einen Zettel geben, schrieb seinen Namen und seine Telefonnummer darauf.

»Hier, geben Sie das dem Nachtportier. Sobald sie nach Hause kommt, soll sie mich anrufen, egal, wie spät es ist.« Er unterstrich seine Worte mit einem Zehnerschein. Obwohl sein Auto vor der Tür stand, musste er im Taxi zurückfahren.

Er aß in einer Pizzeria in der Nähe seiner Wohnung, derselben, deren Bote die mittags bestellte Pizza nicht hatte ausliefern können. Er wollte beide bezahlen, doch der Geschäftsführer lehnte ab, sie kannten sich seit der Eröffnung. Vor zehn Uhr war er wieder zu Hause, genau zu dem Zeitpunkt, als im Fernsehen ein Krimi anfing, den er schon mehrmals gesehen hatte, aber es machte ihm nichts aus, ihn noch einmal zu sehen. Fernsehen war eins der wenigen Dinge, bei denen die Leistungsfähigkeit seines Körpers nicht auf die Probe gestellt wurde. Der Film war fast zu Ende, da klingelte das Telefon. Er nahm sofort ab, in der Annahme, es sei Magali.

»Hallo?«

»Vieira?« Eine Männerstimme.

»Ja.«

»Hier ist Espinosa.«

Er brauchte zwei Sekunden, um sich vom Gedanken an Magali und vom Film zu lösen und auf das Telefongespräch einzustellen.

»Espinosa?«

»Ja.«

»Espinosa! Mein Gott, wir haben uns ja ewig nicht gesprochen! Wie geht es dir, mein Lieber?«

»Danke, gut. Und dir, alter Kumpel?«

»Nie so gut wie dir, aber es geht so. Wo bist du jetzt?«

»Nach der Ernennung zum Kommissar haben sie mich ins 12. versetzt, ganz in der Nähe von meiner Wohnung, ich kann zu Fuß gehen.«

»Das hast du verdient. Aber was kann ich für dich tun, mein Guter?«

»Vieira, bist du mit einem Mädchen namens Magali befreundet?«

»Ja, oder zumindest war ich das bis gestern. Ich weiß nicht, ob sie was mit mir angestellt hat oder ich mit ihr. Das habe ich noch nicht rausgekriegt. Warum? Gibt es ein Problem mit ihr?«

»Mehr als das. Kannst du zu ihrer Wohnung kommen?«

»Jetzt?«

»Ja, jetzt.«

»Verdammt, Espinosa, was ist los?«

»Darüber sprechen wir besser persönlich.«

Er beschloss, dem Mann zu folgen, um zu sehen, wo er wohnte. Die Uhr an der Ecke stand auf sechs Minuten nach zwei, das Thermometer zeigte fünfundzwanzig Grad. Der Mann bog aus der Avenida Atlântica wieder in die Rua Santa Clara ein, er ging ziemlich schnell, eine Hand in der Tasche, wahrscheinlich liebkoste er seinen Fund. Der Junge folgte ihm in vorsichtigem Abstand. Er brauchte nicht weit zu gehen, an der nächsten Ecke wandte der Mann sich nach rechts in die Avenida Nossa Senhora de Copacabana und betrat ein Haus, in dessen Erdgeschoss sich eine Passage mit Café und verschiedenen kleinen Geschäften befand, zu dieser nächtlichen Stunde alle geschlossen. Der Eingang des Gebäudes, in eine Ecke nah der Wand zum Nachbarhaus gezwängt, war vergittert. Der Mann schloss sich selbst die Tür auf, offenbar hatte das Gebäude keinen Nachtportier. Der Junge ging auf die andere Straßenseite, schaute nach oben und wartete darauf, dass in irgendeinem Stockwerk ein Licht anging. Es tat sich nichts. Wenigstens wusste er nun, wo der Mann wohnte und dass sein Apartment nicht zur Straße hin lag. Er kehrte zu seinem Pappkarton zurück.

Es war nicht ratsam, dort zu bleiben, die Leute konnten zurückkommen, Nachforschungen anstellen und schließlich auf ihn stoßen. Er musste so schnell wie möglich weg. Weit weg brauchte er nicht umzuziehen, nicht einmal in ein anderes Viertel, ein neuer Platz genügte schon. Die Leute konnten die Straßenjungen nicht auseinander halten, das wusste er. Er vergewisserte sich, dass das Geld in der Tasche der Badehose unter den Shorts in Sicherheit war, ergriff seine Plane, die er zum Schlafen immer über Zeitungen breitete, sah den Karton noch einmal an und verabschiedete sich von Bett und Bleibe.

Er schlenderte die Avenida Atlântica Richtung Leme entlang bis zur Rua Fernando Mendes, einer kleinen Straße in der Nähe des Hotels *Copacabana Palace*, mit alten Häusern, breiten

Eingängen und großzügigen Markisen, da konnte man gut schlafen. Das italienische Lokal, bis spät geöffnet, bot eine Lösung für den nächtlichen Hunger. Als er kleiner war, hatte er sich oft dort aufgehalten. Er hatte bei den Autos vor dem Lokal gewartet, bis eine größere Gruppe von Gästen erschien, und dann die Tatsache, dass bei ihrem Eintreffen die Tür eine Weile offen stand, benutzt, um die Besitzer und Kellner zu überlisten und sich zwischen den Beinen der Gäste hindurchzuschlängeln. Sobald er sich im Restaurant befand, schlich er fast kriechend zum größten Tisch und bettelte um Essen. Fast immer erhielt er, bevor man ihn hinauswarf, Brötchen, Oliven, Salami, und wenn es etwas länger dauerte, bis sie ihn vertrieben, ergatterte er manchmal sogar ein Stück Fleisch oder einen Nachtisch. Als er etwas größer wurde, änderte er seine Strategie und handelte mit dem Besitzer einen Teller Essen am späten Abend dafür aus, dass er nicht versuchen würde, in das Lokal hineinzukommen, und auch seine Freunde daran hinderte, was nicht schwierig war – er hatte keine Freunde. Nun war er wieder hier. Ein Ort, an dem er sich auskannte. Er versteckte die Wäsche zum Wechseln, die er mitgebracht hatte, und vergewisserte sich noch einmal, dass das Geld unter den Shorts in Sicherheit war.

Die Wohnung bestand aus einem einzigen Zimmer mit Kochnische und einem Badezimmer, dessen ganzen Luxus eine Duschkabine mit Aluminiumrahmen darstellte. In dem Zimmer befand sich außer dem Einbauschrank eine alte Kommode aus Perobaholz mit einer rosa Marmorplatte und einem kleinen geschliffenen Spiegel, auf der Marmorplatte eine Unmenge von Flakons, Tiegeln, Schachteln, und in den Spiegelrahmen geklemmt eine Pfauenfeder; in einer Ecke neben dem Fenster ein Kleiderständer mit Handtaschen, Hüten, Ketten und bunten Tüchern und ein kleiner Ohrensessel, der einen neuen Bezug gebrauchen konnte; an der Wand zwei Drucke von Bildern berühmter Maler; unter dem Fenster ein Klapptisch mit zwei Stühlen. Doch den größten Teil des Raumes nahm ein breites schmiedeeisernes Bett ein, und darauf lag, bis auf eine Plastiktüte über dem Kopf vollkommen nackt, Magali. Ihre Arme waren mit Wäschestücken ans Kopfende des Bettes gebunden (die Schubladen der Kommode standen offen und waren durchwühlt), die Beine mit einem langen Seidenschal gefesselt und der Schal wiederum mit einem Lederriemen am Fußende des Bettes befestigt.

Der Mann blickte von der Türschwelle fassungslos auf das Bett, dann auf Espinosa, wieder auf das Bett, noch einmal auf Espinosa, erst dann hörte er die Frage:

»Ist das deine Freundin?«

Espinosa musste die Frage wiederholen, dabei trat er näher an seinen ehemaligen Kollegen heran und fasste ihn am Arm.

»Ist das deine Freundin, Vieira?«

»Verdammt, Espinosa, ja, natürlich ... das wusstest du doch schon, als du mich am Telefon gefragt hast. Welches Schwein hat das getan?«

»Das wissen wir nicht. Der Nachtportier war weggegangen, als sie gestern Nacht nach Hause kam, die Hausbewohner haben alle einen Schlüssel für den Eingang. Die Nachbarn haben nichts Ungewöhnliches bemerkt, niemand hat Schreie oder Kampfgeräusche gehört. Sie hat auch keine Spuren am Körper. Es sieht so aus, als habe sie sich widerstandslos fesseln lassen, und der Plastikbeutel muss ihr so schnell übergestülpt worden sein, dass ihr keine Zeit zum Schreien blieb. Die Leiche wurde vor einer knappen Stunde von einer Freundin entdeckt, sie hat einen Schlüssel zur Wohnung und hatte sich gewundert, dass sie den ganzen Tag nicht ans Telefon ging, obwohl sie sich zum Mittagessen verabredet hatten. Niemand hat irgendetwas angefasst. Der Portier sagte, du hättest nach ihr gefragt und eine

Nachricht hinterlassen und dein Auto stehe praktisch vor dem Haus. Es sei nicht abgeschlossen.«

Espinosa sprach so, als erstattete er Bericht. Das war nicht seine Art, und schon gar nicht, wenn es sich um jemanden handelte, den er mochte. Er hatte dabei sein wollen, wenn Vieira den Schauplatz des Verbrechens betrat und mit den wenigen bis dahin ermittelten Details konfrontiert wurde. Außer ihnen beiden befand sich niemand in der Wohnung.

»Entschuldige, Vieira, ich hätte dich vorwarnen können, aber ich wusste ja nur, dass ihr gestern Abend zusammen ausgegangen seid. Die Spurensicherung ist noch nicht da. Ich weiß nicht, ob sie betäubt worden ist, bevor sie umgebracht wurde, aber ich habe das hier in deinem Auto gefunden.« Er zeigte ihm einen kleinen Plastikdeckel. »Das ist der Deckel von einem lähmenden Sprühgas, das zusammen mit dem Autoschlüssel auf dem Nachttisch lag.«

»Was denkst du eigentlich? Dass ich diese sinnlose Tat begangen habe?« In der Stimme des Expolizisten lagen Schmerz und Empörung. »Espinosa, ich bin ein alter Mann ... und ich bin nicht reich, dieses Mädchen war eine der wenigen Freuden, die ich noch hatte.«

Espinosa kannte Vieira seit ein paar Jahren. Er hatte lange genug mit ihm in einem Kommissariat zusammengearbeitet, um zu wissen, dass er nie brutal gewesen war. Er hatte eine grobe Art, fluchte viel, fühlte sich ausgesprochen wohl im Umgang mit sozialen Außenseitern aller Couleur, war aber nie ein Befürworter physischer Gewalt gewesen und hatte sich nicht bestechen lassen. Espinosa konnte sich nicht vorstellen, dass er so ein Verbrechen begangen hatte.

»Kennst du ihre Freunde? Hast du eine Idee, wer das getan haben könnte?«

»Magali beziehungsweise Lucimar war eine Nutte, das kann weiß der Himmel wer gewesen sein. Sie meinte, sie sei mir etwas schuldig. Vor gut zwei Jahren, als ich noch im Dienst war, habe ich einen brutalen Zuhälter verjagt, der ihr das Geld abnahm, und sie hat sich dafür revanchiert. Wir hatten uns richtig gern. Das hier, das hat ein Perverser getan, damit habe ich nichts zu tun.«

»Das habe ich auch nicht geglaubt, aber ich musste mit dir sprechen.« Nach einer kurzen Pause, zu kurz, um das Unbehagen ganz zu beseitigen, fragte Espinosa: »Wo warst du gestern Abend und wann bist du nach Hause gegangen? Ich brauche diese Angaben.«

»Ich weiß. Und das ist die Scheiße, ich habe keine Ahnung, wo ich war und was ich getan habe, ich weiß nur, dass ich mit Magali ausgegangen bin. Ich muss zu viel getrunken haben. Aufgewacht bin ich heute Mittag gegen zwölf in meinem Bett, noch angezogen wie am Abend. Oder fast anzogen, nur ohne Hosen, und meine Brieftasche mit Geld und Ausweisen war weg. Ich habe so eine vage Vorstellung, dass wir in einem bestimmten Restaurant in Copacabana waren, aber da wir oft dahin gehen, kann es sein, dass ich die Bilder von verschiedenen Tagen durcheinander bringe. Aber das lässt sich leicht feststellen. Das Sprühgas habe ich ihr geschenkt. Keine Ahnung, wie es in mein Auto gekommen ist. Im Übrigen weiß ich auch nicht, wie mein Auto hierher gekommen ist. Vermutlich hat sie mich nach Hause gebracht und ist dann hierher weitergefahren. Das hat sie schon häufiger gemacht. Sie war eine gute Fahrerin und hat sich nie betrunken. So konnte ich trinken.«

Vieira starrte ein paar Sekunden schweigend auf das Bett, sein Gesicht war schmerzverzerrt.

»Und da ist noch was, Espinosa, der Gürtel, mit dem ihre Beine festgebunden sind, gehört mir, ich habe ihn gestern Abend getragen.«

Es war schon nach zwei Uhr, als sie das Gebäude verließen und zur Vernehmung aufs Revier fuhren. Vieira war hellwach, und alle äußeren Anzeichen wiesen darauf hin, dass er es bleiben würde, bis es ihm gelang, die düsteren Schatten der vergangenen Nacht zu vertreiben. Er wusste, dass er formal zum Kreis der Verdächtigen zählte. Oder vielmehr, dass er allem Anschein nach der einzige war. Aber nicht das beunruhigte ihn, sondern der Umstand, dass er sich an absolut nichts erinnern konnte. Was, wenn er in einem Anfall von Umnachtung Magali umgebracht hatte? Selbst wenn er diese, für ihn absurde, Möglichkeit in Erwägung zog, wusste er, dass er sie nicht auf diese Weise umgebracht hätte, er hätte sie mit Leidenschaft getötet. Hätte er ein Motiv gehabt, Magali zu töten – auch wenn ihm kein einziges einfiel –, konnte er es sich nur so vorstellen, dass er die Wohnung betreten und sofort mehrmals auf sie geschossen hätte, so dass sie auf keinen Fall gelitten hätte. Einen Menschen mit einer Plastiktüte zu ersticken, ist zwar sauber und geräuschlos, aber krank. Was hatte das Schwein gemacht, nachdem es ihr die Plastiktüte über den Kopf gezogen hatte? Sich in den Sessel gesetzt und zugesehen, wie sie zappelte, bis sie blau anlief? Als er sich auf dem Weg zur Wache die Szene vorstellte, überlief ihn bei der Erinnerung an den Kontakt seines Armes mit dem billigen Brokatbezug von Magalis Sessel ein leichtes Schaudern. Dutzende Male hatte er dort gesessen, während sie sich zum Ausgehen fertig machte oder ihm ein neues Kleid vorführte. Doch dass er sich nicht zu dieser letzten Szene in den Sessel gesetzt hatte, dessen war er sich sicher.

Worauf er überhaupt keine Antwort fand, war die Frage, wie der Gürtel, den er am Abend zuvor getragen hatte, an Magalis Beine gekommen war. Für alles konnte er sich eine plausible Erklärung vorstellen, aber dafür nicht.

Seine Vernehmung auf der Polizeiwache verlief bürokratisch.

Die nächtliche Temperatur war angenehm, bald würde es hell werden. Er war müde, niedergeschlagen, traurig über den Tod seiner Geliebten und Freundin, erschrocken über sich selbst. Den Wagen hatte er für die Spurensicherung stehen lassen. Er beschloss, zu Fuß nach Hause zu gehen. Auf dem drei oder vier Kilometer langen Weg konnte ihm eine Erinnerung kommen, und wenn er am Strand entlangging, fand er vielleicht einen rund um die Uhr geöffneten Kiosk, an dem er ein Sandwich essen konnte. Er aß einen Hotdog und trank Kokoswasser, keine gute Mischung. Ohne jede brauchbare Erinnerung, den Kopf voll wirrer Gedanken, kam er zu Hause an. Er setzte sich auf das Bett, ihm war nach Weinen zu Mute.

Verängstigt schlief er ein. Es wäre besser gewesen, er hätte die Brieftasche nicht aufgehoben. Am besten eigentlich, er hätte gar nicht gesehen, wie sie dem Mann aus der Tasche gerutscht war. Von dem Geld konnte er sich viele Tage etwas zu essen kaufen, aber dass es aus der Brieftasche eines Bullen stammte, gefiel ihm überhaupt nicht, das gab garantiert noch Schwierigkeiten. Wenn die wollten, kriegten sie alles raus. Der Mann brauchte sich nur zu erinnern, dass er in dem Restaurant gewesen war, den Kellner, den Portier, den Parkboy fragen, und der würde sich daran erinnern, wo er den Wagen abgestellt hatte, nämlich vor einem Pappkarton, in dem ein Straßenjunge schlief. Wenn irgendjemand Schuld hatte, dann er.

Er hatte Angst vor der Polizei und vor dem Dieb. Mehr vor der Polizei oder denen, die die Dreckarbeit für sie erledigten. Seiner Meinung nach würde es wenig nützen, bei den anderen Straßenjungen Schutz zu suchen. Wenn sie einen beseitigen wollten, beseitigten sie alle. Straßenjungen waren alle gleich. Und auch wenn die Polizei nicht hinter ihm her war, bestand immer noch die Gefahr, dass ein Stadtstreicher herausbekam, dass er dieses viele Geld bei sich hatte. Bettler und Stadtstreicher waren ihm noch verhasster als die Polizei. Es war für ihn sicherer, wenn er jede Nacht woanders schlief. Den Stadtteil wollte er nicht wechseln, das hier war sein Terrain, er kannte jeden Winkel, wusste, wo er sich vor Regen und Kälte schützen konnte, wo er Essen und Kleidung bekam, wie er etwas Geld ergattern, wo er duschen und seine Notdurft verrichten konnte. Copacabana war sein Arbeitsplatz, da verbrachte er mehr Zeit auf der Straße als bei sich zu Hause, weit draußen in einem Vorort, wohin er einmal im Monat fuhr und das Geld abgab, das er – nicht immer auf ehrliche Weise – auf seinen Streifzügen durch das Viertel eingenommen hatte. Er nahm sich vor, für ein paar Tage aus der näheren Umgebung der Avenida Atlântica zu verschwinden, eine Woche würde genügen, kein Mensch suchte länger als eine Woche nach seiner Brieftasche.

Er fand einen geschützten Platz hinter einem Zeitungskiosk. Wer im Auto vorüberfuhr, konnte ihn dort nicht sehen. Er schlief nicht gern ohne Menschen in der Nähe, dann hatte er immer das Gefühl, er sei ausgeliefert und habe kaum eine Chance, einer Attacke von Vandalen zu entgehen, aber für ein paar Tage musste er allein zurechtkommen. Die Nacht war ziemlich warm. Er richtete sich unter der Markise ein, zog aus der Tasche seiner Shorts ein Brötchen, in Papier vom Bäcker eingewickelt, und aß es langsam.

Noch bevor es hell wurde, wachte er auf, er hatte nur gut drei Stunden geschlafen. Er rieb sich die Augen, urinierte am Mittelstreifen, tastete die Hose ab, um sich zu vergewissern, dass das Geld noch da war, und sah sich um, ob jemand in der Nähe war. Unweit der Stelle, wo er geschlafen hatte, hob er mit einem Draht die Metallabdeckung von einem Stromkasten, der etwa fünfzig Zentimeter breit war und ebenso tief, und holte ein paar Kleidungsstücke heraus, die er dort in der Nacht versteckt hatte, Shorts, T-Shirt, Turnschuhe, stopfte alles in eine Plastiktüte und legte den Deckel wieder zurück. Den Draht legte er in einen anderen, kleineren Kasten wenige Meter weiter. Wenn er für ein paar Tage woandershin ging, war es besser, Wäsche zum Wechseln mitzunehmen.

Noch war es zu früh für einen Versuch, etwas zum Frühstück aufzutreiben. Er kehrte unter die Markise zurück. In ungefähr zwei Stunden würde sich der Bürgersteig beleben. Er legte den Kopf auf die Plastiktüte und dachte an den Mann, der in der Nacht betrunken aus dem Restaurant gekommen war. Mit offenen Augen lag er da, bis der Tag anbrach und die Straße ihre üblichen morgendlichen Passanten empfing.

Es war Samstag, und gleich am frühen Morgen gingen die ersten Leute auf dem Weg zum Strand vorbei. Als Erste kamen die Bewohner der Vorstädte (und gingen als Letzte); sie kosteten die Zeit bis zur letzten Minute aus, denn sie konnten nur am Wochenende an den Strand gehen, und nicht immer spielte das Wetter mit.

Als die Straße belebter wurde, machte er sich auf den Weg zu einem Stehcafé. Frühstücken war kein Problem. In Copacabana ist es üblich, dass die Menschen im Café oder der Bäckerei gleich um die Ecke frühstücken. Er brauchte nur den richtigen Moment abzupassen, sich zwischen zwei Leute zu drängen und ein Brötchen und Milchkaffee zu bestellen. Das Geld, das er in den Shorts versteckt hatte, reichte für viele Brötchen und Milchkaffees, aber warum sollte er selbst bezahlen, wenn andere für ihn bezahlen konnten. Seine Methode hieß essen, wenn sich die Möglichkeit bot.

Er trank nicht täglich, aber wenn er trank, kannte er keine Grenzen. In betrunkenem Zustand wurde er euphorisch, er redete, erzählte Witze, lachte, sang, aber niemals wurde er unangenehm oder gewalttätig. Allenfalls lästig. Und weil er das wusste, leistete er sich solche gelegentlichen Exzesse. Aber er war kein Alkoholiker. Magali war in den letzten beiden Jahren seine Gefährtin und Beschützerin gewesen. Er hatte sie gern. Sie war liebevoll, passte auf sein Geld auf, bewahrte ihn vor Schmarotzern und brachte ihn immer nach Hause. Wenn sie abends essen gingen, war sie nicht die Nutte Magali, sondern Lucimar. Warum hätte er sie umbringen sollen? Sie hatten sich unzählige Male gestritten, aber so lautstark es dabei auch zuging, niemals waren sie am Ende ernsthaft verkracht. Die größte Meinungsverschiedenheit, die sie je gehabt hatten, war entstanden, als sie auf die Idee kam, ihm Geld zu geben. »Verdammt, Magali, genau deswegen habe ich dich von dem Luden befreit, und jetzt willst du mir Geld geben?« Magali war vor lauter Rührung in Tränen ausgebrochen. »Magali war keine, die man umbringt, die musste man pflegen wie eine Pflanze, damit sie immer schöner wird«, hatte er auf der Wache gesagt. Nun konnte er nur noch zwei Dinge für sie tun: für ein anständiges Begräbnis sorgen und herausfinden, welches Schwein sie umgebracht hatte. Das Erste verstand sich von selbst: Sobald die Leiche freigegeben wurde, wollte er sich um die Beerdigung kümmern; beim Zweiten gab es ein Problem: Er hatte seinen Polizeiausweis verloren, den er auch nach seiner Pensionierung behalten hatte. Einen neuen konnte er sich nicht ausstellen lassen, und damit war er noch mehr auf Espinosa angewiesen. Nicht jeder Polizist sieht es gern, wenn sich ein Exkollege in seine Ermittlungen einmischt.

Sonntagnachmittag. Wie alle Menschen, die allein leben, wusste Vieira, dass der Sonntag der schlimmste Tag der Woche ist und der Nachmittag der schlimmste Teil dieses Tages. Als er Witwer geworden war, hatte er geglaubt, die Wochenenden würden nun erträglicher. Er würde, so wie jetzt, in Shorts, Latschen und T-Shirt zu Hause bleiben können, mal alle Fenster aufreißen, mal die Klimaanlage anstellen, ohne dass seine Frau sich beschwerte, ganz gleich, wofür er sich entschied. Sie war kein schlechter Mensch gewesen, Maria Zilda, aber unerträglich nörglerisch. »Wahrscheinlich ist sie gestorben, weil sie sich selbst nicht mehr ertragen konnte.« Tatsächlich aber waren die Wochenenden nach wie vor langweilig. Allerdings aus anderen Gründen. Doch in diesem Augenblick dachte Vieira nicht an seine Frau, er dachte an die jüngsten Ereignisse, an den Freitagabend … Er dachte daran, denn erinnern konnte er sich ja nicht. Er überlegte sogar, ob die Gedächtnislücke allein auf den Alkohol zurückzuführen war. Sein Kopf fing erneut an zu schmerzen, konfuse Bilder flackerten vor seinem inneren Auge auf, wie die Blitzlichtgewitter bei Interviews von Prominenten. Ihm wurde schwindlig und übel, er lief ins Badezimmer und übergab sich.

Er hatte Angst. Angst hatte er schon unzählige Male gehabt, in den unterschiedlichsten Situationen, doch diesmal war es anders, die Bedrohung war ganz nah, aber er konnte sie nicht sehen. Die Übelkeit kam nicht vom Alkohol, er hatte seit Freitagabend nichts mehr getrunken. Auch nichts Ordentliches gegessen, aber er spürte keinen Hunger. Er ging im Kühlschrank nachsehen, fand jedoch nur Wasserflaschen (einige leer, andere fast leer) und eine Tüte sauer gewordene Milch. Er machte sich einen Pulverkaffee, obwohl er wusste, dass er davon auf nüchternen Magen auch noch Sodbrennen bekommen würde. Er schaltete den Fernseher ein, fand aber keinen Film, das Fernsehprogramm am Sonntag ist Schrott. Er verließ das Haus zu einem Spaziergang durch Ipanema. An der Ecke der Praça General Osório zwang er sich mit Hilfe von Orangensaft ein Sandwich hinein. Der Kunsthandwerksmarkt auf dem Platz verschaffte ihm für eine Stunde Ablenkung, mehr nicht. Als es dunkel wurde, kehrte er in seine Wohnung zurück. Nun begann der letzte und melancholischste Abschnitt des Wochenendes. Er wollte gerade wieder aus dem Haus gehen, ohne ein bestimmtes Ziel, da klingelte das Telefon.

»Vieira?«

»Ja, am Apparat.«

»Hier ist Florinda.«

»Florinda?«

»Ja.«

»…?«

»Flor, die Freundin von Magali. Wir haben schon einmal zusammen zu Abend gegessen.«

»Ach ja … Flor …« Er erinnerte sich an die Brünette, die wie eine Thailänderin aussah, graziler Körper, festes Fleisch – sie war mit ihnen vor ein paar Monaten ausgegangen.

»Vieira, ich bin traurig und habe Angst.«

»Wo bist du?«

»Hier bei Magali im Haus, ich wollte ein paar Sachen abholen, die ich ihr geliehen hatte, aber ich durfte nicht in die Wohnung. Ich bin ganz verstört. Da ich deine Nummer hatte, habe ich dich angerufen. Hast du etwas Zeit für mich?«

»Flor … ich bin in zwanzig Minuten da.«

Flor besaß alles, was in ihrem Beruf von Vorteil war: Schönheit, Sinnlichkeit und Sanftmut, jeweils im richtigen Maß. Ihre Unabhängigkeit hatte sie sich dank der Kontakte bewahren können, die sie als »Kontaktperson der Stadtverwaltung« geknüpft hatte. Worin genau ihre Funktion bestand, das hatte sie nie begriffen, weshalb sie mit der Zeit ihr Amt (oder ihre Funktion, auch das war ihr nicht klar) zum eigenen Nutzen ausübte. Sie baute sich einen Kundenstamm auf, der nicht allzu groß war und sie nicht übermäßig oft in Anspruch nahm, ihr aber, zusätzlich zu ihrem Gehalt als »städtische Kontaktperson«, mehr als fürs reine Überleben notwendig einbrachte.

Sie wohnte ein paar Blocks von Magali entfernt in einem gemischt genutzten Gebäude, teils Wohnungen, teils Geschäfte, ausgesprochen günstig für ihr Gewerbe. Als sie sich kennen lernten, war sie noch keine fünfundzwanzig, wusste aber schon alles über die verschiedenen Formen des Überlebens. Die ersten Lektionen hatte sie in den Straßen von Recife gelernt, bevor sie als Hausmädchen der Familie eines Großgrundbesitzers aus Pernambuco nach Rio de Janeiro gekommen war. Damals war sie vierzehn und schon eine Frau. Der Hausherr hatte sehr bald Flors Reize erkannt (und genossen) und war zu dem Schluss gekommen, dass sie unbedingt nach Rio mitgenommen werden musste, »damit sie sich um den Junior kümmert«. Kurze Zeit nach dem Umzug stellte die Hausherrin fest, dass sie sich nicht nur um den Junior kümmerte, und setzte sie vor die Tür. Der Hausherr bekam Mitleid mit der armen Kleinen, sie konnte doch nicht auf der Straße stehen und von Almosen leben, »außerdem ist sie minderjährig, wir sind für sie verantwortlich«, und besorgte ihr eine Bleibe und eine Stelle für ihren Lebensunterhalt, ohne Wissen der Hausherrin, versteht sich, und ohne dass jemand nach ihrem wahren Alter fragte. Wenn Flor danach einmal auf der Straße stand, dann nur aus freiem Willen oder aus beruflichen Gründen. Die Freundschaft mit Magali begann in der Schlange vor der Kasse eines Supermarkts, als Magali bezahlen wollte und feststellte, dass sie ihr Portemonnaie zu Hause gelassen hatte. Flor bot an, ihr das Geld zu leihen, viel war es nicht, und weigerte sich, Magalis Personalausweis zu nehmen, den Magali ihr unbedingt als Pfand geben wollte. Kaum war sie zu Hause, kam ihre neue Bekannte ihre Schulden bezahlen und brachte einen Topf Usambaraveilchen mit, »Flora für Flor«. Sie wurden Busenfreundinnen.

Flor dachte an diese Zeit zurück, während sie im Flur des Gebäudes auf und ab ging. Ohne sich der Sinnlosigkeit bewusst zu sein, hatte sie für ihre tote Freundin einen kleinen Topf mit einem Usambaraveilchen mitgebracht und hielt ihn nun in beiden Händen. Sie hatte kurz mit dem Portier gesprochen, versucht, die ungewöhnliche Szene zu erklären, aber er hatte ihre von Schluchzern unterbrochenen Worte kaum verstanden, und als Vieira eintraf, warf sie sich ihm mitsamt Blumentopf in die Arme.

»Vieira …«

»Du hättest nicht alleine herkommen sollen, Flor.«

»Vieira, ich habe meine einzige Freundin verloren … ich habe meine Schwester verloren.«

»Komm, wir gehen, Flor, hier können wir nichts tun.«

Die Leute auf der Straße sahen nach Sonntagabend aus. Sie gingen schweigend los, Flor hielt in der einen Hand die Blume, mit der anderen hatte sie sich bei Vieira untergehakt. Man konnte meinen, sie gingen in einem Trauerzug.

Nachdem er sich einen Platz gesucht hatte, wo er die nächsten Tage verbringen wollte, und seine Wäsche versteckt hatte, beschloss er, den neuen Besitzer der Brieftasche zu beobachten. Warum er das tat, war ihm nicht ganz klar, doch irgendetwas sagte ihm, das sei eine Form von Selbstschutz. Er wusste, dass man ihn in Anbetracht seines Alters nicht beschuldigen konnte, die Kreditkarten oder den Polizeiausweis benutzt zu haben, wohl aber, sie an jemand anderen weiterverkauft zu haben. Er befand sich nur drei Häuserblocks von der Wohnung des Mannes entfernt und er hatte den ganzen Sonntag vor sich. Nicht, dass es irgendeine Rolle spielte, ob es Sonntag oder ein Wochentag war – er glaubte, dass der Mann genau wie er selbst nicht arbeitete. Er hatte ihn ein paar Mal in den Straßen von Copacabana gesehen und konnte sich genau erinnern, dass er einmal, ungefähr um dieselbe Uhrzeit wie in der Nacht mit der

Brieftasche, eine Frau geschlagen hatte, und wer Frauen schlägt, schlägt vermutlich auch Kinder. Und ausgerechnet der hatte die Brieftasche gefunden. Es kam ihm vor, als hätte er ihn belohnt, und dieser Gedanke quälte ihn immer mehr. Als er die Brieftasche wegwarf, hatte er geglaubt, es sei ihm völlig gleichgültig, was aus ihr würde, doch nun merkte er, dass er sich getäuscht hatte. Als er sie wegwarf, hatte er für den Finder Schicksal gespielt, und deshalb musste er jetzt auch die Verantwortung übernehmen: Er wollte die Brieftasche unbedingt zurückhaben oder verhindern, dass sie benutzt wurde. Was ihn dazu bewegte, war nicht irgendein Gerechtigkeitsgefühl. Er kannte nur seine eigene Gerechtigkeit, und die beschränkte sich auf eine einfache Maxime: Was gut für ihn war, war gerecht. Aber diese Geschichte war überhaupt nicht gut für ihn. Er entschloss sich, den Mann zu beschatten und ihm durch ganz Copacabana zu folgen, in alle Kneipen, Restaurants, Bars, Drogenlokale, Spielhöllen, und genauso allen Leuten, Frauen wie Männern, mit denen er zusammen war. Vorausgesetzt, er verließ den Stadtteil nicht, ihr gemeinsames Aktionsfeld.

Es wurde Nachmittag. Seiner Meinung nach schlief der Mann tagsüber, damit er nachts wach und aktiv sein konnte. Mal ging er aus dem Haus und aß etwas in der Nähe, mal kaufte er sich ein gegrilltes Hähnchen, wie sie sich in einem dieser Apparate am Eingang von Bäckereien drehen, und nahm es mit, um es zu Hause zu essen. Er glaubte, dass der Mann für gewöhnlich allein aß, genau wie er.

Manche Menschen werden durch an sich belanglose Ereignisse in einen heiligen Krieg getrieben. Solch eine Dimension nahm die Sache für den Jungen an: Der Mann durfte unter gar keinen Umständen von seinem Fund profitieren. Bevor der Nachmittag zuende ging, hatte der Gedanke epische Ausmaße erreicht, beherrschte sein ganzes Denken und machte ihn zum Kreuzritter in einem Krieg, von dem nur er allein wusste. Genau genommen beschränkte sich dieser Krieg auf einen Kampf zwischen zwei Menschen, allerdings mit kosmischen Dimensionen, wobei es keine Rolle spielte, wie viele sich außerdem noch am Kampf beteiligten, und auch nicht, ob der andere davon wusste.

»Vieira, ich möchte dir etwas sagen … Magali hat immer davon gesprochen, sie stehe aus Dankbarkeit in deiner Schuld …« Kurze Pause. »Und jetzt, wo sie nicht mehr bei uns ist … übernehme ich diese Schuld.«

Ihre Worte waren so feierlich wie das Schweigen, das sie gebrochen hatten. Vieira antwortete nicht, sie gingen weiter, Flor bei ihm untergehakt, das Usambaraveilchen in der Hand. Er zeigte keine sichtbare Reaktion, doch sie spürte, dass sich der Druck seines Arms ganz leicht verstärkte und das Tempo seiner Schritte fast unmerklich verlangsamte. Obwohl sie ohne Unterbrechung weitergegangen waren und um sie herum Leben herrschte, war es, als wäre die Zeit für einen Moment stehen geblieben.

»Du bist ein Schatz.«

Sie hatten nichts vereinbart, aber sie befanden sich auf dem Weg von Magalis Haus zu Flors Wohnung. Es war kein weiter Weg, und als sie schon fast angekommen waren, schlug Vieira vor, in einem Restaurant in der Umgebung etwas zu essen. Sie entschieden sich für das Restaurant, in dem die wenigsten Leute saßen. Während des Essens sprach Flor von ihrer Zeit in Recife.

Ihre Geschäftstüchtigkeit hatte sich schon sehr früh offenbart, noch bevor sie vierzehn war. Sie wohnte mit ihrer Mutter und drei Geschwistern, zwei älteren Brüdern und einer neunjährigen Schwester, in einer Lehmhütte in den Armenvierteln von Recife. Die Mutter arbeitete bis spätabends als Köchin in einem Schnellrestaurant, die beiden Brüder arbeiteten tagsüber und gingen, wenn die Situation es erlaubte, abends zur Schule. Sie versorgte das Haus, kochte und kümmerte sich um die kleinere Schwester. Durch die Straße, in der sie wohnten, mussten (oder zumindest glaubte sie das) die Jungen gehen, die die Jesuitenschule im Nachbarviertel besuchten. So kürzten sie den Weg ab, behaupteten sie. Als Flor feststellte, dass dies keineswegs der Fall war, vielmehr zur Folge hatte, dass die Jungen immer wieder zu spät zum Unterricht kamen, wurde ihr klar, dass der wahre Grund, weshalb die (ständig größer werdende) Gruppe diesen Weg wählte, sie selbst war. Sie fühlte sich nicht sonderlich geschmeichelt (es waren lauter Knirpse), dafür witterte sie die Chance zu einem harmlosen, aber einträglichen Geschäft. Sie ließ ein paar der Jungen wissen, dass sie gegen Bezahlung eines bescheidenen Betrages, im Grunde kaum mehr, als eine Limonade kostete, vom Fenster aus zusehen dürften, wie sie sich umzog. Sie sollten am Fenster stehen bleiben, immer nur einer, damit die Nachbarn nicht aufmerksam wurden, das Geld ins Fenster legen, und dann würde Flor sich schnell aus- und wieder anziehen. Nach kurzer Zeit musste sie Termine vergeben, damit die Jungen nicht alle am selben Tag und zur selben Zeit kamen. Das war ihr erster großer geschäftlicher Erfolg. Und die Ware wurde von Tag zu Tag besser. Eine Wende trat ein, als die Jungen sich nicht mehr mit dem bloßen Zusehen begnügen, sondern Flor auch anfassen wollten. An einem Sonntag, als die ganze Familie am Strand war, wurde Flor sich dank der Blicke der Männer noch größerer Möglichkeiten bewusst. Die Stelle als Kindermädchen und später der Umzug nach Rio waren Teil des künftigen Weges, den sie schon damals vor sich sah.

Erstaunlich fand Vieira, dass sie kein einziges Mal der Welt oder den Menschen Schlechtigkeit oder Schuld an ihrem Schicksal unterstellte. Im Übrigen betrachtete sie sich auch keineswegs als unglücklich. Die materielle Not ihrer ersten Lebensjahre war in ihren Augen reiner Zufall und ein vorübergehender Zustand, was ja auch den Tatsachen entsprach. Prostitution war ihrer Ansicht nach kein Beruf wie jeder andere. Für sie war es etwas Besseres. »Wenn man sich all die Hausmädchen, Putzfrauen, Kassiererinnen im Supermarkt ansieht, das sind doch lauter Sklavinnen. Ich arbeite zu Hause, sooft ich will und wann ich will, ich habe keinen Chef und muss niemandem Rechenschaft ablegen.« Und dann setzte sie hinzu: »Außerdem ist es angeblich der älteste Beruf der Welt, und wenn es ihn schon so lange gibt, dann muss er ja gut sein.« Vieira sah sie fasziniert an, sagte kein Wort und betrachtete nur ihre Schönheit, wie die Jungen in Recife.

Magali war gerade erst gestorben, und er war noch ganz durcheinander. Er brachte Flor nach Hause und legte den Weg zu seiner Wohnung zu Fuß zurück. Es war der zweite Abend, an dem er ganz Copacabana zu Fuß durchquerte. Dieses Mal etwas weniger bedrückt.

Als der Chef der Polizeiwache den Bericht zu Ende gelesen hatte, dachte er sofort an Espinosa. Zumindest sagte er das, als er dessen Wochenendruhe mit einem Anruf unterbrach.

»Aus zwei Gründen: Sie wohnen in der Nähe, und ein Ihnen bekannter ehemaliger Kollege ist in den Fall verwickelt.« Espinosa hatte tatsächlich kurz vor Vieiras Pensionierung mit ihm auf dem 1. Revier zusammengearbeitet. Er mochte seine Umgangsformen nicht, Vieira sagte kaum einen Satz ohne einen vulgären Ausdruck, und er rülpste und furzte in Gegenwart anderer Menschen, ohne dass es ihm auch nur im Geringsten peinlich war. Andererseits war er charakterfest und hatte sich in all den Jahren bei der Polizei nie bestechen lassen. Alles, was er bei der Pensionierung besaß, war eine Zweizimmerwohnung in einer wenig eleganten Straße in Copacabana. Der zweite Aspekt machte den ersten reichlich wett, zumal sie nicht privat miteinander verkehren mussten.

So war es also aus mit Espinosas Wochenende, was für ihn in Anbetracht seiner Aversion gegen Sonntage kein großes Opfer bedeutete.

Nun sah er noch einmal die Szene vor sich, Magali ans Bett gefesselt und Vieira wie gelähmt in der Tür, den Blick starr auf das grauenhaft entstellte Gesicht der Erstickten gerichtet. Unrasiert, Kleidung vom Vortag, die wenigen grauen Haare völlig zerzaust, über den Gürtel quellender Bauch, in schlaffer Haltung, weil physisch und psychisch erschöpft – Vieira war das zweite Opfer im Raum. Die Aussagen des Portiers, das vor dem Haus stehende Auto, die Gaspatrone, die alkoholbedingte Gedächtnislücke, das alles machte seine Situation prekär. Zwar passte der Sachverhalt so gar nicht zu dem, was man von ihm wusste, doch nach allem, was Espinosa bislang in der Hand hatte, sah es für Vieira nicht gut aus. Zu seinen Gunsten sprach, dass er kein Motiv hatte, das Mädchen umzubringen. Von einem Verbrechen aus Leidenschaft auszugehen, war gewagt, ganz abgesehen davon, dass hier nicht die entsprechenden Charakteristika vorlagen. Espinosa stellte nicht außer Frage, dass Vieira überhaupt zu einer Straftat fähig war, er stellte nur außer Frage, daß er *diese* Tat begangen hatte. Sein Leiden während der Vernehmung auf der Wache war weder die Verzweiflung eines Täters aus Passion noch die Kaltblütigkeit eines Perversen, sondern der Schmerz eines Menschen, der ein geliebtes Objekt verloren hat. In einem Alter, in dem man normalerweise von den kleinen Freuden des Alltags zehrt, war Magali wie ein Traum aus Tausendundeiner Nacht in Vieiras Leben getreten. Er wusste, dass sie eine Prostituierte war, und er wusste auch, dass sie keinem Mann zu gehorchen hatte. Den, der sie ausbeutete, hatte Vieira selbst ausgeschaltet, deshalb kam er, zumindest nach vorläufiger Analyse, kaum als Mörder in Frage. Unerklärlich war nur, wie der Gürtel, den Vieira an dem Abend getragen hatte, an die Beine des Mädchens gekommen war.

Es war fast vier Uhr nachts, der Dienst habende Kommissar hatte der Tat keine besondere Aufmerksamkeit gewidmet (Mord an einer Prostituierten bringt keine Presse), und am nächsten Tag übergab der Chef der Wache Espinosa den Fall, wobei er nur eine Bemerkung über Vieira machte: »Der Mann ist in Ordnung.«

Vieiras tiefe Niedergeschlagenheit übertrug sich auf Espinosa, als er in den ersten Morgenstunden des Sonntags nach Aufnahme der Aussage nach Hause ging, und bereitete ihm Schwierigkeiten beim Einschlafen. Mehr noch als seine Trauer hatte ihn die Einsamkeit des ehemaligen Polizisten beeindruckt. Während er gegen fünf Uhr früh mit dem Schlaf rang, überfluteten ihn Bilder von einer nicht allzu fernen Zukunft, wo ihn selbst junge Prostituierte umschmeichelten, um Schutz vor der Strenge des Gesetzes zu finden. Er versuchte sich einzureden, dass es bei ihm anders sein würde, er war nicht ordinär wie Vieira, er liebte Bücher, hatte einen guten Geschmack, er würde an seinem Lebensende nicht nach der Zuwendung von Prostituierten suchen. Doch trotz dieser seiner Meinung nach luziden Überlegungen fand er nicht in den Schlaf. Er wusste, dass es keinen Sinn hatte, den Schlaf erzwingen zu wollen, und da er nicht gewohnt war, Schlaftabletten zu nehmen, wartete er ab, bis sich die Bilder beruhigten, und darüber wurde es draußen hell. Als er einschlief, hatte sich das Bild von Magali noch immer nicht vollends verflüchtigt.

Der halbe Sonntag lag hinter ihm, als er aufwachte; blieb aber noch die andere Hälfte, und während er frühstückte, überlegte er, dass er sie mit einiger List verkürzen konnte. Vieira hatte ihm eine Aufstellung der Restaurants gegeben, in denen er verkehrte. Es waren nicht viele, und er hatte sie der Wahrscheinlichkeit entsprechend, dass er mit Magali am fraglichen Abend dort gewesen war, aufgelistet. Das erste lag in der Rua Santa Clara, wenige Blocks von seiner Wohnung entfernt; das konnte ein angenehmer Nachmittagsspaziergang werden.

Gewohnt, den ganzen Tag auf den Beinen zu sein und Dutzende von Personen zu befragen, um eine einzige brauchbare Information zu erhalten, war er hoch erfreut, als der Oberkellner bestätigte, er kenne den Kommissar Vieira, ja, er sei am Freitagabend im Restaurant gewesen, in Begleitung einer jungen Blondine, und gegen ein Uhr nachts gegangen.

»Waren sie allein?«

»Ja.«

»Hat er sich schlecht benommen, war er aufgebracht, aggressiv?«

»Nein, Kommissar Vieira ist Stammgast unseres Hauses, wenn er etwas zu viel trinkt, kommt es höchstens vor, dass er lauter spricht als sonst, aber aggressiv wird er nie.«

»Können Sie sich erinnern, wie er bezahlt hat?«

»Per Scheck, aber sie hat ihn ausgefüllt, er hat nur unterschrieben; die Hand gehorchte ihm nicht mehr ganz.«

»Hat er nichts auf dem Tisch liegen lassen?«

»Wie meinen Sie das?«

»Seine Brieftasche ist verschwunden, möglicherweise hat er sie hier im Restaurant vergessen.«

»Wenn das passiert wäre, können Sie sicher sein, dass wir sie aufbewahrt und ihn benachrichtigt hätten.«

»Haben sie beim Verlassen des Restaurants jemanden getroffen?«

»Das weiß ich nicht, aber dazu kann Ihnen wohl der Parkboy etwas sagen.«

»Ist der Parkboy jeden Tag hier?«

»Ja, es ist immer derselbe, er muss draußen sein.«

»Danke. Falls Sie irgendetwas über die Brieftasche hören, rufen Sie bitte unter dieser Nummer an.«

Da er zu Fuß gekommen war, hatte der Parkboy ihn nicht beachtet. Im Restaurant herrschte wenig Betrieb, es hingen nur ein paar Autoschlüssel am Brett. Als Espinosa ihn ansprach und seinen Ausweis mit Erkennungsmarke zeigte, meinte er, ein leichtes Zittern des Mannes wahrzunehmen. Er tat, als hätte er nichts gemerkt. Der Parkboy erinnerte sich genau an den immer zu Späßen aufgelegten Kommissar, der gute Trinkgelder gab. An dem bewussten Abend hatte er so viel Whisky getrunken, dass er fast auf den Straßenjungen gefallen wäre, der auf dem Bürgersteig schlief. Er musste in das Auto gehievt werden. Sie waren nur zu zweit da, er und die Frau, sie hatten niemanden getroffen. Die beiden fuhren allein los, sie am Steuer. Er hatte keine Brieftasche gesehen, der Kommissar war direkt vom Restaurant zum Auto gegangen, das auf der anderen Straßenseite stand, hätte er etwas fallen lassen, hätte er, der Parkboy, es gesehen. Espinosa gab zu bedenken, dass die Brieftasche heruntergefallen sein konnte, als Vieira ins Auto stieg.

»Ich selbst habe ihm geholfen, das Bein ins Auto zu setzen, da ist keine Brieftasche rausgefallen, das kann ich Ihnen garantieren.«

»War sonst niemand in der Nähe?«

»Nein, es war schon spät, in dem Moment war niemand in der Nähe, bis auf den Jungen.«

»Welcher Junge?«

»Der manchmal da unter der Markise schläft. An dem Abend lag er in einem Karton von einem Kühlschrank, den irgendjemand auf dem Bürgersteig abgestellt hatte.«

»Und wo ist der Junge?«

»Seit der Nacht ist er nicht mehr aufgetaucht.«

»Schläft er immer hier?«

»Nein, nur hin und wieder. Er wartet immer bis spätabends ab, dann kommt er einen Teller Essen schnorren.«

»Falls er wieder auftaucht, versuchen Sie, ihn aufzuhalten, und rufen Sie mich an.«

Der Sonntag war gar nicht so schlecht, dachte Espinosa und machte sich auf den Weg. Statt die gleiche Strecke zurückzugehen, erreichte er nach wenigen Schritten die Avenida Atlântica. Die Abenddämmerung hatte eben erst eingesetzt. Das Meer leuchtete im Licht der untergehenden Sonne in Grün, Blau und Grau, die bläulich schimmernden Bergmassive zeichneten sich als scharfe Silhouetten gegen den Himmel ab. Espinosa dachte, wenn Gott die Welt erschaffen hat, dann haben ihm, als er dieses Panorama schuf, das beste Rohmaterial und alle Inspiration der Welt zur Verfügung gestanden. Mit dem Gedanken, dass ein Sonntag mitunter besser sein konnte als erwartet, ging er nach Hause.

Bis zum nächsten Tag gab es nicht viel zu tun. Er rief bei Vieira an, erreichte ihn aber nicht. Wenn man ihm sagte, in welchem Restaurant er am Freitagabend gewesen war, würde er sich vielleicht an irgendetwas erinnern. Es sei denn, er hatte kein Interesse daran, sich zu erinnern. Irgendwann hatte er gehört, dass es neben der von Vieira angeführten alkoholisch bedingten auch eine traumatisch bedingte Gedächtnisstörung gab. Nur wusste er nicht, ob man die verloren gegangenen Erinnerungen wiedererlangen konnte. Espinosa mochte seinen Exkollegen, er wünschte, er wäre nicht für Magalis Tod verantwortlich, doch musste er zugeben, dass einige Indizien ihn belasteten und dass die angebliche Gedächtnisstörung ihm sehr zupass kam. Aber er nahm sich vor, keine voreiligen Schlüsse zu ziehen.

Die Tasse Kaffee und dazu der Toast, den er nach dem Aufstehen gegessen hatte, das reichte nicht für den ganzen Tag, doch statt auf seinen Vorrat an tiefgekühlter Lasagne Bolognese zurückzugreifen, wollte er lieber essen gehen, obwohl die Restaurants am Sonntagabend immer von Eltern mit ihren lieben Kleinen bevölkert waren.

Das Peixoto-Viertel ist kein eigenständiger Stadtteil, sondern eine Enklave in Copacabana, vom Umfang eines großen Häuserkarrees, mit einem Platz in der Mitte und auf drei Seiten von Bergen umgeben, bis auf die Seite zum Meer hin, das man früher von hier aus auch sehen konnte, bevor Copacabana zu einem Hochhauslabyrinth zwischen Meer und Bergen verbaut wurde. Die Häuser, fast alle drei- oder vierstöckig, sind schlicht; die einzige bauliche Variation besteht in einer Ausstattung mit oder ohne Balkon. Nur wenige besitzen eine Tiefgarage oder einen Fahrstuhl. Espinosas Wohnung in der letzten Etage eines nur dreigeschossigen Hauses hat französische Fenster und einen schmiedeeisernen Balkon mit Blick auf den kleinen Platz, der vielleicht nicht hübsch ist, aber auch nicht als hässlich bezeichnet werden kann und als ein Kennzeichen des Viertels gilt.

Dass er an diesem privilegierten Ort wohnt, hat nichts mit einer Vorliebe fürs Idyllische zu tun. Im Gegenteil, Espinosa findet Großstädte ganz besonders reizvoll, und wenn er etwas länger darüber nachdenkt, kommt ihm manchmal sogar der Verdacht, dass seinem Stadtideal ungefähr die Atmosphäre von *Blade Runner* entspricht, womit er definitiv aus dem Kreis der normalen und gesunden Menschen ausscheidet.

Die Entscheidung, hier zu wohnen, hatte nicht er getroffen, zumindest nicht am Anfang: Er hatte die Wohnung von seinen Eltern geerbt. Seine Entscheidung war es, nach ihrem Tod dort wohnen zu bleiben. Er war damals vierzehn. Seine Großmutter zog zu ihm und blieb, bis er neunzehn wurde. Warum neunzehn und nicht achtzehn oder einundzwanzig, das hat er nie herausgefunden. Ihr verdankt er die Freude am Lesen. Anfangs las er mit dem Hunger der Besitzlosen einfach alles. Nach und nach interessierte er sich mehr für englischsprachige Schriftsteller. Trotz des Umgangs mit Büchern sind ihm Intellektuelle und Gelehrte nicht sonderlich sympathisch. Er liest gern, hegt aber insgeheim Verachtung für die Literaturkritik und -theorie. Zu seiner Lektüre zählen sowohl Melville, Chandler und Hemingway als auch ein guter Teil ausgesprochener *pulp fiction*. Weshalb er häufig von Copacabana aus zu ausgiebigen Streifzügen durch die Antiquariate im Stadtzentrum aufbricht. Diese Ausgiebigkeit ist weder durch Umstände noch durch Zufälle bedingt, sondern von wesentlicher Bedeutung, sie wird Teil der erworbenen Bücher, erweitert ihre Handlung und gibt den Geschichten einen größeren Rahmen.

Seit seiner Versetzung von der Wache im Zentrum nach Copacabana verfügt er über etwas von unschätzbarem Wert: Er kann zu Fuß zur Arbeit gehen und braucht dafür höchstens zehn Minuten. Es gibt zwei verschiedene Wege, durch die Rua Toneleros oder durch die Rua Barata Ribeiro, beide gleich lang, allerdings dauert der Weg durch die Rua Barata Ribeiro wegen der Ablenkung durch die Schaufenster und die vielen Autos und Fußgänger meist etwas länger. Zu seinen Gunsten muss hinzugefügt werden, dass sein Interesse an den Schaufenstern nichts mit Konsumzwang zu tun hat, vielmehr mit der Angewohnheit, sich ein bestimmtes Ambiente zu merken – einen Raum, einen Straßenabschnitt oder ein Schaufenster –, um später zu überprüfen, ob sich etwas verändert hat, eine Angewohnheit, die ihm im Laufe der Jahre den Ruf eines peniblen Beobachters eingetragen hat. Je nachdem, um welche Zeit er nach Hause geht, wählt er manchmal noch einen dritten Weg. Nach Verlassen der Wache geht er die Rua Hilário de Gouveia hinunter bis zur Avenida Nossa Senhora de Copacabana, biegt, dem Strom der Menschenmassen auf dem Bürgersteig folgend, nach rechts ab, erreicht nach gut zwei Häuserblocks die Galeria Menescal, eine Passage zwischen der Avenida Copacabana und der Rua Barata Ribeiro, und geht hinein, um am Stand des Arabers in der Mitte der Passage einen Hackfleischspieß zu essen.

Das Viertel ist ihm so vertraut wie früheren Generationen der Garten und Hof hinter dem Haus ihrer Kindheit. Mit diesem Gefühl von Vertrautheit machte er sich am Montagmorgen auf den Weg zur Wache. Er wählte die Strecke, auf der die Chance, abgelenkt zu werden, am geringsten war. Es gab einiges zu tun in Zusammenhang mit dem, was er für sich den »Fall Vieira« nannte, und das Erste war, die Freundin der Toten zu vernehmen. Er beauftragte einen jungen Ermittler aus seinem Team, sie zur Wache zu holen. Anschließend rief er Vieira an, um ihm zu sagen, dass er herausgefunden hatte, in welchem Restaurant er und Magali am Freitagabend beim Essen waren. Vieira nahm die Mitteilung als Bestätigung auf. Seine Erinnerungsfetzen verwiesen auf dasselbe Restaurant; nur wusste er nicht, ob sie von diesem oder von anderen Abenden davor stammten. »Danke, Espinosa, aber leider hilft das meiner Erinnerung überhaupt nicht auf die Sprünge, da ist nach wie vor totale Leere.« Als Espinosa berichtete, dass niemand etwas von der Brieftasche wusste, antwortete Vieira, er habe den Verlust der Kreditkarten gemeldet und warte darauf, dass die Banken öffneten, um seine Schecks sperren zu lassen.

Es war kurz vor elf Uhr vormittags, als Flor in Begleitung des Ermittlers auf der Wache erschien. Sie entsprach nicht dem Klischee einer Prostituierten. Ohne Make-up, unauffällig gekleidet, Jeans, weites hellblaues T-Shirt über der Hose und Turnschuhe. Dass sie keine Nonne oder Studentin war, merkte man an der Selbstsicherheit, mit der sie sich auf der Wache bewegte und die Fragen beantwortete. Gleich zu Beginn legte sie Wert auf die Mitteilung, sie sei Vieiras Geliebte.

»Wie bitte?«, fragte Espinosa. »War Vieira nicht mit Magali zusammen? Und Sie waren doch ihre Freundin?«

»Ganz richtig. Und jetzt hat er mich geerbt.« Angesichts von Espinosas Überraschung fügte sie hinzu: »Aber es ist nicht so, wie Sie denken. Als Magali noch lebte, war nichts zwischen uns. Magali hat immer zu mir gesagt, falls ihr mal etwas zustößt, soll ich mich um ihren Mann, um Vieira kümmern.«

»Warum hat sie das gesagt? Glaubte sie, ihr würde etwas zustoßen?«

»Nein, das war nur so ein Gedanke.«

»Was meinen Sie mit ›nur so ein Gedanke‹?«

»Einfach nur so ein Gedanke. Wissen Sie, in unserem Beruf kann allerhand passieren. Wir wissen nie, wie unsere Kunden sind, sie können wie ein Monster wirken, aber sanft wie eine Blume sein, oder wie ein Kind aussehen, aber zu den schrecklichsten Sachen fähig sein. Wir haben immer etwas Angst, deshalb suchen wir den Schutz von Männern wie Vieira.«

»Na gut, aber Männer wie Vieira stehen nicht Wache und sehen Ihnen beim Vögeln zu.«

»Natürlich nicht, aber irgendwann erfahren die anderen davon und machen dann nicht den Brutalo.«

»Zurück zu Magali und ihrem Gedanken, dass man sie umbringen könnte.«

»Ich habe nicht gesagt, dass sie meinte, man könnte sie umbringen; ich habe nur gesagt, dass sie manchmal dachte, ihr könnte etwas passieren.«

»Flor, versuchen Sie nicht, hier die Naive zu spielen, das funktioniert nicht. Wenn Magali zu Ihnen gesagt hat, Sie sollten sich um ihren Mann kümmern, falls ihr etwas passiert, dann kann sie damit nur Tod oder Verschwinden gemeint haben, sonst hätte sie sich ja selbst weiter um ihn gekümmert.

Und genau das will ich wissen. Hat sie jemals von einer konkreten Bedrohung gesprochen? Hat irgendjemand gesagt, er würde sie umbringen?«

»Einen Namen hat sie nie genannt, aber sie hat geglaubt, dass es passieren könnte.«

»Und warum sollte es ausgerechnet ihr passieren und nicht einer anderen?«

»Weil sie sich um sich selbst Sorgen gemacht hat.«

»Und Sie meinen, allein die Tatsache, dass sie sich um sich selbst Sorgen machte, könnte zu dem Mord geführt haben?«

»Man sagt doch, dass ängstliche Menschen das Böse in den anderen wecken. Das ist genauso, wie wenn man an einem Hund vorbeigeht, der sonst vielleicht ganz brav ist, aber wenn man vor Angst zittert, beißt er zu.«

»Wissen Sie, wer der Kunde gewesen sein könnte, der sie umgebracht hat, weil sie Angst hatte?«

»Nein. Ich weiß, dass sie ein paar Stammkunden hatte, aber von denen kenne ich keinen, und ein Stammkunde würde so etwas nicht tun. Ich glaube eher, es war einer, der zum ersten Mal bei ihr war, aber schlappgemacht hat und sich an ihr rächen wollte. Nichts ist so gefährlich wie ein Mann, der schlappmacht, der führt sich dann auf wie ein Kleinkind oder rastet aus und will alle Welt umbringen.«

»Und Sie? Wie war Ihr Verhältnis zu Magali?«

»Wir waren Schwestern. Ich meine, nicht richtige, aber so wie Schwestern.«

»Und wie richtige Schwestern haben Sie sich hin und wieder mal gestritten?«

»Nein, wir hatten nie Streit, wir haben uns wunderbar verstanden.«

»So wunderbar, dass Sie ihren Mann übernommen haben.«

»Was ist dabei? Sie selbst hat mich darum gebeten.«

»Das sagen *Sie*.«

»Was denken Sie sich da aus?«

»Ich denke mir gar nichts aus, aber Sie, Sie haben sich das alles ausgedacht.«

»Ich verstehe nicht, was Sie damit meinen.«

»Vielleicht gibt es da nichts zu verstehen, so ist die Welt, oder vielleicht wollen Sie auch nicht verstehen, was auf dasselbe rauskommt.«

Flor verlor ihre Selbstsicherheit, sie wurde misstrauisch und verschlossen. Espinosa hielt weiteres Nachfragen für strategisch nicht sinnvoll, sie sollte lieber darüber nachdenken, was gerade gesagt worden war, und vor allem darüber, was nicht gesagt worden war. Er entließ sie mit der Anweisung, die Stadt nicht zu verlassen, und überlegte, warum Vieira nicht erwähnt hatte, dass Flor so schnell zu seiner Geliebten geworden war. Es sei denn, das alles war bloße Fantasie von ihr oder ein Mittel, sich bei der Vernehmung zu schützen.

Entgegen seiner Vorstellung wurde das Warten vor dem Haus ziemlich lästig. Er konnte sich nicht die Zeit damit vertreiben, dass er sich die neuesten Automodelle oder importierten Turnschuhe und Aufdrucke auf T-Shirts ansah. Der Mann konnte genau in dem Augenblick aus dem Haus kommen, in dem er gerade durch irgendetwas abgelenkt war und nicht aufpasste. Gegen zehn Uhr abends erschien er endlich in der Tür und zögerte nicht eine Sekunde, welche Richtung er einschlagen sollte. Ein etwas erfahrenerer Beobachter hätte gesagt, dass er, bevor er aus der Tür trat, einige Zeit darauf verwendet hatte, sein Ziel zu wählen, sich den Weg dorthin zu überlegen und in Gedanken durchzuspielen, wie er vorgehen wollte. Den Jungen jedoch interessierte nicht, was der Mann wohl denken mochte, sondern was er tat. Sowie der Mann den Fuß auf den Bürgersteig setzte, sprang er aus seiner Ecke auf dem gegenüberliegenden Bürgersteig hervor und ging parallel zu ihm los, bis er die Straße überqueren und ihm in sicherem Abstand folgen konnte, ohne ihn aus den Augen zu verlieren. Sie gingen Richtung Leme, und da der Mann keinerlei Anstalten machte, in einen Bus oder ein Taxi zu steigen, folgerte der Junge, dass er nicht weit gehen würde. Für jeden Schritt des Mannes musste er zwei tun und gelegentlich sogar laufen, um nicht zurückzubleiben. Sie passierten die Praça Serzedelo Correia, ohne dass der Mann sein Tempo geändert hätte oder von der einmal eingeschlagenen Marschrichtung abgewichen wäre, er sah sich kein einziges Mal um, und selbst wenn er es getan hätte, hätte er den Jungen nicht als Menschen wahrgenommen. Einen Häuserblock nach dem Hotel *Copacabana Palace* ging er schließlich langsamer, wodurch sich der Abstand zwischen ihnen verringerte. Als sie die Praça do Lido erreichten, erriet der Junge das Ziel: die Nachtclubs und Bars rings um den Platz.

Der Mann betrat als Erstes einen Club, in dem Schwule verkehrten. Der Junge musste draußen warten und sich ausmalen, was da drinnen geschah. Die kleine Straße, die an dem Platz entlangführte, war für den Verkehr gesperrt. Er setzte sich auf den Bordstein und wartete.

Er sah so konzentriert auf die Clubtür, dass er nicht merkte, wie sie sich neben ihn setzten. Es waren zwei Bekannte, die, wie er, gelegentlich, wenn es auf der Straße zu schwierig wurde, in das Straßenkinderhaus gingen, wo sie Essen und ein Bett bekamen. Kein Wort zur Begrüßung, nur Händeabklatschen und ein paar Grunzlaute. Im ersten Moment gefiel es ihm gar nicht, dass sie dazugekommen waren, doch dann dachte er, es sei sogar ganz gut: Drei Straßenjungen, die auf dem Bordstein saßen, würden dem Mann nicht auffallen. Nach ein paar Minuten redeten sie über den Tod eines Transvestiten, der für sie ein beschützender Anführer und manchmal eine Mutter gewesen war. Dann erkundigten sie sich, wieso er da auf dem Bürgersteig saß und worauf er es abgesehen hatte. Sie hatten gesehen, wie er angekommen war, sich auf den Bordstein gesetzt hatte und seitdem auf die andere Straßenseite starrte. Er antwortete, er sei hinter einem Mann her, der einem Kommissar die Papiere gestohlen habe. Die beiden standen auf und gingen weiter. Er setzte seine einsame Wache fort. Nach Ablauf einer Stunde kamen ihm Zweifel, ob der Mann noch immer da drin war, vielleicht war er herausgekommen, während er mit den anderen Jungen sprach, vielleicht hatte man ihn enttarnt. Noch eine halbe Stunde. Garantiert war der Mann nicht aus der Tür da drüben herausgekommen, und eine andere gab es nicht. Nachdem er so lange auf die gleiche Stelle gestarrt hatte, kam ihm auf einmal alles fremd vor, er wusste nicht mehr, ob der Mann überhaupt durch diese Tür hineingegangen war, andererseits waren inzwischen mehrere Männer herausgekommen. Er konnte einer davon gewesen sein. Er wollte schon aufgeben, da kam der Mann plötzlich heraus, ging zu einer Stelle, wo es heller war, zog etwas aus der Tasche, sah es sich lange an, steckte es wieder ein und ging zur Avenida Atlântica. Für den Jungen bestand kein Zweifel, der Mann hatte seinen Coup erfolgreich gelandet. Als er schon dachte, dass der Mann sich mit diesem ersten Handstreich zufrieden geben würde, sah er, wie er den Platz überquerte und in eine andere Bar ging. Keine fünf Minuten vergingen, da kam er wieder heraus. Entweder hatte er einen Polizisten entdeckt oder jemanden gesehen, der ihn hätte erkennen können. Dieses Mal entfernte er sich etwas schneller, wieder in Richtung Avenida Atlântica, und machte Anstalten, auf zwei Männer zuzugehen, die von einem dritten, offensichtlich einem Dealer, angesprochen worden waren, doch die Gruppe zerstreute sich, bevor er in Aktion treten konnte. Von dort ging er nach Hause. Es war ein Uhr nachts, als der Mann sein Haus wieder betrat. Damit war der Tag für den Jungen beendet.

Es war an der Zeit, für sich selbst zu sorgen. Das Warten vor dem Haus, die Verfolgung und das Beschatten im Laufe des Abends hatten ihm keine Möglichkeit gelassen, sich etwas zu essen zu besorgen, und nun hatte er Hunger. Die Restaurants schließen sonntags früher, aber er wollte es bei zwei Lokalen in der Nähe versuchen, wo die Portiers ihn kannten, vielleicht gelang es ihm, einen Teller voll zu schnorren. Beim ersten Restaurant wurde er vom Wachmann unfreundlich abgewiesen, doch beim zweiten erkannte ihn der Parkboy und legte bei den Kellnern ein Wort für ihn ein. Während er ein paar Scheiben Braten mit Brot aß, überlegte er, dass es bestimmt kein Geld war, was der Mann aus der Bar mitgebracht hatte. Es hatte nicht so ausgesehen, als ob er Geld zählte. Er hatte ihn zwar nur von weitem beobachtet, aber er hätte wetten können, dass das, was der Mann, nachdem er aus dem Club gekommen war, aus der Tasche gezogen und sich genauer angesehen hatte, Kokainpäckchen waren.

Vor dem Einschlafen kam er zu dem Schluss, dass er ein paar Schutzvorkehrungen treffen musste, um seinen Kreuzzug fortzusetzen. Am nächsten Tag wollte er mit Clodoaldo sprechen, der kannte die Polizisten im Viertel und wusste, wem man vertrauen konnte. Wenn der Mann den Bargästen nicht nur Geld, sondern auch Drogen abpresste, konnte die Sache brenzlig werden und ihm über den Kopf wachsen. Für diesen Fall musste er die Möglichkeit haben, mit einer Art von offiziellem Schutz rechnen zu können.

Während er sich mit dem Filialleiter der Bank über das Sperren seiner Schecks unterhielt, versuchte Vieira sich auszumalen, wo seine Brieftasche und mit ihr die Kreditkarten und das Scheckheft geblieben sein konnten. Es war kurz vor Weihnachten. Selbst eine ehrliche Hausfrau konnte den Fund als Geschenk des Himmels zum Bestreiten des Weihnachtsfestes betrachten, die Garderobe von Mann und Kindern neu ausstatten und sich womöglich zum Kauf eines Fernsehapparates versteigen. Der Gedanke machte ihn gereizt, er warf böse Blicke auf die Frauen, die mit Rechnungen und Schecks in der Hand vor der Kasse anstanden. Er dachte an Flor. Im Grunde war sie keine richtige Eroberung, schließlich hatte er absolut nichts dafür getan, dass sie ihm in die Arme oder vielmehr in den Schoß gefallen war. Er beschwerte sich beim Filialleiter über die Kosten für das Sperren der Schecks, fast lohnte es sich, das Risiko einzugehen, dass sie eingelöst wurden. Ästhetisch gesehen, hatte er dazugewonnen, Flor war hübscher und sinnlicher als Magali; in persönlicher Hinsicht war es aber fraglos ein Verlust. Einander zu kennen ist ein dauerhaftes Gut, dachte er – es war ein bisschen wie bei einem alten Baum: wenn er umstürzt, muss man dem neuen Zeit zum Heranwachsen lassen. Magali hatte er grenzenlos vertraut. Nicht dass er Flor misstraute, dafür war noch gar keine Zeit gewesen, sie war nur so plötzlich aufgetaucht, wie aus dem Nichts, ohne jede Vorankündigung, einzig durch den Tod ihrer Freundin. Sie mussten sich erst einmal kennen lernen. Alles, was er über sie wusste, war das, was sie ihm beim ersten Abendessen erzählt hatte, nachdem sie Magalis Haus verlassen hatten. Das war nicht viel, dafür war sie umso reizvoller.

Beim Verlassen der Bank beschloss er, zur Polizeiwache zu gehen. Er wollte mithelfen, auch wenn ihm klar war, dass er sich in einer heiklen Situation befand, denn er war ja nicht nur ein Tatverdächtiger, sondern der einzige. Er formulierte das Problem anders: Er stand nur deshalb unter Verdacht, weil er der einzige war, das war seine Sicht der Dinge, und darüber wollte er mit Espinosa reden. Um zu Fuß zu gehen, war es ziemlich weit, lieber fuhr er mit dem Bus. Außerdem hatte er sich seit seiner Pensionierung vor zwei Jahren noch immer nicht daran gewöhnt, vollkommen frei über seine Zeit verfügen zu können; ständig kam er sich wie ein Müßiggänger vor und genierte sich tagsüber vor den Leuten. Abends war es etwas anderes, das war keine Arbeitszeit, da brauchte er keinen Schein zu wahren. Im vollen Bus konnte er am Fenster sitzen und unbesorgt das Stadtpanorama genießen, alle würden ihn für einen Mann auf dem Weg zur Arbeit halten.

Espinosa empfing ihn freundlich, aber nicht sehr begeistert. Er teilte ihm mit, dass Magalis Leiche wahrscheinlich am Nachmittag freigegeben würde, er hatte mit dem Gerichtsmediziner telefoniert, das Gutachten hatte über das erwartete Ergebnis hinaus nichts Neues erbracht: Die einzigen Spuren am Körper waren die Stellen an Hand- und Fußgelenken, ein Indiz dafür, dass kein Kampf stattgefunden hatte und dass sie nicht mit Gewalt gefesselt worden war. Hinweise auf Geschlechtsverkehr kurz vor dem Tod waren nicht vorhanden. Sie hatte eine geringfügige Menge Alkohol zu sich genommen und war zweifelsohne mit dem Gas aus der zur Untersuchung eingereichten Spraydose betäubt worden. Vermutlich war sie noch in bewusstlosem Zustand gefesselt worden, und die Plastiktüte war ihr über den Kopf gezogen worden, bevor sie wieder zu sich gekommen war. Nachdem sie das Bewusstsein wiedererlangt hatte, war sie erstickt.

Vieira wusste nicht recht, was er sagen sollte. Einerseits trauerte er über Magalis Tod, andererseits befand er sich in der Position des wichtigsten und einzigen Verdächtigen. Sie umbringen und über ihren Verlust trauern war ein Widerspruch. Wenn seine Trauer echt war, konnte er aller Logik nach nicht der Mörder sein; war er der Mörder, konnte er nicht betrauern, was er getan hatte. Nur galt diese Logik nicht für ihn, denn falls er Magali umgebracht und eine Gedächtnisstörung erlitten hatte, konnten beide Aussagen gleichzeitig wahr sein. Die Sache wurde noch misslicher, als Espinosa ihm mitteilte, dass sein Auto von der Spurensicherung noch nicht freigegeben war. Die Untersuchung des Wagens und der Umstand, dass er wahrscheinlich als Beweisstück einbezogen würde, deuteten auf eine konkrete und nicht nur imaginäre Beteiligung an Magalis Tod hin. Espinosas Frage beseitigte jeden Zweifel daran, wer der Polizist war und wer der Tatverdächtige:

»Du hast mir nichts von deiner Liebschaft mit Flor erzählt –?«

»Verdammt, Espinosa, wie soll ich von einer Liebschaft erzählen, wenn da überhaupt keine ist?«

»Sie hat hier auf der Wache aber etwas anderes erklärt.«

»Was sie erklärt hat, weiß ich nicht, ich weiß nur, dass ich das Mädchen höchstens ein- oder zweimal gesehen habe, bevor sie mich angerufen hat.«

»Und dann habt ihr eine Liebschaft angefangen?«

»Das ist doch Quatsch, Espinosa, wir sind doch keine Teenager, die über Liebschaften reden. Außerdem sind wir kein Paar, wir haben nur gestern Abend zusammen gegessen, mehr ist nicht passiert.«

»Und damit soll ich mich zufrieden geben? Halte dir einmal die Fakten vor Augen: Eine junge Frau wird in ihrer eigenen Wohnung tot aufgefunden, nackt, ans Bett gefesselt, den Kopf in einer Plastiktüte. Dieses Mädchen war deine Freundin und war an dem Abend, an dem sie umgebracht wurde, mit dir essen. Auf ihrem Nachttisch lag neben deinem Autoschlüssel ein Betäubungsspray, dessen Deckel auf dem Boden in deinem Auto gefunden wurde. Als wäre es damit noch nicht genug, waren die Füße des Mädchens mit Hilfe des Gürtels gefesselt, den du am Tatabend getragen hast – und du weißt nicht, wie du ihn verloren hast. Und um das Maß voll zu machen, fängst du am Tag nach dem Mord eine Liebschaft mit der einzigen Freundin der Toten an. Verdammt, Vieira, ich lasse dich nur deshalb nicht verhaften, weil ich nicht glaube, dass du so blöd bist, dich selbst mit all diesen Indizien zu belasten. Es fehlt nur noch, dass ein Testament der Toten auftaucht, in dem du als einziger Begünstigter des kleinen Vermögens genannt bist, das sie durch ihren Beruf zusammengetragen hat.«

Vieira sah Espinosa schweigend an. Er wollte einiges sagen, wollte die Dinge klarstellen, wollte sagen, dass Flor ihm in den Schoß gefallen war, ohne dass er etwas dazu getan hatte, er wollte sagen, wie gern er Magali gehabt hatte, aber er sagte nichts, er wusste, dass Espinosa Recht hatte. Aus eigener Erfahrung wusste er, je mehr er sich zu rechtfertigen suchte, desto verdächtiger würde er sich machen. Und er wusste auch aus Erfahrung, dass in dieser Situation Schweigen Gold war. Er sagte nur:

»Ich glaube, wenn wir herausfinden, wo meine Brieftasche geblieben ist, dann können wir vielleicht klären, was passiert ist, nachdem Magali und ich das Restaurant verlassen haben.« Espinosa akzeptierte den Satz in der ersten Person Plural, es bestand ja keinerlei Zweifel daran, wer der Polizeibeamte war und die Ermittlungen führte.

Espinosa interessierte sich für die Frage, wie und auf welchem Weg Magali und Vieira zur Wohnung gekommen waren. Laut Aussage des Parkboys hatte, als sie vom Restaurant wegfuhren, Magali am Steuer gesessen. Sie konnte Vieira nach Hause gebracht haben, dann zu ihrer eigenen Wohnung gefahren und dort dem Mörder begegnet sein. Das würde erklären, warum der Wagen vor ihrem Haus stand und die Schlüssel auf ihrem Nachttisch lagen. Der Mörder konnte in ihrer Wohnung auf sie gewartet haben oder gleich danach gekommen sein. Wenn es sich so abgespielt hatte, dann gab es für zwei Dinge keine Erklärung: Wie hatte sie den volltrunkenen und vermutlich schon halb schlafenden Vieira ohne Hilfe einer dritten Person in seine Wohnung gebracht, und zweitens, wie war Vieiras Gürtel als Fessel an Magalis Beine gekommen?

Vorausgesetzt, die Geschichte mit dem Vollrausch stimmte. Das Restaurant fluchend und torkelnd zu verlassen, konnte eine Farce gewesen sein, was wiederum kaltblütige Vorsätzlichkeit implizierte, doch das passte nicht zu Vieiras Naturell.

Das Gespräch mit Vieira hatte in dem so genannten Besucherraum im ersten Stock der Polizeiwache stattgefunden. Die Treppe, die nach oben führte, endete in einer Art großzügigem Vorraum mit zwei Sofas und zwei Sesseln, alle mit ausgeleierten Federn, aber ohne Risse im Bezug und sauber genug, dass man sich auch in heller Kleidung bedenkenlos darauf setzen konnte. Der Raum eignete sich nicht unbedingt für ein privates Gespräch – er diente als Durchgang zu allen anderen Abteilungen auf dem Stockwerk –, doch schien Vieira weniger an Privatheit gelegen zu sein als an Espinosas Entscheidung hinsichtlich der weiteren Ermittlungen.

Sie verabschiedeten sich mit einer Mischung aus Herzlichkeit und Misstrauen, Espinosa versprach, Vieira über den Stand der Ermittlungen auf dem Laufenden zu halten, was dieser als höflichen Wink verstand, sich aus der Sache herauszuhalten. Der weitere Tag brachte keine Neuigkeiten. Espinosa widmete sich dem Gutachten des Gerichtsmediziners und den Ergebnissen der Spurensicherung, und er überlegte, ob die Untersuchungen mit der gebotenen Sorgfalt durchgeführt worden waren, obwohl es sich um den Tod einer Prostituierten handelte. Während er mit Memoranden und Berichten beschäftigt war, wurde es Abend.

Espinosa beschloss, über die Avenida Copacabana nach Hause zu gehen. Das Menschengewühl gegen halb sieben Uhr abends erinnerte an eine orientalische Großstadt. Er ging in die Galeria Menescal, um ein paar Hackfleischspieße zur Verstärkung der Spaghetti Bolognese zu kaufen, die er sich zum Abendessen auftauen wollte. Noch bevor er beim Araber stehen blieb, hatte er das Gefühl, beobachtet zu werden. Während er auf die Hackfleischspieße wartete, sah er sich um, konnte aber niemanden entdecken. Ein Stück weiter, an der Ampel der Rua Barata Ribeiro, konnte er es noch einmal versuchen, da waren weniger Menschen. Er blieb an einem Schaufenster stehen, dann am nächsten, und nutzte die Spiegelung in der Scheibe zu einem Rundblick über den Bürgersteig davor, aber da war nichts. Also schrieb er sein Gefühl der gewissen Paranoia zu, die alle Polizisten haben.

Der Junge fand es ausgesprochen günstig, dass der Polizist nur vier oder fünf Häuserblocks von dem Mann entfernt wohnte, so konnte er, falls nötig, schnell von dem einen zum anderen gelangen. Das also war der Kripomann, den Clodoaldo ihm als vertrauenswürdig genannt hatte. Er sah tatsächlich nicht gefährlich aus, er wirkte zerstreut und harmlos, aber der Junge wusste, dass harmlose Polizisten wie weiße Aasgeier sind. Für gewöhnlich traute er niemandem, doch manchmal war es nötig, so wie damals, als Clodoaldo ihn davor bewahrt hatte, gelyncht zu werden, weil man ihn mit einem anderen Jungen verwechselt hatte, der einer Frau an einer Ampel das Gesicht zerschnitten hatte.

Auf dem Platz auf einer Bank sitzend, sah er, wie hinter dem Fenster das Licht anging. Der Polizist lebt anscheinend allein, dachte er, sonst wäre das Fenster schon hell gewesen, bevor er nach Hause kam. Wahrscheinlich hatte er weder Frau noch Kinder. In diesem Augenblick wurde ihm klar, dass er sich noch nie einen Polizisten mit Frau und Kindern vorgestellt hatte; wenn er »Familie des Polizisten« hörte, hatte er immer an dessen Geschwister, Mutter, Vater gedacht, aber nie an den Polizisten als Oberhaupt einer eigenen Familie. Er hielt den Blick weiter fest auf das erleuchtete Viereck gerichtet. Warum er auf einer Parkbank saß und zum Fenster eines Polizisten blickte, wusste er nicht; wahrscheinlich war es das Einzige, was er tun konnte: beobachten, ein anderes Leben auskundschaften, jemanden beschatten, so wie er es auch mit dem anderen Mann machte.

Der Platz leerte sich, es war Zeit für die Kinder, vor dem Abendessen unter die Dusche zu gehen. Während einige Mütter oder Kindermädchen mit den Kleinen loszogen, riefen andere Mütter aus dem Fenster nach den Größeren. Seit fast einem Monat war er nicht mehr zu Hause gewesen. Seine Mutter hatte es aufgegeben, sich um ihn zu sorgen, und mit der Zeit gelernt, dass er es immer schaffte, sich in Sicherheit zu bringen, wenn die Stadt für ihn unerträglich bedrohlich wurde. Er überlegte, ob er seiner Mutter die Hälfte des Geldes aus der Brieftasche bringen sollte oder sogar alles, das Geld war eher eine Belastung als eine Freude; aber vielleicht brauchte er es irgendwann, wenn er dem Mann folgte.

Nach einiger Zeit öffnete sich das Fenster mitsamt Fensterläden, und es erschien die Silhouette eines Mannes. Der Mann hob die Arme und streckte sie räkelnd, dann trat er zurück ins Innere der Wohnung. Der Junge sagte sich, dass es keinen Sinn hatte, auf der Bank sitzen zu bleiben und einen Mann zu beobachten, ohne dafür ein klares Motiv zu haben. Außerdem machte ihn der Gedanke, dass die Leute zum Abendessen nach Hause gingen, noch hungriger. Er stand auf, reckte die Arme wie zuvor die Silhouette und schlug die Richtung zur Avenida Copacabana ein. Unterwegs wollte er in einer Bäckerei ein gegrilltes Hähnchen schnorren. Während er den Platz verließ, dachte er an den merkwürdigen Namen des Polizisten, er hatte noch nie gehört, dass jemand Espinosa hieß. Schon bald musste er mit der nächsten Beschattung anfangen; der Mann begann seine abendlichen Streifzüge immer gegen zehn Uhr.

»Wenn es für etwas zu essen ist und nicht für Drogen, dann meinetwegen«, sagte die eine Frau in der Bäckerei, »obwohl ich finde, dass ein ganzes Hähnchen für einen Jungen wie dich zu viel ist.«

»Geben Sie ihm das Geld nicht«, sagte die andere, »bezahlen Sie selbst für ihn, dann kann er es nicht für etwas anderes ausgeben.« Sie sprach, als kenne sie die Abgründe der menschlichen Seele und auch die Welt der Straßenkinder. Es fehlte nicht viel, dann hätten sie gemeinsam nachgesehen, ob das Hähnchen nicht womöglich mit Marihuana oder Kokain gefüllt war.

Um zehn Uhr saß er, nachdem er das Hähnchen verdrückt hatte, auf dem der Wohnung des Mannes gegenüberliegenden Bordstein und wartete. Vielleicht hatte die Alte Recht, das Hähnchen war zu viel für einen so kleinen Körper, es lag ihm schwer im Magen. Nach einiger Zeit bekam er leichte Bauchschmerzen. Falls sie schlimmer wurden, konnte er nicht auf dem Bordstein sitzen bleiben. Um Viertel vor elf erschien der Mann an der Haustür. Er blickte nach links und nach rechts, als überlegte er, welche Richtung er für seinen nächsten Coup einschlagen sollte, dann blieb sein Blick an dem Jungen auf der anderen Straßenseite hängen. Offenbar suchte er in seinem Gedächtnis nach einem Anhaltspunkt, während sein Auge das Bild fixierte. Als er sich endlich an etwas zu erinnern schien, war der Junge schon aufgestanden und verschwunden.

Der Junge kannte diesen Blick, so ähnlich war er schon öfter angeschaut worden, und er hatte nicht die Absicht zu überprüfen, ob es diesmal die gleichen Konsequenzen mit sich brachte. Dieser Mann würde alles tun, um einen, der ihm im Weg war, auszuschalten, und er hätte auch keinerlei Skrupel, eine Situation für sich persönlich auszunutzen. Der Junge wusste, dass es für Männer seiner Art keine Grenze zwischen legal und illegal gab, stehlen und töten war für sie so natürlich wie atmen, essen und leben. Und eines war dem Jungen nun klar: Der Mann wusste von seiner Existenz.

Der Leichenwagen setzte den Sarg am Eingang zum Friedhof ab, als lieferte er ein Postpaket aus. Freunde kamen keine, außer Vieira, für den der Tod seit Jahren vor allem eine bürokratische Angelegenheit darstellte, und Flor, die sich zu weinen bemühte, aber keinen rechten Erfolg damit hatte. Bevor sie den Sarg in das Fach in der Betonwand schoben, warteten sie noch einige Zeit auf den Nachtportier aus Magalis Haus, doch er erschien nicht. Die Leiche wurde beerdigt (oder weggesteckt), ohne dass sich jemand die Mühe machte, die Nummer der Grabstelle zu notieren. Flor und Vieira verließen den Friedhof Arm in Arm, als wären sie miteinander verwandt. Sie trennten sich in Copacabana und verabredeten sich für den Abend. Anschließend ging Vieira zu dem Restaurant, wo er mit Magali gegessen hatte.

»Herr Doktor, wie schön, Sie wieder hier zu sehen.«

»Danke, Chico.«

»Stimmt das wirklich, was ich gehört habe? Dass Dona Magali gestorben ist?«

»Nicht gestorben, Chico, sondern umgebracht worden.«

»Und wer hat das getan, Herr Doktor?«

»Das wüsste ich für mein Leben gern, aber dazu muss ich zuerst ein paar Dinge in Erfahrung bringen. Unter anderem, was mit meiner Brieftasche passiert ist.«

»Hier im Restaurant ist nichts passiert, Herr Doktor. Ich habe Sie bedient, und als ich die Rechnung brachte, haben Sie die Brieftasche gezückt und das Scheckheft Dona Magali zum Ausfüllen gegeben; dann haben Sie unterschrieben und die Brieftasche mit dem Scheckheft in Ihre Gesäßtasche gesteckt.«

»Sind Sie sicher, dass ich sie in die Hosentasche gesteckt habe?«

»Absolut sicher. Sie hatten etwas getrunken und brauchten eine Weile, bis Sie die Tasche gefunden haben.«

»Und draußen? Wer war der Parkboy?«

»Derselbe wie immer. Wenn Sie möchten, rufe ich ihn herein.«

»Nicht nötig, ich spreche mit ihm, wenn ich hinausgehe.«

Vieira wusste, dass es nicht unbedingt einen Zusammenhang zwischen dem Verschwinden seiner Brieftasche und Magalis Tod gab, aber das war das Einzige, wo er ansetzen konnte, ohne sich in Espinosas Ermittlungen einzumischen. Jedenfalls würde er nicht zu Hause sitzen und fernsehen, während die Polizei Beweise gegen ihn sammelte. Er lehnte das Getränk, das ihm angeboten wurde, »eine Aufmerksamkeit des Hauses«, ab und ging hinaus, um mit dem Parkboy zu sprechen.

»Ganz richtig, ja, ich habe Ihnen beim Einsteigen geholfen, ich stand auf der anderen Straßenseite, und als ich sah, wie Sie fast auf den Jungen gestürzt wären, bin ich rübergelaufen und habe Ihnen geholfen.«

»Was für ein Junge, verdammt? Ich hatte keinen Jungen bei mir.«

»Nein, der Junge war nicht bei Ihnen, ich meine den, der immer da drüben auf dem Bürgersteig schläft, genau neben der Stelle, wo Ihr Auto stand.«

»Und was ist mit diesem Jungen?«

»Nichts, Herr Doktor, Sie waren nur ein bisschen wacklig auf den Beinen und sind fast auf ihn gefallen, vielleicht ist er von dem Lärm aufgewacht.«

»Von welchem Lärm?«

»Am Karton.«

»Welcher Karton, verdammt noch mal? Wo kommt denn jetzt auf einmal ein Scheißkarton her?«

»Der Kühlschrankkarton, Herr Doktor.« Und dann ergänzte er schnell: »Der Junge schlief in einer Kühlschrankverpackung, die jemand da abgestellt hatte. Sie wären fast auf ihn gefallen.«

»Und wo ist der Junge jetzt?«

»Keine Ahnung, Herr Doktor, der ist seitdem verschwunden. Die anderen Herren haben auch nach ihm gefragt, einer hat sogar gesagt, ich soll ihn anrufen, wenn er wieder auftaucht.«

»Die anderen Herren? Verdammter Scheiß, von wem sprichst du?«

»Von Ihren Kollegen, Herr Doktor. Die haben mich auch nach der Brieftasche gefragt, und ich habe ihnen dasselbe gesagt.«

»Und welche Telefonnummer haben sie dir gegeben?«

»Eine Telefonnummer hat mir nur einer gegeben, der Erste, der hier war.« Er griff in die Tasche und zog mehrere Zettel heraus, einige steckten wahrscheinlich schon seit Jahren darin, Totoscheine, Rezepte und dazwischen Espinosas Visitenkarte.

Vieira wusste nicht recht, ob das ein Grund zur Zufriedenheit oder zu Befürchtungen war. Und ebenso wenig wusste er, was Espinosa bewogen hatte, sich nach dem Verbleib des Jungen zu erkundigen. Wie wichtig konnte der schon sein, dass Espinosa und dann noch einer aus seinem Team seinetwegen zum Restaurant gekommen waren? Er sah den Parkboy an, dann zu der Stelle auf dem Bürgersteig, wo der Junge geschlafen hatte, dann dorthin, wo sein Auto gestanden haben musste. Er suchte angestrengt in seinem Gedächtnis, ob ihm irgend etwas dazu einfiel. Alles vergeblich, es war, als wäre nichts gewesen, und er war sicher, dass das auch so bleiben würde.

Es war Montag, früher Abend, und der einzige angenehme Gedanke in Vieiras Kopf war die Aussicht auf Flors Körper. Er hatte es nicht eilig. Magali war eine Erinnerung, die mit der Zeit immer schwächer werden würde, bis nur noch vereinzelte Bruchstücke übrig blieben. Sie fehlte ihm, aber er wusste, dass im Laufe der Jahre an die Stelle des Verlustgefühls weniger emotionale Erinnerungen treten und irgendwann die Erinnerung an den Schmerz nicht mehr schmerzen würde. Aber vielleicht empfand Flor es anders, und er wollte sie nicht drängen. Außerdem musste er es vor Espinosa geheim halten, er würde auf eine Romanze zwischen den beiden einzigen der Toten nahe stehenden Personen nicht gerade begeistert reagieren, vor allem, weil eine der beiden des Mordes an ihr verdächtigt wurde. Andererseits waren Flor und er freie und ungebundene erwachsene Menschen, niemand brauchte zu wissen, was sich zwischen ihnen abspielte, auch wenn Espinosa da vielleicht anderer Meinung war.

Die erste Nacht mit Flor verdiente einen besonderen Rahmen. Sie konnten in einem Restaurant am Meer zu Abend essen. Zwar schien der Mond nicht und der Himmel war bedeckt, aber wenigstens sah es nicht nach Regen aus. Er war noch immer ohne Auto. Nach dem Abendessen konnten sie in ihre Wohnung gehen, er nahm nicht so gerne Frauen mit zu sich, da hatte er immer das Gefühl, dass der Geist seiner Frau alles beobachtete. Magali war die Einzige, die er seit Maria Zildas Tod in seine Wohnung gelassen hatte.

Er wollte ein ausgiebiges Bad nehmen, ein Eau de Cologne benutzen, aber keins, das Magali ihm geschenkt hatte, eine weiße Hose, weiße Schuhe und ein farbiges Hemd anziehen, doch nicht zu weit aufgeknöpft, wegen der grauen Haare auf der Brust. Er hatte festgestellt, dass die Haare von oben nach unten grau werden und dass nichts so pathetisch wirkt wie graue Brusthaare. Eigentlich hatte er sie sich braun färben lassen wollen, was als Endergebnis einen schönen Mahagoniton ergeben hätte, aber dann hatte er es doch nicht getan.

Schnaufend kam er nach Hause, er hatte einen tüchtigen Spaziergang hinter sich. Bevor er in die Wanne stieg, legte er die Sachen bereit, die er anziehen wollte. Noch hatte er sich nicht zwischen dem bunten Hemd und der *guayabera* aus weißem Leinen mit weißer Stickerei entschieden. Ganz in Weiß, wie ein Bräutigam, das würde großen Eindruck machen. Er verzichtete auf das Bad, zu viel Arbeit. Er zog sich aus und legte sich auf das Bett, um etwas zu ruhen.

Als er aufwachte und auf die Uhr sah, war es zwanzig Minuten nach zwei in der Nacht.

Es dauerte nicht lange, bis sie es auf der Wache erfuhren: Ein unbekannter Polizist presste Homosexuellen, Prostituierten, Drogensüchtigen, Betrunkenen und Ausländern Geld ab. Die Beschreibung passte zu keinem Bekannten, und man war allgemein der Auffassung, dass es sich auch um keinen Kollegen von einer anderen Polizeiwache handelte, was bedeutete, dass der Mann offensichtlich kein Polizist war. Espinosa schloss daraus sofort, dass jemand Vieiras Papiere gefunden hatte. Die ersten Berichte kamen von Besitzern von Kneipen und Bars an der Praça do Lido, die nächsten von Lokalen längs der Uferstraße, was auf eine Route am Strand entlang Richtung Ipanema hindeutete. Wenn der Kerl schlau war, würde er über einen begrenzten Zeitraum agieren, dann aufhören, bevor Schutzmaßnahmen getroffen wurden, und nach ein paar Wochen, wenn man glaubte, er sei aus dem Stadtteil vertrieben, wieder anfangen. Espinosa vermutete, dass die erste Serie nicht länger als fünf Tage dauern würde, weshalb seinem Team ein oder zwei Tage blieben, um ihm das Handwerk zu legen, vorausgesetzt, es wurde ihm nicht von den Betroffenen selbst auf endgültigere Weise gelegt. Nach der Reihenfolge der Beschwerden war als Nächstes wohl ein Nachtlokal dran, in dem früher gemischtes Publikum verkehrt hatte, das inzwischen aber zu einem Treffpunkt für Homosexuelle geworden war. Espinosas Plan war einfach. Zwei junge Fahnder sollten als Köder dienen. Selbst wollte er nicht hingehen und auch keine erfahreneren Fahnder schicken, sie konnten erkannt werden. Sein Hauptinteresse war weniger, Vieiras Papiere sicherzustellen, als den Mann zu fassen. Für den Fall, dass er auftauchte, lautete die Order, ihn festzunehmen, sobald er den ersten Coup gelandet hatte.

Um zwanzig vor elf saß Espinosa fast direkt vor dem Lokal im Auto und beobachtete aufmerksam das Kommen und Gehen der Gäste. Er wollte den beiden jungen Fahndern, die sich schon im Lokal befanden, zuvorkommen und den Mann identifizieren, noch ehe er hineinging; oder für den Fall, dass er das Lokal bereits betreten hatte, den Ausgang sichern, falls drinnen etwas schief ging.

Espinosa lag nicht gern auf der Lauer, er hatte enorme Schwierigkeiten, seine Aufmerksamkeit auf einen festen Punkt zu konzentrieren; den Blick ja, aber nicht die Aufmerksamkeit. Der Blick verharrte auf dem anvisierten Punkt, doch mit dem Kopf war er so weit weg vom Geschehen, dass er genauso gut hätte blind sein können. Er richtete das Auge fest auf die Tür der Bar, aber sobald er sich besann, war er mitten in einem intensiven imaginären Dialog mit einer bekannten Person, häufig mit seiner Exfrau wegen ihres Sohnes, hatte darüber jedes Zeitgefühl verloren und konnte unmöglich sagen, ob ein Verdächtiger hineingegangen oder herausgekommen war. Oder eine glänzende Stoßstange erinnerte ihn an den Chevrolet 52 mit Hydraulik, den sein Vater bis zu seinem Tod in bestem Zustand erhalten hatte. Alle drei waren gemeinsam umgekommen: Vater, Mutter und Auto. Keiner hätte allein überlebt. Nur er hatte es überlebt. Dazu hatte die Großmutter entscheidend beigetragen, aber eine Großmutter ist etwas anderes als Vater und Mutter.

Er konzentrierte sich wieder auf die Bar. Trotz des neuen Namens und Stils sah er an der Fassade noch in roten Neonbuchstaben den Schriftzug *Bolero* leuchten, ein Name, der geheimnisvolle Räumlichkeiten suggerierte, wie er sie aus amerikanischen Filmen kannte. Eine Viertelstunde nach Mitternacht. Der Nebel, den sie kaum wahrgenommen hatten, als sie ankamen, hatte sich so verdichtet, dass er die Meereswellen jenseits der Straße nicht mehr sehen konnte. Vielleicht hatte der Mann bei seinen Raubzügen eine Pause eingelegt – in den ersten Tagen hatte er es übertrieben – oder sich ein anderes Lokal ausgesucht. Die Beschreibung des Mannes, die man ihnen gegeben hatte, war nicht sonderlich hilfreich. Als die Uhr eins zeigte, sah Espinosa die beiden Fahnder aus der Bar treten und auf sein Auto zukommen.

»Der kommt wohl nicht mehr, Chef. Drinnen ist wenig los, und es wird immer weniger, kein guter Abend heute.« Die Augen der beiden waren von Bier und Rauch gerötet.

»Wir warten noch eine halbe Stunde, dann fahren wir.«

Es war fast zwei Uhr nachts, als sie den Einsatz abbrachen. Am nächsten Abend wollten sie einen neuen Versuch machen. Für den Moment blieb ihnen nichts anderes, als nach Hause zu fahren und sich schlafen zu legen.

Auf dem Bett liegend, betrachtete Flor ihre Füße und den spärlichen Raum ihrer Wohnung jenseits der Spitze ihres großen Zehs. Das Badezimmer enthielt alles Notwendige, doch so eng zusammengepfercht, dass das Einseifen der Haare in der Duschkabine genau aufeinander abgestimmte Bewegungen der Arme erforderte: wenn der eine nach oben angewinkelt war, musste der andere am Körper herunterhängen.

Zwar waren alle ihre Kunden sorgfältig ausgewählt und sie ließ nur wenige zu sich kommen, dennoch meinte sie, dass sie es schwerlich zu etwas bringen würde, wenn sie in diesem Loch wohnen blieb. Sie konnte noch nicht einmal in einem Wohnzimmer empfangen; wenn ein Kunde hereinkam, stolperte er sogleich über das Bett. Ebenso wenig konnte sie ihn auffordern, einen Blick auf die Straße zu werfen; die Wohnung lag nach hinten, und das einzige Fenster führte auf einen großen Innenhof mit Hunderten von gleichen Fenstern, die sich gegenseitig ansahen. Miete und Umlage wurden von ihrem Gönner aus Pernambuco bezahlt, »nur so lange, bis du sie von deinem eigenen Geld bezahlen kannst«, hatte er damals gesagt, aber tatsächlich hatte sie sich deswegen nie Sorgen machen müssen. Was die Frage betraf, es zu etwas bringen, war sie der Meinung, dass sie seit dem Lehmhaus in Recife ein paar Stufen höher gekommen war, aber noch nicht hoch genug. Die Fernsehzeitschriften zeigten, dass eine Künstlerin viel mehr erreichen konnte, und sie betrachtete sich als Künstlerin. »Josias könnte mir eine größere Wohnung besorgen, die meiner Zukunft angemessen ist.« Ihr Blick war noch immer auf den großen Zeh gerichtet, als sie daran dachte, dass bald Josias mit dem Junior kommen und sagen würde: »Ich möchte, dass er durch dich, Flor, zum Mann wird.« Sie wechselte die Beinstellung. Nun fungierte der andere große Zeh als Kimme. Die Perspektive auf das Zimmer war unverändert, nur der Zeh war ausgetauscht. Sie mochte ihre Füße, sie waren schmal und wohlgeformt, dicke Füße mit knolligen Zehen fand sie scheußlich. Josias mochte es nicht, wenn sie ihre Fußnägel lackierte. »Hoffentlich mag Vieira es auch nicht, ich kann doch nicht den einen Fuß lackieren und den anderen nicht.« Sie betrachtete sich als beschützt. Einerseits dank der finanziellen Unterstützung durch Josias, die sicherlich nun, da der Junior dazukam, aufgestockt würde; andererseits konnte sie fortan auf Vieiras Schutz zählen. Dass er pensioniert war, spielte keine Rolle, ein Polizist ist und bleibt Polizist, ganz abgesehen davon, dass Alte liebedürftiger sind als Junge. Wenn sie diese beiden Güter klug handhabte, hatte sie keine Probleme zu befürchten. Vieira gefiel ihr, sie glaubte sogar, dass er ihr noch besser gefiel als Josias, und das führte sie darauf zurück, dass er sich nicht genierte, sich mit ihr am Arm auf der Straße zu zeigen. Josias war ein einziges Mal mit ihr abends essen gegangen, aber in einem Restaurant so weit draußen, an einer Landstraße, dass man meinen konnte, sie wären in den nächsten Bundesstaat gefahren. Magali hatte ihr erzählt, dass sie Vieira einmal nach einer Operation im Krankenhaus besucht hatte. Als sie ins Zimmer kam, hatte er gerade Besuch von zwei Kollegen vom Kommissariat und einem dritten Mann, wohl ein Verwandter, wie sie meinte. Sie wurde mit allen wie eine liebe alte Freundin bekannt gemacht. Und als er über kalte Füße klagte, hatte sie ein Paar Socken aus dem Schrank geholt und sie Vieira vor den Augen der anderen angezogen, als deutlichen Beweis für die enge Beziehung zwischen ihnen. Diese Szene war für Flor zum Musterbeispiel für jede familiäre Liebesbeziehung geworden. Flor sah im Geiste die Szene vor sich, die nahezu heilige Intimität der Handlung, einem anderen Menschen Socken anzuziehen. Sie wandte sich wieder ihren eigenen Füßen zu. Und freute sich zum wiederholten Male, dass sie schmal und wohlgeformt waren. Ihre Hände mit den langen schlanken Fingern passten zu den Füßen. Sie trug keine Ringe, die lenkten nur den Blick der anderen ab, fand sie. Überhaupt verschmähte sie jede Art von Schmuck. »Schmücken muss sich nur, wer nicht selbst schön ist«, lautete eine ihrer Maximen, so wie sie auch die Ansicht vertrat, dass Kleidung einzig die Funktion hat, die Formen zu betonen und Verborgenes anzudeuten. Alle ihre Weisheiten, und es waren nicht wenige, dienten der Macht ihres Körpers.

Und an diesen Körper dachte Vieira, als er anrief.

»Meine liebe Flor, ich bitte tausendmal um Verzeihung wegen gestern Abend, ich wollte mich vor unserem Treffen etwas ausruhen, aber dann bin ich eingeschlafen und erst mitten in der Nacht aufgewacht.«

»Das macht gar nichts, mein Schatz, wir können heute ausgehen, ich habe keine Verpflichtungen.« Und ehe Vieira über die Verpflichtungen nachdenken konnte, fügte sie hinzu: »Ich bin jetzt deine Flor, und du bist mein Gärtner.« Und auch dieser Satz erzielte die gewünschte Wirkung.

2

Er kam morgens nach dem Schichtwechsel im Kommissariat an und musste sich mit der Information aus zweiter Hand begnügen: Ein Straßenjunge, der unter der Markise eines Gebäudes gegenüber von dem Restaurant geschlafen hatte, in dem Vieira mit Magali gegessen hatte, war bei lebendigem Leib verbrannt worden. Der Garagenwärter des Gebäudes war dabei, die Autos zu waschen, da hörte er die Schreie. Er lief zum Garagentor und konnte gerade noch sehen, wie der lichterloh brennende Junge ein paar Schritte tat und dann auf dem Bürgersteig zusammenbrach. Als die Ambulanz der Feuerwehr eintraf, sah der Junge wie eine verkohlte Puppe aus. Auf dem Weg zum Krankenhaus war er gestorben.

Der Garagenwärter konnte den Jungen nicht identifizieren. Ein paar Bettler, die hundert Meter weiter schliefen, hatten nichts gesehen und kannten den Jungen nicht. Espinosa wusste, dass Bettler und Straßenjungen einander als Feinde betrachteten. Sie fanden es allenfalls schrecklich, wie der Junge umgebracht worden war, nach der gleichen Methode, die auch gegen sie, die Bettler, eingesetzt wurde. Er wartete ab, bis das Restaurant öffnete, um wieder hinzugehen, vielleicht konnte der Parkboy weiterhelfen.

»Nach dem, was Sie sagen, war ich schon lange weg, als es passiert ist.«

»Ich weiß. Was die Tatzeit betrifft, hat der Garagenwärter genaue Angaben gemacht, ich möchte nur wissen, ob Sie noch gearbeitet haben, als der Junge sich zum Schlafen unter die Markise gelegt hat.«

»Ja, und ich habe gesehen, wie er sich hingelegt hat, er hat mit mir gesprochen, die bitten mich fast immer, dass ich ihnen etwas aus dem Restaurant zu essen besorge.«

»War es derselbe Junge wie an dem Abend, als der Kommissar hier war?«

»Nein, das war ein anderer.«

»Sind Sie sicher? Er schlief doch immer an der Stelle.«

»Ja, aber der hier war ein anderer, ich kenne die Jungs, die sich hier rumtreiben; wie sie heißen, weiß ich nicht, aber welcher welcher ist, das weiß ich.«

»Wir fahren zum Gerichtsmedizinischen Institut, damit Sie …«

»Das ist nicht nötig, Herr Kommissar, ich weiß, dass es nicht derselbe war. Ich habe ihm Brot und Salami besorgt, ich habe gesehen, wie er sich schlafen gelegt hat, und als ich mit der Arbeit aufgehört habe und nach Hause gegangen bin, da schlief er schon.«

»Während Sie die Autos bewegt haben, haben Sie da irgendeinen Verdächtigen in der Nähe gesehen?«

»Wissen Sie, Herr Kommissar, in Copacabana ist ab einer bestimmten Uhrzeit entweder keiner verdächtig oder alle.« Espinosa gab ihm die Beschreibung des Mannes, die er von den Besitzern der Bars erhalten hatte. »Nein, mir ist keiner aufgefallen, auf den das passt. Und, entschuldigen Sie den Ausdruck, Herr Kommissar, aber einem Scheißkerl, der so was macht, dem merkt man das doch an, wenn er vorbeikommt.« Da täuscht er sich aber gründlich, was Verbrechertypen angeht, dachte Espinosa und ging.

Für ihn bestand eindeutig ein Zusammenhang zwischen den beiden Taten, was zwar nicht bedeutete, dass sie derselben Person zuzuschreiben waren, wohl aber, dass sie in den Rahmen der Ereignisse gehörten. Das Opfer anzünden, das war die Vorgehensweise von Vandalen, doch gerade deshalb konnte der

Mörder sie angewandt haben. Die Nachricht vom Tod des Jungen sprach sich in den Straßen von Copacabana herum, lange bevor sie im Fernsehen verbreitet wurde. Nicht gesagt haben sie in den Nachrichten, dachte Espinosa, dass der Mörder zwar sein Vorhaben erfolgreich durchgeführt, aber höchstwahrscheinlich den Falschen erwischt hat. Der Junge musste sterben, weil er in der falschen Nacht am falschen Ort geschlafen hat. Die Nachrichtenkommentatoren unterstrichen die ungeheuerliche Grausamkeit der Tat. Ein schlafender Mensch ist vollkommen ausgeliefert, er kann sich in keiner Weise wehren; wenn ein Kind auf dem Bürgersteig schläft, ist dies zugleich ein Beweis von Vertrauen in den Nächsten; wer dieses Ausgeliefertsein ausnutzt, den Schlafenden mit Benzin übergießt und ihn anschließend anzündet, ist verabscheuenswürdig. Einige Fernsehsender hatten Psychiater, Analytiker, Psychologen interviewt, um die Tat zu erklären.

Die Sache erschreckte den Jungen, dämpfte aber nicht seinen Erkundungseifer. Er wusste, wer der Täter war, aber der Verbrecher wusste nicht, dass er den falschen Jungen umgebracht hatte. Das war sein großer Trumpf. Wenn er zur Polizei ging, würde man ihm kein Gehör schenken, seine Geschichte war zu fantastisch. Er hielt besser den Mund und machte sich seinen vermeintlichen Tod zu Nutze. Er musste unsichtbar werden, aber das war nicht weiter schwierig. Clodoaldos Vorschlag ging ihm wieder durch den Kopf. Er wollte dem Kripomann weiterhin folgen und zum geeigneten Zeitpunkt mit ihm sprechen. Nur wusste er nicht, wie dieser geeignete Zeitpunkt aussehen konnte und was er sagen sollte. Ganz gleich, welche Geschichte er sich ausdachte, ohne die Sache mit der Brieftasche wäre keine glaubwürdig, und wenn er die Brieftasche erwähnte, würde er das Geld zurückgeben müssen. Er konnte auch die ganze

Scheißgeschichte vergessen, sogar vergessen, dass der Mann existierte, und so weiterleben, wie er bisher gelebt hatte. Aber selbst dann konnte er eines Tages dem Mann begegnen – und würde zum zweiten Mal umgebracht.

Als er noch an der Praça Mauá arbeitete, ging er, wenn er sehr angespannt war, an den Hafen, setzte sich auf eine Bank und blickte auf die manövrierenden Kräne, während er nach der Lösung des ihn gerade beschäftigenden Problems suchte. In Copacabana gab es weder Hafen noch Kräne, und das Peixoto-Viertel lag auch nicht am Meer. Dort bot sich dem Auge nur der Anblick eines Ensembles von viergeschossigen Häusern, mit Türen und Fenstern zumeist in den Grün- und Blautönen des Kolonialstils, einige auch in Kanariengelb oder Bordeauxrot. An jenem Mittwochabend nun hielt Espinosa, als er von der Arbeit kam, auf dem Platz vor seinem Haus inne, suchte sich eine freie Bank und blickte im diffusen Licht der Dämmerung auf die Hügel rings um das Peixoto-Viertel. Die Kräne vermisste er nicht; in der Zeit an der Praça Mauá hatte ihr Anblick ihn ähnlich gefesselt wie der prähistorischer Tiere im Kino. Um ihn herum tobten und schrien Kinder, trotzdem erschrak er, als er plötzlich dicht an seinem Ohr die Stimme hörte:

»Herr Kommissar.« Eine Kinderstimme, der Schreck legte sich gleich wieder, noch bevor Espinosa sich umsah. Der Junge deutete ein Lächeln an, doch sein Blick war vollkommen konzentriert.

»Hallo. Wer bist du?«

Der Junge antwortete nicht. Er kam um die Bank herum, stellte sich vor ihn und schien zu überlegen, ob es einen Sinn hatte, mit diesem Mann zu sprechen. Espinosa begriff, dass es kein Junge aus der Nachbarschaft war.

»Willst du dich nicht setzen?« Sein Alter war undefinierbar, aber bestimmt war er älter, als er aussah. Das sagte sein Blick.

»Woher weißt du, wer ich bin?«

»Ich bin hinter Ihnen hergegangen.«

»Von wo?«

»Von der Wache.«

»Und woher wusstest du, dass ich derjenige bin, dem du hinterhergehen wolltest?«

»Von Clodoaldo.«

»Clodoaldo?«

Der Junge nickte mehrfach und setzte sich neben Espinosa.

»Und wer ist Clodoaldo?«

Der Junge stemmte die Arme auf die Sitzfläche, als wollte er aufstehen, und sah ihn erschrocken an. Espinosa dachte, er würde gleich weglaufen.

»Entschuldige, aber ich kenne viele Leute, welchen Clodoaldo meinst du?«

»Den vom Strand.« Und dann, wie ein letzter Hilferuf: »Clodoaldo, der Streetworker, der hat gesagt, wir können Ihnen vertrauen.« Da nahm die Sache für Espinosa Konturen an.

»Ja, natürlich! Wieso habe ich nicht gleich an den gedacht! Und Clodoaldo hat also gesagt, du sollst zu mir kommen? Aber warum bist du nicht auf die Wache gekommen, statt hinter mir herzulaufen?«

»Weil ich Angst hatte.«

»Vor der Polizei?«

»Dass man mich umbringt.«

»Und warum hast du gedacht, dass die Polizei dich umbringt?«

»Nicht die Polizei, der Mann.«

»Welcher Mann?«

»Der meinen Kollegen verbrannt hat.«

Espinosa blickte lange auf den Jungen, auf die spielenden Kinder, dann wieder auf den Jungen. Er sprach sehr langsam, als fürchtete er, einen Zauber zu zerstören.

»Weißt du, was wir jetzt machen? In der Bäckerei da an der Ecke gibt es wunderbare Schinkensandwiches; was hältst du davon, wenn wir für jeden zwei bestellen, etwas zu trinken mitnehmen, wieder herkommen … und dann erzählst du mir die ganze Geschichte von Anfang an?«

Da das Wohnzimmer im Dunkeln lag, warf das Licht, das von draußen durch die Fensterläden drang, Streifen an die Decke. Das Blinken der roten und grünen Lämpchen des Anrufbeantworters hob sich von der Dunkelheit des Raums ab. Für gewöhnlich reagierte Espinosa nicht sofort darauf, so wie er auch nicht immer gleich das Licht einschaltete, wenn er das Wohnzimmer betrat. Während er durch den Raum ging, warf er einen fast verächtlichen Blick auf den Anrufbeantworter und sein zweifarbiges Blinken. Ohne ihm weitere Beachtung zu schenken, ging er direkt ins Schlafzimmer und anschließend ins Bad, bevor er die Anrufe abhörte. Seit zwei Tagen hatte er das Gefühl, ganz und gar fremdbestimmt zu sein, ohne eigene Wünsche, nur mechanisch die Routinearbeit im Kommissariat zu erledigen. Die Woche ging zu Ende, und er sah beim besten Willen keinen Grund, weshalb er hätte stolz sein sollen, sie erlebt zu haben. Hinzu kam, dass in einem knappen Monat Weihnachten war, und um diese Zeit wurde er immer etwas empfindsamer. Das hatte aber nichts mit Frömmigkeit zu tun, sondern mit einer Erzählung von O. Henry, die er als Junge gelesen hatte, und mit Hollywoodfilmen. Seitdem hatte ihn Weihnachten jedes Jahr aufs Neue innerlich bewegt, mit Schnee allerdings, dachte er, musste es noch viel bewegender sein.

Die Vorstellung, der Freitagabend sei das Vorspiel zu zwei Tagen, an denen man endlich tun und lassen konnte, was man wollte, hatte er schon vor geraumer Zeit aufgegeben. Wenige solcher Abende hatten genügt, um festzustellen, dass sie sich von anderen Abenden allein durch die Illusion unterschieden, gleich am nächsten Morgen würden sämtliche unterbrochenen (oder noch nicht einmal angefangenen) Arbeiten in Angriff genommen, von der Befestigung des losen Parkettholzes bis hin zum Bauen eines Regals für die Bücher, die sich in der Wohnung stapelten. Auch auf intellektueller Ebene war die Bandbreite groß, sie reichte von dem Brief an den Freund in der Ferne bis zur epischen Erzählung seiner Abenteuer. Das Problem war, dass er die Anschrift des Freundes verloren hatte, und was die Abenteuer betraf, war ihm bewusst, dass sie weit mehr in der Fiktion als in der Realität existierten.

So sah sein Gemütszustand aus, als er sich, der ewigen tiefgekühlten Spaghetti Bolognese überdrüssig, auf den Weg zu einem Restaurant machte. Der Handel in Copacabana war schon ganz auf Weihnachten eingestellt, aus den Geschäften, die bis spätabends geöffnet hatten, drang Musik, und auf den Bürgersteigen wurden derartige Mengen von Tannenbäumen angeboten, dass er den Eindruck hatte, ganz Lappland sei abgeholzt worden. Er ging ein paar Straßen weiter, bis zu einer Trattoria in Strandnähe, und den Gipfel an Abenteuer bildete an diesem Abend eine Schokoladentorte mit Schlagsahne.

Die Leere des Abends zuvor führte dazu, dass er den Samstag anging wie ein Demiurg, der entschlossen ist, Ordnung in das Chaos zu bringen. Vor einiger Zeit hatte seine Erfindungsgabe ihn dazu gebracht, in Ermangelung eines Regals die im Laufe von zwanzig Jahren angesammelten Bücher – teils geerbt, teils gekauft – in Reihen aufzustellen, so als stünden sie auf einem

Regal, nur dass er statt Regalbrettern Bücher quer dazwischen legte und darauf eine neue Reihe setzte. Das Ergebnis dieser Improvisation war ein Regal-ohne-Regal, das mittlerweile eine Höhe von anderthalb Metern erreicht hatte und sich über die ganze Breite der einen Wohnzimmerwand erstreckte, ohne dass er auch nur ein Holzbrett verwendet hatte. Espinosa war stolz auf seine Heimwerkerkunst, doch nun war es Zeit für gewisse Korrekturmaßnahmen, und zwar aus zwei Gründen: Der erste und wichtigere war, dass seine langjährige Putzfrau ihm leise zu verstehen gegeben hatte, sie und der Bücherstapel seien nicht miteinander vereinbar; der zweite, weniger wichtige war, dass das Gleichgewicht des »Regals« einen prekären Zustand erreicht hatte. Da musste energisch gehandelt werden, und normalerweise hätte dies lange Überlegungen nach sich gezogen, hätte ihn nicht an diesem Morgen besagter Schöpfergeist beflügelt. Nach dem Frühstück griff er zu Stift und Papier und nahm das Projekt Wohnzimmerregal in Angriff. Der erste Schritt bestand darin, eine Zeichnung zu machen und die genauen Maße zu berechnen, um die entsprechende Menge Holz zu kaufen, der zweite, sich einen Tischler zu suchen. Für den ersten Teil ging der ganze Samstag drauf, oder vielmehr fast der ganze, der Abend blieb frei.

Der Film im Fernsehen war zur Hälfte um, das Drehbuch war schlecht, und der Hauptdarsteller meinte, schauspielern bedeute Grimassen ziehen. Er schwankte zwischen Umschalten und Ausschalten, da klingelte es. Sowie er auf den Balkon trat, um nachzusehen, wer da war, traten die beiden, durch das Geräusch der Fensterläden aufmerksam gemacht, von der Haustür zurück und blickten nach oben. Im Licht der Straßenlaterne sah er einen Jungen und eine junge Frau. Er erkannte sofort den Jungen, der ihn auf dem Platz angesprochen und dem er seine Anschrift gegeben hatte. Wer das Mädchen war, wusste er nicht. Er gab ihnen ein Zeichen, sie sollten warten, und ging hinunter. Es war zwanzig Minuten vor Mitternacht.

Kaum hatte er die Haustür geöffnet, fingen beide gleichzeitig an zu sprechen. Er bat sie, sich zu beruhigen und zu erzählen, was passiert sei. Der Junge verstummte, und das Mädchen ergriff das Wort.

»Ein Mann hat versucht, ihn umzubringen«, sagte sie und blickte dabei auf den Jungen und auf die Straße, als wäre der Mann da und könnte es bestätigen.

»Es ist wohl besser, wir gehen hinein, dann könnt ihr mir alles genau erzählen.«

»Das geht nicht, ich habe meine Bilder stehen lassen.«

»Ihre Bilder?«

»Ich bin Malerin, ich verkaufe meine Bilder an der Avenida Atlântica, und genau da wollte der Mann den Jungen umbringen.«

Das alles stieß sie in einem Atemzug hervor. Espinosa schätzte sie auf etwa fünfundzwanzig und stellte fest, dass sie sehr hübsch war und genauso empört wie erschrocken.

»Dann gehen wir dorthin und sammeln die Bilder ein. Unterwegs erzählt ihr mir, was passiert ist.«

»Sie kommen mit?«, fragte der Junge.

»Ja. Keine Sorge, der Mann ist nicht mehr da. Wartet eine Minute, ich muss noch mal nach oben.«

Er brauchte etwas länger als eine Minute, um seine Waffe, den Ausweis und eine Jacke mitzunehmen. Sein Auto stand vor dem Haus, damit waren sie beweglicher und außerdem vor den Blicken des Mannes geschützt, falls er ihnen gefolgt war. Der Junge stieg hinten ein, das Mädchen setzte sich vorn neben Espinosa.

»Wie heißen Sie?«, fragte Espinosa, nachdem er losgefahren war.

»Kika. K-i-k-a, so signiere ich meine Bilder, und alle kennen mich unter diesem Namen. Eigentlich heiße ich Cristina. Der Junge hat gesagt, Sie heißen Espinosa.«

»Richtig. Und was hat er noch gesagt?«

»Dass Sie Polizeikommissar sind und dass wir Ihnen vertrauen können.«

»So, und wie wäre es, wenn Sie mir nun erzählen, was passiert ist?«

»Okay.« Sie machte eine Pause, als ordnete sie ihre Gedanken, dann begann sie zu sprechen, während der Junge, über die Lehne des Vordersitzes gebeugt, den einen oder anderen Punkt ihres Berichts mit Nicken bekräftigte. »Wir Maler stellen unsere Bilder auf dem breiten Mittelstreifen zwischen den beiden Fahrbahnen der Avenida Atlântica aus. Es war schon nach elf, und ich versuchte gerade, ein paar Touristen anzulocken, da sah ich den Mann auf dem Bürgersteig gegenüber hinter dem Jungen herlaufen. Plötzlich kam der Junge über die Straße gerannt, beinah wäre er überfahren worden, versteckte sich hinter mir und sagte, man wolle ihn umbringen. Der Mann blieb auf der anderen Seite stehen, starrte herüber und klappte etwas zusammen, es sah wie ein Springmesser oder Taschenmesser aus, dann steckte er es in die Hosentasche. Er blieb noch eine ganze Weile stehen und sah zu uns rüber, als ob er uns fotografieren wollte, dann drehte er sich um und ging weg. Wir wussten nicht, ob er wirklich weggegangen war, vielleicht hatte er sich auch nur versteckt. Der Junge erzählte mir hinterher, dass derselbe Mann den anderen Jungen verbrannt hat, weil er glaubte, das sei er. Ich bat einen Bekannten, auf meine Bilder aufzupassen, dann gingen wir in entgegengesetzter Richtung zu dem Mann um den nächsten Häuserblock. Ich wollte eigentlich zur Polizei gehen, aber dann erzählte der Junge von Ihnen. Weil Sie in der Nähe wohnen, sind wir also zu Ihnen gekommen.«

»Das war gut so. Und jetzt sammeln wir die Bilder ein.«

Vom Peixoto-Viertel bis zur Avenida Atlântica brauchten sie keine zehn Minuten, aber trotz der kurzen Zeit stellte sich unterwegs eine große Vertrautheit zwischen ihnen ein. Kika gestikulierte beim Sprechen mit ausladenden Bewegungen und streckte die Beine aus, so dass sie viel Platz im Auto einnahm und Espinosa wiederholt berührte. Zwei Blocks von der Stelle, die sie ihm gezeigt hatten, fand er einen Parkplatz, sie stiegen aus und gingen zwischen den Ständen hindurch, an denen alle möglichen Souvenirs angeboten wurden. Der Junge lief ängstlich und angespannt zwischen ihnen. Der Freund, der auf die Bilder aufgepasst hatte, atmete erleichtert auf, als er Kika kommen sah. Er hatte seine eigenen Bilder schon eingesammelt und verpackt, es drängte ihn sichtlich, nach Hause zu gehen. Er berichtete kurz von der Aussicht, eventuell ein Bild zu verkaufen, Kika bedankte sich fürs Aufpassen, sie verabschiedeten sich, er ging. Keine einzige Frage nach dem, was passiert war, keinerlei Interesse an dem Jungen, keinerlei Neugier, und das befremdete Espinosa. Nach einer Weile erklärte Kika, er sei kein Künstler, er male nicht selbst, verkaufe nur, eine Mischung aus *marchand* und Straßenhändler. Kikas Bilder, drei ungerahmte Gemälde, hingen an einem Aluminiumständer. Die Farben erinnerten an Matisse, die Formen an Gauguin, insgesamt recht gefällig, fand Espinosa, allerdings beschränkten sich seine Kenntnisse auf das, was er in Büchern vom Typ *Meister der Malerei* gesehen und gelesen hatte.

Während sie die Bilder abnahm und den Ständer zusammenlegte, erklärte Kika, dass sie mit Acrylfarben malte, die trockneten schneller. Anfangs hatte sie mit Öl gemalt, doch da sie nicht die Geduld hatte, tagelang darauf zu warten, bis die Farbe vollständig trocken war, war sie auf Acryl umgestiegen.

»Ich bin hyperaktiv, ich brauche ein Material, das zu meinem Temperament passt.«

»Ihre Bilder sind sehr hübsch, das passt zu Ihnen.«

Das war ein Kompliment. Zumindest hoffte Espinosa, dass es als solches aufgefasst wurde. Kika sah ihn fragend an, sie wusste nicht recht, ob sie sich bedanken oder nachfragen sollte, wie er das gemeint hatte, doch Espinosa hatte sich schon dem Jungen zugewandt und eine belanglose Bemerkung gemacht.

Solange Kika mit dem Abbauen beschäftigt war, bemühte Espinosa sich, seine Gedanken auf den Mann zu konzentrieren; doch sosehr er angestrengt nach einer Gestalt Ausschau hielt, von der er nicht einmal wusste, wie sie aussah – nach wenigen Sekunden kehrte sein Blick jedes Mal zu dem Mädchen zurück. Der Junge neben ihm blieb unruhig, er spürte, dass er in Vergessenheit geriet. Kika verpackte die Bilder in Plastikfolie. Der zusammengelegte Aluminiumständer wurde mit einer Nylonschnur umwickelt. Dann überquerten sie die Straße, Kika trug die Bilder, Espinosa den Ständer, der gegen ein wöchentliches Handgeld für den Portier in der Garage eines Hochhauses untergebracht wurde. Es war halb eins, die Nacht heiß und die Cafétische auf dem Bürgersteig voll besetzt. Männer in Shorts und mit fast nichts bekleidete Frauen schlenderten in beiden Richtungen auf der Avenida und genossen die leichte Brise vom Meer. Nachdem sie den Ständer abgegeben hatten, gingen sie die zwei Blocks bis zum geparkten Auto, wobei sie sich mehrmals zwischen den Tischen hindurchzwängen mussten, die fast bis an den Rand des Bürgersteigs aufgestellt waren. Als sie, praktisch gegenüber der Stelle, wo das Auto stand, auf die andere Straßenseite wechseln wollten, hob Espinosa die Hand, um Kika am Arm festzuhalten, und sah gleichzeitig zu dem Jungen. Aber da war kein Junge. Der Atem stockte ihm, sein Herz hämmerte, er sah sich nach allen Seiten um, ob vielleicht gerade irgendwo ein Auto losfuhr. Nichts. Er lief die ganze Strecke zurück, sah in den Restaurants, den Hauseingängen nach, schaute in die vorbeifahrenden Autos, die Nischen zwischen den Gebäuden und kehrte, Kika immer hinter ihm her, auf dem anderen Bürgersteig zu seinem Wagen zurück.

Der Junge blieb verschwunden.

Er kam sich wie ein Nichtsnutz vor, so als hätten die beiden ihn nur aus dem Haus geholt, um jenem Mann Gelegenheit zu geben, zu beweisen, dass er imstande war, den seiner Obhut anvertrauten Jungen vor seinen Augen zu entführen. Während er ziellos den Blick schweifen ließ, dachte er, dass er die ganze Zeit, die sie zusammen verbracht hatten, nur Augen für das Mädchen gehabt und dabei die elementarsten Grundsätze zum Schutz des Jungen außer Acht gelassen hatte. Statt die Streifenwagen im Gebiet um Hilfe zu bitten, hatte er geglaubt, er könne die Situation allein meistern. Selbst nachdem sie am Ort des Geschehens angekommen waren, hatte sein Blick viel mehr Kika gegolten als dem Jungen und seinem mutmaßlichen Verfolger. Am Ende war der Junge verschwunden, während er ihn praktisch an der Hand hielt.

Sie stiegen ins Auto und suchten die Umgebung ab, weil sie davon ausgingen, dass der Junge entführt worden war und der Entführer zu Fuß unterwegs; sehr weit konnten sie noch nicht gekommen sein. Sie fuhren um alle Häuserblocks in der Nähe und sahen sich alle Männer und Jungen, ob allein oder zusammen, genauestens an. Nach einer halben Stunde kehrte Espinosa zum Ausgangspunkt zurück und gab die Suche auf, es hatte keinen Sinn mehr. Um sein Gewissen zu erleichtern, rief er in der Polizeizentrale an, bat, eine Suchaktion auszulösen, und gab eine detaillierte Beschreibung des Jungen und eine weniger genaue des mutmaßlichen Verfolgers ab.

Er parkte den Wagen auf demselben Platz, von dem sie losgefahren waren; dann gingen sie die Avenida Atlântica in Richtung Leme entlang, ein letzter Versuch, den Fehler wieder gutzumachen. Kika hatte den Mann gesehen, und deshalb sah Espinosa jedes Mal sie an, wenn ihnen ein Mann begegnete, auf den ihre Beschreibung passte. Es war kurz vor zwei, als sie aufgaben. Er war frustriert, wütend und müde. Die Lokale an der Avenida Atlântica waren noch immer fast alle geöffnet. Während der Suche hatte er kein einziges Wort gesprochen. Als er aufgab, schlug er ihr vor, ein Bier zu trinken und ein Sandwich zu essen, bevor er sie nach Hause brachte. Sie wählten nicht lange, sondern setzten sich in das erste Lokal, das sie fanden.

»Sie haben überhaupt keinen Grund, sich Vorwürfe zu machen, ich habe auch nicht gemerkt, wie der Junge verschwunden ist, und ich war genauso nah bei ihm wie Sie.« Kika legte Espinosa eine Hand ganz leicht auf den Arm, so dass sie nur den Jackenstoff berührte, als wären Jacke und Haut weit voneinander entfernt.

»Stimmt, aber Sie sind nicht bei der Polizei, Sie brauchten nicht so genau aufzupassen wie ich. Ich habe versagt.«

»Warum sprechen Sie so verärgert mit mir?«

»Ich bin nicht über Sie verärgert.«

»Natürlich sind Sie verärgert, sehen Sie sich nur Ihr Gesicht an.«

»Was ist mit meinem Gesicht?«

»Bei so einem Gesicht kommt der Kellner gar nicht erst zu uns.«

Espinosa versuchte, sich sein Gesicht vorzustellen, da kam der Kellner, um die Bestellung aufzunehmen.

»Die Küche hat schon geschlossen, aber Sandwiches und ein paar Kleinigkeiten gibt es noch«, sagte er so unpersönlich wie ein Kassierer im Supermarkt und wischte den feuchten Tisch mit einem Lappen ab.

Bis vor wenigen Minuten war der Junge in Espinosas Kopf wie eine Wolke gewesen, zwar von präziser Form, aber nicht von fester Konsistenz, während Kika ihm wie ein Blitz in der Nacht vorgekommen war, faszinierend und bedrohlich zugleich. In dem Augenblick, als sie sich an den Tisch setzten, fand eine Veränderung statt, die schmächtige Gestalt des Jungen besetzte sein ganzes Denken, er verspürte keine Lust, sich zu unterhalten, und schon gar nicht über irgendwelche persönlichen Dinge.

Er machte ein paar Bemerkungen über das Verschwinden des Jungen, spielte sämtliche Möglichkeiten durch, doch binnen kurzem waren alle akzeptablen Erklärungen erschöpft. Sie waren beide befangen, jede Unterhaltung musste zwangsläufig ins Leere laufen. Er versuchte es mit ein paar Fragen über Malerei, Kika erzählte, dass sie an der Hochschule für Bildende Kunst Malerei studiere, und sprach von ihren Lieblingsmalern, dann gingen sie vom Ästhetischen zum Ökonomischen über, zu Materialpreisen und der Schwierigkeit, die Bilder zu verkaufen, dann kamen die Sandwiches. Sie aßen trotz alledem mit gutem Appetit. Zwei Gläser Bier hatten genügt, um bei beiden die Spuren von Müdigkeit und Frustration sichtbar zu machen, und außerdem war sonnenklar, dass der Abend für sie zu Ende war.

»Ich bringe Sie nach Hause. Wo wohnen Sie?«

»In Catete. Weil wir da etwas mit günstiger Miete gefunden haben.«

»Wir?«

»Meine Freundinnen und ich, wir teilen uns zu dritt eine Wohnung in der Rua do Catete.«

Den Kopf ans Seitenfenster gelehnt, die angezogenen Beine am Armaturenbrett abgestützt, ohne ein Wort zu sagen, saß Kika da, und hätte sie nicht die schönen braunen Augen fest auf die Windschutzscheibe gerichtet, hätte man meinen können, sie schlafe während der Fahrt. Espinosas Angebot, die Bilder nach oben zu tragen, lehnte sie ab. »Das mache ich jeden Tag.« Sie verabschiedeten sich mit einem Kuss auf jede Wange, so wie Studienkollegen. Als sie die Seitentreppe hinaufging, die zum dritten Stock führte, wurde Espinosa der Kontrast zwischen Kikas moderner Art und dem uralten Kolonialhaus in der Rua do Catete bewusst. Noch eine ganze Weile schaute er auf die menschenleere Straße, während das dumpfe Brummen des Motors die nächtliche Stille unterbrach, und nur der feierliche alte Palácio do Catete auf der anderen Seite der Straße war Zeuge.

Er wachte verkatert auf. Versagen vergiftet auch, dachte er, als er im Badezimmer in den Spiegel sah. Während die Kaffeemaschine ihr typisches Gurgeln von sich gab, rief er im Kommissariat an. Das Nachtschichtteam hatte keinerlei Mitteilung über einen Vorfall mit einem Jungen erhalten. Auch war im Gerichtsmedizinischen Institut keine Kinderleiche eingeliefert worden.

Die beiden Tassen Kaffee halfen kaum, seine Benommenheit zu verringern. Bei dem Treffen auf der Parkbank hatte der Junge, bevor sie sich verabschiedeten, von einem Haus an der Avenida Nossa Senhora de Copacabana gesprochen, zwischen der Rua Santa Clara und der Rua Siqueira Campos, mit einer Ladenpassage im Erdgeschoss und kleinem Eingang dicht am Nachbarhaus, dort wohne der Mann. Die Beschreibung war gut, es sollte nicht schwierig sein, das Haus zu finden.

Sonntagmorgen, blauer wolkenloser Himmel, Leute aus dem Viertel zogen schläfrig Richtung Strand, teils allein, teils schleppten sie Kinder, Sonnenschirme, Schwimmtiere, Bälle, Schläger, Strandmatten mit. Gegen den Strom gehend, kehrten ältere Ehepaare von der Messe zurück. Espinosa machte das Haus mühelos ausfindig. Es war wenige Minuten nach zehn, als der Portier auf sein inständiges Klingeln reagierte. Er trug Shorts, T-Shirt und Schlappen, in der Hand ein ausgewrungenes Scheuertuch. Er öffnete mit den Worten, es sei

Sonntag und der Putzmann habe frei und er müsse nun alles machen und könne nicht untätig am Eingang sitzen und … Espinosa zeigte seinen Ausweis.

»Guten Tag, ich bin Kommissar Espinosa vom 12. Kommissariat, ich würde Ihnen gern ein paar Fragen stellen.«

»Was ist passiert?« Die Stimme wurde leiser und klang erschrocken.

»Nichts, was Sie betrifft, hoffe ich. Ich brauche Auskunft über jemanden, der hier im Haus wohnt. Ein Mann, weißhäutig, um die dreißig, schlank, glattes schwarzes Haar, gut gekleidet, wohnt nach hinten raus, geht abends aus dem Haus.«

»Das Haus hat achtzig Wohnungen, Herr Kommissar, da kann man nicht alle Leute kennen.«

»Aber diesen hier kennen Sie. Denken Sie gut nach, es geht nicht um einen verwitweten Rentner. Er ist relativ jung, gut aussehend, treibt sich nachts in Copacabana herum, ist wahrscheinlich nicht sehr redselig und lebt vermutlich allein. Was den letzten Punkt betrifft, bin ich nicht sicher. Gut möglich, dass die Polizei schon früher einmal nach ihm gefragt hat.«

»Sie sagen, er geht abends aus dem Haus. Gestern Abend war ich nicht hier, ich hab meinen Dienst heute Morgen angetreten.«

»Mir geht es nicht um gestern Abend, Sie sollen mir nur sagen, welches seine Wohnung ist.«

»Ich weiß nicht … mir fällt keiner ein, der das sein könnte.«

»Aber vielleicht auf der Wache? Womöglich funktioniert Ihr Gedächtnis da besser.«

»Warten Sie, es könnte höchstens der junge Mann aus Nr. 606 sein.«

»Sehr schön. Und wie heißt der junge Mann aus Nr. 606?«

»Das weiß ich nicht, das hat er nie gesagt.«

»Und dieser junge Mann aus Nr. 606 zahlt kein Hausgeld,

erhält keine Post, Rechnungen und dergleichen, wo sein Name draufsteht?«

»Nein, Herr Kommissar, das kommt alles auf den Namen von Seu Elói.«

»Und wer ist Seu Elói?«

»Dem gehört die Wohnung.«

»Na gut. Dann unterhalten wir uns mit Seu Elói.«

»Der wohnt nicht hier, er hat eine Fazenda im Bundesstaat Rio. Manchmal kommt er ein ganzes Jahr nicht her. Die Wohnung benutzt der junge Mann, den Sie suchen.«

»... und von dem Sie nicht wissen, wie er heißt, obwohl er hier wohnt.«

»Er wohnt hier, ist aber nicht immer da. Mal lässt er sich tage- oder auch wochenlang nicht sehen, dann kommt er, bleibt zwei oder drei Tage und verschwindet wieder.«

»Und Sie wissen nicht, ob er jetzt im Haus ist?«

»Nein.«

»Haben Sie den Wohnungsschlüssel?«

»Nein, Herr Kommissar, der Verwalter erlaubt nicht, dass wir Wohnungsschlüssel verwahren. Ich mag das auch nicht. Nachher verschwindet was, und wir kriegen die Schuld.«

»Wie Sie selbst gesagt haben, es sind zu viele Wohnungen, da können sie nicht auf alle achten. Ich gehe nachsehen, ob er zu Hause ist.«

»Wir können über die Haussprechanlage anrufen.«

»Genau das will ich nicht. Ich fahre nach oben, und Sie halten still und rühren die Sprechanlage nicht an.«

»Geht in Ordnung, Herr Kommissar.«

Während des Gesprächs knetete der Portier das nasse Tuch, das er in der Hand hielt, was Espinosa als Zeichen von Nervosität auslegte. Vielleicht wollte er dem Bewohner von Nr. 606 den Hals umdrehen, vielleicht wollte er ihm selbst, Espinosa, den Hals umdrehen, vielleicht dachte er daran, was der Bewohner von Nr. 606 mit ihm machen würde, vielleicht ging es um etwas ganz anderes, das nichts mit der Sache zu tun hatte, und Espinosa kam zu dem Schluss, dass etwas, das ein Zeichen für alles sein konnte, ein Zeichen für nichts war. Er fuhr nach oben.

Als er vor der Wohnungstür stand, klingelte er und versuchte dann, am Türknauf zu drehen. Die Tür machte den Eindruck, als sei sie nur zugeschlagen, aber nicht abgeschlossen. Er versuchte, eine Kreditkarte neben dem Schloss hineinzuschieben, um den Riegel zurückzudrücken, was ihm aber, abgesehen davon, dass er die Kreditkarte fast unbrauchbar machte, nicht gelang. In einer anderen Tür erschien eine Frau und ertappte ihn just in dem Augenblick, als er die Kreditkarte aus dem Türspalt zog, in ihrem Blick standen Missbilligung und Angst. Espinosa erwiderte den Blick mit seinem schönsten schiefen Lächeln und wartete den anderen Fahrstuhl ab; mit ihr gemeinsam hinunterzufahren, hätte beide zu sehr in Verlegenheit gebracht. Als er unten ankam, informierte sie gerade den Portier, der noch immer sein Tuch knetete. Sowie Espinosa sich näherte, ging sie schnell weg.

»Wenn der Mann auftaucht, rufen Sie mich sofort an.« Dann reichte er ihm seine Karte. »Ich muss wohl nicht betonen, dass Sie ihm nichts sagen dürfen.«

»Natürlich nicht, Herr Kommissar.« Espinosa machte sich mit dem sicheren Gefühl auf den Weg, dass er nicht informiert würde, wenn der Bewohner von Nr. 606 auftauchte.

Zurück in seiner Wohnung, öffnete er einen italienischen Wein zu dem Nudelgericht, das er selbst gekocht hatte. Es war nicht das beste Mittagessen seines Lebens, fand er, aber auch eindeutig nicht das schlechteste.

Die Tatsache, dass keine Leiche gefunden worden war, die der Beschreibung des Jungen entsprach, beruhigte ihn etwas. Inzwischen gewöhnte er sich an den Gedanken, dass der Junge weggelaufen war, weil er gemerkt hatte, dass der Mann in der Nähe war. Bestimmt hielt er sich versteckt, und wenn er sich nicht mehr so bedroht fühlte, würde er wieder zu ihm kommen. Zumindest wünschte er sich, es hätte sich so abgespielt, wie er es sich vorstellte.

Eine Weile beschäftigte ihn die Frage, ob er das Geschirr vom Frühstück und Mittagessen abwaschen oder es bis Mittwoch in der Spüle stapeln sollte, wenn Alice, die Putzfrau (für die seine Wohnung nicht gerade das Wunderland war), kam und wieder für Ordnung sorgte.

Er entschied sich, das Buch von Conrad zu lesen, das er vor einem Monat in einem Antiquariat im Zentrum gekauft hatte. Es war eine Übersetzung von *Lord Jim* aus dem Jahre 1939, in die der Vorbesitzer auf das Titelblatt »*Lektüre begonnen am 22.2.40 (Donnerstag)*« geschrieben hatte und auf die letzte Seite: »*Beendet am 24.2.40 (Samstag) um 23.30 Uhr. Ich fand das Buch etwas monoton ...*« Aber gleich darunter stand, in einem anderen, kräftigeren Blau: »*21.3.54 (Sonntag) – Soeben habe ich das Buch zum zweiten Mal durchgelesen, und nun halte ich es für eins der besten, die ich je gelesen habe.*« Vierzehn Jahre später. Hatte er sich verändert? Hatten sich seine Lesegewohnheiten verändert? War er nachsichtiger geworden? Gereift? Von den Bemerkungen des früheren Besitzers zusätzlich neugierig gemacht, begann Espinosa zu lesen, auch um als Schiedsrichter über die beiden Beurteilungen aufzutreten, denn er meinte, er habe das Recht, eine entscheidende Stellungnahme hinzuzufügen. Doch sollte dies noch nicht der richtige Zeitpunkt sein, in die Welt des *Tuan* Jim einzutauchen: Er konnte sich nicht auf die Lektüre konzentrieren, Bilder von Kika und dem Jungen drängten sich immer wieder in die Geschichte. Weil aber seiner Meinung nach Joseph Conrad verdiente, dass man ihn aufmerksam las, legte er das Buch für einen passenderen Augenblick beiseite. Irgendwann musste der Mann nach Hause kommen, um zu duschen und sich umzuziehen, es sei denn, er war tatsächlich geflohen, was einem Schuldeingeständnis gleichkäme. Es gab keinerlei Indiz dafür, dass er den schlafenden Jungen ermordet hatte; auch konnte er nicht ahnen, dass der Junge, hinter dem er her gewesen war, etwas mit der Brieftasche zu tun hatte, die er auf der Straße gefunden hatte. Eines jedoch stand außer Frage, ganz gleich, wer für den Tod des ersten Jungen verantwortlich war: Da dieser Mord ein Irrtum war, musste er daran interessiert sein, den Fehler schnellstens zu bereinigen, falls er es nicht schon am gestrigen Abend geschafft hatte. Espinosa beschloss, noch einmal zu dem Haus zu gehen. Er wartete bis fünf Uhr, für den Fall, dass Kika anrief, dann machte er sich auf den Weg zur Avenida Copacabana. Da Sommerzeit war, schien die Sonne noch kräftig. Diesmal war ein anderer Portier da, der versicherte, der Bewohner von Nr. 606 sei bislang weder hereingekommen noch aus dem Haus gegangen. »Manchmal lässt er sich tagelang nicht sehen«, warum, konnte er nicht sagen. Hierauf ging er zu der Stelle an der Avenida Atlântica, wo Kika ihre Bilder verkaufte, aber es war nur der Bekannte da, also blieb er lieber auf Abstand. Mehrmals lief er die Strecke vom Vortag ab, doch er fand keine überzeugende Erklärung dafür, wie der Junge verschwunden sein konnte. Er ging auf dem Bürgersteig auf der Strandseite entlang, schlenderte durch die Straßen von Copacabana und beendete den Abend mit einem Stück Pizza, im Stehen in einem Schnellrestaurant verzehrt, das so langweilig war wie die Pizza. Der dritte Teil des Sonntags brachte als Ergänzung zu den vorausgegangenen beiden lediglich Enttäuschung.

Montagmorgen. Der Fahnder Chaves, neu im Beruf und mit großem Eifer dabei, war beauftragt worden zu kontrollieren, ob der Mann im Eingang des Hauses in der Avenida Copacabana erschien. Keine Spur von dem Jungen, aber auch keine Einlieferung einer Leiche im Gerichtsmedizinischen Institut, deren Beschreibung auf ihn gepasst hätte. Eine Initiative, die sich um Straßenkinder kümmerte, sorgte für die Beerdigung des verbrannten Jungen. Espinosa klammerte sich mit aller Macht an die Vorstellung, dass der Junge, der zu ihm gekommen war, nicht das gleiche Schicksal erlitten hatte. Und überlegte, ob der Junge vielleicht nicht nur vor seinem Verfolger weggelaufen war, sondern auch vor ihm, Espinosa, Kika und allen anderen, die nicht seinesgleichen waren.

Dass Kika sein Versagen miterlebt hatte, war ihm äußerst unangenehm, noch unangenehmer jedoch war, dass ihm dies wichtiger war als das Verschwinden des Jungen. Er dachte daran, bei ihr vorbeizufahren unter dem Vorwand, er brauche eine genauere Beschreibung des Mannes, um sie mit der des Jungen zu vergleichen, oder ihr sogar vorzuschlagen, ihr Zeichentalent zu nutzen und ein Bild des Mannes anzufertigen. Er konnte aber auch brav da bleiben, wo er war, dachte er, statt sich wie ein Teenager seinen Fantasien hinzugeben.

Der Chefkommissar hatte ihn gebeten, ihm beim Abarbeiten der Akten zu helfen, die sich auf seinem Schreibtisch stapelten. Es war eine langweilige, rein bürokratische Arbeit und gerade deshalb, fand er, genau das Richtige für seine Situation und Gemütsverfassung. Sie arbeiteten im Zimmer des Chefs an zwei Tischen nebeneinander. Nicht nur sein Zustand machte es ihm schwer, sich auf die Arbeit zu konzentrieren, sondern auch, dass jeden Moment die Tür aufgehen und einer mit einem Problem hereinkommen konnte, das nichts mit dem zu tun hatte, was er gerade las. Den Rest des Vormittags und einen guten Teil des Nachmittags verbrachte er mit Aktenstudium, was so spannend war, wie auf der Bank an der Kasse anzustehen.

Kurz vor vier kam Chaves herein und sagte, er sei mehrfach

bei dem Haus gewesen und habe jedes Mal dieselbe negative Auskunft erhalten. Möglich, dass der Portier den Mann schützte, dass er mehr Angst vor ihm als vor der Polizei hatte. Es konnte auch sein, dass dem Mann verschiedene Wohnungen zur Verfügung standen, was eine Erklärung dafür wäre, dass er regelmäßig mehrere Tage nicht erschien. Am wahrscheinlichsten aber war, dass er überhaupt keine eigene Wohnung besaß, sondern seinen Aufenthaltsort je nach Situation und Umständen wechselte.

Die Beschreibung des Jungen, die Espinosa den Streifenwagen gegeben hatte, hatte kein Ergebnis gebracht; sie entsprach auch keiner Leiche im Gerichtsmedizinischen Institut, allerdings kam es natürlich auch vor, dass Leute starben, ohne dass ihre Leichen gefunden wurden.

Am frühen Abend ging Espinosa nach Hause, inständig hoffend, der Junge würde wieder hinter ihm auftauchen. Er nahm den längsten und belebtesten Weg, damit man ihm unauffälliger folgen konnte, blieb hier und da vor einem Geschäft stehen, als sähe er sich etwas an, in der Hoffnung, den Jungen im Schaufenster gespiegelt zu sehen, aber es tat sich nichts. Als er zu Hause ankam, fühlte er sich bedrückt, mühselig stieg er die drei Treppen hinauf und betrat keuchend die Wohnung, als wäre er gelaufen. Der Anrufbeantworter blinkte, er drückte die Nachrichtentaste und hörte Kikas Stimme, die bedauerte, dass er nicht zu Hause war; ein zweiter Anrufer hatte keine Nachricht hinterlassen; dann wieder Kikas Stimme, die sagte, sie werde um neun Uhr abends noch einmal anrufen. Es war zehn nach sieben, genug Zeit, sich etwas nicht abweisend Klingendes auszudenken, das er ihr sagen konnte. Er stellte sich vor, dass die Gefühle der jüngeren Leute wie eine Art An-Aus-Schalter funktionierten, während seine eher einem Dimmer zu vergleichen waren, mit dem man das Licht von schummrig bis ganz hell einstellen kann. Als These schien ihm das ziemlich blödsinnig, aber etwas anderes zu denken war er nicht in der Lage, bevor er duschen ging.

Kika klang weniger aufgeregt, ihr Ton war freundschaftlich, fast liebevoll. Sie wollte wissen, ob es eine Nachricht von dem Jungen gab, sie machte sich Sorgen, fühlte sich auch schuldig. Aber das war nicht der Hauptgrund für ihren Anruf; Espinosa spürte deutlich, dass sie das Gespräch in die Länge zog, weil sie auf eine Einladung wartete. Aber er wollte lieber noch etwas abwarten. Nicht ihretwegen, sondern seinetwegen. Fünfzehn Jahre Altersunterschied reichten aus, um in der Kommunikation größere Interferenzen auftreten zu lassen. Zum Schluss gab sie ihm die Nummer eines Piepers, »falls Sie mich sprechen möchten, meine ich«.

Er hatte sich an das Alleinleben gewöhnt. Uneingeschränkt über den eigenen Raum und die eigene Zeit zu verfügen und niemandem Rechenschaft über irgendetwas schuldig zu sein, ist großartig. Heirat und Trennung sind tief greifende Ereignisse, die schwierige Entscheidungen erfordern, aber verheiratet oder getrennt zu *bleiben*, ist genauso schwierig, jedenfalls hatte er das festgestellt, seit er sich getrennt hatte, und Menschen wie Kika bedrohten diesen Zustand (trugen aber auch dazu bei, ihn aufrechtzuerhalten). So war es in den letzten zehn Jahren gewesen – mal aufregender, mal ruhiger.

Er gab sich Mühe, nicht an Kika zu denken, und versuchte noch einmal, mit *Lord Jim* anzufangen. Conrad versus Kika. Nach einer halben Stunde musste er zugeben, dass Kika gesiegt hatte. Unmöglich, auch nur einen Absatz weiterzulesen, ohne dass sich ihr Bild dazwischenschob. Er legte das Buch weg, machte ein Bier auf und schob ein tiefgekühltes Gericht in die Mikrowelle, ohne nachzusehen, was auf dem Deckel stand.

Ebenso hartnäckig wie Kikas Bild erzwang sich die Leere, die das Verschwinden des Jungen hinterlassen hatte, einen Platz in seinen Gedanken. Dass der Junge direkt neben Kika und ihm entführt werden konnte, ohne dass einer von ihnen es merkte und ohne dass er einen einzigen Ton von sich gab, schien ihm unmöglich. Allmählich kam Espinosa zu der Überzeugung, dass sich sein Verschwinden nur damit erklären ließ, dass er aus freien Stücken weggelaufen war. Er kannte den Leitsatz der Straßenkinder: »Ein Kind allein ist ein totes Kind.« Nur die Gruppe bietet ein Minimum an Sicherheit. Ein einzelnes Kind ist für jedermann eine leichte Beute. Er hatte die Hoffnung, der Junge habe begriffen, dass er nicht damit rechnen konnte, die ganze Zeit von irgendjemandem beschützt zu werden, und sei deshalb weggelaufen, um in seiner Gruppe Schutz zu suchen. So wäre es Espinosa zumindest am liebsten gewesen.

Das Gutachten des Gerichtsmedizinischen Instituts war eindeutig: Magalis Tod war durch Ersticken unter dem Plastikbeutel herbeigeführt worden, nachdem sie Betäubungsgas eingeatmet hatte; außer an den Hand- und Fußgelenken waren keine weiteren Spuren am Körper vorhanden, und es gab keinen Anhaltspunkt für vorher ausgeübten Geschlechtsverkehr. Aus den Gutachten der Spurensicherung und der Mediziner sowie dem, was er selbst am Tatort gesehen hatte, ergab sich für Espinosa ungefähr folgendes Bild: Magali war in Begleitung einer Person, die sie mit dem Gas betäubt hatte, während sie auf ihrem eigenen Bett saß oder lag. Ihre Kleidung hatte sich auf dem Stuhl befunden, die Hose zusammengelegt auf dem Sitz, die Bluse über die Lehne gehängt, Slip und Büstenhalter im Badezimmer, ein klarer Hinweis, dass nichts hastig oder unter Gewaltanwendung vom Körper gerissen worden war. Schwer zu sagen, ob Magali sich selbst ausgezogen hatte oder erst, nachdem sie das Bewusstsein verloren hatte, ausgezogen worden war. Ein kaltblütiger Mörder konnte die Kleidung ordentlich zusammengelegt haben. Nachdem sie ausgezogen und noch immer ohne Bewusstsein war, waren ihr dann die Beine mit einem Seidenschal gefesselt und dieser mit Vieiras Ledergürtel am Fußende des Bettes sowie die Arme mit T-Shirts und Tüchern aus den Kommodenschubladen festgebunden worden. Dem verwühlten Laken nach zu urteilen, hatte sie das Bewusstsein wiedererlangt, ehe sie starb. Dass Slip und Büstenhalter im Badezimmer lagen, legte nahe, dass Magali vollkommen nackt in ihr Schlafzimmer gegangen war, nachdem sie sich als Vorbereitung für einen Sexualakt oder schlicht und einfach vor dem Schlafen gewaschen hatte. Die Tatsache, dass kein Sperma gefunden worden war, konnte auf die Verwendung eines Präservativs oder auf Nicht-Penetration zurückzuführen sein.

Espinosa hatte zwar schon Geschichten von gewalttätigen Reaktionen auf gelegentlichen Potenzverlust gehört, doch wenn diese These hier zutraf, hielt er die Reaktion für unangemessen. Ein Mann, der schlappmacht, sucht im Allgemeinen nach einer Entschuldigung oder er räumt beschämt das Feld; mitunter kann es vorkommen, dass er aggressiv wird und äußerstenfalls die Frau mit einem Messer attackiert und verletzt. Doch handelt es sich in allen Fällen um eine spontane, emotionale Reaktion. Im Fall Magalis hingegen war der Täter geradezu systematisch vorgegangen. Er hatte sie mit Gas betäubt, ihre Arme und Beine sorgfältig ans Bett gebunden, ihr einen Plastikbeutel über den Kopf gezogen und ihn am Hals verschnürt. Das alles zusammen konnte Espinosa nicht als unkontrolliert-leidenschaftliche Reaktion einstufen, für ihn sah es eher nach der Vorgehensweise eines pedantischen Triebtäters aus. Und das passte nicht zu Vieiras Charakter, zumindest nicht zu dem Vieira, den er kannte.

Espinosa wollte Vieira lieber nicht sofort mitteilen, dass man seine Brieftasche lokalisiert (allerdings noch nicht sichergestellt) hatte. Vor allem sollte er nicht erfahren, dass sein Ausweis von einem Gauner aus Copacabana benutzt wurde, um Drogenkonsumenten Geld abzupressen, denn dann würde er möglicherweise auf eigene Faust versuchen, den Mann zu fassen, und das wollte Espinosa um keinen Preis. Also rief er ihn erst am späten Vormittag an. Vieira keuchte, als er sich meldete:

»Mein lieber Espinosa, du erwischst mich in einer heiklen Situation, ich versuche gerade, mir die Schuhe zuzuschnüren, und weiß nicht, ob ich mich vorbeugen oder den Fuß anheben soll. So oder so komme ich mit der Hand nicht an den Schnürsenkel.«

»Dann solltest du entweder einen Schuhzuschnürer engagieren oder Slipper tragen, dafür gibt es Schuhlöffel mit langem Griff, die sind ausgezeichnet.«

»Verdammt, Espinosa, machst du dich über mein Alter lustig?«

»Nein, nicht über dein Alter, aber über deinen Bauch.«

»Da kann ich mich nicht wehren, verdammt nochmal. Aber du hast ja wohl nicht angerufen, um über meinen Bauch zu reden.«

»Wir haben deine Dokumente gefunden.«

»Himmelarsch, Espinosa, endlich eine gute Nachricht von dir.«

»So gut nun auch wieder nicht. Wir wissen, wo sie sind, haben sie aber noch nicht sichergestellt.«

»Was heißt das, verdammte Scheiße? Wenn ihr wisst, wo sie sind, wieso habt ihr sie dann nicht sichergestellt?«

Espinosa wollte das nicht am Telefon erklären. Da schon bald Mittagszeit war, schlug er vor, sie könnten sich in einem Restaurant in der Nähe von Vieiras Wohnung treffen, ein ziemlich einfaches Lokal, aber bekannt dafür, dass es dort mittags gute Lammkoteletts gab. Als er eintraf, hatte Vieira schon die erste Flasche Bier geleert und einen Teller mit Vorspeisen verschlungen. Sie bestellten beide Lammkotelett. Nach einigen Bemerkungen über das Restaurant und das Fleisch begann Espinosa mit dem Bericht vom Schicksal der Brieftasche, wobei er zwar einige Details ausließ, aber doch das Wesentliche berichtete. Vieira hörte schweigend zu, untermalte die Erzählung seines Kollegen nur mit ein paar Flüchen, bis zu der Episode mit dem im Schlaf verbrannten Straßenjungen.

»Dem Schwein reiße ich persönlich die Eier aus, darauf kannst du dich verlassen, Espinosa.«

»Du wirst überhaupt nichts tun, Vieira. Der Kerl hält sich versteckt. Vielleicht kommt er in seine Wohnung, um etwas zu holen, wenn er glaubt, dass wir nicht mehr so genau aufpassen, aber wenn er merkt, dass wir ihn suchen, verschwindet er für immer.«

»Und was schlägst du vor?«

»Wir können deine Kenntnisse der Unterwelt von Copacabana nutzen.«

»Espinosa, der Typ ist neu in der Szene, deine Beschreibung passt auf keinen, den ich kenne. Vergiss nicht, ich bin schon über zwei Jahre nicht mehr im Dienst, in so einer Zeit können genug neue Ganoven auftreten. Aber das, was du Unterwelt nennst, die kenne ich – für mich ist das, nebenbei bemerkt, eine Welt wie jede andere –, und da schulden mir ein paar Leute noch einen Gefallen.«

»Vieira, ich möchte nur nicht, dass du irgendetwas auf eigene Faust unternimmst, vergiss nicht, dass gegen dich ein Ermittlungsverfahren wegen Mordverdacht läuft und dass ich die Ermittlungen leite, ich möchte nicht, dass du noch mehr Schwierigkeiten kriegst … genauso wenig wie ich selbst …«

»Also gut, du möchtest, dass ich mithelfe, aber gleichzeitig soll ich nichts ohne deine Genehmigung tun.«

»Genau das.«

»In Ordnung. Aber jetzt möchte ich noch eins wissen. Was zum Teufel hat dieser Kerl mit Magalis Tod zu tun?«

»Auf den ersten Blick scheint es zwei verschiedene Stränge zu geben, die nichts miteinander zu tun haben. Man kann sich schwerlich vorstellen, dass euer Abendessen im Restaurant, dein betrunkener Zustand, der Verlust der Brieftasche und Magalis Tod in irgendeinem Zusammenhang mit dem Mann stehen, der die Brieftasche gefunden hat, nachdem der Junge sie weggeworfen hatte, und dem Jungen, der im Schlaf ermordet wurde. Andererseits ist allen Beteiligten etwas gemeinsam, zwischen ihnen besteht eine hauchdünne Verbindung. Und solange diese Verbindung nicht gänzlich geklärt ist, bleibst du der einzige Tatverdächtige.«

»Ich möchte meine Papiere so schnell wie möglich zurückhaben, ich will nicht, dass mein Name mit Drogen und Erpressung in Verbindung gebracht wird. Wenn du nichts dagegen hast, mobilisiere ich noch heute Abend meine alten Kontakte. Du hast gesagt, der Kerl hat Frauen laufen.«

»Da bin ich nicht sicher. Nach dem, was der Junge und die Portiers seines Hauses gesagt haben, sieht es so aus, als ob er, wenn er schon nicht Zuhälter ist, jedenfalls versucht, Prostituierten Geld abzuknöpfen.«

»Das kann ich rauskriegen.«

»Sehr gut. Als Nächstes versuchen wir in Erfahrung zu bringen, wie er heißt und ob er noch eine andere feste Bleibe hat. Jetzt schlage ich vor, dass wir uns erst einmal den Lammkoteletts widmen.«

Während des Essens sprachen sie nicht mehr über den Fall. Beim Kaffee nach dem Dessert vereinbarten sie einen einfachen Plan. Keiner von beiden erwähnte Flor. Espinosa verabschiedete sich von Vieira vor dessen Haus und fuhr im Bus weiter zu Magalis Wohnung. Er wollte sich einer Sache vergewissern, bevor er zur Wache zurückkehrte. Da er den Schlüssel hatte, fuhr er direkt in den neunten Stock, Wohnung Nr. 918. Die Wohnung war noch nicht aufgelöst, sie roch wie unbewohnt, oder auch nach Tod. Er durchsuchte Schubladen, Schachteln, Taschen, stöberte in allen Winkeln und Ecken. Am Ende lag vor ihm auf dem Bett ein Haufen von fast zwei Dutzend Schlüsseln, die einen mit Anhänger, andere ohne, einige offensichtlich alt und schon lange nicht mehr in Benutzung, anderen dagegen sah man eindeutig an, dass sie noch vor kurzem benutzt worden waren. Er steckte alle zusammen in eine Plastiktüte und machte sich auf den Weg zu Flors Wohnung. Der Portier erklärte dünkelhaft wie ein Portier eines Luxusapartmenthauses, Dona Flor sei zu Hause, wünsche aber nicht, dass jemand ohne vorherige Ankündigung per Haussprechanlage hinaufgelassen werde. Dank Polizeiausweis war dieses kleine Problem schnell geklärt. Oben angelangt, musste Espinosa zweimal klingeln, beim zweiten Mal energisch, bis Flor die Tür öffnete. Sie trug ein Negligé, das zwischen dem, was es sehen ließ, und dem, was es andeutete, für perfekte Balance sorgte.

»Herr Kommissar, welch angenehme Überraschung. Treten Sie bitte ein. Ist dies ein beruflicher Besuch?«

»Was mich betrifft, ja.«

»Wie schade, ich habe den ganzen Nachmittag frei.«

»Ich werde nicht mehr als zehn Minuten davon in Anspruch nehmen.«

»Doppelt schade. Aber wenn es so ist, was kann ich für Sie tun?«

»Ich möchte nur eine Kleinigkeit klären. Magali und Sie waren eng befreundet. So eng, dass sie Ihnen ihren Liebhaber vermacht hat.«

»Herr Kommissar …«

»Ganz ruhig, das ist eine Feststellung und kein Werturteil; außerdem wiederhole ich nur, was Sie selbst gesagt haben. Wenn sie also so eng befreundet waren, dass Sie einen Schlüssel zu Magalis Wohnung hatten, muss ich annehmen, dass auch Magali einen Schlüssel zu Ihrer Wohnung hatte.«

»Natürlich. Jede hatte einen Schlüssel zur Wohnung der anderen, für den Notfall.«

»Gut. Und dieser Notfall ist fraglos eingetreten.«

»Was wollen Sie damit andeuten, Herr Kommissar?«

»Ich will überhaupt nichts andeuten, ich versuche, so direkt wie möglich zu sein. Und zum Beweis dafür möchte ich an Ihrer Tür ein paar Schlüssel ausprobieren, die ich in der Tasche habe.«

Bevor sie etwas sagen konnte, holte Espinosa die Tüte mit den Schlüsseln heraus. Flor wartete schweigend ab, während er einen nach dem anderen ausprobierte. Schließlich, als keiner passte, sagte sie:

»Hätten Sie mich vorher gefragt, dann hätten Sie sich die Arbeit sparen können. Magali hatte meinen Schlüssel, aber ich habe ihn an dem Abend mitgenommen, als ich sie tot vorfand.«

»Und warum?«

»Warum? Ich bitte Sie. Weil ich nicht wollte, dass mein Schlüssel irgendwo herumliegt.«

»Er lag nicht irgendwo herum, sondern in der Wohnung Ihrer Freundin. Einen Gegenstand vom Tatort zu entfernen, gilt im Übrigen als Behinderung der Justiz.«

»Hören Sie, Herr Kommissar, das war mein eigener Wohnungsschlüssel. Ich habe nichts verheimlicht, ich habe spontan gesagt, dass sie einen Zweitschlüssel hatte. Und nur den habe ich mitgenommen.«

»Können Sie mir diesen Zweitschlüssel, den Sie mitgenommen haben, zeigen?«

»Er muss hier irgendwo sein, ich weiß nicht genau, wo ich ihn hingelegt habe.«

»Dann versuchen Sie sich zu erinnern, ich warte.«

Flor suchte eine Weile, dann überreichte sie ihm mit triumphierender Miene einen Schlüssel. Er passte perfekt.

Er blieb länger auf der Wache, um den Aktenstapel abzutragen, mit dessen Bearbeitung er am Tag zuvor begonnen hatte. Er hatte das Gefühl, dass der Stapel auf seinem Tisch schneller wuchs, als er ihn reduzieren konnte. Es war schon nach halb acht, als er nach Hause kam. Kika hatte angerufen, sie wollte wissen, ob es Neues vom Jungen gab, und fragte, ob er Lust habe, am Largo do Machado eine Pizza zu essen und ein Bierchen zu trinken; er solle bitte in jedem Fall eine Nachricht hinterlassen. Espinosa rief an und nannte als Zeitpunkt für ihr Treffen neun Uhr. Die Pizzeria, deren Markise über ein paar Dutzend Tischen weit über den breiten Bürgersteig reichte, lag nur gut zwei Straßen von Kikas Wohnung entfernt. Er war kurz vor neun da. Trotz der Dezemberhitze ging ein leichter Wind.

Kika kam zu Fuß den Bürgersteig entlang, sie sah besonders hübsch aus, das weiße T-Shirt endete vier Fingerbreit über, die Jeans ein paar Fingerbreit unter dem reizendsten Nabel, den Espinosa je gesehen hatte. Um weniger förmlich als üblich auszusehen, trug er ein kurzärmliges, ziemlich weites Freizeithemd lose über der Hose, seine sportliche Kleidungsvariante, mit der sich die Waffe am Gürtel verbergen ließ. Es war ihr erstes Wiedersehen seit der Nacht, als der Junge verschwunden war. Zwar besaß das Restaurant einen geschlossenen Raum mit Klimaanlage, doch sie setzten sich lieber auf die Terrasse. Für Espinosa war offenkundig, dass sie das Treffen nicht vorgeschlagen hatte, um zu hören, ob es etwas Neues über den Verbleib des Jungen gab – das hätte sie per Telefon erfahren können. Auch die Wahl eines Lokals in der Nähe ihrer Wohnung, weit weg vom Schauplatz der Ereignisse vom Samstag, gab diesem zweiten Treffen eine andere Nuance, wie ihr Lächeln, ihr Blick, ihre Hand, mit der sie ihn berührte, verrieten.

»Sie sehen nicht wie ein Polizist aus«, sagte sie, nachdem sie Espinosa lange angeschaut hatte.

»Soll ich das als Kompliment verstehen?«

»Entschuldigung. Mir geht es nur wie den meisten Leuten, wenn ich an Polizei denke, dann sehe ich einen Höhlenmenschen vor mir, das Hemd fast bis zur Taille offen, behaarte Brust mit dicker Goldkette, Ringe an den Fingern, Armbänder, manikürte Fingernägel, heisere Zuhälterstimme. Aber als Sie am Samstagabend die Tür aufmachten, da fand ich, dass Sie meinem Professor für Kunstgeschichte ähnlich sehen.«

»Und Ihr Professor für Kunstgeschichte sieht nicht wie ein Höhlenmensch aus, behaarte Brust, offenes Hemd ...«

»Nein, er ist fast so charmant und attraktiv wie Sie.«

Das ist so ein Moment, wo man als Polizist eine kugelsichere Weste tragen müsste, dachte Espinosa; solch ein Satz mitten ins Gesicht war fatal, zumindest für einen Gesetzesvertreter, der nicht wie ein Höhlenmensch aussah. Mit Mühe verkniff er sich ein Räuspern, doch stattdessen hätte er beinahe begonnen, mit dem Salzstreuer, dem Behälter mit den Zahnstochern, der Olivenölkanne oder was sonst auf dem Tisch stand, herumzuspielen. Aber eine Frau weiß auch so, ob sie ihr Gegenüber ins Herz getroffen hat.

»Eigentlich sollte ich so etwas zu Ihnen sagen.«

»Und warum tun Sie das nicht?«

»Sie sind bildhübsch, unendlich viel charmanter als meine Professorin für Rechtsphilosophie, und Ihr Nabel ist der unwiderlegbare Beweis dafür, dass Gott existiert und Bildhauer ist.«

Sie lächelte erfreut, dann brachte der Kellner beide wieder auf die Erde zurück.

Die Unterhaltung wandte sich weniger persönlichen Themen zu. Nachdem sie die Stadtteile Catete und Copacabana verglichen und über Maler und Malerei gesprochen hatten, kam die Frage:

»Wieso landet jemand wie Sie bei der Polizei?«

Es war nicht das erste Mal, dass man Espinosa diese Frage

stellte, für ihn immer mit einem abschätzigen Beiklang, auch wenn sie dieses Mal eine positive Bewertung beinhaltete. Wenn es nach ihm ging, musste die vollständige Frage ungefähr so lauten: »Wie kommt es, dass ein anständiger, ehrlicher, wohlerzogener Mensch, der Literatur und Kunst liebt, sich einer so schändlichen, korrupten und stupiden Institution wie der Polizei angeschlossen hat?« Trotz des persönlichen Lobs wurde der Satz vom zweiten Teil beherrscht, und dem stimmte er nicht zu. Er betrachtete die Polizei als eine Institution, die in einem Grenzbereich zwischen der sozialen Ordnung und dem Verbrechen operiert, so wie eine psychiatrische Klinik in dem Bereich arbeitet, der geistige Gesundheit und Wahnsinn trennt und zugleich verbindet. Diese Welten liegen nicht außerhalb der jeweils anderen, sondern sie grenzen aneinander, überschneiden sich sogar. Wahnsinn und Verbrechen haben ihren Ursprung nicht in einer fremden Welt, sondern in Kräften, die im Menschen selbst stecken. Beide sind unsere Feinde. Wir können versuchen, sie zu ignorieren oder uns mit ihnen auseinander setzen. Als Institution, die sich damit auseinander setzt, befindet sich die Polizei in gefährlicher Nähe zum Verbrechen. Aber ihm fiel keine bessere Antwort ein als:

»Ich bin zur Polizei gegangen, weil ich heiraten wollte.«

»Wie bitte?!«

»Genau wie ich eben gesagt habe. Ich stand vor dem Abschluss meines Jurastudiums und war in eine Kommilitonin verliebt. Das Einzige, was ich fand und was am ehesten einer Stelle ähnelte, war ein unbezahltes Praktikum in einer Anwaltskanzlei. Aber dann gab es eine Stellenausschreibung bei der Polizei, Leute mit abgeschlossenem Jurastudium wurden bevorzugt. Ich bewarb mich, bestand die Prüfung, trat bei der Polizei ein und heiratete. Mit der Ehe war es nach ein paar Jahren vorbei, aber die Polizei blieb. So war das.«

»Haben Sie Kinder?«

»Einen Sohn, fast erwachsen, er lebt in den USA. Zu Weihnachten schickt er Fotos. Auf den ersten standen hinten liebevolle Widmungen, auf den letzten nur ein Gruß, Ort und Datum.«

»Das tut mir Leid.«

»Für mich vielleicht; ob auch für ihn, weiß ich nicht. Er ist inzwischen mehr Amerikaner als Brasilianer. Und Sie? Waren Sie schon einmal verheiratet?«

»Nein. Und ich habe auch keine Kinder. An beidem war ich schon nah dran, aber nicht nah genug, um mich wirklich dafür zu entscheiden. Heute überlege ich mir beides sehr genau, bevor ich den Gedanken zulasse, dass es sich lohnen könnte. Schockiert Sie das?«

»Nicht die Spur.«

»Na prima, sonst würde uns vielleicht das Bier nicht mehr schmecken.«

Als sie das Restaurant verließen, war es fast Mitternacht, und soweit Espinosa noch klar denken konnte, erkannte er, dass sie genug getrunken hatten, um jegliche Fortsetzung des Abends problematisch erscheinen zu lassen. Nicht dass die Liebe sich mit Alkohol nicht vertrug, aber für ein erstes Mal, das, wenn es nach ihm ging, auf keinen Fall das letzte sein sollte, wäre ein Minimum an Nüchternheit erforderlich gewesen. Sie waren beide nüchtern genug, um Arm in Arm zu Fuß zu ihrem Haus zu gehen, aber nicht nüchtern genug, um die Verantwortung für ihre Worte und Taten zu übernehmen. Er fand es besser, nichts zu riskieren. Und wieder verabschiedeten sie sich mit einem – dieses Mal sehr viel zärtlicheren – Kuss und dem Versprechen, sich wiederzusehen.

Espinosa ließ den Wagen vorsichtshalber am Largo do Machado stehen und fuhr mit dem Taxi nach Hause. Während der Fahrt überlegte er, ob der reichliche Alkoholgenuss – für ihn nicht typisch und anscheinend auch für sie nicht – womöglich eine Strategie beider Seiten gewesen war, um allzu schnelle Entscheidungen zu verhindern. Das war der schwierigste und wahrscheinlich auch der einzige Gedanke, den er denken konnte, bis der Fahrer fragte, auf welcher Seite des Peixoto-Viertels er halten solle. »So nah wie möglich bei meinem Haus«, antwortete er. Da merkte er, dass er betrunken war.

Er traf etwas später als üblich auf der Wache ein. Der Fahnder Chaves, der beauftragt war, den Kontakt zum Portier des Hauses in der Avenida Copacabana zu halten, kam zu ihm.

»Espinosa, der Kerl ist in der Nacht da gewesen, hat ein paar Sachen geholt und ist wieder gegangen. Der Nachtportier sagt, er habe uns nicht Bescheid gegeben, weil alles sehr schnell ging und er nicht zum Telefonieren weggehen konnte.«

»Was hat er mitgenommen?«

»Eine Reisetasche. Er hat den Portier nichts gefragt und auch nicht gesagt, wohin er geht.«

»Um wie viel Uhr war das?«

»Nach Aussage des Portiers zwischen zwei und halb drei in der Nacht. Sollen wir uns auf die Suche nach ihm machen? Wir könnten mit dem Fazendeiro Kontakt aufnehmen, dem die Wohnung gehört.«

»Nein. Er soll denken, wir hätten ihn vergessen. Ich habe den Eindruck, er weiß nicht, vor wem er auf der Flucht ist. Es ist doch so: Wir vermuten, dass er den Jungen entführt hat, nachdem er an der Avenida Atlântica hinter ihm hergelaufen war. Nehmen wir jetzt aber einmal an, dass er es dabei belassen und sich nicht weiter um den Jungen gekümmert hat, ihm nur einen Schrecken einjagen wollte. In diesem Fall hat er den Jungen weder entführt noch umgebracht, also hat er auch keinen Grund zu glauben, dass die Polizei ihn sucht. Er weiß, dass man hinter ihm her ist, aber nicht, wer und warum.«

»Und was ist mit dem Verschwinden des Jungen?«, fragte Chaves.

»Das kann freiwillig geschehen sein. Vergessen Sie nicht, die Entführungsvermutung stützt sich auf den Bericht des Jungen und des Mädchens, und sie hat nur einen Mann auf der anderen Straßenseite gesehen, auf einem Bürgersteig voller Leute. Gut möglich, dass der Mann danach von dem Jungen abgelassen hat und dass alles andere reine Fantasie ist. Straßenjungen haben ein sehr ambivalentes Verhältnis zur Polizei, ihm können Zweifel gekommen sein, ob er wirklich beschützt wird. Was würde aus ihm, wenn das Mädchen und ich nach Hause gingen? Würden wir ihn mitnehmen? Wir hätten ihn möglicherweise einer Einrichtung für elternlose Minderjährige übergeben, und das wollte er garantiert am allerwenigsten. Also ist er lieber weggelaufen.«

»Glauben Sie wirklich, dass es so war?«

»Ja. Wer ein Kind aus den Händen der Polizei geraubt und es anschließend umgebracht hat, geht nicht nachher zu seiner Wohnung, um frische Wäsche zu holen. Der Mann ist nicht vor uns auf der Flucht, vielleicht hat er nicht einmal den Verdacht, dass wir hinter ihm her sind.«

»Vor wem ist er dann auf der Flucht?«

»Keine Ahnung, und ich glaube, das weiß er selbst nicht. Aber versuchen Sie beim Verwalter Name und Anschrift des Besitzers von Wohnung Nr. 606 in Erfahrung zu bringen.«

Der schlechte Geschmack im Mund und die Packung Magentabletten in der Tasche erinnerten ihn an sein Auto, das er am Abend zuvor in der Nähe des Restaurants hatte stehen lassen. Nachdem er zum Largo do Machado gefahren war und den Wagen abgeholt hatte, beschloss er, nach Clodoaldo zu suchen. Wenn tatsächlich er derjenige war, der dem Jungen seinen

Namen genannt hatte, wusste er vielleicht auch, wo er sich versteckt haben konnte. Da der Arbeitsplatz eines Streetworkers kein Amtsgebäude ist, sondern eben die Straße, ist er nicht so ohne weiteres zu finden, und genau so ist es, wenn man einen bestimmten Straßenjungen sucht. Espinosa wusste, dass es eine Frage der Geduld war. Straßenjungen wechseln zwar häufig den Aufenthaltsort, sind aber keine richtigen Nomaden, ihr Ortswechsel findet nur innerhalb eines begrenzten Gebietes statt. Straßenjungen aus Copacabana gehen nicht in den Stadtteil Leblon oder ins Zentrum, dort sind sie Fremde. Im Allgemeinen halten sie sich in genau abgegrenzten und relativ kleinen Gebieten auf, es sei denn, es gibt größere Probleme, dann suchen sie ihre Familien oder Fürsorgeinstitutionen wie die *Pastoral do Menor* auf, auch wenn sich diese außerhalb ihres Terrains befinden.

Espinosa begann seine Suche bei zweien solcher Häuser, in der Hoffnung, dort könne ihm jemand sagen, wo Clodoaldo zu finden sei. Der nützlichste Hinweis war, dass er sich regelmäßig an einem Tag in der Woche an der Avenida Atlântica in Höhe des Posto 5 aufhielt, nicht weit von einer Diskothek. Die Straßenkinder wussten, dass sie ihn an diesem Tag dort treffen und mit seiner Hilfe rechnen konnten. Nur konnte ihm niemand sagen, an welchem Tag genau.

Es war ein Mittwoch, ein guter Tag für regelmäßige Treffen, so mitten in der Woche, sofern dieses Kriterium für Streetworker und Straßenkinder von Bedeutung war. Er erfuhr auch, dass Clodoaldo den Kindern bei diesen Treffen den ganzen Tag zur Verfügung stand. Eine Zeit lang hatte sich die Gruppe auf der Praça do Lido getroffen, doch aus unbekannten Gründen waren sie in die Nähe der Diskothek umgezogen.

Ob Zufall oder nicht, genau dort war auch der Junge verschwunden.

Bevor er den Wagen parkte, fuhr Espinosa ein paar Häuserblocks in der Nähe der Stelle ab, die er für den Treffpunkt hielt, doch weder Clodoaldo noch irgendwelche Straßenkinder waren zu sehen. Dann fuhr er auf der Spur direkt am Strand entlang, um zu sehen, ob sie irgendwo im Sand saßen, kehrte um und hielt vor der Diskothek. Der Parkboy wies schon von weitem winkend auf eine Parklücke hin. Als er zu ihm kam, fragte Espinosa, ob er den Streetworker Clodoaldo gesehen habe. Nein. Der sei seit mehreren Tagen nicht da gewesen.

»An welchem Tag kommt er denn für gewöhnlich?«

»Da bin ich nicht sicher, aber ich glaube, donnerstags oder freitags. Sind Sie ein Freund von ihm?«

»Ja. Wenn er kommt, sagen Sie ihm bitte, Espinosa möchte ihn sprechen.«

»Espinosa?«

»Richtig.« Er gab ihm einen Zehnerschein, damit er sich den Namen merkte.

»Soll ich Ihnen den Wagen vielleicht ein bisschen polieren?«

»Nein, danke, wir wollen ihn lieber nicht verwöhnen.«

Espinosa kam zu dem Schluss, dass Clodoaldos Tag der Donnerstag sein musste; wäre es Freitag, so wie der Tag der Verfolgung, dann hätte sich der Junge an den Streetworker gewandt, statt zu ihm zu kommen. Am vereinbarten Tag stand Clodoaldo den Kindern ja von morgens bis abends zur Verfügung. Um eine Parkbank versammelt, am Strand im Sand sitzend oder unter einem Baum, immer im Freien, besprachen sie ihre Probleme, im Allgemeinen rein praktischer Art und das tägliche Überleben betreffend. Sie sprachen über das schwierige Verhältnis zu ihren Familien, über die Bedrohung durch minderjährige Delinquenten, Bettler, private Wachleute und Polizisten, und sie erzählten von ihren Fantasien. Wer sie von weitem sah, konnte meinen, der Streetworker, klein, untersetzt, das karottenfarbene Haar wie bei einem Indio haubenförmig geschnitten, sei ein Ganove, der elternlose Kinder anwirbt. Und damit wäre er nicht so weit von der Wahrheit entfernt gewesen. Dank seiner langjährigen Arbeit auf der Straße wurde Clodoaldo von den Jungen und Mädchen, den Institutionen mit ihren Hilfsprogrammen wie auch von der Polizei geachtet. Die Kinder nannten ihn liebevoll Clodô. Aber nur sie, niemand sonst. Als ein Fahnder, der neu im Dienst war, ihn einmal bei einer Begegnung auf der Straße so ansprach, antwortete Clodoaldo mit einer für seine Statur überraschend tiefen Stimme lediglich: »Den Namen haben mir die Kinder geschenkt, den nehmen Sie nicht in den Mund.« Er konnte so liebevoll wie grob sein.

Als Espinosa ihn am nächsten Tag von weitem erblickte, wirkte das karottenfarbene Haar vor dem blauen Sommermeer wie eine Rettungsboje. Er saß im Schatten eines Falschen Mandelbaums auf dem bepflanzten Mittelstreifen zwischen den beiden Fahrbahnen der Avenida Atlântica, in der Hand eine große Tüte mit Brötchen, die er an ein Dutzend Jungen und Mädchen verteilte. Er hielt nicht im Sprechen inne, als der Kommissar dazukam, streckte ihm nur die Tüte entgegen, damit er sich ein warmes Brötchen nahm, und erklärte weiter etwas über ein Haus, in dem sie Zuflucht suchen konnten. Erst als er mit seinen Erklärungen fertig war, sagte er: »Das hier ist Kommissar Espinosa, der ist zwar von der Kripo, aber ihr könnt ihm so vertrauen wie mir.« Espinosa bedankte sich für die Präsentation und setzte sich auf die Betonumrandung am Fuß des Baumes. Etwa eine Stunde lang hörte er schweigend an, was die Kinder sagten, die Themen reichten von Problemen mit der Körperhygiene bis zu dem im Schlaf ermordeten Jungen; sie hatten Angst, dass so etwas noch einmal passieren könne. An dieser Stelle forderte Clodoaldo ihn auf, sich aktiv an der Diskussion zu beteiligen.

Espinosa stellte sich mit den Worten vor, er sei vom 12. Kommissariat in der Rua Hilário de Gouveia und sie könnten jederzeit zu ihm kommen, sie brauchten nur den Dienst habenden Polizisten am Eingang zu bitten, Kommissar Espinosa zu holen. Sie fragten, ob Kinder in eine Polizeiwache hineingelassen würden. Espinosa antwortete, sie brauchten nicht hineinzugehen, er würde zu ihnen herauskommen. Dann erzählte er ihnen, wenn auch mit einer gewissen Befangenheit und nicht in allen Einzelheiten, die Geschichte des vermutlich entführten Jungen, von dem Moment an, als er am vergangenen Freitagabend von dem Mann verfolgt wurde, bis zu seinem Verschwinden auf dem Weg zum Auto, gar nicht weit von dort, wo sie jetzt saßen.

»Es gibt keinen Beweis, nicht einmal einen Hinweis darauf, dass es derselbe Mann war, der euren Kameraden umgebracht hat. Im Moment ist er untergetaucht, er weiß, dass die Polizei ihn vernehmen will, aber er glaubt vielleicht, dass es wegen etwas anderem ist. Euer Kamerad ist der Einzige, der ihn erkennen kann, und das weiß der Mann. Wenn er derjenige ist, der den anderen Jungen umgebracht hat, dann befindet sich euer Freund in Lebensgefahr.«

»Noch mehr als wir alle jeden Tag?« Die Frage kam von dem Jungen, der neben Clodoaldo saß; er war etwas älter und galt als Anführer der Gruppe.

»Ich glaube, ja, sagen wir mal, es ist eine zusätzliche Gefahr.«

»Und was können wir tun?«

»Ihr könnt mir helfen, den Jungen zu finden, und vielleicht sogar auch den Mann.«

Nachdem einige ihre Meinung geäußert hatten, bat Clodoaldo sie, ihn einen Augenblick mit Espinosa allein sprechen zu lassen. Sowie sich die Kinder zurückgezogen hatten, fragte der Kommissar:

»Nun? Was meinst du?«

»Ich kannte den ermordeten Jungen, er hieß Washington. Da war keine Gruppe am Werk, das hat einer allein gemacht, aber es passt nicht zu dem Mann, von dem du gesprochen hast, einem schäbigen Möchtegernzuhälter.«

»Hast du eine Ahnung, wer der Mann sein könnte?«

»Nein. Ohne Foto wird es schwierig, das können viele sein.«

»Deshalb müssen wir den Jungen finden.«

»Ihn zu finden, da können wir helfen … falls er noch am Leben ist.«

»Das muss er sein.«

»Gut möglich. Wenn er tot wäre, hätten wir oder ihr was gehört. Aber was unsere Hilfe angeht, da darfst du nicht mit allzu systematischem Vorgehen rechnen, die Mädchen und Jungen können mithelfen, aber nicht in organisierter Form, und wenn sie sich bedroht fühlen, egal, von wem, ziehen sie sich sofort zurück. Was mich betrifft, ich will tun, was ich kann.«

Die meisten Jungen und Mädchen waren fortgegangen, nur drei, die in der Nähe geblieben waren, spielten mit einer Radkappe, die sie am Bordstein gefunden hatten. Die Sonne warf durch die Baumkronen Hunderte von kleinen Kreisen auf das Steinpflaster. Es war ein wunderschöner Sommermorgen. Espinosa hatte Mühe, das Szenarium vor seinen Augen mit dem Mord an einem Jungen zusammenzubringen, der kaum die Pubertät erreicht hatte. Er verabschiedete sich mit einem Händedruck von Clodoaldo und winkte den Kindern zu.

Wenn der Besitzer ein so guter Freund war, dass er den Mann in seiner Wohnung in der Avenida Copacabana wohnen ließ, dann war er wahrscheinlich auch ein so guter Freund, dass er ihn eine Zeit lang auf seiner Fazenda im Landesinnern versteckte. Dies war der Hauptgrund, warum sie nicht versuchten, telefonisch mit ihm Kontakt aufzunehmen, sondern sich dafür entschieden, einen Polizisten dorthin zu schicken. Falls nötig, würde man die örtliche Polizei um Hilfe bitten.

Espinosa seinerseits beschloss, die andere Seite der Geschichte anzugehen und Flor zur Vernehmung kommen zu lassen, »um ein paar Angaben zu machen« (so hatte er den Überbringer der Vorladung instruiert) über die Ereignisse vor Magalis Tod. Flor ließ ausrichten, sie könne erst am nächsten Tag auf die Wache kommen, sonst hätte sie geschäftlichen Schaden. »Die Polizei ist dazu da, die ehrlichen und fleißigen Menschen zu beschützen, und nicht dazu, ihnen zu schaden«, mit dieser Bemerkung schickte sie den Fahnder weg, denselben, der sie auch beim ersten Mal abgeholt hatte. »Es fehlte nur noch, dass sie sagt, sie kommt nur in Begleitung ihres Anwalts«, meinte er.

Und genau das geschah. Am nächsten Morgen betrat Flor triumphierend die Wache, begleitet von einem Anwalt, der nach Meinung der Anwesenden so jung aussah, als hätte er noch nicht einmal das Gymnasium abgeschlossen. Hatte er aber. Und er war nicht dumm. Espinosa erreichte nicht, was er mit der Vorladung bezweckt hatte, er musste Flor nach einer Reihe von Fragen, die zu nichts führten, gehen lassen, und sie verabschiedete sich mit den Worten, wenn man sie sehen wolle, sei keine offizielle Vorladung nötig. Espinosa ging die Frage durch den Kopf, wer wohl den Anwalt unter seine Fittiche genommen hatte, nicht finanziell, das schien kein Problem zu sein, aber intellektuell.

Mit diesem Gedanken verließ er die Wache, um irgendwo in der Umgebung etwas zu essen. Ehe er sich für ein Lokal entschied, ging er ein ganzes Stück zu Fuß und dachte nur über das Jüngelchen von Anwalt nach, der kurz zuvor verhindert hatte, dass er sich die Befangenheit zu Nutze machte, die jeden beim Betreten einer Polizeiwache überkommt. Nicht dass Flor bei ihrem ersten Besuch auf der Wache hätte erkennen lassen, dass sie leicht in Verlegenheit zu bringen war, aber der Anwalt hatte verhindert, dass ihre Selbstsicherheit auf die Probe gestellt wurde. Espinosa dachte daran, dass er selbst im gleichen jugendlichen Alter wie der junge Mann die Aufnahmeprüfung für die Polizei gemacht hatte, »um mehr Sicherheit zu haben und heiraten zu können«. Die Sicherheit war geblieben, die Ehe dahin, dachte er. Espinosa kam sich wie ein Ganove vor.

Als er sich besann, befand er sich in der Avenida Copacabana, fast vor der Galeria Menescal. Die Gedanken an den jungen Anwalt schwirrten ihm noch durch den Kopf, neben anderen praktischerer Natur, da hatte er wieder (und am selben Ort) das Gefühl, beobachtet zu werden. Er ließ den Blick wie unabsichtlich durch die Passage schweifen, durch die zu dieser Zeit in beide Richtungen Hunderte von Menschen strömten, und wieder konnte er keinen Verdächtigen ausmachen. Statt den Weg durch die Avenida Copacabana zu nehmen, ging er durch die Rua Barata Ribeiro zurück, in der zu dieser Tageszeit weniger Fußgänger unterwegs waren, blieb vor ein paar Schaufenstern stehen und betrat sogar ein Bekleidungsgeschäft, in der Hoffnung, seinen Verfolger beim Verlassen desselben am Ausgang zu überraschen. Nichts. Er überlegte, ob vielleicht der junge Anwalt seine Gespenster geweckt hatte; immerhin waren es so private Gespenster, dass sie am helllichten Tag mitten in Copacabana auftreten konnten, wobei er jedoch weniger das Gefühl hatte, dass er bedroht wurde – es war vielmehr, als versuchte jemand in sein Inneres einzudringen, und er fand, es wäre der Gipfel des Paradoxen, wenn er zuletzt den Eindruck hätte, er selbst wäre derjenige, der versuchte, in sich einzudringen. Doch genau so kam es ihm in diesem Augenblick vor (wobei er sich irrte, wie er später feststellte); jedenfalls, wenn es ein Wort gab, das seiner Meinung nach perfekt auf ihn zutraf, dann war es genau dieses: paradox.

Als der Nachmittag zur Neige ging, bekam er Lust auf einen Spaziergang an der Avenida Atlântica, dorthin, wo Kika ihre Bilder ausstellte. Bei der Gelegenheit wollte er sich in der Umgebung umschauen, auch wenn er nicht genau wusste, was er zu finden hoffte. Aber dann ließ er den Gedanken fallen; weder der Junge noch der Mann würden sich blicken lassen, das war klar. Und was Kika betraf, war es besser, sich vor Augen zu halten, dass die Zeiten sich geändert hatten und dass die Tatsache, dass ein junges Mädchen, vor allem eine junge Künstlerin, mit einem Mann abends essen ging, absolut nicht mehr als das Offenkundige bedeutete, nämlich, dass sie Gesellschaft suchte. Aber er ließ seine Gedanken frei schweifen, vielleicht waren seine Vorstellungen ja doch zeitgemäß: Sie passten sehr wohl zu seiner Zeit, nur stimmte diese nicht unbedingt chronologisch mit der überein, in der er lebte. Die einen sind Zeitgenossen einer Epoche, die noch kommt, sie können also warten; andere sind Zeitgenossen einer Epoche, die schon vergangen ist – denen bleibt nichts anderes übrig, als von Erinnerungen zu leben. Er hatte noch ein zusätzliches Problem, dachte Espinosa: Sein Körper, sein Geschmack, sein Kleidungsstil, seine Weltanschauung waren perfekt der Zeit angemessen, in der er lebte, aber das Zeichensystem – der Code –, nach dem er sich in dieser Welt orientierte, gehörte einer vergangenen Epoche an. Er kam sich vor wie ein Computer der neuesten Generation, der mit einem alten, längst überholten Programm arbeitet.

Je mehr Tage ohne Nachricht von dem Jungen vergingen, desto mehr glaubte Espinosa an die These, dass er woanders Zuflucht gesucht hatte, fern von allen guten Helden und bösen Ganoven. Er wusste, dass es selbst für Profis nicht einfach ist, eine Leiche verschwinden zu lassen, und war zugleich der Ansicht, dass der für das Verschwinden des Jungen Verantwortliche, wenn es denn einen solchen gab, ein Amateur war. Manche Straßenkinder gehen in regelmäßigen Abständen nach Hause, um mit dem, was sie auf der Straße eingenommen haben, zum Familienunterhalt beizutragen; die Straße ist für sie ein Arbeitsplatz und kein Wohnort. Das konnte auch für den Jungen gelten.

Solcherart waren seine Gedanken, als er, im dunklen Wohnzimmer auf dem Sofa sitzend, den Blick zwischen dem Gitter seines winzigen Balkons und dem Gebäude gegenüber hin und her wandern ließ. Ihm war durchaus bewusst, dass der Anrufbeantworter hinter ihm nicht deshalb so nervös blinkte, weil er seine Sehübungen imitieren wollte. Bislang hatte er der Versuchung widerstanden, die Anrufe abzuhören, garantiert war da eine Nachricht von Kika mit der Aufforderung, an die Avenida Atlântica zu kommen und ihr Gesellschaft zu leisten. »Vielleicht bringst du mir ja Glück?«, sagte sie vermutlich zum Schluss, und er würde blind drauflosstürzen, um kurz danach wie ein Insekt zerschmettert an einer Windschutzscheibe zu kleben.

Gegen neun Uhr, als er es leid war, ins Nichts zu schauen, hörte er den Anrufbeantworter ab. Es waren zwei Anrufe von Vieira und einer von der Bank, die ihm mitteilte, dass die Autoversicherung in der nächsten Woche fällig war. Keine Nachricht von Kika. Enttäuschung, Ärger und Resignation, in dieser Reihenfolge, waren die Gefühle, die ihn überkamen, nachdem er das Band noch einmal abgehört hatte. Er ließ kurz ihr letztes Treffen Revue passieren und stellte fest, dass es perfekt gewesen war und zu Recht seine schönsten Hoffnungen geweckt hatte, und dennoch war nichts passiert. Keine Nachricht, kein Wort, keine zufriedene Rückmeldung – als wäre überhaupt nichts gewesen. Dabei sagte er sich ja selbst, dass das einzig Konkrete in diesem Fall seine Fantasien waren, dass die Ereignisse in seinem Kopf stattfanden und nicht in der Realität. Aber warum dann diese Enttäuschung, dieser Ärger?

Ein paar Minuten vergingen, bis er sich an Vieiras Anrufe erinnerte. Der erste besagte, dass er vom Besitzer eines Nachtlokals ein paar Informationen über den Mann bekommen habe und dass er auf Anweisungen warte (mit ironischem Unterton); beim zweiten ließ er wissen, wenn er noch länger warten müsse, ginge ihm der Kontakt verloren, und folglich würde er in der Nähe seiner Wohnung und beim 13. Kommissariat ein paar Vorermittlungen anstellen. Espinosa rief sofort bei ihm an. Er war nicht mehr zu Hause.

Vieira würde keine zehn Minuten bis zur Wache brauchen. Dort anzurufen und die Dienst habenden Polizisten zu bitten, ihn aufzuhalten, falls er dort auftauchte, erschien ihm übertrieben. Schließlich war nichts Besonderes dabei, wenn ein pensionierter Polizist sich nach seinem gestohlenen Ausweis erkundigte. Aber die Vorstellung, noch länger dazusitzen und auf das Balkongitter zu starren, während draußen das vom Sommer aufgeheizte und mit weihnachtlicher Stimmung gewürzte Leben vorbeizog, war ihm unerträglich. Also machte er sich auf die Suche nach seinem Kollegen.

Vor seiner Pensionierung hatte Vieira fast drei Jahre lang dem 13. Kommissariat in der Avenida Copacabana angehört, wenige Häuserblocks von seiner Wohnung entfernt. Die Wache liegt gegenüber der Galeria Alaska, einer Passage zwischen der Avenida Copacabana und der Avenida Atlântica, in der sich noch bis vor kurzem die bunteste Fauna der Unterwelt von Copacabana traf. Da Vieira sich dort gut auskannte, konnte er mit seinen Nachforschungen dort begonnen haben. Ein paar Straßen weiter stellte Kika ihre Bilder aus.

Espinosa ging zuerst auf der Wache vorbei und fragte, ob Vieira dort gewesen sei. Vom Team der Nachtschicht kannte ihn nur der Kommissar und der hatte ihn seit über einem Jahr nicht mehr gesehen. Von der Wache ging er durch die Galeria Alaska zur Avenida Atlântica. Er hatte noch frische Erinnerungen an das Kino, die Kneipen und Nachtlokale, die den Ruf der Passage begründet hatten. Inzwischen waren daraus eine evangelische Kirche und Nähwerkstätten geworden. Das zahlreiche Abendpublikum bestand nicht mehr aus Prostituierten, Homosexuellen, Transvestiten, Dealern und ihrer Klientel, sondern aus Gläubigen mit Bibeln auf der Suche nach Gott – mit dem Teufel ließen sich wohl keine guten Geschäfte mehr machen. Durch die langjährige Nachbarschaft zur Wache hatten die Ladeninhaber, Portiers und Besucher der Passage ein noch immer vorhandenes ausgeprägtes Gespür dafür entwickelt, jeden Polizisten zu erkennen, weshalb Espinosa, als er die Avenida Atlântica erreichte, sicher sein konnte, dass alle, die es interessierte, wussten, dass er Polizist war. Da er Vieira nirgends fand, ging er am Strand entlang in Richtung der Stelle, wo Kika ihren Stand hatte. Nicht auf demselben Bürgersteig, denn er wollte sie von weitem sehen können, bevor er in ihr Blickfeld geriet. Noch hatte er nicht entschieden, wie er sich ihr nähern wollte, doch je kürzer der Abstand wurde, umso klarer wurde ihm, dass die Begegnung unausweichlich war. Etwa einen halben Häuserblock entfernt, hatte er schon die große, schlanke Gestalt mit den weit ausholenden Bewegungen ausgemacht, doch ihr Blick erfasste ihn, bevor er eine Entscheidung getroffen hatte, und sie winkte lebhaft. Sich verstohlen zu nähern, ausgeschlossen. Er überquerte zwischen den Autos die Fahrbahn, dann umarmte er sie zärtlich.

Kika strahlte, sie hatte ein Bild verkauft, und damit war, wie sie sagte, Weihnachten gesichert und außerdem ihr Mietanteil in der Rua do Catete.

»Das können wir nachher feiern gehen, wenn ich hier fertig bin. Wer weiß, vielleicht verkaufe ich noch ein Bild, weil du bei mir bist.«

Das geschah nicht. Aber sie unterhielten sich fast zwei Stunden lang über Themen, über die man sich im Betrieb eines Minikunstmarkts auf einem Bürgersteig am Strand eben unterhalten kann. Ihre frühere Unterhaltung am Largo do Machado hatte auf einem Raum von nur einem Quadratmeter stattgefunden. Für Espinosa kam ein Restauranttisch einem abgeschlossenen, intimen Raum gleich, trotz der vielen Menschen ringsum. Am Strand gab es die durch den Restauranttisch vorgegebene räumliche Begrenzung nicht, sie konnten ein paar Schritte und Drehungen in die eine oder andere Richtung machen, verfügten also über eine größere körperliche Bewegungsfreiheit, aber sehr viel näher kamen sie sich dadurch nicht. Das Treffen endete fast klösterlich auf der verglasten Terrasse eines Restaurants in der Nähe, doch nicht, weil sie es so melancholisch enden lassen wollten, sondern weil, als sie mitten beim Essen waren, wenige Meter von ihnen entfernt Vieira fast im Laufschritt in der seiner Wohnung entgegengesetzten Richtung vorbeikam. Espinosa legte Geld auf den Tisch, bat Kika, auf ihn zu warten, und wollte, mit einem Rückstand von wenigen Sekunden, hinter dem Exkommissar herlaufen. Doch weitere Sekunden gingen verloren, weil die Leute vom Nachbartisch gleichzeitig aufstanden und ihm den Weg versperrten. Als er vor dem Lokal stand, konnte er Vieira nicht mehr sehen. Er lief zur nächsten Ecke, aber Vieiras Gestalt war weder auf der Verlängerung der Avenida Atlântica noch in der Seitenstraße zu erkennen. Er stieg auf eine Betonbank, trotzdem sah er niemanden, der Vieira hätte sein können. Er bog in die erste Querstraße ein, lief bis zur nächsten Ecke, alle Mühe vergeblich. So hastig wie Vieira gelaufen war, war er wohl kaum unterwegs zu einem bestimmten Ziel, sondern rannte hinter jemandem her oder auch vor jemandem weg. Espinosa kehrte zur Avenida Atlântica zurück und suchte mehrere Häuserblocks in der Richtung ab, die Vieira genommen hatte. Nichts.

Es war dieselbe Ecke, an der der Junge verschwunden war. Vielleicht sollte man sie künftig Bermuda-Dreieck nennen, dachte Espinosa.

Er ging zurück zum Restaurant, um Kika den plötzlichen Aufbruch zu erklären. Sie war nicht mehr da. Er kam genauso nach Hause, wie er sich von dort aufgemacht hatte, allein und zu Fuß.

Bevor er schlafen ging, versuchte er eine Stunde lang, Vieira per Telefon zu erreichen.

3

Als er aufwachte, stand ihm jählings das Bild des über den Bürgersteig laufenden Vieira vor Augen. Er blieb noch eine Weile liegen und versuchte, die Ereignisse vom Vortag zu ordnen. Dann stellte er die Kaffeemaschine an, steckte zwei Brotscheiben in den Toaster, holte die Zeitungen herein und schwankte, ob er erst die Zeitungen lesen sollte und dann Vieira anrufen oder umgekehrt. Nur in ganz besonderen Ausnahmefällen rief er samstags und sonntags jemanden morgens an, doch in Anbetracht der Ereignisse vom Vorabend schien ihm ein Anruf gerechtfertigt. Der Toast sprang genau in dem Moment hoch, als die Verbindung hergestellt wurde. Er ließ es klingeln. Mehr als zwanzig Mal. Vielleicht hatte Vieira sich einen Rausch angetrunken und hörte nichts, überlegte er. Auch anderes stellte er sich vor. Nach zwei Stunden rief er wieder an, mit demselben Ergebnis, was zur Folge hatte, dass an die Stelle der Rausch-Fantasie ernste Besorgnis trat.

Er nahm sich vor, nach dem Mittagessen zur Wohnung seines Kollegen zu gehen, doch dazu kam es nicht. Ein Mann, der sich am Telefon als Joelmar, Dienst habender Wachmann im Krankenhaus Miguel Couto, ausgab, bestellte ihn in die Männerabteilung des Krankenhauses, auf Bitten eines gewissen Vieira, der sage, er sei Polizeikommissar. Espinosa machte sich sofort auf den Weg, er erkundigte sich nicht einmal nach dem Befinden des Patienten, zumal er ja, da er seinen Namen und seine Telefonnummer genannt hatte, sprechen konnte. Damit schloss der Samstagnachmittag an den Freitagabend an.

»Was ist passiert?« Die Frage war an den Arzt gerichtet, der ihn auf die Station begleitete.

»Man hat ihn zusammengeschlagen, vermutlich war es nicht nur einer … so eine Feigheit, er ist doch schon ein älterer Herr.«

»Wie geht es ihm?«

»Er hat allerhand Verletzungen, aber auf den ersten Blick nichts Ernstes. In seinem Alter kann man die Folgen von harten Schlägen auf den Kopf nicht so leicht absehen. Für alle Fälle muss er sich in ein paar Wochen noch einmal untersuchen lassen.«

»Muss er hier bleiben?«

»Nach klinischem Befund nicht, aber Sie müssen die Verantwortung übernehmen … er kann nicht allein nach Hause gehen.«

Vieira hatte mehrere Platzwunden und Blutergüsse im Gesicht, ein Auge war so angeschwollen, als wollte es aus der Augenhöhle treten, eine Lippe war aufgeplatzt und eine Zahnprothese zerbrochen, die Nase bildete zusammen mit dem hervorquellenden Auge eine einzige Masse, und am Körper hatte er etliche Blutergüsse. Er war in der Nacht von einer Polizeistreife eingeliefert worden, man hatte ihn nach dem Versorgen der Wunden nicht entlassen, weil man überprüfen wollte, ob er innere Verletzungen hatte, außerdem hatte man ihm ein Beruhigungsmittel gegeben, und die einzige Telefonnummer in seiner Brieftasche war offenbar seine eigene, aber dort hatte niemand abgenommen.

Kurz nach vier Uhr nachmittags betraten sie Vieiras Wohnung. Espinosa half ihm, sich ins Bett zu legen, dann deponierte er die Schmerzmittel und Salben auf dem Nachttisch, und noch bevor er fragte, was geschehen war, sprach Vieira selbst.

»Espinosa, das war das Schwein, das wir suchen … und wenn nicht er selbst, dann einer in seinem Auftrag … ich hab nichts gesehen … ich bin um die Ecke gegangen, dann um die nächste, und bevor ich irgendetwas sah, prügelten sie schon auf mich ein.«

»Sie? Waren es mehrere?«

»Das weiß ich nicht genau, sie haben mich hauptsächlich ins Gesicht geschlagen … um mich zu schützen, hab ich mir die Hände vor die Augen gehalten, ich hab eine Heidenangst davor, blind zu werden … vielleicht war es auch nur einer … ich weiß es nicht.«

»Weswegen warst du unterwegs?«

Er hatte ein schlechtes Gewissen, weil er in dieser Situation solche Fragen stellte. Vieira war ziemlich übel zugerichtet, er hatte Schwierigkeiten zu sprechen, stockte alle Augenblicke und strich mit dem Zeigefinger über die aufgeplatzte Lippe, aber Espinosa musste erfahren, was geschehen war.

»Ich habe auf deinen Anruf gewartet … aber der kam nicht … man hatte mich informiert, dass der falsche Kommissar in der Galeria Alaska war und versuchte, Kokain zu verkaufen. Als ich hinkam, befand er sich im ehemaligen Kino, das jetzt eine evangelische Kirche ist. Mit Hilfe eines Mädchens, die Informantin ist und den Kerl gesehen hatte, ging ich hinein und versuchte, ihn ausfindig zu machen. Es war sehr voll. Nach ein paar Minuten fiel mir in einer Reihe in der Nähe vom Ausgang Unruhe auf, ich schickte das Mädchen weg und näherte mich. Der Kerl merkte es und ging schnell hinaus. Ich hinterher, aber so schnell ich auch ging, er blieb mir immer ein Stück voraus. Als er auf der Strandseite den Bürgersteig erreichte, ging er einen Häuserblock entlang und bog um die nächste Ecke in Richtung Avenida Copacabana, er ging sehr schnell und sah sich alle Augenblicke um. Ich dachte, der läuft vor mir weg, aber ich bin mir nicht mehr sicher. Er bog um die Ecke, dann um die nächste und noch eine, und dann passierte es, unmöglich zu sagen, wie viele es waren.« Er machte eine Pause, um Luft zu holen und die Gedanken zu ordnen. Nach einer

Weile sprach er weiter: »Der Kerl ist von einer verblüffenden Naivität, er nimmt den Süchtigen den Stoff ab und verkauft ihn anschließend unter Marktpreis. Er hat keine Ahnung, an wen er ihn weiterverkauft. Das geht nicht lange gut. Ich will nur eins, den Kerl schnappen, bevor die Dealer ihn sich schnappen.«

»Vorläufig bist du in einem Zustand, wo du überhaupt niemanden schnappen kannst, du hast Glück gehabt, dass nicht noch Schlimmeres passiert ist. Jedenfalls wirst du einige Tage auf Sparflamme verbringen müssen. Ich gehe jetzt ein paar Sachen besorgen. Sieh zu, dass du nicht unnötig herumläufst, du hast eine üble Wunde am Bein. Der Kerl muss mit einer Stange oder einem Totschläger auf dich eingeprügelt haben.«

»Espinosa.«

»Was ist?«

»Bring mir bitte einen Spiegel, ich will mir mein Gesicht ansehen … viel kann man da nicht mehr verderben, ich weiß, aber ich möchte es trotzdem sehen.«

Espinosa brachte ihm den Doppelspiegel aus dem Badezimmer, den einzigen, der nicht fest montiert war. Vieira sah sich den Schaden auf der Vergrößerungsseite an. Am meisten Sorgen machte ihm die zerbrochene Zahnprothese.

»Das lässt sich reparieren und alles andere auch«, sagte Espinosa, um ihn aufzuheitern.

»Espinosa.«

»Ja?«

»Ich möchte Flor anrufen und sie bitten, dass sie mich pflegen kommt. Mein Adressbuch liegt im Wohnzimmer auf dem Tisch.« Eine Stunde später verabschiedete sich Espinosa, davon überzeugt, dass Vieira in erster Linie nicht Selbstmitleid empfand, sondern Hass, als Triebkraft so mächtig wie Liebe. Am meisten wunderte sich Espinosa über die Brutalität gegenüber einem Menschen, der doch gar keine besondere Bedrohung darstellte. Ein kleiner Ganove, der von einem älteren Mann verfolgt wurde, würde es nicht riskieren, diesen mitten auf der Straße so brutal zusammenzuschlagen, wenn er ganz einfach schneller laufen und sich verstecken konnte; und wenn er vermutete, dass sein Verfolger ein Polizist war, dann würde er erst recht statt einer Konfrontation das Weite suchen. Höchstwahrscheinlich war Vieira irrtümlich verprügelt worden.

Er hätte nicht sagen können, was an Flor ihn gleichermaßen faszinierte und störte; er hätte noch nicht einmal sagen können, ob sie sich ihre kindliche Einfalt bewahrt hatte, obwohl sie eine Prostituierte war, oder ob sie so intelligent war, dass sie ihre Verderbtheit als Arglosigkeit tarnen konnte. Sie war nicht außergewöhnlich schön, dennoch fiel sie Männern wie Frauen auf, vielleicht, weil ihre Schönheit nicht nur aus Elementen des absolut Schönen bestand, sondern auch aus solchen, wie man sie bei Dämonen und Hexen findet, eine eher alchimistische als ästhetische Komponente, die im Endeffekt ungewöhnlich wirkte. Flor war ihm unangenehm und reizte ihn zugleich, oder sie war ihm gerade deshalb unangenehm, weil sie ihn reizte. Es ging nicht um eine ausschließlich sexuelle Anziehung, wenngleich dies der Punkt war, auf den ihre faszinierende Alchimie abzielte. Ebenso wenig bot sich Flor als eine Antwort auf sein Begehren an, eher als eine Frage, die ihn herausforderte, wozu, wusste er selbst nicht, sie war ganz einfach so ehrbar und unzüchtig wie ein Schulmädchen in einem pornographischen Fotoroman.

»Ich bin beeindruckt. Also: Sie haben den Verdacht, dass etwas passiert ist, weil Ihre Freundin den ganzen Nachmittag nicht ans Telefon geht. Abends schließen Sie mit Ihrem Zweitschlüssel die Wohnung auf und finden Ihre Freundin oder

›Schwester‹, wie Sie sagten, tot auf, ans Bett gefesselt und mit einer Plastiktüte über dem Kopf; und dann denken Sie seelenruhig daran, den Schlüssel zu Ihrer eigenen Wohnung mitzunehmen, der irgendwo liegen muss, und wo, fällt Ihnen auf Anhieb ein. Dann erst verlassen Sie entsetzt die Wohnung und alarmieren den Portier und die Polizei.«

»Ja, genau so war es.«

»Haben Sie nicht vielleicht den Schlüssel schon vor dem Tod Ihrer Freundin mitgenommen, zum Beispiel nach einem Streit darüber, wer Vieira kriegt?«

»Sind Sie verrückt? Muss ich etwa auch an einem Sonntag, wenn ich einen verunglückten Freund besuche, meinen Anwalt dabeihaben?«

»Entschuldigen Sie … Sie haben Recht. Ich spreche das Thema nicht mehr an … jedenfalls nicht mehr heute.«

Sie standen einen Häuserblock von Vieiras Wohnung entfernt in einem Geschäft, das fertige Speisen nach Gewicht verkaufte, um das Mittagessen zu besorgen. Das Gespräch hatte im Fahrstuhl begonnen, wenige Augenblicke, nachdem sie Vieira im Bett zurückgelassen hatten. Noch nie war ein Fahrstuhl so eng gewesen. Espinosa hatte das Gefühl, bei der geringsten unbedachten Bewegung würden sie einander berühren. Flor trug ein leichtes Kleid, vermutlich Seide, auf den Schultern von Spaghettiträgern gehalten, das jede Rundung ihres unter dem Stoff anscheinend vollkommen unbekleideten Körpers modellierte. Espinosa fing aus lauter Nervosität an zu sprechen. Die Fahrt ins Erdgeschoss schien kein Ende zu nehmen. Er hatte das Thema angesprochen, weil er an nichts anderes denken konnte als an den durch Dekolleté und Schnitt des Kleides betonten Körper; und nachdem er die Frage einmal angeschnitten hatte, war ein Abbrechen unmöglich. Erst nach Flors Reaktion konnte er eine Pause einlegen. Auf dem Rückweg wechselten sie kein einziges Wort. In dem Moment, als sie erneut in den Fahrstuhl traten, fingen sie wieder an zu sprechen. Sie war es, die auf das Thema zurückkam.

»Ich war zu Tode erschrocken. Als ich die Wohnungstür öffnete, brannte das Licht ... sie ans Bett gefesselt ... und die Plastiktüte ... sie sah aus, als hätte sie kein Gesicht, ich habe furchtbare Angst bekommen, aber warum ich als Erstes an meinen Schlüssel gedacht habe, das weiß ich nicht.«

»Wieso diese Sorge um den Schlüssel?«

»Aus Angst.«

»Angst wovor?«

»Angst ... einfach Angst.«

Der Fahrstuhl hielt.

Während Flor Vieira beim Essen half (in Wirklichkeit brauchte er dabei keine Hilfe), saß Espinosa in einem Lehnstuhl, den er aus dem Wohnzimmer geholt hatte, und trank ein Bier. Flor war ganz auf ihre Aufgabe konzentriert, die übrige Welt war für sie ausgeklammert.

Was ihn an ihr reizte, hätte er im Einzelnen aufzählen können, hingegen hätte er nicht sagen können, was an ihr ihn ebenso stark störte. Die Frage musste anders gestellt werden, dachte er: Warum störte es ihn so, dass sie ihn reizte? Und die Antwort, die ihm als Erstes in den Sinn kam, lautete: Weil Flor eine Hure war. Oder machte das einen zusätzlichen Reiz aus?

Er fand, dass er sich auf verschlungene Pfade begab. Solche Fragen waren nicht rational zu lösen. Außerdem war er infolge starker Kopfschmerzen zu keinem, auch nicht dem simpelsten logischen Gedankengang fähig, und aus Erfahrung wusste er, dass in solchen Fällen die beste Lösung zwei Aspirin und ein diskreter Abgang waren.

Er ging zu Fuß nach Hause, in der Hoffnung, der Spaziergang würde ihm das Denken erleichtern, und es gab genug, worüber er nachdenken wollte. Auf der zweiten Hälfte des Weges geriet er in einen kräftigen spätnachmittäglichen Sommerregen, der ihm Kleidung und Schuhe durchweichte, ein Regen, der zwar nur den Körper trifft, bei dem man in manchen Situationen aber das Gefühl haben kann, dass er auch die Seele reinwäscht. Und mit diesem Gefühl betrat er, nachdem er vor der Tür die nassen Sachen ausgezogen hatte, seine Wohnung.

Der Fahnder, der losgeschickt worden war, kehrte mit leeren Händen zurück. Nicht nur, dass auf der Fazenda des Doktor Elói Azevedo – so hieß der Besitzer der Wohnung – niemand einen Auswärtigen gesehen hatte, auch der Doktor Elói war nicht da, er befand sich mit seiner Frau seit fast einem Monat in São Paulo, »um sich ein paar Brücken ins Herz machen zu lassen«, laut Aussage des Vorarbeiters.

Das Verschwinden des Jungen war nun schon zehn Tage her, ohne dass es irgendeinen Fortschritt bei seiner Aufklärung gegeben hatte. Mit jedem Tag, der verging, wurde der Schatten, der sich über die vorausgegangenen Ereignisse gelegt hatte, dichter und dunkler und verwischte sämtliche Konturen. Auf der einen Seite der Mord an Magali, auf der anderen das Verschwinden des Jungen, ein Verschwinden, das aus Sicht der Polizei keinen relevanten Sachverhalt darstellte. Espinosa wusste, dass für die Polizei kein einziger der Sachverhalte relevant war. Morde an Prostituierten oder Straßenjungen sind für diese Institution keine besonderen Ereignisse, sie gehen einem Polizisten allenfalls auf Grund irgendeiner persönlichen Beziehung zwischen ihm und dem Opfer nahe. Was Espinosa im Fall des Jungen in Bewegung hielt, war die Möglichkeit, dass er noch lebte, doch er hätte gehofft, nach zehn Tagen etwas mehr als ein paar banale und substanzlose Überlegungen in der Hand zu haben. Mit der Freigabe von Magalis Wohnung und der Übergabe an den Besitzer kam im Laufe des Tages eine neue Überraschung zu den bislang gewonnenen Erkenntnissen hinzu: Der offizielle Mieter war nicht Magali (oder Lucimar), sondern Vieira.

»Verdammt, Espinosa, was willst du? Glaubst du vielleicht, dass jemand an eine Nutte vermietet? Für einen Mietvertrag auf meinen Namen brauchten wir keinen Bürgen. Dem Besitzer gehört das halbe Haus, er war begeistert, einen Kommissar als Mieter zu haben.«

»Vieira, ich verurteile dich nicht, ich will nur keine weiteren Überraschungen mehr.«

»Es gibt auch keine mehr, ich dachte, dass die Wohnung auf meinen Namen läuft, wäre nicht wichtig.«

»Was macht das Gesicht?«

»Schlimmer als vorher geht gar nicht. Der Typ hat mir eine Schönheitsoperation verpasst, wenn die Schwellung weg ist, werde ich blendend aussehen.«

Espinosa legte mit dem sicheren Gefühl auf, dass er noch weitere Überraschungen erleben würde. Trotz allem mochte er Vieira. Er mochte seine ruppige Offenheit, seine nicht vorhandene Arroganz, seine Fähigkeit, mit dem Bösen in Berührung zu kommen, ohne sich anzustecken, zumindest nicht tödlich. Espinosa glaubte, er selbst gehöre zu einem ständig kleiner werdenden Klub – dem Klub derer, für die Ehre ein Wert ist, den man verteidigen muss – und innerhalb dieses Klubs zu einem noch kleineren Flügel, nämlich dem Flügel derer, für die der Besitz dieses Gutes nichts mit Rasse, politischer Überzeugung, Religion oder Beruf zu tun hat, weswegen selbst ein Polizist und ebenso ein Bankier oder Politiker ehrenhaft sein können.

Das Prinzip, nach dem die Polizei funktioniert, unterscheidet sich nicht von dem, das die Gesellschaft bestimmt: Wenn das Opfer wichtig ist, wird sofort ermittelt und der Fall schnell geklärt; ist das Opfer unwichtig, laufen die Ermittlungen langsam und enden unweigerlich im Archiv der ungelösten Fälle, es sei denn, der Täter wird *in flagranti* erwischt. Huren sind unwichtig. Magali war für Vieira wichtig, vermutlich für niemanden sonst. Mag sein, dass Lucimar in ihrer Kindheit für jemanden wichtig gewesen war, doch sie starb, als Magali geboren wurde, oder lebte allenfalls bei den Abendessen mit Vieira weiter. Tatsache ist, dass außer Flor und Vieira wohl niemand über ihren Tod betroffen war, und selbst den beiden schien nicht viel an der Aufklärung gelegen zu sein. Blieb also Espinosa, vermutlich der Einzige, der Magali-Lucimar nicht endgültig begraben hatte, obwohl er sie nur ein einziges Mal gesehen hatte, und dazu mit einer vom Leiden entstellten Physiognomie, in einer Plastiktüte erstickt. Er konnte den Fall begraben; dazu brauchte er einfach nur nichts mehr zu unternehmen, dann würde sich die Sache von selbst erledigen. Das aber war nicht sein Stil.

Merkwürdig, wie Magali und Lucimar für Vieira zwei verschiedene, eigenständige Existenzen darstellten. Selbst wenn sie miteinander schliefen, schlief er nicht mit Magali, sondern mit Lucimar, und sie war auch die Einzige, die er in seine Wohnung ließ. Dass ihn der Tod der Geliebten fast gleichgültig ließ, konnte nur mit dieser doppelten Persönlichkeit erklärt werden: ermordet worden war Magali, Lucimar war nur vorübergehend von der Bildfläche verschwunden, und solange sie nicht wieder auftauchte, vertrieb Vieira sich die Zeit mit Flor.

Espinosa kam der Gedanke, dass man das, was er als Vieiras Desinteresse am Auffinden des Mörders betrachtete, auch als realistisches Akzeptieren der Tatsachen sehen konnte. Auf Gerechtigkeit oder Rache zu sinnen, hatte wahrscheinlich zu einer Zeit zu seinem Leben gehört, als Pläne noch in eine wie auch immer geartete Zukunft weisen konnten, Vieiras derzeitiges Leben bestand nur mehr aus Augenblicken. Gerechtigkeit und Rache erfordern Zeit und Energie, und beides wurde bei dem Exkommissar weniger. Magalis Vermächtnis, den höchsten

Liebesbeweis einer Frau, hätte er nicht ablehnen können im Namen einer Treue, die er nicht einmal seiner eigenen Frau gegenüber gepflegt hatte: Flor war für ihn mehr als ein Erbe, sie war eine Liebesgabe, und er hatte sich sogar zu der Fantasievorstellung verstiegen, dass Magali nur gestorben war, damit er Flor bekam. Tatsächlich aber gab es nichts, was eine schleppende Ermittlung rechtfertigte; ein Mord war geschehen, und ihm, Espinosa, war die Aufgabe übertragen worden, in der Sache zu ermitteln und den Mörder zu finden, unabhängig von Vieiras Entzücken über Flor. Alles, was er in der Hand hatte, war eine Ansammlung von Fingerabdrücken auf der Plastiktüte, darunter die von Magali und Flor, die übrigen Abdrücke stammten von Unbekannten. Auf der kleinen Gassprühdose hatte sich kein brauchbarer Abdruck gefunden. Und was das Motiv betraf, wer konnte ein Interesse an Magalis Tod haben? Die Annahme, dass Flor oder Vieira sie umgebracht hatten, um einander zu bekommen, war absurd. Er musste noch jemanden finden, der Magali gekannt hatte, und ein denkbarer Anhaltspunkt war der Nachtportier, der nicht zur Beerdigung erschienen war. Er suchte in seinem Notizheft nach dem Namen.

Am selben Abend ging Espinosa nach zehn Uhr Ismael besuchen. Er ließ ihm eine halbe Stunde Zeit, damit er sich in der Portierloge einrichten, den kleinen, altmodischen Schwarzweißfernseher unter dem Tresen einschalten und sich geistig auf die Schicht vorbereiten konnte, die am nächsten Morgen um sechs endete. Durch die Glasscheibe der Tür wirkte Ismaels vom bläulichen Licht des Bildschirms angestrahltes Gesicht vor dem dunklen Foyer des Gebäudes wie ein Gespenst. Auf das kurze Klingeln hin blickte er in Espinosas Richtung. Da er trotz der geringen Entfernung nicht erkennen konnte, wer da geklingelt hatte, stand er widerwillig auf. Bevor er etwas sagte, drückte Espinosa seinen Ausweis an die Tür.

»Entschuldigen Sie, Herr Kommissar, ich habe Sie nicht

erkannt«, sagte Ismael mit einem Blick auf die Polizeimarke und öffnete die Tür.

»Guten Abend, Ismael.«

»Guten Abend, Herr Doktor.«

Er hätte gern den Gastgeber gespielt, doch gab es nicht einmal einen zweiten Stuhl für Espinosa. Also blieben sie beide an den Tresen gelehnt stehen, auf dem ein Weihnachtsbaum stand, nur gut eine Handbreit hoch und mit Silberpapierschnipseln verziert. Der Portier schaltete den Fernseher aus und das Licht im Foyer an. Sekundenlang hörte man nur das Geräusch des kleinen Ventilators auf dem Tresen, der das Weihnachtsbäumchen aus dem Gleichgewicht zu bringen drohte.

»Wie lange arbeiten Sie schon hier?« Espinosa kannte die Antwort, und der Portier wusste, dass er sie kannte, doch sie taugte zur Eröffnung des Gesprächs.

»Das sind jetzt bald fünf Jahre, dass ich hier arbeite.«

»Dann haben Sie Dona Magali sicherlich gut gekannt.«

»Von Anfang an; sie kam zur gleichen Zeit her wie ich.«

»Und wie war sie Ihnen gegenüber?«

»Ich sag nur wegen ihres Berufs nicht, dass sie eine Heilige war, Gott bewahre, Herr Kommissar, aber sie war eine feine Person. Zu Weihnachten schenkte sie uns immer was; wenn sie nachts spät nach Hause kam, brachte sie immer Bonbons mit oder Schokolade ...«

»Und hin und wieder gab sie auch ein Trinkgeld ...«, ergänzte Espinosa.

»Manchmal gab sie eine Anerkennung ... das war immer eine schöne Sache.«

»Und wegen ihres Berufs, kamen da viele Leute zu ihr?«

»Nur wenn es nicht der Tag vom Herrn Doktor war, und auch dann kamen nicht viele, sie empfing nur auf Empfehlung.«

»Und welche Tage waren das?«

»Kommissar Vieira hatte feste Zeiten; er kam immer mittwochs am Nachmittag und am Freitagabend, und sie ging, glaube ich, sonntags zu ihm.«

»Das heißt, am Montag, Dienstag, Donnerstag und Samstag empfing sie andere Männer?«

»Ja. Aber wie ich Ihnen schon gesagt habe, immer nur auf Empfehlung.«

»Gut. Und Freundinnen? Hatte sie keine Freundinnen?«

»Doch, Dona Flor. Und dann noch Dona Vanessa, aber die ist hier aus dem Haus.«

»In welcher Wohnung wohnt Dona Vanessa?«

»In der 803, aber sie ist für ein paar Tage zu Verwandten gefahren, der Tod von Dona Magali hat sie sehr mitgenommen, sie musste sogar einen Arzt kommen lassen. Aber sie müsste bald zurückkommen.«

»Kommen Sie mit allen hier im Haus, die diesen Beruf haben, gut aus?«

»Ich bin der Nachtportier, Herr Doktor. Aber sie wissen, dass ich evangelisch bin, und behandeln mich sehr höflich, genauso wie ich sie.«

»Und an dem Freitag haben Sie nicht gesehen, wann sie nach Hause kam?«

»Ich habe gesehen, wie sie im Auto mit dem Herrn Doktor ankam und Dona Flor vor dem Haus getroffen hat. Kurz danach fuhren sie alle drei weg. Doktor Vieira war betrunken, er konnte nicht aussteigen, er saß halb im Auto und halb draußen. Nachdem sie weg waren, habe ich keinen von ihnen mehr gesehen. Als Dona Magali nach Hause kam, war ich hinten im Zimmer, in der Nacht hatte ich mit dem Magen zu tun und musste ein paar Mal hier vom Eingang weg.«

»Ist gut, Ismael. Hier ist meine Karte mit meinen Telefonnummern. Sowie Dona Vanessa aus dem Urlaub zurück ist, soll sie mich bitte anrufen. Von unserer Unterhaltung brauchen Sie ihr nichts zu erzählen.«

Ein Paar kam herein, die Frau machte mit dem Kopf und Arm eine knappe Bewegung, was ein Gruß sein konnte oder aber ein Zeichen, der Portier reagierte mit einem Blick, während er die Karte einsteckte. Dann ging er zurück zu seinem Stuhl, und noch bevor Espinosa die Glastür geschlossen hatte, lief der Fernseher wieder.

Zum Peixoto-Viertel war es nicht weit. Espinosa ging zu Fuß und dachte daran, mit welchen moralischen Konflikten ein evangelischer Portier in einem Haus mit so hohem Anteil an Sünderinnen zu kämpfen haben mochte. Obwohl die typische Sommerabendschwüle Regen ankündigte, beschleunigte er nicht das Tempo. Er ging, als hätte er alle Zeit der Welt. Bis Weihnachten waren es keine zwei Wochen mehr, und inzwischen hatte die vorübergehende Veränderung stattgefunden, die ihn um diese Jahreszeit zu einer Art düsterem Romantiker machte, mit besonderem Mitgefühl für Prostituierte, Straßenkinder und Besitzlose aller Art. Eine äußerlich sichtbare Veränderung fand nicht statt, und auch emotional war er keineswegs weniger stabil, noch äußerten sich seine Gefühle in ungewöhnlicher Form. Im Grunde war es eine höchst subtile Veränderung, eine Art Neuordnung seiner persönlichen Geschichte. Und selbst diese Neuordnung war ihm nicht vollkommen bewusst oder gänzlich zugänglich. Es war, als veränderte sich das Zusammenspiel der hellen und dunklen Tatbestände, die seine Geschichte ausmachten, was Senken und Erhebungen hervorrief, wo vorher alles eben war. Tatsache war jedenfalls, dass um diese Zeit Dinge geschahen, die sich zu keiner anderen Jahreszeit ereigneten. Der Anblick eines erleuchteten Fensters vor dem Hintergrund des Häusermeers genügte, um eine Art Zauber auszulösen, der das gelbliche Licht der Lampe unvermittelt in ein flackerndes Kaminfeuer verwandelte, vor dem ein gerade aus fernen Ländern eingetroffener Reisender einer kleinen Gruppe von Freunden von abenteuerlichen Taten berichtete. Für den Kamin waren die vielen amerikanischen und europäischen Filme verantwortlich, in denen es zu Weihnachten immer schneite, oder auch die Lektüre der Erzählungen von Somerset Maugham, in denen in der anheimelnden Wärme eines englischen Kamins Berichte von der Südsee vorgetragen wurden. Er fand solche Gedanken keineswegs blödsinnig, denn er wusste, dass es sich dabei nicht um logisches Denken handelte, sondern um halb fantasierende Vorstellungen (umgekehrt betrachtete er sein logisches Denken ebenso wenig als Ausbund an Rationalität). Als er den Platz überquerte, fielen die ersten Regentropfen.

Flor fühlte sich Espinosa gegenüber im Zwiespalt. Einerseits war er Vieiras Freund, andererseits ein Polizist, der mit den Ermittlungen wegen des Todes ihrer Freundin beauftragt war. Beide Male, als er sie zur Aussage auf die Wache vorgeladen hatte, war deutlich geworden, dass es nicht Zweck der Vorladung war, ihre Bekanntschaft zu vertiefen oder neu zu gestalten, was sie bedauerte, denn sie fand den Kommissar sehr attraktiv. Aber noch deutlicher war geworden, dass er sich zu ihr hingezogen fühlte – die Art, wie er sich ihr näherte und gleichzeitig zurückschreckte, die Spannung, die jedes Mal entstand, wenn sie allein zusammen waren, vor allem aber, dass seine Augen genauso blitzten wie die der Jungen in Recife, wenn sie die zerknitterten, von ihren verschwitzten Händen feuchten Geldscheine ins Fenster legten.

Diese Gedanken gingen ihr durch den Kopf, während sie Vieira zum Duschen auszog. Sie hatte versprochen, jeden Tag am frühen Abend vor den Fernsehnachrichten zu kommen und dem Mann, den sie nun als ihren betrachtete, beim Duschen zu helfen und seine Wunden zu versorgen. Sie war auf die Idee gekommen, einen Hocker in die Duschkabine zu stellen, damit er im Sitzen duschen konnte, denn sein Körper schmerzte mehr als am ersten Tag. Und damit ihre Sachen dabei nicht nass wurden, hatte sie gefragt, ob sie sich nackt ausziehen dürfe.

Dis bislang größte Intimität zwischen ihnen war der Spaziergang Hand in Hand durch die Straßen von Copacabana gewesen. Und nun plötzlich das.

»Verdammt noch mal, mein Engel, du fragst, ob du dich nackt ausziehen darfst? Vor mir? Ach du Scheiße, dass ich so was mal zu hören kriege, das hätte ich nie gedacht.«

»Möchtest du das nicht? Habe ich etwas Unpassendes gesagt?«

»Verdammt noch mal, Flor, natürlich nicht! Eine schöne Frau wie du und dann fragen, ob du dich nackt ausziehen darfst! Wo gibt es denn so was? Die Männer müssten dich auf Knien anflehen, dass du dich vor ihnen ausziehst!«

»Die anderen, ja, da hast du vollkommen Recht, aber du bist krank und verletzt, da möchtest du das vielleicht nicht.«

»Und da gibt es noch Leute, für die ›Nutte‹ eine Beleidigung ist!«

Bevor sie Vieira half, sich auf den Hocker zu setzen, prüfte Flor die Wassertemperatur. Sie rückte Vieira so zurecht, dass ihm der Wasserstrahl auf den Rücken fiel und nicht auf den Kopf, der an mehreren Stellen Wunden hatte. Anschließend zog sie das Kleid aus, sie trug keinen Büstenhalter, und nach einem prüfenden Blick zog sie auch den Slip aus. Flors blühende Jugend stand im Gegensatz zu dem müden, verletzten Körper auf dem Hocker. Flor ließ die Kabinentür offen und stieg abwechselnd hinein und hinaus, je nachdem, welchen Körperteil von Vieira sie gerade einseifte. Um sich abzustützen, hielt er sich an ihr fest; anfangs scheu und ehrfürchtig (das war das Mindeste, was er einer Frau schuldig war, die fragte, ob sie sich ausziehen dürfe), doch im weiteren Verlauf des Duschens erforschte er die für ihn erreichbaren Körperteile. Für sie spielte keine Rolle, dass Vieiras Körper unförmig, schlaff und dickbäuchig war. Schöne, athletische Körper begegneten ihr genug in ihrem Beruf; aber bei dem Mann, den sie zu dem ihren erwählt hatte, kam es nicht darauf an, sondern auf das Gefühl von Sicherheit und Zuneigung, das sie bei ihm empfand. Ihre langfingrigen Hände seiften behutsam und liebevoll den alten Körper ein, achteten auf Vertiefungen und Erhebungen und mieden die verletzten Stellen. Da er saß und sie stand, streiften ihre Brüste und steifen Brustwarzen immer, wenn sie sich vorbeugte, um ihm den Rücken einzuseifen, über sein Gesicht und seine Lippen, während seine Hände zwischen ihren Beinen entlangwanderten. Als sie sich Vieiras Leib zuwandte, wurden ihre Bewegungen langsamer, sie liebkoste ihn lange. Als Vieira spürte, dass die Erektion ihren Höhepunkt erreichte, fasste er Flor um die Taille und zog sie langsam an sich heran, so dass sie die Beine über seine setzen musste. Mit den Armen an den Seitenwänden der Duschkabine abgestützt, ohne sich jedoch auf Vieiras Beine zu setzen, senkte Flor behutsam die großen Lippen zu einem genitalen Kuss auf Vieiras Eichel, ließ ihn, dieses Mal ohne um Erlaubnis zu fragen, tief in sich eindringen und setzte zu einer leichten, sanften Bewegung an, die nur ihre Jugend ihr gestattete, wie ein Kolben, der allmählich auf Tempo kommt, ohne auch nur eine Sekunde Druck auf Vieiras geschundene Beine auszuüben, bis zum Höhepunkt. Sie verharrten eine Weile in derselben Stellung, das Wasser rann zwischen ihnen, Flors Beinmuskeln zitterten von der andauernden Anspannung. Als sie sich aufrichtete, blieb Vieira leicht nach vorn gebeugt sitzen, so dass ihm das Wasser direkt auf den Rücken fiel. Er fühlte sich vollkommen leer im Kopf, als Einziges zählte der Körper, der nun, durch die Lust entspannt, an den kritischsten Stellen zu schmerzen begann. Der erste Gedanke, der dann kam, war: »Diese Frau soll meine sein, bis dass der Tod uns scheidet.«

Nachdem sie Vieira abgetrocknet und angekleidet hatte, rückte Flor die Kissen am Kopfende des Bettes zurecht, damit er sich die Nachrichten im Fernsehen ansehen konnte. Mehrere Körperteile schmerzten ihn, doch alle Ecken und Winkel seiner Seele jubilierten. Wegen der Verletzungen an den Lippen und der zerbrochenen Prothese konnte er keine feste Kost zu sich nehmen, Flor hielt den Suppenteller, während Vieira mit von der vorausgegangenen Anstrengung zitternder Hand versuchte, den Löffel zum Mund zu führen, ohne sein Hemd zu bekleckern.

»Verdammt, man könnte meinen, ich hätte den Scheiß-Parkinson.«

»Was ist das?«

»Eine beschissene Krankheit, die man als Alter kriegt, und dann zittert man.«

»Nach dem, was du da im Badezimmer geleistet hast, kannst du zittern, so viel du willst, mein Schatz. Soll ich dir ein Zuckerei machen?«

»Zuckerei? Verdammt noch mal, Flor, du kommst mir mit Sachen … Zuckerei … wie lange habe ich das nicht mehr gehört … du bist wirklich stark, erst fragst du, ob du dich nackt ausziehen darfst, dann bietest du mir ein Zuckerei an … fehlt nur noch, dass du zu meinem Schwanz Sie sagst.«

Flor machte zu jedem Kommentar eine kokette Gebärde. Als sie sich vor Beginn der Nachrichten von der Tür aus verabschiedete, warf sie ihm einen Handkuss mit den Worten zu:

»Wenn dein Freund, der Kommissar, kommt, mein Schatz, dann bitte ihn doch, dass er mich nicht so bedrängt.«

»Espinosa? Verdammt, was ist mit dem?«

»Nein, nein, nichts, mein Schatz, er lässt mich nur dauernd auf die Wache kommen, ich weiß nicht, was er immerzu will … er war sogar schon in meiner Wohnung.«

»In deiner Wohnung? Was wollte er denn da, verdammt? Hat er dich belästigt?«

»Nein, natürlich nicht, er ist sehr höflich … aber ein bisschen hartnäckig. Ich möchte nur, dass er sich etwas zurückhält.« Und schon im Flur, nur noch den Kopf in der Türöffnung: »Mach dir nichts draus, mein Schatz, so sind Polizisten eben, zum Glück bist du nicht mehr dabei.«

Und mit einem zum Kuss gespitzten Mund zog sie die Tür zu.

»Espinosa! Telefon!«

Es war schon fast Mittagszeit, als Espinosa ohne Eile in den Raum ging, wo er am Tag zuvor Akten abgearbeitet hatte.

»Hallo.«

»Espinosa?«

»Ja.«

»Hier ist Clodoaldo. Dein Junge lebt. Über den Mann hab ich nichts rausgekriegt. Rufe von einem öffentlichen Telefon an. Bin morgen wieder an der Avenida Atlântica. Tschau.« Clodoaldo sprach, als diktierte er den Text für ein Telegramm.

Trotz der Kürze der Mitteilung war das Wesentliche gesagt und die Vermutung, dass der Junge sich seiner Obhut entzogen hatte, bestätigt. Aber ganz gleich, aus welchem Grund der Bengel weggelaufen war, in diesem Augenblick empfand Espinosa enorme Erleichterung. Er hinterließ eine Nachricht für Kika: »Junge lebt. Espinosa« Dann ging er hinaus, mit keinem Ziel, nicht einmal, um zu Mittag zu essen, obwohl es an der Zeit war, einfach nur, um den Kopf zu lüften. Er musste ein Weilchen laufen, ungeachtet der heißen Mittagssonne im Dezember. Gleich gegenüber der Wache gab es einen Laden, wo man Speisen nach Gewicht kaufen konnte, aber jetzt brauchte er Raum zum Nachdenken. Als er auf der anderen Wache arbeitete, setzte er sich immer auf den Platz am Hafen. Hier brauchte er nur zwei Häuserblocks weit zu gehen und hatte den Strand von Copacabana vor sich und das Meer, so weit das Auge reichte. Den Blick in die Ferne gerichtet, konnte er besser denken. In einem geschlossenen Raum hatte er immer das Gefühl, dass die Gedanken gegen die Wände prallten und in Wellen zu ihm zurückkehrten.

Sowie er auf den Bürgersteig trat, bog er nach links ab und schloss sich der Menschenmenge an, die zu ihren Mittagslokalen strebte. Er fühlte sich in der Menge ausgesprochen wohl. Im Gegensatz zu den meisten Menschen hatte er nicht das Gefühl, dass er erstickt, erdrückt oder bedroht würde; er empfand Ruhe. Der Lärm der Autos, die Stimmen der Passanten, das Geschrei der Straßenhändler, die Musik aus den Geschäften, die Erschütterungen des Verkehrs, das alles störte ihn nicht, sondern bildete für ihn ein konturenloses, homogenes, beständiges Ganzes, wie das Geräusch einer Klimaanlage, das den Lärm von draußen übertönt, aber selbst nicht wahrgenommen wird. Wenn er es wollte, verlor die fantastische Vielfalt der ihn umgebenden wahrnehmbaren Objekte, inklusive der Menschen, auch ihre visuellen Eigenheiten und fungierte nur mehr wie ein gleichförmiger Hintergrund. Mitten in der Menge zu sein, war für ihn manchmal so, als befände er sich an einem einsamen Strand.

Der Kontrast zwischen der Avenida Copacabana und der Avenida Atlântica war um diese Tageszeit frappierend. Während sich auf der ersten arbeitende Menschen drängten, war die Avenida Atlântica in der Hand von Touristen und Urlaubern. Nachdem er sich bei McDonald's ein extra großes Sandwich und etwas zu trinken gekauft hatte, suchte er sich auf dem

Bürgersteig vor der Häuserreihe mit Blick auf den Strand eine Bank im Schatten. Vor ihm dehnten sich, von keinerlei Wänden eingegrenzt, Himmel und Meer und ließen seinen Gedanken beliebigen Freiraum; und dennoch schweiften sie nicht weit fort, sondern blieben ganz in der Nähe, bei der Stelle, wo der Junge verschwunden war. Er lebte also noch. Clodoaldos telegrafischer Stil hatte keine Einzelheiten zugelassen. Wie hatte er erfahren, dass der Junge am Leben war? Durch Dritte? Hatte er den Jungen selbst gesehen? Womöglich mit ihm gesprochen? Er musste den morgigen Tag abwarten. Während er überlegte und abwartete, führte er einen verzweifelten Kampf mit dem Doppeldeckersandwich, er versuchte, davon abzubeißen, ohne dass die rosa Paste an der Seite herausquoll und auf seine Kleidung kleckerte. Was die Erfahrung eines alten Hasen erforderte, und da war er der richtige Mann.

Das Meer lag ruhig, wenige Menschen im Wasser, ein Zeichen, dass es kalt war. Kein Schiff zu sehen, die einzigen Konturen vor dem Horizont waren die Inseln Farol und Cagarras. Die Bank im Schatten des ausladenden Falschen Mandelbaums zu finden, war kein Problem gewesen; wer sich um diese Tageszeit und bei dieser Hitze am Meer aufhielt, wollte den Strand genießen und nicht im Jackett auf einer Betonbank sitzen und ein Sandwich essen. Er hingegen konnte sich im Augenblick nichts Schöneres vorstellen als zuzusehen, wie das Blau und das Grün vor ihm miteinander verschmolzen, und seine Gedanken schweifen zu lassen. Abstecher wie dieser waren nicht unbedingt »zum Nachdenken« geeignet, er wusste, wie schwer es ihm fiel, bei seinen Gedankengängen ein Mindestmaß an Rationalität zu wahren. Nicht dass er verrückt war oder meinte, es zu sein, absolut nicht, die Kollegen nannten ihn sogar ein Musterbeispiel an Polizist, der mehr mit dem Kopf als mit den Händen arbeitete – nur wussten die Kollegen nicht, dass seine Vorstellungskraft seinem logischen Denken so oft in die Quere kam, dass er manchmal daran zweifelte, ob er überhaupt je einen Gedankengang zu Ende geführt hatte, der sich als ausschließlich logisch bezeichnen ließ. Die Avenida Atlântica hatte er als Ort zum Nachdenken über den Jungen gewählt, um sich besser auf den Fall »konzentrieren« zu können, doch hielt seine Konzentration nicht länger als eine Minute an. Die Assoziationskette von dem Jungen zu Kika traf auf keinerlei Widerstand, und nachdem ihn der Gedanke an Kika einmal gepackt hatte, standen der Fantasie alle Wege offen. Noch bevor er das Sandwich aufgegessen hatte, befand er sich mit Kika an wilden Stränden ferner Länder. Als er den Imbiss beendet hatte und feststellte, wie weit weg er von allem war, was irgendwie mit dem Jungen zu tun hatte, beschloss er, zur Wache zurückzugehen und auf den nächsten Tag zu warten, wenn Clodoaldos konkrete Gegenwart als Realitätsprinzip fungieren würde.

Abends, als Espinosa auf dem Sofa im Wohnzimmer lag, wanderten seine Gedanken von dem einen Jungen zum anderen, von dem irrtümlich ermordeten zu dem, der irrtümlich überlebt hatte; und er versuchte sich das Profil eines Menschen vorzustellen, der auf ein schlafendes Kind Benzin gießt. Er wusste, dass es Gruppen gab, die Bettler, Homosexuelle, Prostituierte und Straßenkinder umbrachten, und er wusste, dass in den Großstädten schon erschreckend viele auf der Straße schlafende Menschen verbrannt worden waren, aber an einen solchen Zufall glaubte er nicht. Der Junge war umgebracht worden, weil jemand vermutete, dass er etwas wusste, was einem Dritten gefährlich werden konnte. Er erinnerte sich an eine Reportage über Attentate auf Leute, die auf der Straße schlafen; da war von zehn Brandopfern im Monat die Rede, woraus sich sofort die Frage ergab: Wer tut so etwas? Als mögliche Antworten wurden genannt: rechtsradikale Gruppen, verrückte Brandstifter, Psychopathen, minderjährige Kriminelle, Angehörige von Sekten, Rassisten ... und die Liste näherte sich gefährlich den Leuten, denen wir jederzeit auf der Straße, im Bus, bei der Arbeit begegnen, ja selbst in den Kirchen, wo man die universelle Liebe predigt.

Trotz des offenen Fensters schwitzte er am Hals. Er zog das Hemd aus und holte sich ein Bier aus dem Kühlschrank. Auf dem Sofa war es zu warm, er setzte sich in den Schaukelstuhl. Nach ein paar Minuten juckte ihm der Rücken vom Flechtwerk der Lehne, er stand auf, stellte sich auf den Balkon vor dem französischen Fenster und blickte zu den kleinen Lichtern der Favela auf dem Berg, weit oberhalb der Häuser. Nach kurzer Zeit war auch das Bier warm. Kika drehte ihre Runden in elliptischer Bahn, manchmal war sie so nah, dass sie sich fast berührten, dann wieder so weit weg, dass er sie kaum sah. Es kam zu keiner richtigen Begegnung. Er ließ das Bier halb voll stehen, ging ins Badezimmer, benetzte sich das Gesicht und den Hals, kehrte zurück ins Wohnzimmer, ging in die Küche, inspizierte den Kühlschrank, ging zurück auf den Balkon. Was wäre gewesen, wenn Kika in diesem Moment hereingekommen wäre?

Wieder einmal wurden seine Überlegungen vom Telefon unterbrochen. Kika mit dem Vorschlag, das Treffen vorzuziehen, dachte er. Kika mit den Worten, sie sei inzwischen bereit, zu ihm zu kommen, dachte er. Er war sich dessen so sicher, dass er nicht sofort merkte, dass es eine andere Stimme war.

»Kommissar Espinosa?«

»Ja.«

»Hier spricht Vanessa.«

»Vanessa?«

»Der Portier hat mir Ihre Karte gegeben; er sagte, Sie wollten mich sprechen.«

»Ach ja, danke, dass Sie anrufen.«

»Möchten Sie es noch?«

»Was meinen Sie?«

»Mit mir sprechen.«

»Ja, natürlich, entschuldigen Sie, ich habe Ihre Stimme mit einer anderen verwechselt.«

»Sie möchten mit mir über Magali sprechen, ja?« Die Stimme klang sanft und sicher.

»Ja.«

»Ich war mit ihr befreundet.«

»Ich weiß, deshalb möchte ich Sie sprechen. Können Sie morgen um zwölf im Eingang Ihres Hauses auf mich warten?«

Entgegen der üblichen Vorgehensweise nahm Espinosa den ersten Kontakt lieber außerhalb der Wache auf, es sei denn, es ging um offizielle Vernehmungen und Aussagen. Wer auf eine Polizeiwache bestellt wird, nimmt immer, unabhängig davon, wie direkt er mit der Sache zu tun hat, eine defensive Haltung ein. Außerhalb des polizeilichen Ambiente sagt der Betreffende, obwohl er weiß, dass er mit einem Polizisten spricht, unter Umständen Dinge, die er auf einer Wache nie sagen würde. Diese Taktik zahlte sich vor allem in Situationen wie dieser aus.

Pünktlich um zehn Uhr morgens kam er an der Avenida Atlântica an. Das war zwei Stunden vor ihrer Verabredung, aber so, fand er, würde er genug Zeit haben vor dem Treffen mit Magalis Freundin. An dem einzigen möglichen Parkplatz auf der Länge der drei nächsten Häuserblocks verkündete ein Schild, dass die Plätze für die diplomatische Vertretung eines mitteleuropäischen Landes, das sich kürzlich geteilt hatte, reserviert seien. Er stellte den Wagen auf dem Platz des einen der zwei neuen Länder ab und sagte dem Parkboy, demselben, dem er Tage zuvor ein gutes Trinkgeld gegeben hatte, er gehe nicht weit weg. Auf dem Bürgersteig gegenüber, am Strand, machte er ein paar Kinder aus, aber nicht Clodoaldo. Er überquerte beide Fahrbahnen und näherte sich der Gruppe. Von den vier Jungen erkannte er einen, und dieser erkannte auch ihn. Clodoaldo war noch nicht da. Manchmal kam er später, aber er kam immer. Espinosa machte sich auf die Suche nach einer Bäckerei; ihm war eingefallen, dass Clodoaldo beim letzten Treffen eine große Tüte mit Brötchen in der Hand gehalten hatte.

Halb zwölf, das Wagendach war von der Sonne so heiß, dass er es nicht anfassen konnte. Espinosa hatte vergeblich versucht, mit den Jungen über den Tod ihres Kollegen zu sprechen. Sie konnten sich über das alltägliche Überleben unterhalten, aber wenn sie den Verdacht hatten, dass die Unterhaltung sich Themen zuwandte, die für sie bedrohlich werden konnten, verstummten sie oder liefen einfach zu einem Auto, das an der Ampel stand, um vom Fahrer Geld zu erbetteln. Espinosa sagte, er komme am Nachmittag wieder, und machte sich auf den Weg zum Treffen mit Vanessa, in der Hoffnung, es werde ergiebiger sein.

Im Gegensatz zu Flor mit ihren kantigen Formen war Vanessa kurvenförmig. Sie war nicht dick, aber alles an ihr war sanft und weich gerundet. Das Gesicht nicht sonderlich hübsch, aber Mund und Blick ungemein verlockend. Insgesamt eine angenehme Erscheinung von gesundem Aussehen. Vermutlich höchstens fünfundzwanzig Jahre alt. Das war Espinosas allgemeiner Eindruck, als er sie am Hauseingang begrüßte.

Die ersten Worte dienten dem gegenseitigen Bekanntmachen. Als Espinosa Magali erwähnte, sagte Vanessa nur: »Sie war für mich wie eine ältere Schwester.« Der Satz kam ihm bekannt vor.

»Haben Sie schon zu Mittag gegessen?«, fragte Espinosa.

»Nein. Ich esse mittags nicht viel, manchmal nur einen Salat.«

»Dann lade ich Sie zu einem Sandwich ein, oder zu einem Salat, wenn Ihnen das lieber ist, da drüben, im *Cervantes*.«

Da sie prompt zu dem Restaurant auf der anderen Straßenseite blickte, nicht mehr als fünfzig Meter von ihnen, aß sie dort wohl häufiger.

»Ja, da ist es nett.« Sie überquerten die Rua Barata Ribeiro. Bis sie sich gesetzt und die Bestellung aufgegeben hatten, tauschten sie Förmlichkeiten aus.

»Vanessa, ich weiß nicht, ob …«

»Maria Regina, so heiße ich richtig. Vanessa ist mein Künstlername.«

»Und wie möchten Sie genannt werden?«

»Das kommt darauf an, ob Sie als Kunde oder als Freund sprechen.«

»Darf ich Regina sagen?«

»So nennen mich auch meine Freunde.«

»Ich weiß nicht, ob Sie darüber informiert sind, wie Ihre Freundin umgebracht wurde.«

»Doch, das weiß ich … es sei denn, es gibt noch irgendwelche Einzelheiten, die nicht bekannt gegeben wurden. Ich weiß, dass man sie nackt, ans Bett gefesselt, mit einer Plastiktüte über dem Kopf aufgefunden hat; und dass sie erstickt ist.«

»Und sie war mit Gas betäubt worden.«

»Ja, das wusste ich auch. Dass der Mörder sie erst betäubt hat, um sie anschließend umzubringen, macht es für mich nicht einen Deut weniger entsetzlich; im Gegenteil, das macht es für mich noch grauenhafter.«

»Haben Sie irgendeine Idee, wer das getan haben könnte?«

»Nein. Keiner von unseren Bekannten würde so etwas tun. Dafür muss man schon sehr krank sein. Bestimmt hat das Schwein sich auch noch einen runtergeholt, während sie mit dem Tod kämpfte. Meiner Meinung nach war das ein fremder Kunde.«

»Die Portiers haben nicht gesehen, wann sie nach Hause kam, und auch nicht, dass ein Fremder in der Nacht das Haus verlassen hätte.«

»Der Nachtportier ist sehr nett, aber er verbringt mehr Zeit in seinem Zimmer als vorn am Eingang. Wer einen Schlüssel hat, kommt ins Haus, ohne dass er es sieht.«

»Wer einen Schlüssel hat.«

»Er kann mit ihr zusammen gekommen sein. Um das Haus zu verlassen, braucht man keinen Schlüssel, die Tür lässt sich von innen öffnen.«

»Sie glauben, dass es so war? Ein zufälliger Mord, verübt von einem Fremden?«

»Zumindest möchte ich das glauben. Ich glaube nicht an Gott, ich glaube an die Menschen. Wenn ich erführe, dass ein Freund oder Bekannter so etwas getan hat, das könnte ich nicht ertragen.«

»Wann haben Sie Magali das letzte Mal gesehen?«

»Am Abend davor. Wir sind zusammen im Fahrstuhl nach unten gefahren. Sie wollte mit Vieira essen gehen.«

»Hatten Sie das Gefühl, es ging ihr gut?«

»Sehr gut. Sie liebte die Freitagabende, wenn sie mit ihm essen ging.«

»Kennen Sie Vieira gut?«

»Ob gut, weiß ich nicht, aber ich kenne ihn schon lange, seit die beiden zusammen waren.«

»Und was halten Sie von ihm?«

»So ordinär, wie er sich nach außen hin gibt, ist er der feinste Mensch, den ich kenne.«

»Sind Sie häufiger mit den beiden ausgegangen?«

»Nur ein paar Mal.«

»Und Ihre gemeinsame Freundin Flor?«

»Flor ist nicht meine Freundin. Sie war Magalis Freundin, sofern sie überhaupt jemals mit jemandem befreundet war.«

»Sie mögen sie nicht?«

»Ich kann nicht sagen, dass ich sie mag oder nicht mag. Sie ist merkwürdig, man hat das Gefühl, dass sie nichts wirklich an sich heranlässt. Bei mir zu Hause nennen wir so jemanden ein *Taroblatt* – wenn man es ins Wasser taucht, kommt es trocken wieder heraus.«

»Woher sind Sie?«

»Aus Minas.«

»Nur noch eine kleine Frage: Wo waren Sie in der Tatnacht?«

»In meiner Wohnung, im Bett, allein. Sie haben sehr viel Selbstvertrauen, dass Sie mir so eine Frage stellen und glauben, dass ich mich weiter mit Ihnen unterhalte.«

»Und? Wollen Sie das nicht?«

»Wenn Sie mich wieder sprechen möchten, können Sie eine Nachricht beim Portier hinterlassen.« Sie stand auf und ging. Sie sah aber nicht empört aus.

Während Espinosa sein Sandwich zu Ende aß, dachte er, die letzte Frage hätte vermieden oder für später aufgehoben werden können, aber er dachte auch, wenn sie einen so unmittelbaren Abgang zur Folge hatte, dann musste sie Regina oder Vanessa (vielleicht waren sie nicht ein und dieselbe) tief getroffen haben. Die Begegnung und vielleicht Freundschaft hatte genau zwanzig Minuten gedauert, ein Rekord, wenn er bedachte, wie viel er noch hatte fragen wollen. Als er das Restaurant verließ, hoffte er inständig, sein Auto sei nicht abgeschleppt worden, nachdem er es auf einem so verbotenen Platz, dass dort noch nicht einmal ein gewöhnliches Verbotsschild angebracht war, abgestellt hatte, und er hoffte, mit Clodoaldo mehr Glück zu haben als mit Vanessa.

Der Wagen stand noch da, und an der Windschutzscheibe steckte kein Strafzettel. In knapp zehn Minuten war er an der Stelle, wo Clodoaldo und die Kinder ihren Treffpunkt hatten, doch er brauchte den Motor nicht abzustellen, der Parkboy kam auf ihn zu und bedeutete ihm mit wedelndem Zeigefinger, dass Clodoaldo nicht gekommen war. Die Kinder waren nicht zu sehen. Eine Nachricht zu hinterlassen, schien ihm überflüssig. Vielleicht war dies nicht sein Glückstag, dachte er und fuhr zur Wache zurück.

Am Abend beschloss er, statt nach Hause zu gehen, noch einmal beim Treffpunkt von Clodoaldo und den Kindern vorbeizusehen. Er fuhr die nächstgelegenen Häuserblocks und ein Stück der Fahrbahn am Strand ab; weder Clodoaldo noch die Kinder waren zu sehen. Er überlegte, ob sie sich vielleicht woanders getroffen hatten, was aber Clodoaldos Mitteilung vom Vortag, er würde an derselben Stelle an der Avenida Atlântica sein, widersprochen hätte. Dass die Kinder nicht da waren, mochte damit zusammenhängen, dass Clodoaldo nicht gekommen war, was selten geschah. Er bog um den Häuserblock und fuhr in die Avenida Copacabana.

Da Weihnachten vor der Tür stand und die Läden abends geöffnet waren, hatte der Verkehr im Viertel beträchtlich zugenommen, vor allem in den Straßen mit vielen Geschäften. Menschen und Autos bewegten sich pausenlos wie in Zeitlupe durcheinander. Während er darauf wartete, dass die Ampel grün wurde, überquerten mit Päckchen beladene Leute den Zebrastreifen vor ihm. Er dachte daran, ein Weihnachtsgeschenk für Kika zu kaufen. Nur wenige Jahre hatte er Weihnachten mit seiner Frau und dem kleinen Sohn gefeiert; und die Weihnachtsfeste mit den Eltern lagen weit genug zurück, dass Erinnerung und Imagination sich vermischen und reale Ereignisse und Wunschvorstellungen miteinander verschmelzen konnten. An die Weihnachtsfeste mit der Großmutter in den Jahren, als sie zusammenwohnten, hatte er genauere Erinnerungen. Sie hatte versucht, die Festtage so wenig traurig wie möglich werden zu lassen. Nach ihrem Tod hatte er Weihnachten, abgesehen von den wenigen Jahren seiner Ehe, nicht mehr gefeiert. Aus Mangel an Glauben und Gesellschaft.

Er lenkte den Wagen langsam durch die Avenida Copacabana zum Peixoto-Viertel. Selbst auf dem ruhigen Platz spürte man eine ungewohnte Betriebsamkeit. Ein kleiner Kranz aus Pinienzweigen über der Eingangstür seines Hauses, daran baumelnd drei glänzende bunte Kugeln, symbolisierte alljährlich die Weihnachtsstimmung des Verwalters. Espinosa stellte sich vor, wie dieser methodische Mann jedes Jahr im Dezember eine Schachtel hoch oben aus dem Schrank holte, die Schnur löste und den Weihnachtsschmuck herausnahm, um damit das Haus zu verzieren.

Er öffnete vorsichtig seine Wohnungstür, als hinge der Schmuck an ihr. Drinnen empfing ihn nur die Dezemberhitze. Auf dem Anrufbeantworter zwei Mitteilungen, die beide gelöscht werden konnten, ohne dass seinem Leben auch nur die geringste Kleinigkeit gefehlt hätte.

Mehrere Bilder machten sich in diesem Augenblick den Vorrang in Espinosas subjektivem Empfinden streitig: Kikas Bild, das selbst dann, wenn es von den anderen verdrängt worden war, die Kraft besaß, sich immer wieder in den Vordergrund zu schieben; das des Jungen, das im Lauf der Tage zunehmend an Konturen verlor; Clodoaldos Bild, intensiv und ganz deutlich, aber nicht ständig da; und das Bild einer neuen Gestalt: Vanessa. Sie waren zwar weder die einzigen noch die wichtigsten, die Espinosas Gedankenwelt bewohnten, aber in diesem Augenblick beherrschten sie die Szene.

Als er unter die Dusche ging, suchte er immer noch nach einer Erklärung, warum Clodoaldo nicht zum Treffpunkt gekommen war. Streetworker arbeiten nicht in Büros und haben keine feste Anschrift, aber gerade deshalb halten sie sich bei ihrer Tätigkeit strikt an Verabredungen. Sie selbst sind die Institution, und da, wo sie sind, ist ihre erste Adresse. Merkwürdig kam ihm vor, dass Clodoaldos Ausbleiben zeitlich mit dem Auffinden des Jungen zusammengefallen war. Er versuchte sich einzureden, dass das eine nichts mit dem anderen zu tun hatte.

Am Tag zuvor hatten Kika und er sich am Telefon locker verabredet; inzwischen war es nach acht, ohne dass Kika sich gemeldet hätte, um einen genauen Treffpunkt auszumachen. Da die letzten Anrufe von ihr ausgegangen waren, beschloss Espinosa, diesmal die Initiative zu ergreifen. Er hinterließ eine Nachricht für sie bei der Zentrale, öffnete ein Bier und machte es sich gerade im Sessel bequem, da läutete das Telefon. Es war Kika, die die Nachricht noch nicht erhalten hatte. Sie verabredeten sich für halb zehn.

Doch um halb zehn parkte Espinosa den Wagen am Anfang der Avenida Atlântica wegen einer anderen Verabredung. Er hatte geschwankt, ob er ans Telefon gehen oder den Anruf auf Band aufnehmen lassen sollte, schließlich wartete Kika auf ihn. Er hatte abgenommen. Eine Ansage kündigte ein R-Gespräch an, dann kam die leise, stockende Stimme, und Espinosa erkannte sie sofort:

»Kommissar?«

»Ja.«

»Clodoaldo hat mir Ihre Nummer gegeben ...«

»Alles in Ordnung?«

»Ja ... doch.«

»Wo bist du?«

»Am Strand ...«

»An derselben Stelle wie das letzte Mal?«

»Nein. In Leme. Am Strand. Beim Felsen ... Clodoaldo hat mir Ihre Nummer gegeben.«

»Ist gut, bleib, wo du bist, ich hole dich.«

Er kümmerte sich nicht weiter um die Hintergrundgeräusche, der Junge hatte wahrscheinlich von einem der öffentlichen Telefone am Strand angerufen oder von dem kleinen Platz gegenüber der Festung von Leme; er hatte auch nicht gefragt, ob er allein war. Dann hinterließ er eine Nachricht für Kika und machte sich auf den Weg zu der neuen Verabredung. Während er so schnell fuhr, wie der Verkehr es zuließ, machte er sich Vorwürfe, dass er nicht mehr gefragt hatte. Der Wagen stand mehr, als dass er fuhr. Er überlegte, ob er aussteigen und das letzte Stück zu Fuß gehen sollte, aber er konnte den Wagen nicht einfach mitten auf der Straße stehen lassen. Er brauchte über zwanzig Minuten, bis er die vom Jungen genannte Stelle erreichte. Die Parkplätze an der Promenade waren von Liebespärchen besetzt. Er stellte den Wagen in der Nähe einer Bushaltestelle ab, ließ ihn aber offen. Der Junge hatte »beim Felsen« gesagt. Er machte sich auf den Weg zu dem großen Felsen, wo der Strand von Copacabana beginnt, und ließ den Blick suchend über die von den Scheinwerfern beleuchtete Sandfläche schweifen. Er musste ziemlich nah an den großen Felsen gehen, bis er die kleine, im Sand hockende Gestalt des Jungen ausmachen konnte. Genau genommen war aus dieser Entfernung und bei der Dunkelheit gar nichts richtig zu erkennen, doch er meinte, der Größe und Ortsbeschreibung nach müsse die am Felsen lehnende Gestalt der Junge sein. Als er nur noch gut zwanzig Meter von ihm entfernt war, trat er von der Promenade hinunter auf den Sand und winkte ihm zu. Während er auf ihn zuging, beschlich ihn ein ungutes Gefühl, umso mehr versuchte er sich einzureden, dass alles in Ordnung sei. Je näher er kam, desto stärker wurden das ungute Gefühl und das Befremden darüber, dass der Junge derart reglos mit hängendem Kopf dasaß. Als er ihn erreichte, brauchte er den schmächtigen, hilflosen Körper gar nicht erst zu berühren, um zu erkennen, dass er tot war und der Hinterkopf blutverklebt. Espinosa stand aus zwei Gründen gleichermaßen fassungslos da: weil der Junge tot war und weil man ihm den Kopf am Felsen eingeschlagen hatte.

Durch die Strandbeleuchtung wirkte die Szene gestellt, wie für Dreharbeiten zu einem Film; die von den Scheinwerfern verstärkten Farben stachen gegen den dunklen Fels ab; das grelle Licht machte den Sand noch weißer und verlieh den sich auf dem Strand brechenden Wellen vor der konturenlosen Dunkelheit von Himmel und Meer eine swimmingpool-grünliche Transparenz. Der Junge hatte beide Hände auf dem Schoß, als hätte der Mörder sie so zurechtgelegt; im Sand kein Blut und keinerlei erkennbare Spuren von Kampf; nicht einmal die ebenso spärliche wie armselige Bekleidung war in irgendeiner Weise verrutscht.

Espinosa setzte sich neben dem Toten in den Sand. Er lehnte sich an den Felsen und verharrte reglos, ganz wie der leblose Körper an seiner Seite. Wer sie von weitem sah, hätte meinen können, dort unterhielten sich Vater und Sohn; auf die Idee, dass der eine gar nicht mehr sprechen konnte, wäre niemand gekommen.

Als die ersten Polizisten eintrafen, fanden sie Espinosa neben dem Jungen im Sand sitzend, so als betrachtete er den Himmel; dem Jungen dagegen hing der Kopf auf die Brust. Die Spurensicherung war gerufen worden, hatte aber dem, was jeder mit eigenen Augen sehen konnte, nicht viel hinzuzufügen. Für Espinosa bestand kaum Zweifel daran, dass der Junge im Sitzen umgebracht worden war, genau in der Stellung, in der er ihn gefunden hatte. Der Mörder, fraglos ein Erwachsener, hatte seinen Kopf mit einer Hand von vorn gepackt und ihn vermutlich mehrfach gegen den Fels geschlagen.

Nichts deutete darauf hin, dass der Körper an die Stelle geschleppt worden wäre, wo er sich nun befand; dem Zustand der Kleidung nach zu urteilen, hatte auch keinerlei Kampf stattgefunden, was im Übrigen von den Leuten, die auf der

Promenade spazierten, bemerkt worden wäre. Dass da ein Kind von einem Erwachsenen verprügelt wurde, wäre den Liebespaaren, die auf den Bänken am Strand saßen, zweifellos aufgefallen, nicht aber die kurze Bewegung, mit der der Kopf gegen den Felsen geschlagen wurde. Und dann war da noch der Wachposten der Festung von Leme, der auf jede ungewöhnliche Bewegung in der Nähe seines Postens reagiert hätte.

Dem Jungen war ein Teil des Hinterkopfs zertrümmert worden. Aggressor und Opfer mussten sehr nah nebeneinander gesessen haben, und der Junge brauchte nur einen Moment nicht aufgepasst oder zu viel Vertrauen gehabt zu haben, damit ihm der Kopf auf diese Weise nach hinten gestoßen werden konnte.

Erst als die Anzahl der Polizeifahrzeuge zunahm, wurden die Passanten auf den am Felsen lehnenden Körper aufmerksam. Niemand hatte irgendetwas Verdächtiges bemerkt, und niemand konnte auch nur den kleinsten Hinweis auf den Begleiter des Jungen geben.

Espinosa blieb da, bis der Leichnam abtransportiert wurde. Anschließend lief er die Umgebung ab, befragte Autoinsassen, störte turtelnde Pärchen, sprach Straßenverkäufer, Hausmädchen, Spaziergänger und Neugierige an; suchte unten am Wasser nächtliche Angler mit ihren langen, in den Sand gesteckten Angeln auf; sprach noch einmal mit dem Wachposten (der inzwischen gewechselt hatte), und in einem letzten, nutzlosen Versuch schaute er erwartungsvoll hinauf zu den Hochhäusern an der Avenida Atlântica, ob ihm vielleicht jemand zuwinkte, weil er mit einem starken Fernglas den Mord an einem Straßenjungen beobachtet hatte.

Es war nach eins, als Espinosa ins Auto stieg, um nach Hause zu fahren. Aber besondere Lust dazu hatte er eigentlich nicht, lieber hätte er die anderen Straßenkinder gesucht, in der Hoffnung, irgendeine winzige Information zu erhalten. Vor allem wollte er Clodoaldo sprechen, dessen Verschwinden ihm so rätselhaft war wie der Tod des Jungen; und er wäre gern noch beim Straßenkinderhaus vorbeigefahren, vielleicht konnte man ihm dort etwas sagen. Aber er wusste, vorerst musste er nach Hause und versuchen zu schlafen.

Also fuhr er nach Hause, konnte aber nicht einschlafen. Es gab zu viele Fragen und keine einzige Antwort. Drei Menschen waren umgebracht worden, ein vierter brutal zusammengeschlagen und ein weiterer verschwunden, ohne irgendeinen ersichtlichen Zusammenhang zwischen diesen Ereignissen, und auch ein Motiv war in keinem Fall zu erkennen. Magalis Tod war ein absolutes Rätsel; Vieira war nicht wirklich verdächtig. Der Mord an dem schlafenden Jungen konnte schwerlich dem Mann mit der Brieftasche angelastet werden, aus welchem Grund hätte der einen Straßenjungen umbringen sollen, und dann noch auf so barbarische Weise? Weil er ihn für den anderen hielt, der hinter ihm her war? Aber was für eine Rolle spielte dieser andere Junge für ihn? Und als Krönung der Tod des zweiten Jungen, viel zu unbedeutend in der sozialen Hierarchie, um einen so grausamen Anschlag auf ihn zu verüben. Diese und andere Fragen quälten Espinosa, als durch die Fensterläden das erste Tageslicht ins Zimmer drang.

4

Vieiras Genesung machte erstaunliche Fortschritte. Dank einer provisorischen Zahnprothese und Flors Pflege waren nur noch wenige Spuren von dem Überfall von vor nicht einmal einer Woche zu sehen.

»Verdammte Scheiße, Espinosa, wie ist es möglich, dass mir nach dreißig Jahren bei der Polizei so was passiert?«

»Hast du noch Schmerzen?«

»Am Körper nicht, nur an der Seele.«

»Das gibt sich, du hast eine hervorragende Pflegerin.« Vielleicht keine so gute Bemerkung, dachte Espinosa.

Er wusste, wie schwer es Vieira fiel, nicht spontan zu sein, und er spürte überdeutlich, dass der pensionierte Kommissar nicht seine gewohnte Form zeigte, was nur noch seinen Verdacht verstärkte, dass ihn irgendetwas blockierte, etwas, das nichts mit dem Überfall zu tun hatte.

Es war halb elf Uhr vormittags, Vieira war allein, er hatte geduscht und sich gerade angekleidet, als er Espinosa die Tür öffnete. Nachdem sie die ersten Worte gewechselt hatten, wartete der Alte ab. Zwar sprach er weiter, doch er wartete gespannt auf das, was Espinosa ihm sagen wollte. Er besaß genug Menschenkenntnis, um einen privaten Besuch von einem aus beruflichen Gründen zu unterscheiden.

Bevor er von dem Tod des Jungen berichtete, fragte Espinosa nach Vanessa, was für Vieira durchaus überraschend kam. Ihm war nicht sofort klar, um wen es ging; es dauerte ein paar Augenblicke, bis er das Mädchen einordnen konnte.

»Ich kenne sie kaum. Sie ist ein paar Mal mit uns ausgegangen, aber nicht oft; anscheinend ein nettes Mädchen, sie war mit Magali sehr befreundet. Sie wohnt im selben Haus. Viel mehr weiß ich nicht. Ist etwas mit ihr?«

»Nein. Ist sie auch mit Flor befreundet?«

»Nicht, dass ich wüsste.«

»Ihr seid nie zu viert ausgegangen?«

»Verdammt noch mal, Espinosa, du glaubst mir wohl nicht. Vor zwei Wochen noch wusste ich kaum, wer Flor ist. Als sie mich anrief, wusste ich überhaupt nicht, wer sie ist. Genauso ist es mit dieser Vanessa. Ich kann mich vage erinnern, wie sie aussieht, aber ich bin sicher, wenn ich ihr auf der Straße begegnen würde, würde ich sie nicht erkennen. Warum zum Teufel taucht die jetzt auf?«

»Sie taucht nicht jetzt auf, sie war schon immer da, sie war mit Magali befreundet und hatte sie sehr gern, sie möchte nur helfen.«

»Und warum kommt sie erst jetzt auf diese Idee?«

»Weil sie, wie sie sagt, der Tod ihrer Freundin sehr mitgenommen hat und sie für ein paar Tage zu ihrer Familie gefahren ist.«

»Und jetzt, wo sie sich von dem Schock erholt hat, will sie mithelfen?«

»So ungefähr. Es war kein spontanes Angebot von ihr. Ich habe den Kontakt zur ihr aufgenommen. Und bevor du mich fragst, wie ich von ihrer Existenz erfahren habe: Der Portier hat mir von der Freundschaft der beiden erzählt. Und zur Ergänzung muss ich sagen, dass ich ihr nicht gefallen habe, sie hat mich bei einem Sandwich sitzen lassen.«

»Das ist ein gutes Zeichen. Vermutlich hast du sie gefragt, wo sie war, als ihre Freundin ermordet wurde.«

»Genau das.«

»Verdammt noch mal, Espinosa, das klingt jetzt vielleicht wie ein Allgemeinplatz, aber Nutten haben auch Gefühle.«

»Ich war etwas zu forsch.«

»Und offenbar nicht nur bei ihr. Du bist auch in Flors Wohnung erschienen und hast nach einem Schlüssel gefragt und hast sie auf der Wache so in die Mangel genommen, dass sie das nächste Mal einen Anwalt mitbringen musste. Was vermutest du eigentlich? Ein Nuttenkomplott? Ich gebe ja zu, dass du, abgesehen von mir, keinen Tatverdächtigen hast, aber das ist kein Grund, die Mädchen so in die Mangel zu nehmen.«

Espinosa war bewusst, dass dies eine Extraportion Kritik bedeutete, er wusste auch, dass diese auf sein Verhalten gegenüber Flor zurückzuführen war, ebenso war ihm völlig klar, dass es sich um eine indirekte Beschwerde handelte. Das gehörte zum Spiel.

In Vieiras Wohnung war es heiß, es gab nur im Schlafzimmer eine Klimaanlage, und Espinosa hatte nicht die Absicht, solche Fragen auf dem Bett dessen sitzend zu diskutieren, der formal der einzige Verdächtige war. Er zog das Jackett aus und blieb im kleinen Wohnzimmer, so nah wie möglich am einzigen Fenster.

»Man hat den Jungen umgebracht.«

»Was?«

»Man hat den Jungen umgebracht.«

»Welchen Jungen?«

»Den mit der Brieftasche … sie haben ihm den Kopf am Felsen zertrümmert.«

»Verdammte Scheiße … das war doch ein Kind … warum?«

Espinosa berichtete, was er wusste und wie er den Jungen gefunden hatte. Vieira hörte schweigend zu, ohne irgendeine Zwischenbemerkung.

»Das kann derselbe Typ getan haben, der mich überfallen hat, der Stil ist ähnlich. Wer einen grauhaarigen Mann zusammenschlägt, der schlägt vielleicht auch einem Kind den Schädel an einem Felsen ein.«

»Der Meinung bin ich auch. Zu denken gibt mir dabei aber, dass der Mann, der hinter dem Jungen her war, nach Kikas Beschreibung von schlanker Statur und gut gekleidet war und etwas in die Tasche gesteckt hat, was ihrer Meinung nach ein Taschenmesser oder Springmesser war. Das passt nicht zu einem, der prügelt.«

»Wo ist das Problem? Er kann einen anderen engagiert haben, der die Sache für ihn erledigt.«

»Ich bin nach wie vor der Meinung, dass es keinen Sinn ergibt. Überleg mal, dieser erste Mann hat keine Ahnung, dass der Junge über die Sache mit der Brieftasche Bescheid weiß. Der Junge hat nichts anderes getan, als ihm durch die Straßen von Copacabana zu folgen. Aus diesem einzigen Grund wird ein Kind im Schlaf verbrannt und einem anderen der Schädel zertrümmert. Das sind für eine so kleine Belästigung völlig überzogene Reaktionen; immer vorausgesetzt, dass ein und derselbe die beiden Jungen umgebracht hat, sonst wird die Sache noch komplizierter.«

Über eine Stunde lang diskutierten Espinosa und Vieira die verschiedenen Thesen zu den Ereignissen seit dem Verlust der Brieftasche. Doch anstatt zu möglichen Erklärungen zu führen, ergaben sich ständig neue Thesen, um die Lücken in den vorher erörterten auszufüllen.

Der Hauptgrund für Espinosas Besuch bei Vieira war seine Absicht, einem zweitrangigen, aber deshalb nicht unwichtigen Verdacht nachzugehen: ob Flor tatsächlich wollte, dass ihr neuer Liebhaber auf ihn, Espinosa, eifersüchtig wurde. Der Verdacht bestätigte sich. Espinosa wusste jedoch, vielleicht im Gegensatz zu Flor, dass solche Strategien von fragwürdigem Erfolg waren und außerdem bei einem so anarchischen Charakter wie Vieira nicht lange wirkten. Wie dem auch sei, er nahm sich vor, im Umgang mit Flor doppelt vorsichtig zu sein. Vieira war in seinem Polizistenstolz just in dem Moment getroffen worden, wo er sich vom nahenden Alter besonders bedroht fühlte. Flor war sein Amulett, das ihn vor dem Tod schützte. Es gab keinen Grund, seine Grenzen auszuloten.

Espinosas größte Sorge galt im Augenblick Kika, auch wenn er eine Attacke seitens des Mannes, nur weil sie den Jungen beschützt hatte, für wenig wahrscheinlich hielt. Doch gleichzeitig glaubte er, dass diese Logik sich nicht auf einen anwenden ließ, der ein Kind totschlug. Er hinterließ eine Nachricht für Kika.

Es war schon nach zwölf, als er ins Auto stieg und sich auf den Weg zur Wache machte, essen konnte er eine Kleinigkeit in der Nähe. Unterwegs dachte er an die Möglichkeit, dass sein Fall eigentlich verschiedene Fälle ohne jede Querverbindung sein konnten, ein Gedanke, der ihm schon mehrmals gekommen war, ohne dass er ihn ernst genommen hatte. Trotz der Tageszeit floss der Verkehr auf dem kurzen Stück bis zur Rua Hilário de Gouveia. Er parkte den Wagen auf einem etwas bedenklichen Platz in der Nähe der Wache, doch bevor er die Wache betrat, ging er noch einen Häuserblock weiter und kehrte mit einer Papiertüte zurück, darin ein Sandwich, Pommes frites und ein Milkshake. Das Mittagessen passt zum Tag, dachte er, zumal der Freitag wie ein Montag wirkte.

Die inoffiziellen und noch sehr provisorischen Ergebnisse, die er per Telefon sowohl von der Spurensicherung als auch von der Autopsie erhielt, fügten nichts Wesentliches zu dem Bild hinzu, das er selbst vor Ort skizziert hatte. Er wies seine Mitarbeiter an, ihr Informantennetz zu aktivieren, um jede mögliche Information zu den einzelnen Morden einzuholen und eventuelle Querverbindungen festzustellen.

Bislang hatte die Presse die Morde nicht miteinander in Verbindung gebracht. Auch er selbst hatte ja noch kein einziges Bindeglied entdeckt, und mochte es noch so schwach sein. Die einzige Verbindung zwischen den verschiedenen Ereignissen war er, Espinosa. Allerdings hatte er die Befürchtung, die Presse würde die Mordfälle als Sensationsmeldung ausschlachten, falls jemand auf die Idee kam, da sei ein Serienmörder am Werk. Vielleicht konnte man für diesen Fall eine einigermaßen intelligente Geschichte vorbereiten. Kikas Anruf unterbrach ihn beim ersten Versuch, die Geschichte zu entwerfen.

»Ich dachte, du hättest keine Lust mehr gehabt oder mich vergessen. Und ich muss gestehen, die zweite Möglichkeit hat mich mehr erschreckt.«

»Rede keinen Unsinn, ich muss dich persönlich sprechen, und zwar unbedingt, bevor du heute Abend deinen Stand aufbaust.«

»Ist gut, wir können uns treffen, bevor ich nach Copacabana fahre.«

»Wunderbar, ich warte um halb sieben vor deinem Haus.«

Als Zweites musste er dringend Clodoaldo ausfindig machen. Er stellte eine Liste der Einrichtungen zusammen, die sich um Straßenkinder kümmerten, strich diejenigen, von denen er wusste, dass er mit ihnen keinen Kontakt hatte, und begann zu telefonieren. Die Liste war nicht lang, und schon bald musste er feststellen, dass man dort auch nicht mehr wusste als er. Also beschloss er, beim Treffpunkt an der Avenida Atlântica vorbeizufahren, vielleicht konnte er etwas aus den Kindern herausbekommen. Er stieg ins Auto und fuhr in die Nähe der Galeria Alaska. Aber er fand nur zwei Jungen, die beim gemeinsamen Treffen nicht dabei gewesen waren, und vor dem nächsten Häuserblock den Parkboy. Keiner von ihnen hatte Clodoaldo gesehen oder wusste, wo er sich befand. Er war spurlos verschwunden.

Wieder auf der Wache, wurde sein Ohnmachtsgefühl von zahlreichen Telefonaten und zugeteilten Aufgaben überlagert. Kurz vor Dienstschluss traf ein, was er befürchtet hatte. Ein Zeitungsreporter rief an und wollte wissen, ob zwischen den

Morden an den beiden Straßenjungen ein Zusammenhang bestehe. Nein. Und er konnte die Antwort mit reinem Gewissen geben. Er wusste tatsächlich von keinem Zusammenhang.

Er stieg aus dem Auto, um Kika zu begrüßen und ihr zu helfen, die Bilder auf den Rücksitz zu legen, was sehr schnell geschehen musste, denn in der Rua do Catete herrschte dichter Verkehr, und Parken war nicht erlaubt.

»Du warst so mysteriös am Telefon.«

»Mysteriös? Ich habe kaum etwas gesagt.«

»Genau deshalb. Das heißt, nicht nur, du sprichst nie viel, aber du klangst mysteriös.«

Der Wagen befand sich inzwischen in einer Querstraße in Richtung Praia do Flamengo, wo der Verkehr nur langsam vorankam, weil die Leute aus dem Zentrum in den südlichen Teil der Stadt zurückströmten.

»Vielleicht findest du die Frage, die ich dir jetzt stellen werde, mysteriös.«

»Ich habe doch gesagt, irgendetwas ist mysteriös. Was möchtest du wissen?«

»Könntest du eine Weile darauf verzichten, deine Bilder an der Avenida Atlântica auszustellen?«

»Ab sofort?«

»Ja.«

»Warum?«

»Zu deinem Schutz.«

»Aber warum? Was ist los?«

»Man hat den Jungen umgebracht.«

»Wie bitte?«

»Er wurde gestern Abend tot aufgefunden.«

»Wie? Wer hat ihn gefunden?«

»Ich.«

»Du?«

»Ja.«

»Wo? Wer hat ihn umgebracht?«

Espinosa hielt es für besser, kurz von den Ereignissen zu berichten, allerdings gelang es ihm nicht zu verschweigen, wie der Junge umgebracht worden war. Er wollte es übergehen, doch Kika unterbrach ihn und verlangte, ihr nichts vorzuenthalten. Als er seinen Bericht beendet hatte, liefen ihr die Tränen über das reglose Gesicht. Bis Copacabana sprach sie kein Wort mehr.

»Und du glaubst, der Mörder des Jungen wird auch versuchen, mich umzubringen?«

»Nein, das glaube ich nicht. Aber ich möchte nicht, dass du etwas riskierst.«

»Um dieses Schwein zu fassen, lohnt es sich, den Köder zu spielen.«

»Kommt nicht in Frage.«

»Warum nicht?«

»Weil dieser Kerl ein Kind im Schlaf verbrannt und einem anderen den Schädel zertrümmert hat. Vergiss das nicht.«

»Warum sollte ihm daran gelegen sein, mich umzubringen?«

»Weil er glaubt, dass der Junge dir etwas erzählt hat.«

»Und was hätte er mir erzählen können?«

»Ich habe nicht die geringste Vorstellung. Und das Schlimme ist, dass meiner Meinung nach auch der Junge das nicht wusste.«

»Du glaubst, er wurde irrtümlich umgebracht?«

»Nein, irrtümlich umgebracht wurde der andere, ihn hat der Mörder gezielt umgebracht. Nur wusste der Mörder, warum er ihn tötete, aber der Junge wusste nicht, warum er sterben musste.«

»Ich verstehe das nicht, und ich weiß auch nicht, ob ich es verstehen will; ich will nur, dass man dieses Schwein fasst. Ich werde mich nicht verstecken, der Junge hat sich versteckt, aber genützt hat es nichts.«

»Bist du dir ganz sicher?«

»Ja. Und außerdem ist in einer Woche Weihnachten, das ist die Zeit, wo wir am meisten verkaufen. Ich bin nicht reich, ich brauche das Geld, um meine Rechnungen zu bezahlen.«

»Wenn das so ist, dann bleibe ich heute bei dir. An den anderen Tagen müssen wir sehen, was wir machen.«

»Ich finde, du übertreibst, es gibt für diesen Typen keinen Grund, etwas gegen mich zu unternehmen.«

»Kika, Typen wie der brauchen keine Gründe für das, was sie tun.«

»Wenn ich ein Mann wäre, würdest du mich dann genauso beschützen?«

»Ob genauso, weiß ich nicht, aber beschützen würde ich dich.«

»Und wenn ich mich nicht beschützen lassen wollte?«

»Das würde es lediglich erschweren.«

Sie saßen noch im Auto, das letzte Abendlicht schien durch die Scheiben, und trotz des scharfen Tons ihres Gesprächs sah Kika Espinosa eher liebevoll als provozierend an. Ihr gefiel sein höflicher Umgang mit ihr, seine Art zu sprechen, fast ohne Slang und niemals ein Schimpfwort, sie mochte seine wenig aufdringliche Art, präsent zu sein. Durch die offenen Fenster kam die Hitze herein. Kein einziger Windhauch am frühen Abend. Als wäre die Sonne nur dunkel geworden, ließe die Körper aber weiterhin glühen.

»Was hältst du davon, wenn wir etwas essen, bevor du deinen Stand aufbaust?«

»Ich könnte jetzt nichts essen, nach dieser Nachricht.«

»Wir müssen uns nirgends hinsetzen, ich kann ein paar Sandwiches kaufen.«

Die ersten Aussteller bauten schon ihre Stände auf, als Espinosa mit den Bildern und dem Gestell ankam. Kika trug die Papiertüte mit den Sandwiches und die Getränke.

»Ich brauche deine Hilfe in einem wichtigen Punkt«, sagte Espinosa, »ich habe den Mann, der den Jungen verfolgt hat, nie gesehen, ich weiß nicht, wie er aussieht; falls er auftaucht, musst du mir sofort ein Zeichen geben.«

Espinosa hatte das Gefühl, dass Kika erst in diesem Moment begriff, dass sie wirklich in Gefahr war, dass sie aufpassen musste, dass er, ein Polizeikommissar, nicht (oder nicht nur) zum Flirten bei ihr war – mehrere Menschen waren ermordet worden. Der restliche Abend verlief angespannt, obwohl nichts passierte und beide die Nähe des anderen genossen. Espinosa umkreiste Kika wie eine Schmeißfliege, und jedes Mal wenn ein Mann mit glatten schwarzen Haaren näher kam, führte er die Hand zur Waffe und wartete darauf, dass Kika ihm mit einer Gebärde, einer Kopfbewegung oder ihrem Gesichtsausdruck ein verneinendes oder bejahendes Zeichen gab. Als sie spätabends ins Auto stiegen, nachdem sie den Ständer in der Garage abgestellt hatten, dachte Espinosa, dass er wieder einmal mit dem Schicksal gespielt hatte, weil er keine Hilfe angefordert hatte. Auf dem Weg nach Catete sprach er kaum ein Wort, er spürte jeden Muskel, und selbst als er vor Kikas Haus ausstieg, um ihr mit den Bildern zu helfen, beobachtete er aufmerksam jede Bewegung ringsum.

Es war kaum vierundzwanzig Stunden her, dass er den Jungen gefunden hatte, mit zerschmettertem Schädel am Felsen von Leme lehnend; und vor wenigen Minuten hatte er am selben Strand den Beschützer des Mädchens gespielt, eine Rolle, in der er zuvor bei dem Jungen versagt hatte. Auf dem Heimweg hielt er an, um ein Bier zu trinken. Er hätte gern etwas Stärkeres getrunken, aber ihm fiel ein, dass er den ganzen Tag über nicht viel mehr als zwei Sandwiches gegessen hatte. Also bestellte er ein drittes.

Auf nähere Informationen über den Tod des Jungen würde er bis Montag warten müssen, wobei er eigentlich gar nicht wusste, was genau an Informationen er erwartete. Mit der Zeitungslektüre kam er nicht über den ersten Teil hinaus, und trotzdem hätte er nicht sagen können, wie die wichtigsten Schlagzeilen und relevanten Themen lauteten. Mit der Helligkeit und warmen Luft drangen von draußen die Stimmen spielender Kinder durch die offenen Fenster herein. Shorts, bloße Füße und nackter Oberkörper, das alles half nicht viel gegen die Dezemberhitze. Körper und Seele bildeten eine klebrige Mischung, die jedes Aufnahmevermögen außer Kraft setzte; denken war so mühsam wie laufen oder Gymnastik machen, lesen unmöglich, Musik hören unerträglich. Er zog die leichtesten und ältesten Turnschuhe an, die er besaß, prüfte den Zustand seiner Shorts, fand sie vorzeigbar, kramte hinten aus dem Schrank eine Stoffmütze hervor, die aus den Zeiten stammte, als er noch Strandspaziergänge machte, steckte etwas Geld ein und verließ das Haus mit dem Vorsatz, die Melancholie zu vertreiben, die sich des Wochenendes zu bemächtigen drohte. Kein unfehlbares Mittel, aber meistens wirkte es doch einigermaßen.

Er spazierte die Strandpromenade von Copacabana Richtung Ipanema entlang, beschienen von der Sommersonne, aber dank des aufkommenden Südostwindes, der einen Wetterumschlag ankündigte, war es nicht sehr heiß. Er ging gemächlich bis zum Kanal am Jardim de Alá, der Grenze zwischen Ipanema und Leblon, und kehrte auf dem gleichen Weg zurück, mit dem Vorteil, dass er die Sonne auf dem Rückweg von hinten hatte. Der Weg dauerte etwas mehr als zwei Stunden, mit zwei Stopps an den Verkaufsständen längs des Strandes, um Kokoswasser zu trinken und gekochten Mais zu essen. Gegen seine sonstige Erfahrung kam sein Denken jedoch bei diesem Spaziergang nicht in Bewegung.

Als er müde und verschwitzt wieder die Wohnung betrat, blinzelte sein elektronischer Wachhund mit dem roten Auge, das eingegangene Anrufe anzeigte, während das grüne die Funktion hatte, ihm zu sagen, dass er nicht schlief. Der erste Anruf war von Clodoaldo, er sei sich fast sicher, wer den Jungen umgebracht habe, nur eine Kleinigkeit müsse überprüft werden, die mit dem Mann mit der Brieftasche zu tun habe. Die Aussage war nicht eindeutig, sie ließ offen, ob der Mann mit der Brieftasche der Mordverdächtige war oder ob durch ihn lediglich ein Aspekt der Tat geklärt werden konnte.

Das Ganze ergab keinen Sinn, obschon kein anderer als Mörder in Frage kam. Warum hätte der Mann den Jungen umbringen sollen? Mehr noch, warum hätte er die beiden Jungen umbringen sollen, denn nun gab es ja keinen Grund mehr, von zwei verschiedenen Mördern auszugehen. Aber es fehlte ein Mordmotiv; zumindest bei dem zweiten, beim ersten hatte es ja eine Verwechslung gegeben. Er musste Clodoaldo finden, denn er nahm an, dass er sich in Gefahr befand und sein Untertauchen damit zu tun hatte. Es wäre nicht das erste Mal, Clodoaldo hatte viel Erfahrung darin, sich einer gefährlichen Situation zu entziehen. Einer Sache war Espinosa sich jedoch sicher: Diese Morde hatten nichts mit Vieiras verlorener (und wieder gefundener) Brieftasche zu tun. Ihretwegen, hatte der Junge gesagt, werde er verfolgt, doch offensichtlich war das nicht der wahre Grund. Er hörte Clodoaldos Nachricht noch einmal ab, um vielleicht einen Hinweis zu entdecken, von wo er angerufen hatte. Nichts. Oder anders gesagt, dass es keine Nebengeräusche gab, konnte bedeuten, dass der Anruf aus einer geschlossenen Kabine oder einer Wohnung getätigt worden war. Clodoaldo hatte noch nie jemandem seine Anschrift verraten.

Auf die Nachricht von Clodoaldo folgte eine von Kika. Espinosa stellte etwas betrübt fest, dass sie wegen der Nachricht davor etwas an Intensität und Reiz verloren hatte. Andererseits konnte er Kika, obwohl er sie gewarnt hatte, nicht schutzlos allein lassen, vor allem, falls sie beschloss, wieder abends an der Avenida Atlântica auszustellen. Er rief bei dem jüngsten Fahnder aus seinem Team an, der frisch von der Polizeischule gekommen war. Es machte ihm nichts aus, an einem Samstagabend eingesetzt zu werden. Und er hatte noch einen Vorteil, er war in Copacabana geboren und aufgewachsen; gleich Espinosa kannte er das Viertel wie seine Westentasche.

Maldonado, so hieß er, war klein, hässlich und gedrungen wie ein Hydrant. Er traf sich mit Espinosa an der Avenida Atlântica vor einer Diskothek, die gerade in Mode war; von dort wollten sie zu der Stelle gehen, wo Kika ihre Bilder ausstellte. Unterwegs teilte Espinosa ihm die näheren Einzelheiten der Geschichte mit, zumindest das, was er für seine Aufgabe wissen musste. Etwas Sorge machte dem Fahnder, dass niemand über eine bessere Beschreibung des mutmaßlichen Mörders verfügte als »dreißig Jahre, glattes schwarzes Haar, mittlere Statur«. Wenn es nach dieser Beschreibung ging, konnte er die Hälfte aller Männer, die ihm begegneten, festnehmen. Sie waren vor Kika da. Die meisten Aussteller bauten erst ihre Stände auf, viele waren noch gar nicht da. Sie warteten vor der Garageneinfahrt des Hauses, wo Kika ihren Metallständer abstellte. Maldonado merkte, wie unruhig Espinosa war, und obwohl er Kika noch nie gesehen hatte, sah auch er sich, wegen ihrer Verspätung besorgt, nach allen Seiten um. Als sie endlich eintraf, verstanden sie sich auf Anhieb. Sie waren gleich alt, benutzten denselben Code und sprachen dieselbe Sprache, was, anders als bei Espinosa, Störungen in der Kommunikation auf ein Minimum reduzierte, und dieser sah sich die spontane Verbrüderung zwischen den beiden verblüfft an. Kika beschrieb ihm kurz den Mann (so wie sie ihn zuvor Espinosa beschrieben hatte); das schien zu genügen; Maldonado begann jedenfalls, trotz seiner niedrigen Statur, sofort den Horizont abzusuchen.

Espinosa überließ Kika der Obhut des Fahnders und machte sich auf, um einer Intuition zu folgen; sie war nicht sehr stark, wie er unterwegs feststellte, aber die einzige, die er hatte. Wenn Clodoaldo wusste, wer den Jungen ermordet hatte, dann würde er nicht stillsitzen und abwarten, bis andere etwas unternahmen; und die Nachricht auf dem Anrufbeantworter war eine Art Mitteilung oder Hinweis, dass er auf eigene Faust aktiv geworden war. Ziemlich wahrscheinlich observierte der Streetworker den Mann mit der Brieftasche. Die Avenida Atlântica war an diesem Abend noch belebter als am Samstag davor, denn obwohl es am späten Nachmittag so ausgesehen hatte, als würde das Wetter umschlagen, hatte es sich gehalten; es war ein wunderbarer Abend.

Er ging zu Fuß. So war er im Samstagabendverkehr von Copacabana fraglos beweglicher als im Auto. Mit gleichmäßigen Schritten legte er die Strecke bis zur Rua Santa Clara zurück. Er kam an dem Restaurant vorbei, vor dem die Sache mit der Brieftasche passiert und neben dem der Junge verbrannt worden war, ging einen Häuserblock weit die Querstraße hinauf, dann bog er in die Avenida Copacabana ein, und ab da gab er sich Mühe, möglichst wenig aufzufallen. Ein Mann, der stehen bleibt und auf einen bestimmten Punkt starrt, fällt mehr auf als einer, der sich mit der Menge fortbewegt. Und das tat Espinosa längs des Straßenabschnitts, in dem das Haus des Mannes lag. Erst auf dem einen Bürgersteig, dann auf dem gegenüberliegenden, ging er in beiden Richtungen mit dem Menschenstrom und beobachtete dabei sowohl das Kommen und Gehen am Eingang des Hauses als auch die nähere Umgebung, denn auch der Mann wollte sich vielleicht vergewissern, dass er nicht beobachtet wurde. Bei einem der Wege auf und ab bemerkte er eine Gruppe oder Familie von Bettlern auf dem Bürgersteig gegenüber von dem Haus; als er das zweite Mal vorbeikam, waren nur noch die Kinder da; und beim dritten Mal niemand mehr. Da wurde ihm klar, dass der Bettler mit der Mütze auf dem Kopf Clodoaldo gewesen sein musste. Aber er war verschwunden. Mit diesem Gedanken im Kopf, suchte Espinosa die Umgebung nach Clodoaldo ab. Nachdem er einmal um den ganzen Häuserblock gegangen war und in jedem Winkel, jeder Nische zwischen den Gebäuden, jedem Hauseingang und jeder Garageneinfahrt nachgeschaut hatte, sah er ein, dass er in der Herrschaft über das Terrain nicht mit dem Streetworker konkurrieren konnte. Er kehrte in dem Augenblick zu dem Bürgersteig vor dem Haus des Mannes zurück, als die Geschäfte die schweren Eisengitter vor den Eingängen herunterließen, was zur Folge hatte, dass sich die Menge der Passanten umgehend reduzierte. Er wollte gerade zu Kika und Maldonado zurückkehren und warf noch einen letzten Blick auf den Eingang des Gebäudes, da erlebte er die zweite Überraschung dieses Abends. Die schwere, verglaste Eisentür öffnete sich und entließ Chaves, den Fahnder, der das eventuelle Kommen und Gehen des Mannes beobachten sollte. Espinosa rührte sich nicht vom Fleck und achtete darauf, dass er nicht gesehen wurde; als der Fahnder die Avenida Copacabana hinunterging, folgte er ihm in sicherem Abstand. Auf halber Höhe des nächsten Blocks stieg der Fahnder in einen Bus; Espinosa konnte sich gerade noch die Nummer der Linie notieren. Dann ging er in so gemächlichem Tempo, dass er über die Ereignisse der letzten Minuten nachdenken konnte, zur Avenida Atlântica zurück. Warum hatte Clodoaldo, als Bettler verkleidet, vor dem Haus gesessen? Warum war er verschwunden, nachdem er ihn hatte vorbeigehen sehen? Wieso kam der Fahnder seines Teams aus dem Haus des Mannes? Beobachtete Clodoaldo womöglich nicht den Mann mit der Brieftasche, sondern den Fahnder?

Einer der Nachteile eines Hauses ohne Portier ist, dass die abonnierten Zeitungen im Erdgeschoss abgelegt werden und die Bewohner sie sich von unten holen müssen, was zu unerfreulichen Begegnungen führen kann. Doch an diesem Sonntagmorgen war für Espinosa nichts so unerfreulich wie die Tatsache, dass er am Abend zuvor mit mindestens vier wichtigen Fragen im Kopf schlafen gegangen war und bis jetzt auf keine einzige eine Antwort gefunden hatte. Wenigstens der Toaster funktionierte zu seiner Zufriedenheit, und der Kaffee war genau richtig, was nicht immer gleichzeitig zutraf. Häufig röstete der Toaster das Brot, aber der Kaffee war zu dünn, oder der Kaffee war so stark, dass er die Tasse verfärbte, und das Brot sprang, kaum in den Toaster gesteckt, weiß wieder heraus; ein genau richtig getoastetes Brot und ein guter Kaffee, diese perfekte Kombination zu erreichen, und dazu noch an einem Sonntag, wäre ein Grund zum Feiern gewesen, wenn sich zugleich wenigstens auf eine der Fragen vom Abend zuvor eine Antwort gefunden hätte.

Das Wetter war über Nacht umgeschlagen, am Himmel hingen schwere graue Wolken. Er war bei der zweiten Tasse Kaffee, als es zu regnen begann; anfangs vereinzelte Tropfen, die so groß waren, dass man sie für Samen vom Baum nebenan halten konnte; nach und nach benässten sie den Boden des kleinen Balkons vor dem französischen Fenster, Minuten später hatte sich der Himmel deutlich verdunkelt, und es setzte ein kräftiger und kurzfristig erfrischender Regen ein. Espinosa ließ das Fenster offen, selbst auf die Gefahr hin, dass der Wohnzimmerteppich nass wurde. Er setzte sich vor den Balkon und blickte nach draußen; ihm war, als sähe er die Welt durch eine Dusche; das nächste Hochhaus und der Berg weiter oben bildeten hinter den Wassermassen einen unscharfen, konturenlosen Fleck. Der Teppich war am Fenster schon ziemlich nass, als er die übereinandergeschlagenen Beine vom Tischchen vor dem Sofa nahm und aufstand, um das Fenster zu schließen. Er wollte weiter in den Regen sehen. Hätte er statt des Fensters nur die Fensterläden geschlossen, wäre zwar mehr Luft hereingekommen, doch dann hätte er keinen Ausblick mehr gehabt.

Es war elf Uhr, als er Vieiras Nummer wählte. Eine Frauenstimme meldete sich. In dem Bruchteil einer Sekunde, die er brauchte, um Flors Stimme zu erkennen, hatte sie seine bereits erkannt und sprach zuerst.

»Guten Tag, Kommissar Espinosa, wie geht es Ihnen?« Ihre Worte klangen aufgesetzt und künstlich, als spräche sie nicht zu ihm, sondern zu jemand anderem im selben Raum.

»Nicht so gut wie meinem Freund Vieira, aber gut genug, um weiterzuleben.«

»Möchten Sie mit ihm sprechen?« Ihre Stimme klang wieder normal.

»Ja, wenn es geht.«

Vieira ließ ein Weilchen auf sich warten.

»Espinosa, mein Lieber, hat dich der Regen nostalgisch gestimmt, und da hast du an deinen Freund gedacht?«

»So ungefähr. Der zweite Teil trifft jedenfalls zu. Was machen deine Wunden, Vieira?«

»Die am Körper sind verheilt ...« Er machte eine Pause; vermutlich liebkost er Flor, dachte Espinosa. »Dank Flors Pflege, keine Frage. Und die der Seele sind fast verheilt, dank derselben Pflege.«

»Ich rufe vielleicht zu einem unpassenden Zeitpunkt an.«

»Für dich, mein Prinz, gibt es keinen unpassenden Zeitpunkt.«

»Danke. Ich wollte mich nur erkundigen, wie es dir geht, aber allem Anschein nach steht alles bestens.«

»Du hast Recht, mein Lieber, ich glaube, ich bin von Gott gesegnet. Nach dem, was ich erlebt habe und noch immer erlebe, so viel Schönes genießen zu können ...«

Espinosa merkte, dass Vieira ins Stottern geriet, fragte nicht weiter nach und legte auf. Er war selbst durcheinander; ihm war bewusst, dass er nicht nur angerufen hatte, um sich nach Vieiras Gesundheitszustand zu erkundigen. Beim Griff zum Hörer hatte auch eine Rolle gespielt, dass er feststellen wollte, ob Flor bei ihm war, und dazu der Wunsch, sie möge abnehmen, denn in einem Winkel seiner Seele verbanden sich Flors Stimme, ihr Körper, der Geruch ihrer Haut und ihre anmutigen Bewegungen zu einem einzigen Bild. Er verstand nicht so recht, warum er, obwohl Kika ihm viel näher stand, sich für eine Frau interessierte, die einem anderen gehörte und kein besonderes Interesse an ihm zeigte. Vielleicht wegen der Art ihrer Schönheit, die so ursprünglich war, mit asiatischen Anklängen und einer irgendwie urzeitlichen Kraft. Dennoch vermutete Espinosa, das alles zusammen würde nicht so aufreizend wirken, wäre da nicht eine leicht verderbte Andeutung im Blick. Während des Telefonats hatte er weiterhin in den Regen geschaut, doch mit den Gedanken war er in Vieiras kleiner Wohnung. Nachdem er aufgelegt hatte, konzentrierte er sich wieder auf den Versuch, durch die vom Fenster umrahmten Wassermassen hindurchzusehen. Er hätte nicht sagen können, wie viel Zeit er in derselben Stellung zugebracht hatte, den Blick verloren auf das glänzende Grau des Regens gerichtet. Erst als der Regen aufhörte, erhob er sich, als wollte er etwas Bestimmtes unternehmen. Er ging zum Balkon, hielt die Hand hinaus, und machte dann kehrt und begab sich in die Küche, um sich etwas zum Mittagessen aufzuwärmen.

Am frühen Nachmittag setzte der Regen wieder ein, und dann regnete es mit kleinen Unterbrechungen den ganzen restlichen Tag, so dass es keine Ausstellung an der Avenida Atlântica gab und folglich auch Kika nicht beschützt werden musste. Die beste Beschäftigung für diesen verregneten Nachmittag, fand er, war der Versuch, den Widerspruch zwischen den beiden Notizen auf der letzten Seite von *Lord Jim* zu klären, was bedeutete, dass er das Buch lesen musste.

Vieiras Sonntag war genauso verregnet, doch statt Conrad hatte Vieira Flor zur Gesellschaft. Zumindest einen Teil des Sonntags. Den anderen Teil nutzte er dafür, Kontakt mit Kollegen aufzunehmen, die noch im Dienst waren. Er fand, nachdem er sich von den Prügeln erholt hatte, wurde es Zeit, etwas zu tun. Espinosa hatte ihm nicht erlaubt, sich an den Ermittlungen wegen des Mordes an Magali zu beteiligen, aber zu privaten Ermittlungen in Zusammenhang mit dem Überfall auf ihn hatte er nichts gesagt. Er wollte Antworten auf eine ganze Reihe von Fragen haben, und die erste lautete: Wer hatte ihn überfallen? Er wollte auch in Erfahrung bringen, ob der Aggressor wusste, wer er war, ob der Überfall etwas mit dem Mann mit der Brieftasche zu tun hatte, und schließlich, wer dieser Mann war. Der beste Ansatz war seiner Meinung nach, das Informantennetz des 13. Kommissariats zu aktivieren, das sich direkt gegenüber der Galeria Alaska befand. Um seine privaten Ermittlungen einzuleiten, musste er zwei Sonntagsbesuche und ein paar Anrufe tätigen. Die ersten Ergebnisse hoffte er schon am nächsten Tag zu erhalten.

Es war Abend, als er nach Hause kam. Flor fehlte ihm, wenn sie nicht da war; ob das mit ihren Qualitäten oder seinen eigenen Defiziten, die er täglich deutlicher sah, zu tun hatte, wusste er nicht zu sagen. Auf der Bettkante sitzend, betrachtete er die blauen Flecken, vor allem auf den Armen, mit denen er sich vor den Schlägen hatte schützen wollen, und stellte fest, wie anfällig sein gealterter Körper geworden war. Zwar betrachtete er sich noch immer als kraftvollen Mann, doch die altersbedingten Einschränkungen waren unübersehbar und schmerzten ihn mehr als die Schläge, die er bekommen hatte. Bei Magali hatte er nicht das Bedürfnis verspürt, sich jung zu halten, in gewisser Weise war sie eine Art Fortsetzung der Beziehung zu Maria Zilda. Bei Flor war es anders. Ihre Jugend machte den Altersunterschied zwischen ihnen, auch wenn sie ihn herunterzuspielen versuchte, dramatisch deutlich. Magali hatte sich für die abendlichen Restaurantbesuche mit ihm älter gemacht. Flor war keine Gefährtin für das tägliche Leben, sie war die konkrete Verwirklichung seiner Fantasien. Flor lebte nicht in der Welt, sondern in seinen Träumen.

Er hatte sich ausgezogen, saß noch immer, nur in Unterhosen, auf der Bettkante und versuchte, die Socken auszuziehen. Sein Bauch glich einem Schwimmring um die Taille und hinderte ihn daran, sich vorzubeugen; die einfachsten alltäglichen Verrichtungen brachten ihn zum Keuchen. Er schloss die Hände zur Faust, um die Armmuskeln anzuspannen, und stellte fest, dass sie noch reagierten, aber wenn er sie angespannt ließ, würden sie anfangen zu schmerzen; die Beine waren in Ordnung, fand er. Bei jedem Körperteil, den er inspizierte, dachte er an Flor, und immer wenn er an Flor dachte, begutachtete er einen Körperteil.

Am Abend zuvor hatte er Flor vorgeschlagen, zu ihm zu ziehen, unter der Bedingung, dass sie die Prostitution aufgab. Ihre Antwort hatte ihn mit Stolz erfüllt. Das wäre wunderbar, hatte sie gesagt, aber sie sollten noch etwas abwarten, für eine so einschneidende Entscheidung sei es noch zu früh, vielleicht sei er jetzt von ihrer Jugend beflügelt, würde aber nach einiger Zeit seinen Vorschlag bereuen. Wenn es nach ihr ginge, würden sie ab morgen zusammen wohnen, aber seinetwegen sollten sie doch noch abwarten. Dann war ein langes Schweigen gefolgt, beide hatten vor dem Einschlafen stumm zur Decke gesehen und ihre Fantasien weitergesponnen.

»Verdammt, meine Süße, ich habe nicht mehr so viel Zeit,

dass ich lange abwarten kann; ich bin schon in der Verlängerung.«

»Sprich nicht so, damit ziehst du das Negative an, wir müssen immer positiv denken. Das ist wie mit der Energie, da gibt es positive und negative.«

»Schon gut, mein Schatz, aber meine Batterie wird schwächer, wenn ich sie nicht bei dir auflade, ist sie bald leer.«

Er war fest davon überzeugt, dass seine intensive Aktivität am Nachmittag dank der Energieaufladung vom Vortag möglich gewesen war. Tatsache war jedoch, dass er Flor zutiefst vermisste. Am Sonntagnachmittag ist das Fernsehprogramm schon schlimm genug, aber am Abend ist es vollends unerträglich. Er suchte nach dem am wenigsten schlechten Film, machte ein Bier auf und ließ sich, an Flor denkend, berieseln.

Auf dem Weg zur Wache ging Espinosa das Bild des Fahnders, der aus dem Gebäude kam, nicht aus dem Kopf. Er wusste nicht, was er davon halten sollte, dabei hatte er schon an alles Mögliche gedacht. Der Fahnder war vor einem knappen Monat auf die Wache versetzt worden, kurz vor dem Mord an Magali. Der Auftrag, das Gebäude zu observieren und in Campos Erkundigungen über den Besitzer der Wohnung einzuholen, hatte sich als Beschäftigung für ihn angeboten, bis man ihn besser kennen gelernt hatte.

»Er ist dienstlich unterwegs? In wessen Auftrag? Wohin?«

»Sie und der Chef waren noch nicht da, er hat gesagt, bis zum Mittag ist er wieder zurück. Hat er nicht den Auftrag, mit dem Portier von dem Haus in der Avenida Copacabana Kontakt zu halten?«

»Doch.«

»Dann ist er wohl da.«

Espinosa fühlte sich immer unwohl, wenn er einen Kollegen

verdächtigte, aber dass er sich an einem Samstagabend um zehn Uhr in dem Haus aufhielt, ließ sich schwerlich mit beruflichem Eifer erklären. Er selbst hatte den jungen Kollegen beauftragt, das Gebäude zu observieren, eigentlich nicht einmal, es zu observieren, er sollte nur etwa zweimal täglich vorbeigehen und sich erkundigen, ob der Mann aufgetaucht war. Der Gesichtsausdruck, mit dem er aus dem Haus auf den Bürgersteig getreten war, hatte ihm nicht gefallen, er hatte eher wie einer ausgesehen, der gerade ein Geschäft abgeschlossen hat, nicht wie ein Polizist, der in einem Mordfall ermittelt.

Bis zum Mittagessen war er mit bürokratischen Dingen beschäftigt. Punkt zwölf kam Chaves die Treppe zum Obergeschoss der Wache herauf und begrüßte Espinosa mit breitem, sympathischem Lächeln.

»Wie steht es mit dem Haus des Mannes?«, fragte Espinosa in beiläufigem Ton und sah kaum von der Akte auf, die er gerade bearbeitete.

»Nichts Neues, Kommissar, bis auf ...«

»Bis auf was?«

»Ach, nichts, das ist unwichtig.«

»Nichts ist unwichtig, wenn rings um uns Menschen ermordet werden.«

»Kann sein, dass ich es mir nur einbilde, aber ich habe das Gefühl, dass mir jemand folgt.«

»Wie meinen Sie das?«

»Es ist überhaupt nicht objektiv und auch nicht immer, nur wenn ich den Mann observiere.«

»Und?«

»Das ist alles. Nur so ein Gefühl.«

»Seit wann haben Sie das?«

»Seit den letzten Tagen, vor allem seit dem Tod des Jungen; vielleicht hat der Mann gemerkt, dass er observiert wird, und einen Aufpasser engagiert.«

»Kann sein. Wann waren Sie das letzte Mal da?«

»Heute Vormittag. Nach Aussage der Portiers ist er noch nicht wieder im Haus gewesen.«

»Und wann waren Sie vorher da?«

»Am Sonntagabend und am Samstagabend. Ich gehe zweimal täglich vorbei, aber nie um dieselbe Zeit, für den Fall, dass das Personal sich mit dem Mann abgesprochen hat.«

Espinosa dachte darüber nach, ob er dem jungen Kollegen unrecht getan hatte oder ob er schlauer war, als er wirkte. Er konnte beim Verlassen des Gebäudes Espinosa gesehen haben oder die fast neuen Turnschuhe des Bettlers auf dem Bürgersteig gegenüber, mit seiner für einen heißen Sommerabend lächerlichen Wollmütze bis über die Ohren, und weitergegangen sein, weil er ja den ganzen Sonntag zur Verfügung hatte, um sich eine überzeugende Geschichte auszudenken, was nicht besonders schwierig war, schließlich hatte er den Auftrag, ebendieses Gebäude zu observieren.

»Gibt's ein Problem? Soll ich die Portiers in die Mangel nehmen? Meiner Ansicht nach gehen wir mit ihnen viel zu sanft um, vielleicht lässt der Kerl Geld springen oder droht ihnen, die arbeiten jedenfalls nicht mit uns zusammen.«

»Nein, vorläufig unternehmen Sie nichts.«

»Kommissar, ich glaube, so wie wir vorgehen, werden wir nichts erreichen.«

»Und was schlagen Sie vor?«

»Dass wir die Portiers vorladen und etwas härter rannehmen, keine Gewalt, nur etwas härter rannehmen.«

»Und dann erfährt der Kerl, dass wir hinter ihm her sind ... Sie dürfen nicht vergessen, er weiß nicht, was wir wissen ... oder vermuten.«

»Warum versteckt er sich dann?«

»Wer sagt denn, dass er sich vor uns und nicht vor jemand anderem versteckt?«

Espinosa saß noch immer, der junge Chaves stand vor ihm; Jeans, Turnschuhe, Trikothemd und Baumwolljacke, so gekleidet wie jeder beliebige junge, frisch von der Schule gekommene Polizist. Keinerlei Hinweis, dass er mehr Geld hatte als üblich; es gab keinen Anlass, Druck auf ihn auszuüben; das würde ihn nur in die Defensive treiben.

Er hatte Hunger, aber keine Lust hinauszugehen; meistens behalf er sich in solchen Momenten mit den Speisen nach Gewicht aus dem Geschäft auf der anderen Straßenseite, das fand er besser als die meisten einfachen Restaurants in der Umgebung. Vom Fenster seines Büros konnte man sehen, ob viel Betrieb am Tresen des Selfservice war. Er stellte fest, dass der Andrang schon nachgelassen hatte, und wollte gerade vom Fenster weggehen, da sah er eine bekannte Gestalt über die Straße in Richtung Wache kommen. Es war Vieira. Er ging langsam, leicht humpelnd, und trotz des geblümten Hemdes über der weißen Baumwollhose konnte er sein Alter nicht verbergen. Espinosa ging sofort hinunter, um ihm das Treppensteigen zu ersparen.

»Espinosa, mein Lieber, ich fürchtete, du wärst schon zum Mittagessen gegangen.«

»Was ich vorhatte, würde ich nicht unbedingt als Mittagessen bezeichnen.«

»Komm, wir gehen ins *Polaca*.«

Das Restaurant lag fast neben der Wache. Sie hatten sich noch nicht richtig gesetzt, da sagte Vieira:

»Espinosa, das Schwein, das mich überfallen oder jemanden damit beauftragt hat, hat nichts mit dem Kerl mit der Brieftasche zu tun.«

»Was sagst du da?«

»Du hast ganz richtig gehört. Die Informationen, die mich zu dem Typen in der Galeria Alaska geführt haben, waren falsch. Diese Leute stecken in der Drogenszene, das ist schweres Kaliber, von denen hat keiner eine Scheißbrieftasche gefunden, und wenn, dann hätte er sie weggeworfen. Die haben ein sehr gut organisiertes Lieferantennetz und Leute aus unseren Reihen auf ihrer Lohnliste, sowohl höhere als auch niedrige Chargen. Mich haben sie sich vorgeknöpft, weil sie dachten, ich wollte noch etwas zusätzlich.«

»Woher weißt du das?«

»Das habe ich versprochen, nicht zu verraten … derjenige, der mir das erzählt hat, steht auch auf ihrer Liste … Wir waren mal Freunde, er schuldete mir noch etwas, ab heute sind wir quitt.«

»Das macht die Sache noch komplizierter oder erweitert sie um einen bislang sekundären Aspekt. Der Kerl, der deine Brieftasche gefunden hat, benutzt deinen Ausweis, um Drogenkonsumenten Geld abzupressen oder sich selbst ein paar Briefchen zu besorgen, aber er ist kein Händler, zumindest kein Dealer, mit Sicherheit besteht keine Verbindung zwischen ihm und der Gruppe, von der du sprichst. Und wenn diese Folgerung stimmt, dann weiß diese Gruppe überhaupt nichts von den ermordeten Jungen. Die mögen noch so brutal sein, aber für diese Morde sind sie nicht verantwortlich.«

»Espinosa, du kannst mich nicht weiter ausschließen, alles, weswegen du ermittelst, hat mit mir zu tun: der Mord an Magali, die unrechtmäßige Verwendung meines Ausweises, der Überfall auf mich. So zufrieden ich auch mit Flor bin, ich will das Schwein fassen, das Magali umgebracht hat.«

»Apropos, ist irgendeine Erinnerung an den Abend hochgekommen?«

»Nein, nichts. Und ich glaube, da kommt auch nichts mehr. Ich weiß, du misstraust dieser Gedächtnislücke, aber glaub mir, Espinosa, niemand wünscht sich mehr als ich, dass sich das gibt. Schlimmer, als dass ich nichts über den Abend sagen kann, an dem Magali ermordet wurde, ist nur noch die grauenhafte

Vorstellung, dass ich es getan haben könnte. Die Psychologin, die mich untersucht hat, hat gesagt, das, was ich vergessen habe, könnte in meinen Träumen auftauchen oder bruchstückhaft, als Szenenfragmente, auch tagsüber ganz kurz aufblitzen, wenn ich überhaupt nicht damit rechne. Aber nichts davon ist passiert.«

Während sie zu Ende aßen, diskutierten sie, was es bringen könnte, ihre Kräfte zu bündeln. Um zwanzig vor drei verabschiedeten sie sich, ohne sich geeinigt zu haben. Espinosa bedauerte später, dass er dem Essen nicht mehr Aufmerksamkeit gewidmet hatte, vor allem der als Nachtisch servierten Apfeltorte.

Im Büro fand er einen Zettel vor. Vanessa hatte angerufen und eine Telefonnummer sowie die Nachricht hinterlassen, sie sei den restlichen Nachmittag frei. Espinosa rief an. Sie nahm selbst ab.

»Entschuldigen Sie, ich glaube, ich habe mich unbedacht und kindisch verhalten, möchten Sie mich noch sprechen?«

»Aber sicher. Ich kann jetzt gleich vorbeikommen.«

»Ist gut, aber statt dass wir irgendwohin gehen, kommen Sie besser zu mir nach oben, ich wohne in der Nr. 803.«

Im Gegensatz zu Flor empfing Vanessa Espinosa normal gekleidet, so als wollte sie einkaufen gehen. Beide wussten, dass dies nicht die übliche Vorgehensweise der Polizei war. Aussagen werden auf der Wache aufgenommen und nicht in der Wohnung der Aussagenden, vor allem nicht, wenn es eine Einzimmerwohnung ist, in der ein breites Doppelbett den meisten Platz einnimmt. Aber Espinosa war nach wie vor der Meinung, dies sei die beste Möglichkeit, Informationen zu erhalten, die bei einer offiziellen Vernehmung auf einer Wache niemals zu Tage kämen. Vanessa war weniger angespannt, und ihr Misstrauen war der deutlichen Bereitschaft zur Mitarbeit gewichen.

»Mein Verhalten neulich war natürlich nicht gerade hilfreich, um herauszufinden, wer meine Freundin umgebracht hat. Ich war sauer, weil Sie mich verdächtigt haben.«

»Ich habe Sie nicht verdächtigt, ich habe nur gefragt, was Sie zur Tatzeit gemacht haben.«

»Ist das keine Verdächtigung?«

»Nicht zwangsläufig.«

»Na gut. Was möchten Sie wissen?«

»Alles, was Sie zu sagen haben. Und vergessen Sie nicht, dies ist keine Vernehmung, sondern eine Unterhaltung.«

»Kommissar, es ist nicht einfach, mit einem Polizisten zu sprechen und dabei so zu tun, als unterhielte man sich mit einem Freund. Sie sind ja nicht zu mir gekommen, um mit mir Freundschaft zu schließen.«

»Mir geht es um Ihre Mithilfe.«

»Ich hatte nur zwei Freundinnen. Magali war die eine.«

»Und Flor ist die andere?«

»Nein, Flor ist nicht meine Freundin. Magali war unser beider Freundin, aber wir sind nicht miteinander befreundet; wir kennen uns und wohnen in der Nähe. Mit Magali war es anders, sie spielte ein bisschen die Rolle einer älteren, erfahrenen Schwester, gab Ratschläge und half in schwierigen Situationen. Das machte sie auch mit Flor.«

»Und wer half Magali, wenn sie Hilfe brauchte?«

»Magali hatte Vieira.«

»Wie war die Beziehung der beiden?«

»Sehr gut. Er hat eine ruppige Art, aber menschlich ist er in Ordnung, Magali gegenüber hat er sich immer liebevoll verhalten. Die wenigen Male, wo sie Streit hatten, brauste er auf, schrie, beschimpfte Gott und die Welt, aber nach zwei Minuten war alles wieder vorbei.«

»Hat er bei so einem Ausbruch Magali jemals gedroht, er würde sie umbringen?«

»Jedes Mal. Aber so, wie er Magali bedrohte, so bedrohte er

auch seine Nachbarn, den Portier, mich und jeden, der in der Nähe war. Keine von uns hat er je angefasst, es sei denn, um uns zu streicheln.«

»Wer könnte Ihrer Meinung nach Magali getötet haben?«

»Wie ich schon neulich sagte, das kann ein Kunde gewesen sein oder einer von diesen Typen, die Prostituierte, Taxifahrer, Bettler, allein lebende Frauen umbringen …«

»Mal abgesehen von so einem, was meinen Sie, wer es noch gewesen sein könnte?«

»Das ist ja das Schlimme, abgesehen von denen sehe ich sonst niemanden. Und dazu kommt: Ich kann mir nicht vorstellen, wer es auf diese Weise getan haben könnte. Deshalb denke ich, dass es vielleicht ein Verrückter war, und das macht mir Angst, denn vor so einem kann man sich nicht schützen, der ist anfangs die Höflichkeit in Person, freundlich, großzügig, aber ehe man sich's versieht, ist man ans Bett gefesselt und wird erstickt, erwürgt, erstochen. Zu unserem Schutz empfangen wir keinen, der nicht vorher angerufen und die Uhrzeit vereinbart hat. Dann wissen wir, dass er kommt, und sagen dem Portier Bescheid. Das schützt uns zwar nicht vor Brutalität, aber das Risiko ist doch erheblich geringer.«

»Haben Sie alle Telefon?«

»Fast alle. Damit es nicht so teuer wird, mietet eine von uns das Telefon, und wenn es angeschlossen ist, legen wir einen Nebenanschluss für zwei weitere und teilen uns die Kosten. Ich teile das Telefon mit zwei anderen. Magali hatte die gleiche Nummer wie Flor, sozusagen einen Doppelanschluss.«

»Haben Sie irgendeine Regel, nach der Sie abnehmen? Sie wohnen ja in verschiedenen Wohnungen.«

»Eine lose Abmachung, keine strikte Regel; wir nehmen alle nach dem dritten Klingeln ab, wer zuerst spricht, fragt, wen der Betreffende sprechen möchte. Je nach der Antwort legen die anderen beiden auf. Das hat bislang gut geklappt.«

»Das heißt, in Magalis Fall konnte Flor über alle Telefonate von Magali Bescheid wissen und umgekehrt.«

»Ich glaube, ja. Aber Freitag war der Tag, an dem Magali mit Vieira ausging, und Flor wusste das.«

»Ist es möglich, dass jemand nachts ins Haus kommt und nach oben fährt, ohne dass der Portier ihn sieht?«

»Keine Frage. Der Portier wohnt mit Frau und Tochter in einem Zimmer im hinteren Teil des Hauses. Er geht alle Augenblicke vom Eingang weg, um etwas bei sich zu tun. Das Haus hat fast zweihundert Wohnungen, da gehen viele Leute ein und aus; ein Fremder kann abpassen, wenn jemand aus dem Haus die Tür öffnet, und mit ihm hineingehen. Und selbst wenn er klingelt, um den Portier zu rufen, braucht er nur den Namen des Hausbewohners zu nennen, dann lässt der Portier ihn herein; er macht sich selten die Mühe, über die Haussprechanlage anzurufen, zumal die meisten Apparate kaputt sind.«

Sie saßen an einem kleinen Tisch mit zwei Stühlen vor dem Fenster mit Ausblick auf einen Berg hinter dem Hochhaus. Während er Vanessa alias Regina zuhörte, spielte Espinosa an einer winzigen Vase mit zwei Plastikmargeriten, dem einzigen Gegenstand auf dem Tisch, dessen Platte ebenfalls aus Kunststoff war.

»O wie schrecklich, ich habe Ihnen nicht einmal einen Kaffee angeboten.«

»Danke, Sie haben heute schon sehr viel für mich getan.«

Espinosa betrachtete sie eine Weile und versuchte, sich das noch sehr junge Mädchen vorzustellen, das seine Stadt in Minas Gerais verließ, weil es einen Fehltritt begangen hatte; und wenn schon der erste Schritt getan war, warum dann nicht in einer lukrativeren Stadt weitermachen? Er verabschiedete sich von Vanessa-Regina und versprach, auf einen Kaffee wiederzukommen.

Bis zum Dienstschluss musste er nicht mehr lange auf der

Wache bleiben. Damit es ein rundum erfolgreicher Nachmittag wurde, fehlte nur noch eine Nachricht von Clodoaldo, doch der Nachmittag ging zur Neige, und keine Nachricht traf ein. Auch von Kika kam kein Anruf. Die Nachricht zum Abschluss des Tages kam per Fax aus São Paulo: Die von der dortigen Polizei auf Espinosas Bitte vorgenommene Überprüfung hatte ergeben, dass in keinem der für Herzoperationen ausgestatteten Krankenhäuser ein Elói Azevedo eingeliefert worden war.

Das Lämpchen des Anrufbeantworters blinkte. Das Telefon hatte nachts und frühmorgens geklingelt, aber der Schlaf war stärker als das Klingeln gewesen. Es war Clodoaldo. Er hatte angerufen, um für neun Uhr ein Treffen auf dem Platz vor Espinosas Haus zu verabreden. Jetzt war es acht. Espinosa stellte die Kaffeemaschine an, steckte das Brot in den Toaster und ging die Treppe hinunter, um die Zeitung vom Eingang zu holen.

Als er um neun aus dem Haus kam, sah er keinen Clodoaldo. Er ging langsam schräg über den Platz und sah auf den Bänken nach, fast überall saßen Mütter und Kindermädchen. Clodoaldo tauchte von hinten auf und tippte ihm auf die Schulter.

»Hallo, alter Freund.«

»Clodoaldo, ich dachte schon, ich sehe dich nie wieder.«

»Das wäre auch fast so gekommen.«

»Was ist passiert?«

»Ich weiß nicht alles, nur einen Teil, vielleicht den kleineren.«

»Komm, wir suchen uns eine freie Bank.«

»Lass uns lieber woandershin gehen.«

»Ist dir jemand gefolgt?«

»Ich weiß nicht, kann sein. Ich habe in den letzten Tagen nichts anderes gemacht, als Leute zu verfolgen. Lass uns irgendwohin gehen, wo man sehen kann, wenn sich jemand nähert.«

Espinosa wusste, dass Clodoaldo nichts so unangenehm war, wie in irgendeiner Weise aufzufallen, aber er merkte, dass ihn in diesem Augenblick noch etwas anderes beunruhigte. Sie gingen zum Haus zurück und stiegen ins Auto. Nachdem sie eine Weile umhergefahren waren, um mögliche Verfolger abzuschütteln, parkten sie an der Avenida Atlântica, nicht weit von Clodoaldos Stammplatz. Der Vormittag war bewölkt, der Strand leer. Sie setzten sich auf eine Bank in Strandnähe, wo man sie leicht sehen konnte, sie selbst aber ebenso leicht sehen konnten, wer auf sie zukam. Sie setzten sich nebeneinander, nur jeder in eine andere Richtung: Espinosa mit dem Blick aufs Meer, Clodoaldo der Straße zugewandt. Bis dahin hatte keiner von beiden den Mund aufgemacht, nun sprach Clodoaldo als Erster:

»Tut mir Leid, was mit dem Jungen passiert ist. Er war nicht bereit, die Polizei um Schutz zu bitten, auch dich nicht. Er hatte das Gefühl, das wäre ein Verrat; woran, wusste er selbst nicht so genau. Ich habe ihm vorgeschlagen, eine Weile bei der Mutter in der Baixada Fluminense zu bleiben. Da hat er es aber keine drei Tage ausgehalten. Er hatte sich in den Kopf gesetzt, er müsse den Mann mit der Brieftasche beobachten. Sein Denken war von seinen Fantasien bestimmt, nicht von Logik. Jedenfalls hatte er eine wahnsinnige Wut auf den Mann. Natürlich hat der das schnell gemerkt und den Spieß umgedreht. Nicht dass es ihn beunruhigte, von einem Straßenjungen beobachtet zu werden, was ihn meiner Meinung nach beunruhigte, war die Frage, für wen der Junge das machte. Dann stellte ich fest, dass nicht nur der Junge hinter ihm her war, sondern auch noch jemand anders. Dass es einer von der

Polizei war, hatte ich schnell raus. Inzwischen hatte auch der Junge gemerkt, dass sich noch jemand für den Mann interessierte. Da kam er aufgeregt zu mir und erzählte, man habe ihn fassen wollen. Wer genau, konnte er nicht sagen, nur, dass es ein sehr kräftiger Mann war und nicht derselbe wie vorher. Ich habe gesagt, er solle sich wieder verstecken und erst wiederkommen, wenn Ruhe sei. Ich selbst beobachtete den Mann weiter und machte eine überraschende Entdeckung: Außer mir und dem Polizisten hatte sich auch noch ein großer, kräftiger Kerl, wie einer der Portiers ihn beschrieb, nach dem Mann aus dem Haus in der Avenida Copacabana erkundigt – so sind die Portiers da vermutlich noch nie in die Mangel genommen worden. Drei Tage später tauchte der Junge wieder auf, noch verängstigter als vorher. Ich gab ihm deine Telefonnummer und sagte, er solle dich anrufen, falls er wieder verfolgt werde. Am nächsten Tag erfuhr ich von seinem Tod. Ich hätte mit dem Observieren aufgehört, wenn ich nicht den Eindruck gehabt hätte, dass der Typ von der Polizei ziemlich selbstverständlich im Haus ein und aus ging, und immer bester Laune war. Verdammt noch mal, wir beide wissen doch, dass observieren nicht gerade Spaß macht, warum also war der Knabe dann immer so fröhlich? Um die Sache noch komplizierter zu machen – eines Abends, als ich ihn wieder beobachtete, sah ich dich, auch auf Beobachtungsposten, und da wusste ich plötzlich nicht mehr, wer wen observierte und warum. Und endgültig kompliziert wurde es, als ich feststellte, dass mir selbst auch jemand folgte, und zwar nicht der Polizist – der scheint mir nicht viel Erfahrung zu haben –, sondern einer, der das so professionell macht, dass ich ihn nie eindeutig identifizieren kann. Und so, wie der Hase läuft, will der Kerl mich nicht treffen, um mir Freundlichkeiten zu erzählen. Das ist der Stand.«

Hätte Clodoaldo nicht in gemächlichem Rhythmus und mit gelassener Miene gesprochen, dann hätte seine ernste Stimme dem Bericht einen ziemlich düsteren Ton verliehen. Doch als er zu Ende gesprochen hatte, sah er Espinosa so ruhig, ja entspannt an, als wohnte er einer Messe bei.

»Clodoaldo, was hat dieses ganze Observieren und Verfolgen mit dem Mord an dem Jungen zu tun? Warum wurde er umgebracht?«

»Wenn ich das wüsste, hätte ich es gesagt.«

»Er hat dir nichts erzählt?«

»Nicht mehr als dir.«

»Alles deutet darauf hin, dass der Mann, der hinter ihm her war, nicht derselbe ist, vor dem er am Strand weggelaufen ist und Schutz gesucht hat.«

»Das ist nur das eine, was für mich keinen Sinn ergibt. Ich kenne die Straßenjungen gut. Sie sind keine richtigen Menschen, jedenfalls nicht für die übrige Gesellschaft. Nur so etwas Menschenähnliches, und niemand kümmert sich um sie; höchstens mal, dass eine mildtätige Frau ihnen Brot und Milch gibt. Aus welchem Grund nehmen dann mir nichts, dir nichts zwei Männer so einen Jungen aufs Korn und bringen ihn schließlich um?«

»Weil der Junge etwas entdeckt hatte.«

»Aber was?«

»Meiner Ansicht nach wusste der Junge selbst nicht, dass er etwas entdeckt hatte. Die Art und Weise, wie er umgebracht wurde, legt nahe, dass man versucht hat, ihn zu einem Geständnis zu zwingen oder einen Zeugen zu beseitigen.«

Sie saßen eine Weile schweigend da und beobachteten jeder auf seiner Seite die Umgebung. Auf der Seite, der Clodoaldo zugewandt saß, verlief zwischen der Promenade und der Fahrbahn die Fahrradspur, und da konnte sich jemand sehr schnell nähern, ohne dass man ihn rechtzeitig bemerkte. Clodoaldo war vollkommen bewusst, dass dieser Gedanke paranoid war, denn es konnte ja niemand wissen, dass sie dort saßen, aber in

Anbetracht seiner persönlichen Geschichte war nichts paranoid. Espinosa setzte sich auf der Bank andersherum, so dass jetzt beide den Rücken dem Meer zuwandten. Clodoaldo nahm das Gespräch wieder auf.

»Ich gehe heute wieder auf meinen Beobachtungsposten, vielleicht kann ich den Kerl identifizieren, der mich verfolgt.«

»Sei vorsichtig. Wenn du Hilfe brauchst, ruf mich an; falls ich nicht da bin, hinterlass eine Nachricht.«

Sie standen auf, klopften sich Sandkörner von den Hosen ab, überquerten gemeinsam die beiden Fahrbahnen der Avenida Atlântica und blieben neben dem geparkten Wagen stehen.

»Soll ich dich irgendwo absetzen?«, fragte Espinosa.

»Danke, ich bin schon zu Hause.«

Espinosa und Clodoaldo waren sich darin einig, dass es kein plausibles Motiv für die Morde gab. Weder war die Verbrecherwelt insgesamt noch ein einzelner Krimineller so bedroht, dass sie mit Überfällen auf ältere Menschen und dem Mord an Kindern reagieren mussten. Tatsache aber war, dass Menschen umgebracht wurden, Straßenjungen. Für manche Leute sind Straßenkinder keine Menschen, aber selbst solche Leute verbrennen sie nicht im Schlaf oder zertrümmern ihnen den Schädel an einem Felsen.

Espinosa fuhr nicht direkt zur Arbeit, sondern erst zum Peixoto-Viertel, um das Auto abzustellen. Er parkte direkt vor seinem Haus (einer der Vorteile des Viertels), warf einen Blick hinauf zu seiner Wohnung und legte wie jeden Tag die drei Häuserblocks bis zu seiner Arbeit zu Fuß zurück. Unterwegs beschäftigte ihn vor allem die Information, dass es in keinem der für Herzoperationen ausgestatteten Krankenhäuser der Stadt São Paulo einen Elói Azevedo gab. Entweder hatte der Fazendeiro Elói seinen Vorarbeiter angelogen oder der Vorarbeiter hatte Chaves angelogen oder Chaves hatte Espinosa angelogen.

Chaves war zu einem Einsatz unterwegs. Espinosa blieb bei seinem Vorsatz, kein besonderes Interesse an dem jungen Fahnder zu zeigen, und fragte nicht weiter nach. Was ihn nicht daran hinderte, von der Polizeiwache, von der Chaves versetzt worden war, Informationen einzuholen. Denn eine fraglos beklemmende Tatsache war, dass von den drei möglichen Lügnern Chaves sowohl physisch als auch seiner Funktion nach in Frage kam.

Die Entscheidung, keine überstürzten Maßnahmen zu treffen, die eine Klärung des Falls womöglich noch erschweren konnten, führte dazu, dass Espinosa sich wieder dem Mord an Magali zuwandte, der nun seit fast einem Monat sozusagen auf Eis lag, sowie dem Tod des ersten Jungen und dem Überfall auf Vieira. Was den Tod des ersten Jungen betraf, stand außer Frage, dass der Täter sich im Opfer geirrt hatte. Alles zusammen war mehr als genug, um ihm Sorgen zu machen. Dennoch beschlich ihn das Gefühl, dass da noch ein anderes Problem war, ohne dass er es genau benennen konnte. Er dachte an Kika. Aber sie stellte keinen Grund zur Sorge dar, sondern eine angenehme, verheißungsvolle Fantasie. Dann dachte er an Flor und Vanessa. Auch sie zählten eher zum Bereich der Begierden als zu dem der Sorgen. Schließlich fand er, dass er offensichtlich noch mehr Probleme suchte, als er ohnehin schon hatte. Diese Feststellung änderte jedoch nichts an seiner inneren Anspannung.

Er wollte sich gerade den liegen gebliebenen Berichten zuwenden, da flackerte wie ein Blitz ein Bild in seinem Bewusstsein auf. Beim ersten Mal ging es so schnell, dass er trotz der Intensität seiner Wahrnehmung den Inhalt nicht genau erkennen konnte. Beim zweiten Mal erschien das Bild klar und scharf vor seinen Augen: das Fenster seiner Wohnung. Als er am Vormittag nach dem Treffen mit Clodoaldo den Wagen vor seinem Haus parkte, hatte er einen kurzen Blick zu seiner

Wohnung hinauf geworfen und sich anschließend auf den Weg zur Wache gemacht. Was ihn nun stutzen ließ: Das Fenster stand halb offen, aber er hatte es geschlossen hinterlassen. Und es war nicht der Tag, an dem die Putzfrau kam.

5

Der Körper schmerzte ihn noch immer an allen möglichen Stellen, vor allem, wenn er an ein Möbelstück stieß oder Flor mit ihren Liebkosungen übertrieb. Sein Kopf machte ihm Sorgen. »Schweinerei, einem alten Mann auf den Kopf zu schlagen, das kann zu Gehirnblutungen führen, und der verdammte Kerl hat ordentlich zugeschlagen, ein Glück, dass …«

»Führst du Selbstgespräche, Schatz?«

»Was?«

»Ich habe gefragt, ob du Selbstgespräche führst.«

»Natürlich nicht. Du bist doch hier, oder etwa nicht?«

»Doch, aber du bist im Schlafzimmer und ich im Badezimmer.«

»Hast mich aber trotzdem gehört.«

»Was hast du gesagt?«

»Dass es eine Schweinerei ist, einem alten Mann auf den Kopf zu schlagen; das kann zu Gehirnblutungen führen.«

»Du bist nicht alt und bekommst auch keine Gehirnblutungen. Wo wir schon davon sprechen, dein Freund, der Kommissar, lässt uns jetzt in Ruhe.«

»Wo wir schon wovon sprechen? Von einem alten Mann oder von Gehirnblutungen?«

»Davon … von der ganzen Sache. Er sitzt dir ständig auf der Pelle.«

»Das ist sein Job, Flor.«

»Na schön, aber er könnte es etwas sanfter machen.«

»Sanfter, als er es macht? Dann müsste er uns auf den Schoß nehmen.«

»Ob dich auch, weiß ich nicht, aber mich würde er bestimmt gern.«

»Wieso? Hat er irgendwelche Anstalten gemacht?«

»Nein. Er tut immer so förmlich, aber Frauen kennen sich mit Männerblicken aus.«

Flor hatte Vieira einen neuen Gürtel gekauft. Den versuchte er in diesem Augenblick durch die hinteren Schlaufen am Hosenbund zu ziehen. Das war auch so eine Tätigkeit, bei der ihm alles Mögliche wehtat.

»Weißt du, Flor, dass es bei dieser ganzen Geschichte die falschen Leute erwischt hat?«

»Was meinst du damit?« Sie kam ins Schlafzimmer, ein Handtuch um den Körper gewickelt, während sie sich mit einem anderen das Haar trockenrieb.

»Die Opfer. Der Junge, der verbrannt wurde, wurde irrtümlich umgebracht; ich bin ziemlich sicher, dass sie mich irrtümlich verprügelt haben; es fehlt nur noch, dass man feststellt, dass Magali irrtümlich umgebracht wurde.«

»Davon käme sie auch nicht zurück.«

»Nein.«

»Was nützt es also, darüber nachzudenken?« Sie hatte sich das Haar zu Ende getrocknet, ließ beide Handtücher vor dem Bett fallen und stand vollkommen nackt da. Vieira vergaß auf der Stelle, worüber er gerade gesprochen hatte.

Er hatte keinen Zweifel an Espinosas Freundschaft, zumindest bislang nicht; nur wusste er nicht, welchen Verdacht er tatsächlich hatte. War er lediglich von Berufs wegen misstrauisch oder zweifelte er tatsächlich an seiner Unschuld? Und was war mit dieser Geschichte, dass er Flor Blicke zuwarf?

»Hat er nicht inzwischen seine eigene Kleine, verdammt?«

»Welche Kleine, Schatz? Von wem sprichst du?«

»Ach, nichts, Liebes, ich habe nur laut gedacht.«

Flor hatte sich den Slip angezogen und hakte ihren Büstenhalter zu. Vieira dachte, dass dies ähnliche Bewegungen erforderte, wie einen Gürtel hinten durch die Schlaufen zu ziehen, aber sie machte es unendlich viel leichter, graziöser und völlig mühelos. Er wollte den restlichen Nachmittag für einen Gang zum 13. Kommissariat nutzen und sich erkundigen, ob es irgendwelche neuen Informationen gab. Flor hatte sich fertig angezogen und war zum Gehen bereit.

»Bist du sicher, dass du heute arbeiten musst?«, fragte Vieira.

»Natürlich, mein Lieber, das ist mein Broterwerb.«

»Verdammt, Flor, was heißt hier Broterwerb? Du hast diesen Scheiß nicht mehr nötig.«

»Doch, natürlich, Schatz, das ist das Einzige, was ich habe.«

»Verdammte Scheiße, Flor, ich habe doch gesagt, du sollst zu mir ziehen.«

»Aber ich habe meine eigene Wohnung.«

»Und da kann man dich jederzeit ohne Begründung raussetzen, verdammt.«

»Und was soll ich deiner Meinung nach tun?«

»Mich heiraten.«

»Jetzt versteigst du dich; ich gefalle dir als Frau, aber heiraten ist etwas anderes.«

»O verdammte Scheiße, was sind Frauen bloß kompliziert.« Wenn er jetzt eine Diskussion anfing, verpasste er die normale Arbeitszeit auf der Wache, und die Leute von der Nachtschicht kannte er nicht. Sie verließen die Wohnung gemeinsam und schwiegen sich im Fahrstuhl an, obwohl Flor Vieira fürsorglich den Hemdkragen zurechtrückte und das Haar ordnete.

»Morgen sprechen wir ernsthaft darüber«, verkündete Vieira draußen.

Flor hielt noch den Geldschein in der Hand, den er ihr fürs Taxi gegeben hatte. Sie fuhr für ihr Leben gern Taxi. Dann kam sie sich wichtig vor. Sie suchte sich immer die neueren aus, viertürig und mit Klimaanlage, die ähnelten mehr den Taxis, die sie aus dem Kino kannte. Sie setzte sich nach hinten, schräg gegenüber vom Fahrer. Sie wusste, dass die Taxifahrer so oft wie möglich im Rückspiegel auf ihre Beine sahen. Aber sie gestattete ihnen nur einen kurzen Blick, dann zog sie die Beine hinter den Vordersitz. Der Fahrer musste sich mit dem Anblick ihres Gesichts, ihrer Arme, falls sie ein Kleid mit Trägern trug, oder vielleicht ihres Ausschnitts begnügen. Währenddessen schaute sie aus dem Fenster, als interessierte sie der Betrieb auf den Bürgersteigen. Ihr Traum war, ein Auto mit Chauffeur zu haben. Eine richtige Dame hat einen Privatchauffeur. Vorzugsweise mit grau meliertem Haar. Ein Schwarzer mit grau meliertem Haar. So einen hatte sie in einem Film im Fernsehen gesehen. Wenn er sie irgendwo absetzte, würde er fragen: »Möchten Madame, dass ich warte?«, oder auch: »Um wie viel Uhr soll ich Madame abholen?«. Sie hörte es geradezu. Und nun hörte sie es tatsächlich.

»Wo in der Rua Barata Ribeiro soll ich halten, Senhora?«

»Am Anfang … gleich am Anfang.«

Wenn sie einkaufen ginge, würde ihr Chauffeur aussteigen und ihr die Tür öffnen: »Soll ich warten, Madame?« – »Danke, George«, mit G und e geschrieben, nicht Jorge, wie im Portugiesischen, »ich laufe ein Stückchen, damit ich Bewegung habe.«

»Ist es hier gut, Senhora?«

»Ja … danke.«

Sie erwiderte automatisch den Gruß des Portiers, nahm ebenso automatisch die Stromrechnung entgegen, die er ihr hinhielt, und dachte im Fahrstuhl zum tausendsten Mal darüber nach, wie sie das erreichen konnte. Von dem Fazendeiro, diesem Angsthasen, war nichts zu erwarten; sie würde mit dem Junior vögeln und auch noch mit dem Sohn des Juniors, ohne je etwas von dauerhaftem Wert zu bekommen. Der Kerl machte sich in die Hosen aus Angst vor seiner Frau. Vieira war in Ordnung, aber knapp bei Kasse, er besaß nur die Wohnung und ein Auto, das schon öfter überlackiert worden war als ihre Fingernägel. Das Beste würde sie nur erreichen, solange ihr Körper in Bestform war; sie wusste, dass ihr Marktwert mit schwindender Schönheit sank. Und die Konkurrenz in Rio war hart, jeden Sommer gelangte ein neuer Jahrgang auf den Markt. Und dann musste sie sich noch gegen Töchter von feinen Leuten behaupten. Vor ein paar Tagen hatte sie gehört, wie zwei Mädchen, kaum älter als fünfzehn, einen Preis abmachten, um das Geld im Shoppingcenter auszugeben. Aber das waren noch fast Kinder, die machten sich vor Angst nass, wenn sie einen Mann mit steifem Schwanz vor sich hatten. Das war keine Konkurrenz. Im Grunde hatte sie seit Recife ihre Geschäfte immer gut gesteuert, sie durfte nicht ausgerechnet jetzt, auf dem Höhepunkt ihrer Schönheit, nachlässig werden.

»Wie geht es, Kommissar? Sind die Wunden verheilt?«

»Die am Körper fast alle, ja.«

»Ich habe eine gute Nachricht. Wie es scheint, haben wir Ihren Mann gefasst. Zumindest einen. Wollen Sie ihn mal ansehen?«

»Natürlich. Wie haben Sie den Hund erwischt?«

»Durch Zufall. Er wollte bei einer Razzia einen Polizisten angreifen. Seiner Gewalttätigkeit und der Beschreibung nach, die Sie uns gegeben haben, dachten wir, der könnte es sein. Wir halten ihn hier fest.«

Zu den Dingen, die sich seit seinem Eintritt in den Polizeidienst nicht verändert hatten, gehörte das Haftsystem. Hinter dem scheinbaren Chaos in den Zellen verbarg sich eine strikte innere Ordnung, zu deren Aufrechterhaltung genauestens zwischen Herrschaft und Knechtschaft unterschieden wurde. Über dieser Ordnung und unabhängig von ihr gab es die üblichen Schweinereien. Der Mann stand hinten in der Zelle, auf einer Fläche, die zu klein war, um sich hinzusetzen, falls er es gewollt (und man es ihm erlaubt) hätte. Der Kerkermeister ließ ihn nach vorn ans Gitter kommen, was unter Gemurre, Beschimpfungen und Rempeleien geschah. Er sah Vieira an, als hätte er ihn nie gesehen. Vieira konnte ihn nicht eindeutig identifizieren; die Größe war die gleiche, er glaubte, die Arme und Hände wiederzuerkennen, doch hätte er nicht schwören können, dass es tatsächlich derselbe Mann war. Vielleicht konnte keiner von beiden den anderen erkennen. Es war dunkel gewesen, und alles war so schnell gegangen. Der Unterschied zwischen ihnen war, dass Vieira angegriffen worden war und außerhalb des Gitters stand, während der Mann sich in der Zelle befand und dort vermutlich auch noch eine Weile bleiben würde, sofern er nicht Randale machte oder die anderen ihn erledigten.

»Danke, mein Guter. Entschuldigen Sie, wenn es mit dem Identifizieren nicht geklappt hat, aber ich bin mir nicht sicher, dass es der war.«

»Vielleicht erzählt er etwas. Jedenfalls hat er einen Kollegen angegriffen, wir lassen ihn ein paar Tage schmoren.«

Halb sechs Uhr nachmittags. Die Wache lag drei Häuserblocks von seiner Wohnung. Er wollte im Supermarkt vorbeigehen, ein paar Sachen besorgen; früher hatte das Magali jede Woche für ihn gemacht. Auf dem Rückweg stieg die Straße ein klein wenig an, das genügte, um ihn außer Atem zu bringen, vor allem wegen der schweren Einkaufstüte, die er alle Augenblicke von der einen in die andere Hand nahm. Vollkommen verschwitzt, mit schmerzenden Armen und müden Beinen kam er nach Hause. Er schob es auf die Hitze und den Überfall. Bald würde es ihm wieder gut gehen.

Er konnte nicht verstehen, warum Flor so große Skrupel hatte, ihn zu heiraten. Dass sie ihn mochte, stand außer Frage; sie selbst hatte sich ja als Magalis Hinterlassenschaft bezeichnet und ihn als den einzig Begünstigten. Er seinerseits hatte seine Liebe zu ihr unter Beweis gestellt, indem er ihr sogar einen Heiratsantrag gemacht hatte. Worauf wartete sie noch? Was, verdammt, war daran überstürzt, wie sie gesagt hatte? Jeder Tag, der verging, war ein Tag, an dem sie sich nicht voll und ganz einander widmeten; ein nicht ausgekosteter Tag; ein Tag, an dem irgendein dahergelaufener Kerl sich mit ihr verabreden konnte. Und dann kam sie ihm noch mit der Geschichte vom Broterwerb, zum Teufel mit dem Broterwerb, er konnte bestens für sie aufkommen; sie würde Senhora Vieira Crisóstomo werden, so wie die verstorbene Maria Zilda.

Der Fahrstuhl hielt in seinem Stockwerk. Er schleifte die Einkaufstüte beim Aussteigen halb hinter sich her, schloss die Wohnungstür auf und blieb, kaum dass er eingetreten war, an der Tür stehen, ruhte sich aus und betrachtete das L-förmige Wohnzimmer, noch mit den Möbeln eingerichtet, die Maria Zilda ausgesucht hatte. Das einzige Fenster befand sich am kürzeren Schenkel des L, während der größere Teil nur schwaches, reflektiertes Licht erhielt, weshalb er ständig wie unbewohnt wirkte. Ins Schlafzimmer fiel Licht durch ein breites Fenster, das direkt zur Straße ging. Er mochte die Wohnung. Sie war klein, aber gemütlich, und vor allem seine eigene. Er malte sich aus, wie Flor auf ihn wartete, als Senhora Vieira Crisóstomo. Magali hatte er das nie vorgeschlagen (und sie hatte es nie verlangt), so als hätten sie eine Abmachung getroffen, nach der sie ihm bei Abendessen im Restaurant und für so manche Nacht Gesellschaft leisten konnte, aber niemals Senhora Vieira Crisóstomo werden. Er dachte daran zurück, wie sie früher spätabends nach Hause kamen und sie ihn aufs Bett legte, um ihn auszuziehen. Die Erinnerung wich dem noch frischen Bild von Flor, die sich nach dem Duschen das Haar trockenrieb und dann vollkommen nackt neben dem Bett stand. Drei Frauen, zwei davon tot; und eine bedrohliche Gedächtnislücke. Was würde er tun, wenn die Erinnerung an jene Nacht plötzlich vollständig hochkam und er feststellen musste, dass er ein Mörder war? Er versuchte, den Gedanken als absurd abzutun. Das ergab keinen Sinn. Die Tatsache, dass Magalis Beine mit seinem Gürtel angebunden waren, bewies, dass er es nicht getan hatte; er wäre doch nicht so ein Idiot, seine Visitenkarte zu hinterlassen. Er schloss die noch halb offen stehende Tür. Nein, keine Erinnerung würde hochkommen, vielleicht auch deshalb, weil es nichts gab, woran er sich erinnern musste.

Schon als Mädchen war sie gewohnt, dass man ihr nachsah und sie begehrte; ihr beruflicher Erfolg war der direkte Ausdruck ihrer noch ungeschmälerten Schönheit und Sinnlichkeit. Ohne diesen ständigen Beweis für ihren Wert als Frau konnte sie nicht leben, und Vieiras Vorschlag bedeutete, genau diese alltägliche Erfahrung gegen ein trautes Heim einzutauschen. Woran sie am wenigsten glaubte, das war ein Heim; und schon gar nicht an ein trautes. Die so genannten hausfraulichen Gaben besaß sie nicht; Kinder hatte sie nicht und würde sie nie haben; Hausmädchen, die sie kommandieren konnte, lächerlich in einer so kleinen Wohnung; an Geld war nicht mehr da als Vieiras Pension. Die andere Seite der Geschichte war die Sicherheit. Es wäre ein zwar eingeschränktes, aber gegen die Unbilden des Alltags abgesichertes Leben. Abgesehen davon, dass sie als Vieiras Ehefrau Anspruch auf seine Pension und die Wohnung hätte. Vieira wäre ihre Rentenversicherung; und sie brauchte nicht die vielen Jahre Beitragszahlung abzuwarten, sie trat sofort in Kraft. Störend dabei war nur, dass sie auf die gleiche Weise und aus den gleichen Gründen schon zur »Rentnerin« würde, bevor sie dreißig war. Sie kam sich wie ein fabelhaftes Kriegsgerät vor, das wegen der Begierde eines Generals außer Betrieb gesetzt werden sollte.

Von Tag zu Tag konnte sie ihre schäbige Wohnung immer weniger ertragen, mit einem einzigen Fenster nicht zur Straße, sondern mit Blick auf Hunderte ähnlicher Fenster. Die Wohnungen von Nutten sind alle gleich, und irgendwann werden auch die Nutten alle gleich. Das war ihr klar geworden, als sie feststellte, dass es in Magalis Wohnung genauso roch wie bei ihr. Zwar hatte sie es seit der Lehmhütte mit gestampftem Erdboden in Recife schon ziemlich weit gebracht, aber den Traum von einer Penthouse-Wohnung zu verwirklichen, davon war sie noch weit entfernt.

Die Hitze war unerträglich, und der Regen, der sich am späten Nachmittag angekündigt hatte, war ausgeblieben. Flor lag bei eingeschaltetem Deckenventilator, nur mit Slip bekleidet, auf dem Bett, betrachtete ihre auf dem Bettrahmen ruhenden Füße und genoss den Kontrast zwischen der braunen Haut und den weißen, unlackierten Fußnägeln. Nach kurzer (weil häufig angestellter) Begutachtung fand sie bestätigt, was sie sich schon oft selbst gesagt hatte: Ihr Körper hatte von den zahllosen Begegnungen keine Spuren davongetragen. Das Gleiche glaubte sie in Bezug auf ihre Seele, ob die allerdings ebenso schön war wie ihr Körper, konnte sie nicht sagen, aber sie hatte keinen Grund zur Klage, sie hatte sämtliche Widrigkeiten während der zehn Jahre in Rio de Janeiro überstanden, und zwar erfolgreich, wie sie fand. Nun musste sie entscheiden, ob sie weiterhin in der Liga der Amateure spielen wollte oder zu den Champions aufsteigen.

In den letzten Jahren empfing sie praktisch keine Kunden mehr zu Hause, abgesehen von ihrem Wohltäter und wenigen anderen; sie hatte sich auf Kunden aus anderen Bundesstaaten spezialisiert, die geschäftlich nach Rio kamen. Mit ihrem Geschäftssinn hatte sie bei den Managern von zwei Hotels in Copacabana guten Erfolg gehabt. Als Vieira ihr die Ehe vorschlug und damit auch den Alleinanspruch auf sie, wusste er nicht, dass er ein Geschäft unterbinden wollte, das mehr einbrachte als seine Kommissarspension.

Sie versuchte, mit dem Fingernagel eine winzige, nur für den Tastsinn, nicht für das Auge wahrnehmbare Unebenheit von der Haut ihres Oberschenkels zu entfernen; in ihrem Beruf waren diese beiden Sinne gleichermaßen wichtig. Und an diesem Abend hatte sie eine Verabredung: ein alter, großzügiger Kunde aus dem Bundesstaat São Paulo. Sie setzte sich im Bett auf und betrachtete die Plastiktüten und ein paar Kartons in einer Ecke des einzigen Raums ihrer Wohnung. Sachen von Magali, die Vieira ihr hatte bringen lassen; die Wohnung war geräumt worden, und er wusste nicht, wohin damit. Die Möbel, in Wirklichkeit nur ein einziges Stück, hatte er an den erstbesten Interessenten verkauft. Flor fand, es wäre eine edle Geste, die Hinterlassenschaft ihrer Freundin zu einem Wohltätigkeitsbasar zu geben, wie sie in der Weihnachtszeit in leer stehenden Geschäften stattfanden.

Vor einiger Zeit hatte sie eine Entscheidung getroffen, die sie als stilistisch bezeichnete und die der Frage galt, welchen Stil sie in ihrem Berufsleben pflegen wollte. Sie wusste, dass sie die Männer in zwei große Gruppen einteilen konnte: Die einen wollen die Prostituierte, die das Klischee ihres Berufs verkörpert – enges, tief ausgeschnittenes schwarzes Kleid, hochhackige Sandalen, stark geschminktes Gesicht, lackierte Finger- und Fußnägel und so weiter –, die anderen wollen nicht die Prostituierte, sondern das typische Mittelschichtmädchen, das zu erobern ihnen nicht gelingt, und deshalb zahlen sie, damit sie es für eine Nacht haben. Flor hatte sich aus rein kommerziellen Gründen für die zweite Variante entschieden. Das unterschied sie von Magali, weshalb Vieira sie heiraten wollte; seiner früheren Geliebten hatte er nie so ein Angebot gemacht. Vieira war es kein bisschen peinlich, mit einer Prostituierten ins Restaurant zu gehen, aber niemand sollte sie für seine Frau halten. Ehefrau und Hure gehören verschiedenen Gattungen an und vertragen sich, selbst zu unterschiedlichen Zeiten, nicht unter demselben Dach.

Sie, Flor, gehörte einer dritten Gattung an, weder Hure noch Ehefrau, eine Zwischenform; deshalb musste sie ihren Stil beibehalten, der Vieiras Moralvorstellungen und Begehren miteinander vereinbarte und gleichzeitig die Fantasien der Geschäftsleute bediente, die am Freitag ihre Frauen zu Hause in anderen Bundesstaaten anriefen und ihnen mitteilten, dass der Vertrag noch nicht abgeschlossen sei. Diese Männer wollten nicht von einem Bekannten bei einem Drink mit einer Hure ertappt werden, wären aber stolz, wenn man sie mit einer hübschen Praktikantin sah, die Wirtschaftswissenschaften oder Jura studiert hatte. Wäre diese Praktikantin Flor, würde es dem Mann nicht einmal etwas ausmachen, wenn sein Landsmann nach der Rückkehr in ihrer beider Stadt darüber redete, selbst auf die Gefahr hin, dass seine Frau davon erfuhr.

Die Tricks hatte Flor alle mit der Zeit gelernt. Mit der Zeit und den Männern. Sie wollte sie nicht dem Vergessen anheim geben, weil Vieira es verlangte. Natürlich würde sie auch als verheiratete Frau weiterhin die Blicke der Männer auf sich ziehen und begehrt werden, darüber machte sie sich keine Gedanken, aber sie hatte auch (mit der Zeit und den Männern) gelernt, dass angesehen und begehrt werden keine bloß einseitige Angelegenheit ist. Sich den Blicken der Männer darzubieten, damit ist es nicht getan: Es gibt eine Kombination aus Passivität und Aktivität – wobei der jeweilige Anteil schwer auszumachen ist –, die bewirkt, dass die Frau, mehr noch als von dem Blick des anderen eingefangen zu werden, diesen

Blick selbst einfängt. Was nicht so einfach ist, dazu bedarf es langen Lernens und ständiger Übung. Damit kann es schnell vorbei sein, wenn eine Frau zur Ehefrau wird. Flor hatte schon viele Verluste erlebt, diesen wollte sie nicht auch noch erleben.

Beim Überqueren des Platzes versuchte Espinosa, von weitem sein Wohnzimmerfenster genau zu erkennen. Aus der Entfernung sah er deutlich das Kolonialgrün der Fensterläden, konnte aber nicht sagen, ob sie ganz geschlossen oder halb geöffnet waren. Als er vor dem Haus ankam, stellte er fest, dass sie geschlossen waren. Noch nicht beruhigt, stieg er, zwei Stufen auf einmal nehmend, die Treppe hinauf, öffnete die Tür, ohne sich die Mühe zu machen, sie wieder zu schließen, und lief zu den französischen Fenstern, die auf den Platz gingen. Sie waren geschlossen und verriegelt, wie er sie hinterlassen hatte. Automatisch warf er einen Blick auf den Anrufbeantworter: Kein Lämpchen blinkte. Er überprüfte die restliche Wohnung, alles war an seinem Platz (vieles war nicht an seinem Platz, aber nichts lag anders, als er es hinterlassen hatte). Im Schlafzimmer zog er die Nachttischschublade auf und sah nach, ob die zusätzliche Waffe, die er zu Hause aufbewahrte, da war. Sie war nicht da. Als er ins Wohnzimmer zurückkam und überlegte, wohin er die Waffe sonst noch gelegt haben konnte, erblickte er einen Mann, der mit ihr auf seine Brust zielte. Der Mann stand an der Wohnungstür und war groß und so stark, dass er keine Waffe benötigt hätte, auch wenn er den Eindruck machte, als fühlte er sich mit der Waffe in der Hand ausgesprochen wohl.

»Wer sind Sie? Was tun Sie hier?«

»Ich hab die Waffe. Du hältst den Mund.«

Die für die Größe des Mannes überraschend hohe Stimme klang eiskalt. Espinosa gefiel es überhaupt nicht, dass der

Mann sich nicht die Mühe machte, sein Gesicht zu verbergen. Entweder war es ihm gleich, ob er später wiedererkannt würde, oder er war sicher, dass es niemanden mehr geben würde, der ihn wiedererkennen konnte. Sie standen keine drei Meter voneinander entfernt, und er hielt die Pistole mit so sicherer Hand, dass nicht der geringste Zweifel daran bestand, dass er sein Ziel treffen würde, falls er es wollte. Er schloss die Wohnungstür, die hinter ihm noch offen stand, durchquerte den Raum mit zwei Schritten, hielt Espinosa die Pistole unter das Kinn, nahm ihm mit der anderen Hand die Waffe weg, die er im Gürtelhalfter trug, steckte sie in die Tasche und stieß ihn anschließend in Richtung Badezimmer.

Er holte aus der Innentasche seiner Jacke eine Rolle Nylonschnur, befahl Espinosa, sich auf den Fußboden zu setzen, fesselte ihm die Hände und die Füße zusammen und wickelte ihm die Schnur, ohne sie abzuschneiden, um den ganzen Körper, vom Hals bis zu den Knöcheln; zum Schluss klebte er ihm ein Pflaster über den Mund. Dann überprüfte er die Verschnürung, kontrollierte, ob die Knoten hielten, betrachtete seine Arbeit als beendet, hievte Espinosa wie einen Sack in die Duschkabine und zog den Vorhang zu. Das beruhigte Espinosa etwas; wenn er solche Vorkehrungen traf, hieß dies, dass er ihn nicht umbringen wollte, zumindest vorläufig nicht. Er hörte, wie die Badezimmertür geschlossen und gleich darauf die Stereoanlage im Wohnzimmer angestellt wurde, einfach die Platte, die schon auf dem Plattenteller lag, nur die Lautstärke war etwas höher eingestellt als sonst.

Die Schnur hielt seine Arme und Beine fest zusammen; mehr aber noch störte ihn das Pflaster, das ihm den Mund verschloss. Normalerweise atmete er zum Teil durch die Nase, zum Teil durch den Mund. Er hatte Angst, nicht genug Luft zu bekommen. Die Platte ging zu Ende und fing wieder von vorn an. Es war kein anderes Geräusch aus der Wohnung zu hören.

Als die Platte zur Hälfte gelaufen war, begann Espinosa, seitwärts zu rutschen, um aus der Duschkabine herauszukommen. Unter großer Anstrengung schaffte er es. Er landete zwischen Toilettenschüssel und Waschbecken. Auf der Seite liegend, konnte er sich nur fortbewegen, indem er ein Knie an irgendetwas abstützte und den Oberkörper vorstieß. Die Enge machte diese Bewegung fast unmöglich. Als er es bis zur Tür geschafft hatte, drückte er das Ohr an die Tür und horchte, ob außer der Musik noch etwas anderes zu hören war. Nach seiner Berechnung war über eine Stunde vergangen, seit der Mann ihn überwältigt hatte. Er richtete sich an der Tür auf den Knien auf, und beim dritten Versuch gelang es ihm, den Griff mit dem Kinn nach unten zu drücken. Da die Tür nach innen öffnete, musste er zurückrutschen und sich neben der Wand fallen lassen, damit er sie zunächst mit der Stirn, dann mit dem ganzen Körper aufstoßen konnte. Im Wohnzimmer war kein Mann zu sehen. Er rutschte in Richtung Küche, vielleicht lag da ein Messer in Reichweite. Da sein Mund zugeklebt war, wusste er nicht, wie er die Besteckschublade öffnen sollte; er versuchte sich zu erinnern, ob er ein Messer bei der Spüle hatte liegen lassen; im Becken würde es nichts nützen, da kam er nicht heran. Nachdem er an ein paar Möbeln vorbeigerutscht war und mehrmals zum Ausruhen und Atemholen innegehalten hatte, schaffte er es durch die Türöffnung der Küche und bis zur Spüle. Er richtete sich wieder auf den Knien auf und lugte in die Spüle. Sie war vollkommen leer. Die Griffe an den Schubladen waren kleine Metallkugeln; damit bestand nicht die geringste Möglichkeit, sie zu öffnen; selbst wenn er sich auf den Knien aufrichtete, würden seine Fingerspitzen nicht an die Besteckschublade herankommen. Er sah sich nach irgendetwas um, womit er das Pflaster durchschneiden konnte. Als einzig Geeignetes entdeckte er eine Streichholzschachtel. Aber bei dem Gedanken, sein Hemd und sich selbst in Brand zu setzen, nahm er davon Abstand. Er versuchte, sich das Pflaster zuerst an der Kante der Spüle, dann am Fuß des Herdes abzureiben. Mit dem Erfolg, dass er sich das Gesicht aufscheuerte, das Pflaster aber dranblieb. Dann rutschte er zurück ins Wohnzimmer, schaffte es, den Stecker der Stereoanlage aus der Wand zu ziehen, rutschte wieder durch das Wohnzimmer, drückte das Ohr an die Wohnungstür und horchte auf Geräusche von Leuten im Flur oder auf der Treppe. Jede Fortbewegung war sehr anstrengend und dauerte endlos lange. Nachdem er sich ein paar Minuten ausgeruht hatte, begann er, mit dem Körper gegen die Tür zu stoßen, in der Hoffnung, irgendjemand würde es hören. Die Metalltür im Hauseingang war schwer, und wenn sie geschlossen wurde, machte sie jedes Mal solch einen Lärm, dass er es hörte. Dann stieß er immer gegen seine Wohnungstür. Das wiederholte er unzählige Male, bis er einsah, dass es nur bei jemandem vom selben Stockwerk Erfolg haben würde, aber auf seiner Etage gab es nur noch eine weitere Wohnung. Schließlich riss er das Telefon auf den Fußboden und versuchte zu telefonieren, doch da ihm die Hände auf dem Rücken zusammengebunden waren, konnte er nicht sehen, welche Nummern er wählte. Trotzdem, nach unzähligen Versuchen hatte er erfolgreich die drei Nummern der Polizei gewählt; er hörte eine Stimme, brachte selbst aber keinen hörbaren, geschweige denn einen verständlichen Ton heraus. Da er sich nicht in einem amerikanischen Film befand, endete das Ganze mit dem Klick vom Auflegen. Hätte er das französische Fenster im Wohnzimmer offen gelassen, dachte er, dann hätte er auf den kleinen Balkon rutschen und sich den Blicken der Passanten zeigen können; bestimmt wäre ihm jemand zu Hilfe gekommen. Doch das Fenster war geschlossen. Mit radikaleren Maßnahmen würde er sein Leben riskieren, und ihm ging es ja darum, es zu retten.

Er drückte sich an die Tür, das Ohr auf dem Fußboden, damit er durch die Ritze die Geräusche im Haus hören konnte, und erlebte, wie langsam die Zeit vergehen kann. Nach dem Versuch, über das Telefon um Hilfe zu bitten, war es ihm gelungen, den Hörer wieder aufzulegen, was aber nicht viel half, denn er konnte noch immer nicht sprechen. Das Pflaster vom Mund zu entfernen, hatte er aufgegeben, beide Wangen und das Kinn waren schon zerschunden. Das Telefon klingelte dreimal im Abstand von ungefähr einer Stunde. Alle drei Male hörte er Kikas Stimme. Von Zeit zu Zeit musste er sich umdrehen, um sich auf die andere Seite zu legen; von der unnatürlichen Haltung der Beine und Arme schmerzte ihn der ganze Körper. Er bemühte sich, langsam und ruhig zu atmen, in dieser Situation, mit geknebeltem Mund, aus Nervosität in Atemnot zu geraten, war das Letzte, was er sich wünschte.

Er dachte über den Mann nach. Ein Profi aus einem anderen Bundesstaat, für den Auftrag gedungen? Nur so ließ sich erklären, warum es ihm nichts ausmachte, eventuell wiedererkannt zu werden. Mit Sicherheit handelte es sich nicht um einen Gelegenheitseinbrecher, er hatte die Ruhe und Effizienz eines Profis. Und Kräfte wie ein Gorilla. Er dachte an den Überfall auf Vieira. An den Tod des Jungen. An Kika. An Clodoaldo. Wonach mochte er gesucht haben? Anscheinend hatte er nichts in der Wohnung angefasst; alle Sachen waren auf ihrem Platz, keine Schubladen oder Schranktüren standen offen. Wenn er nach etwas gesucht hatte, dann musste es so groß sein, dass er es nicht an diesen Stellen suchte. Es sei denn, es ging nicht um eine Sache, sondern um eine Person, und deshalb hatte er auf ihn gewartet, in der Annahme, sie könnten zusammen kommen. Wenn es so war, warum hatte er dann nichts gefragt? Vielleicht, weil er nicht verraten wollte, nach wem er suchte. Diese Überlegungen wurden unterbrochen vom schmerzhaften Wechseln der Körperposition und Ausschalten jeglicher geistigen Tätigkeit, die beim Horchen stören konnte.

Als endlich der Bewohner der Nachbarwohnung auf das merkwürdige Poltern an der Tür hin klingelte und neuerliches Poltern und gutturale Laute zur Antwort erhielt, rief er bei der Polizei an, die dann keine Viertelstunde später die Tür aufbrach und den Kommissar Espinosa vom 12. Kommissariat befreite.

Ihm wäre es lieber gewesen, Kollegen von seiner eigenen Wache hätten ihn befreit, doch in den Minuten vor seiner Rettung hatte er keine Wahl. Seine Retter waren noch nicht gegangen, als die beiden Fahnder seines Teams, die noch auf der Wache waren, eintrafen. Sie warteten, bis alle weg waren, auch die von der Unruhe und dem Lärm beim Aufbrechen der Tür angelockten Leute aus dem Haus. Espinosa bedankte sich von ganzem Herzen bei seinem Nachbarn und schloss die Tür, so gut es ging.

»Verdammt, Espinosa, was ist passiert? Was ist mit deinem Gesicht?«

»Nichts, das war ich selbst, bei dem Versuch, das Pflaster zu entfernen.«

»Welches Pflaster?«

»Der Kerl hat mich am ganzen Körper mit Schnur und Pflaster gefesselt.«

»Welcher Kerl, und was wollte der hier in deiner Wohnung?«

»Das möchte ich auch gern wissen. Ich kann euch einen Kaffee anbieten, dann fasse ich kurz zusammen, was passiert ist.«

Espinosa ging in die Küche, glücklich, dass er es auf beiden Beinen tun konnte und nicht rutschen musste. Er füllte Kaffee in die Maschine. Als jeder seine Tasse vor sich stehen hatte, erzählte Espinosa die Geschichte von dem Augenblick an, als ihm auf der Wache bewusst geworden war, dass das Fenster seiner Wohnung halb offen gestanden hatte.

»Der hat fraglos gewartet, bis ich am Morgen weggegangen bin, um dann in meine Wohnung einzudringen. Nur weiß ich nicht, was er hier zu finden hoffte. Und ich weiß auch nicht, wie er hereingekommen ist. Weder die Haustür noch meine Wohnungstür weisen Spuren von gewaltsamem Öffnen auf.«

Die beiden Kollegen baten, sich in der Wohnung umsehen zu dürfen. Das Telefon klingelte. Es war Kika. Espinosa erzählte kurz, was passiert war, und sagte, sie müssten für ein paar Tage doppelt auf ihre Sicherheit achten.

»Wie viele Tage?«

»Ich weiß nicht. Bis zum Wochenende. Vielleicht noch länger, vielleicht auch nicht so lange.«

»Kann ich meine Bilder an der Avenida Atlântica ausstellen?«

»Das Beste wäre, unnötige Risiken zu vermeiden.«

»Und wenn ich es für nötig halte?«

»Dann muss ich das akzeptieren.«

Die beiden Fahnder fanden keinerlei Hinweis darauf, dass der Mann in der Wohnung gewesen war, abgesehen von den Pflasterresten und der Schnur. Sie verabschiedeten sich und vertagten den Beginn der Ermittlungen auf den nächsten Morgen, sobald der Einbruch aufgenommen worden war.

Unter der Dusche dachte Espinosa darüber nach, was geschehen war, kam aber zu keinen anderen Überlegungen als in den Stunden, während er geknebelt und gefesselt auf Hilfe gewartet hatte.

Als er sich im gelblichen Licht der alten Wohnzimmerlampe auf dem Sofa ausstreckte, spürte er jeden Zentimeter seines Körpers. Arme und Beine schmerzten, ebenso wie Schultern und Hals. Obwohl er das warme Wasser über eine halbe Stunde hatte laufen lassen, war der Nacken steif wie ein Brett. Die Fenster standen weit offen, und in der klaren Nacht konnte er die Konturen der Berge im Hintergrund sehen. Er hielt sich die eiskalte Bierdose an die Stirn, wie er es unzählige Male in

Filmen gesehen hatte, was bei ihm aber noch nie viel mehr bewirkt hatte als eine nasse Stelle. Er trank das Bier nicht ganz aus, es wurde in seiner Hand warm, während er aus dem Fenster sah.

Der Kerl hatte jemanden gesucht, von dem er annahm, dass er mit ihm, Espinosa, zusammen war. Nichts anderes konnte sein Verhalten erklären. Die unwahrscheinlichste These war Kika; die plausibelste Clodoaldo. Vermutlich hatte er am Morgen auf der Lauer gelegen. Hatte gesehen, wie Espinosa aus dem Haus kam und Clodoaldo zu ihm trat, aber nicht gesehen, woher er gekommen war; er musste angenommen haben, dass er sich auch in der Wohnung befunden und nach ihm das Haus verlassen hatte. Er hatte gesehen, wie sie im Auto wegfuhren, und die Gelegenheit genutzt, in die Wohnung einzudringen und dort zu warten. Sein Interesse galt fraglos nicht Espinosa, an ihn heranzukommen, wäre ein Leichtes gewesen (was es ja auch gewesen war). Er war hinter jemandem her, der nicht leicht ausfindig zu machen und zu fassen war; jemand, der im Besitz einer so wertvollen Information war, dass dies rechtfertigte, in die Wohnung eines Polizeikommissars einzudringen und ihn unter Androhung von Waffengewalt zu fesseln. Und er überlegte sogar, ob die Überprüfung der Wohnung durch die Fahnder von seiner Wache den Zweck gehabt hatte, irgendeine vom Eindringling hinterlassene Spur zu sichern oder dessen Spuren zu vernichten.

Clodoaldo beobachtete seit Tagen das Haus in der Avenida Copacabana und verfolgte jemanden; außerdem wurde er selbst verfolgt, wie er gesagt hatte. Er hatte gewusst, in welcher Gefahr sich der Junge befand, der umgebracht worden war, und hatte ihm deshalb Espinosas Telefonnummer genannt. Vielleicht hatte der Junge eine Information an ihn weitergegeben. Der Kerl hatte den Jungen umgebracht, und nun war er hinter Clodoaldo her.

Zum Schlafengehen war es noch zu früh, er hatte weder zu Mittag noch zu Abend gegessen, etwas Tiefgekühltes warm zu machen, dazu hatte er keine Lust, also ging er essen. Obwohl die Geschäfte schon geschlossen hatten, waren viele Leute mit Tüten voller Geschenke unterwegs. Es war vier Tage vor Weihnachten.

Die Leiche befand sich im Gerichtsmedizinischen Institut, niemand hatte sich nach ihr erkundigt. Espinosa erfuhr davon über Vieira.

»Espinosa, sie haben den verdammten Kerl gefunden, tot.«

»Welchen?«

»Den mit der Brieftasche. Er hatte meinen Ausweis bei sich, sie haben bei mir angerufen … wollten wissen, ob ich der Tote bin. Verdammt, Espinosa, das Taktgefühl der Polizei ist zum Kotzen.«

»Woher wissen sie, dass er es ist?«

»Wissen tun sie es nicht, sie haben nur meinen Ausweis bei ihm gefunden.«

So einfach war die Geschichte nicht. Espinosa erfuhr im Laufe des Tages, dass man die Leiche eines Mannes weißer Hautfarbe schon vor Tagen in einem Gebüsch an der Lagune Marapendi in Barra da Tijuca aufgefunden hatte und Spuren darauf hinwiesen, dass er vor dem Tod durch Erschießen gefoltert worden war. Neben der Leiche lag ein Portemonnaie, das weder Geld noch irgendetwas enthielt, anhand dessen man den Toten hätte identifizieren können. Zwei Wochen später wurde auf der 16. Polizeiwache an der Barra da Tijuca ein Plastikausweis abgegeben, den jemand auf einer Erdstraße gefunden hatte, unweit der Stelle, wo der Tote gelegen hatte. Es war Vieiras Ausweis. Da erinnerte man sich an den zwei Wochen zuvor ohne Papiere aufgefundenen Toten und schloss daraus, dass es der Kommissar Vieira sein könnte.

Obwohl es niemanden gab, der die Leiche identifizieren konnte, bestand für Espinosa nicht der geringste Zweifel daran, dass es sich um den Mann handelte, den der Junge als Finder der Brieftasche beschrieben und durch die Straßen von Copacabana verfolgt hatte, was seine Vermutung bestätigte, dass er nicht den Mord an dem Jungen begangen hatte: Er war schon über eine Woche tot, als jemand dem Jungen den Schädel am Felsen von Leme zertrümmerte. Er dachte an den Mann, dem er in seiner Wohnung begegnet war.

Das Gutachten des Gerichtsmediziners ließ keinen Zweifel daran, dass der Mann, seinen Verletzungen nach zu urteilen, alles gestanden hatte, was er wusste oder nicht wusste, was Espinosa wiederum zu der Überlegung veranlasste, was man wohl von ihm hatte wissen wollen und was er erzählt hatte. Der Tod der beiden Jungen und die Jagd auf Clodoaldo bekamen allmählich einen Sinn. Da er seinen Folterern nicht viel bieten konnte, hatte der Mann den Jungen geopfert. Der erste Junge war umgebracht worden, weil der Mörder es eilig hatte, den Zeugen zu beseitigen. Dass er den falschen erwischt hatte, war nur ein Betriebsunfall, dessen negative Konsequenz für ihn lediglich zusätzliche Arbeit bedeutete, nämlich den richtigen Jungen umzubringen. Nachdem er seinen Irrtum festgestellt hatte, musste sich der Mörder auf die Jagd nach dem richtigen Jungen gemacht haben, bis er ihn fand und ihm den Schädel am Felsen zertrümmerte. Eine billige, primitive Art zu töten. Eine Kugel verdienten seiner Ansicht nach vermutlich nur Erwachsene. Espinosas größte Sorge war die Frage, welche anderen Personen der Mann genannt haben konnte, um seinen Folterern zu genügen; zu diesen konnten er selbst und Kika zählen.

Von der Wache aus hinterließ er eine telefonische Nachricht

für Kika. Der Fahnder Maldonado war zu ihrem Schutz abgestellt, wenn sie abends an der Avenida Atlântica ihre Bilder ausstellte. Er hatte gewisse Zweifel, ob das ausreichte; einer, der es fertig brachte, in die Wohnung eines Polizeikommissars einzudringen und ihn zu fesseln, würde sich nicht von einem jungen, unerfahrenen Fahnder abhalten lassen. Aber andere Möglichkeiten hatte er zurzeit nicht.

Vieira hatte noch mit einigen Bewegungen Schwierigkeiten und konnte nicht Auto fahren. Espinosa chauffierte ihn nach Barra da Tijuca, um seinen Ausweis abzuholen. Da es ein herrlich sonniger Vormittag war, nahm er die Strecke über die Avenida Niemeyer. Die Aussicht von der Küstenstraße auf das tiefgrüne Meer und den fast violettblauen Himmel konnte jeden Ärger vertreiben. Trotz seines lädierten Mundes redete Vieira die ganze Fahrt über, sprang von einem Thema zum anderen, machte an jeder Kurve eine Bemerkung über die Landschaft, erwähnte aber Flor mit keinem einzigen Wort.

Auf dem braunen Umschlag, der ihnen am Tresen der Polizeiwache von Barra vorgelegt wurde, waren mehrere Telefonnummern notiert und durchgestrichen; nur um die letzte war ein Kringel gezogen, es war Vieiras Nummer.

»Dies dürfte wohl das erste Mal sein, dass ein Toter sich seine Papiere abholen kommt«, sagte Vieira scherzhaft zum Dienst habenden Kommissar.

»Entschuldigen Sie den Anruf, Kollege, aber wir mussten das überprüfen.«

»Natürlich, mein Guter, ich freue mich ja, dass es nicht meine Leiche ist, die da im Gerichtsmedizinischen Institut in der Schublade liegt.«

Sie unterhielten sich über eine Stunde, erzählten von neuen Fällen und dachten an alte Abenteuer zurück.

Auf dem Heimweg war Vieira von der gleichen Redseligkeit, noch verstärkt durch eine Prise Sicherheit, da er jetzt seinen Ausweis wiederhatte. Und nun sprach er von Flor.

»Was hältst du von Flor?«

Für Espinosa klang die Frage doppeldeutig. Nicht weil Vieira sich nicht klar ausgedrückt hätte, das war nicht sein Stil. Worüber wollte er seine Meinung hören? Über Flor als Frau oder als von den Ermittlungen Betroffene?

»Sie ist eine schöne Frau.«

»Verdammt, Espinosa, morgens aufzuwachen und diese Frau neben dir zu sehen, das ist so, als ob man jeden Tag in der Lotterie gewinnt.«

»Das Problem ist der Preis für das Los.«

»Blödsinn ... Was willst du damit sagen, verdammte Scheiße?«

»Damit will ich sagen, dass, solange Magalis Tod nicht aufgeklärt ist, diese schöne Erbschaft, die du da bekommen hast, mit einem Mordfall behaftet ist, in dem du bislang der einzige Verdächtige bist, was in den Augen anderer deine Beziehung zu Flor belastet.«

»Verdammt, Espinosa, ich scheiße auf die Meinung anderer Leute.«

»Mit ›andere‹, Vieira, meine ich, vornehm ausgedrückt, die Justiz. Vergiss nicht, in den Augen des Gesetzes sind Flor und du die Einzigen, die in den Ermittlungen genannt werden.«

»Dass ausgerechnet du als mein Freund so etwas sagst, das kann ich nicht glauben.«

»Gerade weil ich dein Freund bin.«

Obwohl Espinosa am Steuer saß, sah er, wie sein Freund auf einmal alterte, die Spuren der Verletzungen im Gesicht traten deutlicher hervor, und auch das fast unmerkliche Zittern der auf dem Bein ruhenden Hand fiel ihm stärker auf.

»Warum warst du bei ihr in der Wohnung?«

»Weil ich, falls du das vergessen haben solltest, wegen Magalis Tod ermittle.«

»Warum hast du Flor dann nicht zur Vernehmung auf die Wache bestellt?«

»Das habe ich zweimal. Und sie ist beide Male erschienen. Einmal in Begleitung ihres Anwalts.« Das war ein Versuch, indirekt in Erfahrung zu bringen, woher der Anwalt kam.

»Anwalt? Was für ein Anwalt, verdammt?«

»Wie er heißt, weiß ich nicht mehr, aber er ist ein ziemlich tüchtiger junger Mann.« Der »junge Mann« war ihm unangenehm, es wäre nicht nötig gewesen, er wusste ja schon, was er hatte wissen wollen: den Anwalt also hatte nicht Vieira besorgt.

»Was für ein verdammter Anwalt ist das? Flor hat keinen Anwalt; ihr Anwalt bin ich. Wie heißt dieser Scheißkerl?«

»Das weiß ich nicht mehr. Ich weiß nur, dass er sehr jung ist, trotzdem hat er die Interessen seiner Mandantin brillant vertreten.«

»Und warum hast du mir nichts davon erzählt?«

»Weil ich dachte, du wüsstest es. Keine Sorge, das war nur ein Routinevorgang.«

»Zu ihr in die Wohnung gehen, war auch Routine?« Die Frage klang scharf.

»Natürlich. Ich musste überprüfen, ob einer der in Magalis Wohnung vorhandenen Schlüssel in Flors Wohnungstür passt und umgekehrt, und das musste vor Ort geschehen.«

Für den Rückweg hatte er sich für den Tunnel entschieden, anstatt dieselbe Strecke über die Avenida Niemeyer zu fahren; ab diesem Punkt fand das Gespräch im Tunnel statt, ihre Gesichter wurden schwach von dem von den Wänden reflektierten Scheinwerferlicht beleuchtet.

»Hör zu, Vieira, ich bin nicht gegen dich, und ich bestreite auch nicht, dass Flor dich mit ganzer Hingabe pflegt.«

»Schon gut … nimm es nicht weiter ernst … dieser Überfall hat mich etwas empfindlich gemacht. Glaub nicht, dass ich überglücklich bin, weil ich mich mit einer jungen Frau vergnüge. Ich hatte Magali sehr gern, sie war meine Gefährtin, sie kannte mich besser, als selbst Maria Zilda mich je gekannt hat, sie sorgte für mich und ich für sie, sie passte auf mich auf, wenn ich mir einen antrank, und ich passte auf sie auf, wenn sie sich bedroht fühlte. Trotz Flors Schönheit und Jugend vermisse ich Magali … ich denke jeden Tag an sie.«

Der Wagen kam aus dem Tunnel heraus, schlagartig blendete sie das grelle Mittagslicht. Bis zur Ankunft vor Vieiras Haus sprachen sie kein einziges Wort mehr.

Einen Teil des Nachmittags verbrachte Espinosa im Gerichtsmedizinischen Institut. Kikas und des Jungen Beschreibung entsprach exakt der aus dem Fach gezogenen Leiche. Zum ersten Mal sah er den Mann, den er fast einen Monat lang gesucht hatte, und der Anblick war nicht gerade angenehm. Das Gesicht war in einem Zustand, dass man es hätte wiedererkennen können, falls man daran interessiert gewesen wäre, aber der übrige Körper war ziemlich übel zugerichtet. Die Folterer hatten sich keinerlei Mühe gemacht, die Identität des Toten zu verschleiern; vielmehr schien es so, als hätten sie absichtlich Gesicht und Hände in einem Zustand belassen, dass sie eine Identifizierung möglich machten, sozusagen als Botschaft à la »an alle, die es interessiert«. Espinosa war davon überzeugt, dass der Mann erst Sekunden vor seinem Tod geahnt hatte, warum er sterben musste … falls er überhaupt noch in der Lage gewesen war, irgendetwas zu ahnen. Es war der vierte Tote der Serie, die mit Magali angefangen hatte, und ein dunkles Gefühl sagte ihm, dass es nicht der letzte sein würde.

Auf der Wache keine Antwort von Kika auf die Nachricht, die Espinosa für sie hinterlassen hatte. Maldonado war früh weggegangen, um sie zu beschützen, wenn sie zur Avenida Atlântica fuhr. Um halb sechs rief er von unterwegs bei Espinosa an.

»Kommissar, das Mädchen ist nicht zu Hause, niemand kann mir etwas sagen, die Nachbarin von unten hat nicht gesehen, wann sie gegangen ist, ich bin seit fünf Uhr hier, vielleicht ist sie zur Avenida Atlântica gefahren, ohne vorher nach Hause zu gehen.«

»Kommen Sie zur Avenida Atlântica, wir treffen uns da.«

Es war kein Wagen frei und auch keine Zeit, sich von jemand anderem einen zu leihen; er stieg an der Ecke in ein Taxi. Es war noch helllichter Tag, der vom Stadtzentrum kommende Autoverkehr sehr dicht, aber auf der Promenade waren nur wenige Menschen unterwegs, und von den Händlern war noch keiner da. Von Kika nicht die geringste Spur. Espinosa fragte bei der Garage nach, wo sie ihren Metallständer unterstellte, lief die umliegenden Lokale ab, die Bänke und Kioske auf der Promenade an der Strandseite, aber um diese Zeit herrschte ganz anderer Betrieb als nach sieben Uhr abends. Wegen des zähen Autoverkehrs musste er noch eine ganze Weile warten, bis Maldonado kam.

»Bleiben Sie hier; ich fahre zu meiner Wohnung, vielleicht hat sie mir eine Nachricht auf den Anrufbeantworter gesprochen; wenn Sie telefonieren müssen, auf dem Bürgersteig gegenüber ist ein Telefon. Ich komme so schnell wie möglich zurück.«

»Es ist noch früh, Kommissar, sie kann unterwegs sein.«

»Nur wissen wir weder wo noch wohin. Sie kommt immer von zu Hause, sie kann nicht die Bilder, die sie abends ausstellt, den ganzen Tag mit sich herumschleppen, sehr merkwürdig, dass sie nicht zu Hause gewesen ist.« Beim letzten Satz winkte er einem Taxi.

Schon beim Betreten der Wohnung war sein Blick auf den Anrufbeantworter gerichtet, der mit seinem Blinken anzeigte, dass nicht nur ein Anruf eingegangen war. Keiner war von Kika. Er rief wieder bei der Zentrale an und hinterließ eine dringende Nachricht. Er stieg in den Wagen und machte sich auf den Weg zur Rua do Catete. Obwohl er in die entgegengesetzte Richtung zum dichten Verkehr fuhr, kam er nur langsam voran. Das Fenster von Kikas Wohnung, das auf die Straße ging, stand offen, und es brannte Licht im dritten Stock. Er musste mehrmals klingeln, bis jemand den Mechanismus zum Öffnen der Haustür betätigte. Espinosa lief die drei Treppen hinauf, so dass er, als das Mädchen die Wohnungstür öffnete, außer Atem war und kaum sprechen konnte.

»Espinosa … Kommissar Espinosa … ein Freund von Kika.«

»Ganz ruhig. Ich weiß, wer Sie sind. Atmen Sie schön ruhig. Was ist passiert?«

»Ist Kika da?«

»Nein. Sie muss an der Avenida Atlântica sein.«

»Von da komme ich gerade. Können Sie mir sagen, ob sie hier gewesen ist?«

»Das weiß ich nicht, ich bin erst vor einer knappen Viertelstunde nach Hause gekommen.«

»Und Ihre andere Freundin?«

»Die hat heute Dienst.«

»Könnten Sie in Kikas Zimmer nachsehen, ob sie die Bilder mitgenommen hat?«

»Natürlich. Ist irgendetwas mit ihr passiert?«

»Nein. Ich hoffe nicht.«

Das Mädchen forderte Espinosa nicht zum Eintreten auf. Vielleicht, weil die Shorts, die sie anhat, so knapp sind, dachte er; vielleicht aber auch wegen der Unordnung, die er von der Tür aus sehen konnte. Sie ließ die Tür einen Spalt offen, während sie Espinosas Bitte nachkam. Kurz darauf kehrte sie mit verneinendem Kopfschütteln zurück.

»Die Bilder sind alle da. Diejenigen, die sie ausstellt, sind verpackt. Weswegen sind Sie besorgt? Verheimlichen Sie mir etwas?«

»Nein, ich verheimliche Ihnen nichts. Wahrscheinlich bilde ich mir alles bloß ein. Es ist nichts Konkretes. In den letzten Tagen ist nur allerhand passiert. Wohin könnte sie Ihrer Meinung nach gegangen sein?«

»In der Woche vor Weihnachten würde sie nirgendwo anders hingehen als an die Avenida Atlântica. Sie hofft sehr, dass sie noch mindestens drei Bilder verkauft.«

»Falls sie auftaucht, soll sie bitte sofort bei mir zu Hause anrufen.«

Er fuhr zurück zur Avenida Atlântica, überzeugt, dass Kika an diesem Abend nicht mehr auftauchen würde. Die ersten Stände wurden aufgebaut, und Maldonado hatte neben der Einfahrt zu der Garage, wo Kika ihren Metallständer unterstellte, Posten bezogen. Als Espinosa eintraf, unterhielt er sich gerade mit dem Portier.

»Nichts, Kommissar, hier ist sie nicht aufgetaucht.«

»Sie war auch nicht zu Hause, um die Bilder zu holen, und auf meinem Anrufbeantworter war auch keine Nachricht.«

»Was halten Sie von der Sache?«

»Ich weiß nicht, ich habe keine Ahnung. Das Einzige, was mich beruhigt, ist, dass der Kerl, der mich überfallen hat, ihren Namen nicht erwähnt hat. Allerdings hat er überhaupt keinen Namen genannt. Sie ist bestimmt zu einer Vernissage oder Party gegangen, hat einen alten Freund getroffen oder besucht irgendwelche Verwandten …«

»Ja, bestimmt.«

»Und noch etwas. Der Kerl, der mich überfallen hat, ist nicht unnötig gewalttätig; er hat nicht ausgenutzt, dass ich gefesselt war, um mich zu malträtieren, er hat nichts Überflüssiges getan, er hat höchst ökonomisch gehandelt.«

»Warum sagen Sie das?«

»Wenn er Kika nicht mit dem Jungen zusammen gesehen hat, und sie war nur ein einziges Mal mit ihm zusammen, dann gibt es für ihn keinen Grund, etwas gegen sie zu unternehmen.«

»Ja, bestimmt.«

»Das haben Sie eben schon mal gesagt.«

»Was Besseres fällt mir im Moment nicht ein, Kommissar.«

»Schon gut, Maldonado, entschuldigen Sie. Jetzt wollen wir sehen, dass wir das Mädchen finden.«

Es war acht Uhr, noch früh genug für Kika, um ihren kleinen Stand aufzubauen, aber keiner von beiden rechnete mehr damit. Espinosa hinterließ beim Portier einen Zettel mit der ausdrücklichen Aufforderung, ihn dem Mädchen mit den Bildern zu geben und nicht von ihrer Seite zu weichen, bis sie in ein Taxi gestiegen war. Sie kamen zu dem Schluss, dass sie mit der Suche nur bei Kikas Haus anfangen konnten. Vorher wollten sie aber noch in Espinosas Wohnung vorbeifahren, um zu sehen, ob da eine Nachricht war.

Der Anrufbeantworter blinkte. Die Nachricht war von Kika. »Scheiße, nie nimmst du ab … ich bin zu Hause … ich habe Angst.«

Sie brauchten nur gut zehn Minuten bis zu dem alten Haus in Catete. Die Freundin empfing sie an der Tür, nachdem sie sich auf jegliche Art vergewissert hatte, dass sie es wirklich waren. Die beiden Mädchen waren sehr verängstigt. So als hätten die letzten beiden Mordanschläge eigentlich Kika gegolten. Sie saß komplett angezogen und in Schuhen auf dem Bett, der Schrecken stand ihr im Gesicht, als hätte man sie vor einer unmittelbaren Gefahr gewarnt. Beim Anblick der beiden Polizisten lächelte sie erleichtert, blieb aber auf dem Bett sitzen.

»Was ist passiert?«, fragte Espinosa gleich beim Hereinkommen.

»Als ich nach Hause kam, um die Bilder zu holen, sagte mir die Nachbarin von unten, ein großer, starker Mann, der so redete, als ob er Befehle gebe, habe nach mir gefragt. Nach ihrer Beschreibung war das niemand, den ich kenne. Ich musste sofort daran denken, was du mir am Telefon erzählt hast, von dem Kerl, der in deiner Wohnung war. Und auch an den Tod des Jungen. Ich rief auf der Wache an, aber du warst unterwegs; dann rief ich bei dir zu Hause an, da lief nur der Anrufbeantworter. Ich hatte Angst, wieder nach Hause zu gehen. Wenn er mich gesucht hatte, kam er bestimmt wieder. Dann bin ich durch die Straßen gelaufen, um mir die Zeit zu vertreiben, bis du nach Hause kommst. Schließlich bin ich in ein Kino gegangen, um dort zu warten; ich habe mich mehrmals umgesetzt, niemand kam hinterher. Als das Licht anging, bin ich mit allen zusammen rausgegangen, dann habe ich dir die Nachricht aufs Band gesprochen und bin nach Hause gegangen. Glaubst du, das war derselbe Typ, der in deine Wohnung eingedrungen ist?«

Ihre Beschreibung ließ keinen Zweifel zu, es war derselbe Mann. Espinosa wollte sie nicht in Panik versetzen, die Sache aber auch keineswegs herunterspielen.

»Ich bin mir nicht sicher. Aber für alle Fälle werden wir so tun als ob. Bis wir den Kerl gefasst haben, gehst du nirgends mehr ohne Begleitschutz hin. Falls es derselbe ist, handelt es sich um einen Profi, dem dürfen wir nicht noch in die Hand arbeiten.«

»Das kommt ja gerade zum richtigen Moment.«

»Wir werden uns Mühe geben, damit du unbeschwert Weihnachten feiern kannst.«

Tatsache aber war, dass Espinosa nicht die geringste Vorstellung hatte, wie sich das bewerkstelligen ließ. Er beschloss, die Nacht über in dem Haus in Catete zu bleiben, und vereinbarte mit den Mädchen, dass er auf dem Sofa im Wohnzimmer schlafen würde. Maldonado entließ er bis zum nächsten Morgen.

Sie unterhielten sich zu dritt bis kurz vor Mitternacht, dann gingen Kika und ihre Freundin in ihre Zimmer, und Espinosa richtete sich, die Waffe direkt neben sich, auf dem Sofa ein, vor einem kleinen künstlichen Weihnachtsbaum auf einem runden Tischchen, geschmückt mit zwei bunten Lichterketten, die abwechselnd aufblinkten. Einschlafen würde er auch beim besten Willen nicht, das stellte er sehr bald fest, nachdem die Lampen ausgeschaltet waren und in der Wohnung Stille eingekehrt war. Als Erstes wurde ihm bewusst, dass das Wort *Stille* nur für die Tatsache galt, dass niemand mehr sprach, nicht aber dafür, dass es keine ihm fremden Geräusche gab, knarrende Dielen, quietschende Türen, Knacken und Knistern im Dachgebälk, ganz abgesehen vom Verkehr in der Rua do Catete, der selbst während der Nacht nicht abbrach. Auf jemanden, der wie er das Peixoto-Viertel gewohnt war, wirkte das Haus wie ein Studio für akustische Spezialeffekte. Schlafen – ausgeschlossen. Wenn er doch ab und zu einnickte, schreckte er nach wenigen Minuten wieder hoch und tastete sofort nach der Waffe.

Als die dritte Bewohnerin morgens nach Hause kam, erblickte sie von der Wohnungstür aus eine Pistole auf dem Sofa und daneben ein Herrenjackett. Espinosa war in der Küche und stellte gerade die Kaffeemaschine an. Zunächst gab es gewisse Verständigungsschwierigkeiten, doch das Mädchen hatte schon von ihm gehört, und da sie gerade (genau wie Espinosa) einen Nachtdienst hinter sich hatte und beide übermüdet waren, vertagten sie nähere Erklärungen auf später.

Als Maldonado um acht Uhr morgens erschien, schliefen die Mädchen noch. Espinosa wies ihn an, in der Wohnung zu bleiben, bis die Erste der drei aufstand. Ab dann sollte er abwechselnd in der Wohnung und auf dem Bürgersteig vor dem Hauseingang Wache stehen, so dass er notfalls schnell eingreifen konnte. Der einzige Zugang zum zweiten und dritten Geschoss war die Holztreppe, deren erste Stufe einen unmittelbar nach dem Öffnen der Haustür erwartete und unter dem leisesten Tritt wie uraltes Gebälk knarrte; sie fungierte gleichsam als Warnsignal, noch bevor jemand hätte klingeln oder in die Wohnung eindringen können.

Seinen Ausweis zurückzubekommen, war für Vieira gewesen, als hätte er seine Identität als Polizist und Kommissar zurückerhalten. Niemand ist Exkommissar, dachte er, Kommissar ist wie General oder Staatspräsident: Selbst wenn man nicht mehr im Amt ist, wird man noch mit General oder Staatspräsident angeredet, manchmal auch mit General-Staatspräsident. Mit dem Vergleich wollte er keineswegs sagen, dass alle Ämter und Funktionen gleichwertig seien, es ging ihm lediglich um die Feststellung, dass bei bestimmten Ämtern die betreffende Person zu ihrer Identität noch für alle Zeit einen Titel dazubekommt. Als erste Vorsichtsmaßnahme wollte er gleich am Tag, nachdem er den Ausweis zurückerhalten hatte, eine in Plastik eingeschweißte Farbkopie davon machen lassen; das Original sollte fortan zu Hause bleiben. Künftig würden weder der Originalkommissar noch der Originalausweis draußen unterwegs sein.

Er hatte die Zeitungslektüre beendet, blieb aber im Bett liegen und wartete auf Flor. Obwohl der Beistand einer anderen Person für das Auftragen der Medikamente nicht mehr nötig war, kam sie nach wie vor jeden Morgen, um seine Verletzungen zu versorgen. Sie hatte einen eigenen Schlüssel und brauchte nicht zu klingeln. Die Nachbarn fragten sich, ob das die neue Frau des Kommissars war. Eher vielleicht seine Tochter. Nicht wegen eventueller Ähnlichkeit, hübsch war sie, das musste man zugeben, aber wegen des Alters. Flor tat immer, als merkte sie nicht, was die Nachbarn dachten, steckte den Schlüssel in die Tür und trat selbstsicher ein. Um den gleichen Status wie Magali zu haben, fehlte noch ein gemeinsames Bankkonto. Was nur eine Frage der Zeit war.

Zweck der Kompressen und Salben war, die hässlichen lilagelben Flecken der Blutergüsse zu verkleinern, aber für Vieira war die Behandlung durch Flor eher ein Liebesdienst als eine medikamentöse Versorgung, und sie dehnte die Behandlung erheblich länger aus, als es nötig gewesen wäre. Die Geschlechtsteile hatten von den Schlägen des Angreifers nichts abbekommen, doch auch sie erhielten häufig etwas Öl oder eine Kompresse, um die Blutzirkulation anzuregen. Nicht selten zog sich die Behandlung länger als eine Stunde hin.

»Wir könnten zusammen zu Mittag essen«, schlug Vieira vor.

»Ja, sicher, Liebling.«

»Am Nachmittag wollte ich dein Weihnachtsgeschenk kaufen gehen.«

»Holla!«

»Willst du mitkommen, um es auszusuchen?«

»Nein, Liebling, dann wäre es keine Überraschung mehr.«

»Dafür würde ich dann nichts Verkehrtes kaufen.«

»Es kann gar nichts Verkehrtes sein; es ist ein Geschenk von dir, und nur das zählt.«

»Du willst also nicht mit mir mitkommen?«

»Darum geht es nicht, Schatz, aber ein Weihnachtsgeschenk muss eine Überraschung sein; es muss vors Bett gelegt werden, damit man es findet, wenn man aufwacht.«

»Ja, wenn man noch an den Weihnachtsmann glaubt. Aber wir sind erwachsene Menschen; wir können essen gehen und dann dein Geschenk aussuchen.«

»Heute kann ich nicht, Schatz.«

»Erzähl mir nicht, dass du heute Nachmittag arbeiten willst, verdammt.«

»Nur heute; der Junior kommt zu mir in die Wohnung.«

»Wer?«

»Der Junior. Es ist sein erstes Mal. Der Vater hat es mit mir abgemacht.«

»Junior? Was für ein verdammter Junior? Ist das ein Name, Junior, oder was? Für mich ist Junior einer, der genauso heißt wie sein Vater, verdammter Scheiß.«

»So ist es auch. Er heißt wie sein Vater, nur mit Junior hintendran.«

»Und dieser Junior ist Junior von wem?«

»Von seinem Vater natürlich. Von wem sonst?«

»Und wer ist der verdammte Vater von diesem Schnösel?«

»Der, der mich aus Recife mit nach Rio genommen hat. Er hat mir sehr geholfen. Er hat die Wohnung gemietet, in der ich wohne. Ich habe ihm versprochen, dass der Junior sein erstes Mal mit mir erlebt.«

»Verdammte Scheiße! Du bist dem Schnösel versprochen? Wer soll da eigentlich seine Unschuld verlieren? Du oder er?«

»Jetzt übertreibst du, mein Lieber. Er ist doch noch ein halbes Kind.«

»Und das bleibt er auch, verdammt noch mal. Zumindest solange der Vater seinen Schwanz in die Hand nehmen und einer Frau reinstecken muss.«

Vieira brüllte durch die Wohnung. Die Sachen, die er hatte anziehen wollen, hatte er auf den Fußboden geworfen; in sein Schreien mischte sich Husten, gegen seine Blässe hoben sich die Blutergüsse noch deutlicher ab.

»Du bist nervös.«

»Nervös? Ich, nervös? Du hast mich noch nie nervös gesehen, das hier ist erst der Anfang.«

»Und das Ende, wie ist das? Bringst du dann die Frauen um?«

Vieira erstarrte. Er sah Flor wie eine Fremde an. Schwieg so lange, bis seine Blutzirkulation sich wieder normalisiert hatte. Mit einiger Mühe hob er die Kleidungsstücke auf, die er auf den Fußboden geworfen hatte. Er griff nach dem Hemd und begann sich anzuziehen.

»Entschuldige … ich wollte nicht …« Flor ging mit ausgestreckten Armen auf ihn zu.

Vieira knöpfte sich weiter langsam das Hemd zu, steckte es in die Hose; der Gürtel war der, den Flor ihm als Ersatz für den gekauft hatte, mit dem Magalis Füße gefesselt gewesen waren. Er griff nach dem Ausweis und den Schlüsseln, die auf der Kommode lagen, und machte Anstalten, die Wohnung zu verlassen.

»Mein Schatz, verzeih mir, ich wollte damit nicht sagen, dass du sie …«

Vieira sagte kein Wort. Sah sie nicht einmal an. Er ging zur Tür, vergewisserte sich, dass er die Schlüssel bei sich hatte, und verließ die Wohnung.

Er ging die Rua Francisco Sá hinunter, bog nach links in die Avenida Copacabana ein und setzte seinen Weg über mehrere Häuserblocks fort. Er lief dahin wie eine Aufziehpuppe. Herumlaufen bedeutet etwas tun, und da er nicht wusste, was er unter den gegebenen Umständen tun sollte, lief er immer weiter. Nach einiger Zeit fiel ihm ein, dass er losgegangen war, um eine Kopie seines Ausweises machen zu lassen. Obwohl der Grund jetzt keine Rolle mehr spielte. Was er wollte, war, nicht daran zu denken, was Flor gesagt hatte. Wenn er daran dachte, musste er etwas tun, aber er wollte nichts tun, also dachte er nicht daran. Sein Gang, dachte er, war nicht mehr so wie früher, große Schritte, geschwellte Brust, erhobener Kopf, entschlossener Blick, auch dann, wenn er kein spezielles Ziel hatte.

Nach kaum mehr als fünfhundert Metern spürte er die Beinmuskeln. Unterwegs war er an mehr als einem Kopierladen vorbeigekommen, keiner machte Farbkopien; aber »wenn es keine Farbkopie ist, verlieren die roten Buchstaben P-O-L-I-Z-E-I ihre Wirkung«. In einem Laden sagte man ihm, zwei Häuserblocks weiter in derselben Richtung gebe es ein Schreibwarengeschäft, das Farbkopien mache.

»Vorder- und Rückseite?«, fragte der Verkäufer dort. Eine rein rhetorische Frage, weshalb er die Bestätigung auch gar nicht erst abwartete.

Vieira antwortete nicht. Er blickte auf das Kopiergerät, als sei er selbst eine Maschine, die einer anderen bei der Arbeit zusieht. Nach dem Einschweißen in Plastik bezahlte er, ohne sich das Ergebnis anzusehen. Er steckte das Original und die Kopie ein und ging weiter. Erst als die Muskeln zu schmerzen anfingen, dachte er wieder an Flor. Genauer gesagt, an Flors Worte. Unter normalen Umständen hätte er ihnen keine Bedeutung beigemessen oder sie angebrüllt, bis ihr das Trommelfell platzte. Was ihn gleichsam gelähmt hatte, war die Möglichkeit, dass ihr Satz der Wahrheit entsprach, wobei noch erschwerend hinzukam, dass Flor ihn so gesagt hatte, wie sie ihn gesagt hatte. Er hatte Flor genauso gern wie Magali. Beide waren anders als Maria Zilda, sie gehörten zu einer anderen Kategorie, einer Spezies, deren Eigenschaften sich nicht vergleichen ließen. Er ging langsam. Seine Ermüdung schrieb er nicht der zurückgelegten Strecke zu, sondern den bedrückenden Gedanken.

In der Hoffnung, Flor noch anzutreffen, kam er nach Hause. Bis er die Tür öffnete, wusste er nicht, was er sagen oder tun würde, falls sie noch da war. Wut konnte er immer nur so lange empfinden, wie für die Katharsis notwendig. Er war nicht nachtragend, obwohl Flors Worte ihn ungewöhnlich tief getroffen hatten. Auch seine eigene Reaktion war ungewöhnlich gewesen. Es war nicht seine Art, mit Schweigen zu reagieren. Was er getan hatte, war eigentlich keine Reaktion, sondern eine Nicht-Reaktion. Der Schock hatte ihn gelähmt, und er hatte sich für Flucht entschieden, was er sonst nie tat.

Flor war nicht mehr da.

Kika kam aus ihrem Zimmer, bekleidet mit einem fast knielangen T-Shirt, darunter nur ihren Slip. So gekleidet schlief sie am liebsten. Sie war erstaunt, auf demselben Sofa, auf dem am Abend Espinosa gesessen hatte, nun Maldonado zu sehen. Obwohl sie den Fahnder mochte, musste sie sich beherrschen, um sich ihre Enttäuschung darüber, dass Espinosa nicht mehr da war, nicht anmerken zu lassen. Maldonado war erleichtert, keine Fremde vor sich zu haben.

»Guten Morgen, Kika, entschuldige den Überfall.«

»Guten Morgen, Maldonado, eigentlich hatte ich …«

»Espinosa ist nach Hause gefahren, um sich etwas hinzulegen. So wie er aussah, als ich kam, dürfte er die ganze Nacht kein Auge zugetan haben. Geht es dir besser?«

»Ja. Vielleicht habe ich übertrieben, vielleicht war der Mann gar nicht derselbe, vielleicht …«

»In Situationen wie dieser bedeutet ein Vielleicht, dass es möglich wäre, und mit solchen Möglichkeiten darf man nicht scherzen.«

»Aber … wie lange soll das noch so gehen?«

»Was meinst du mit ›das‹? Die Bedrohung oder dass wir dich beschützen?«

»Ich weiß nicht … diese ganze Ausnahmesituation. Am besten trinken wir erst einmal einen Kaffee, damit wir klar denken können … ich meine, ich.«

»Ich kann das auch noch nicht. Einen Kaffee nehme ich gern.«

Kika war größer als Maldonado, nebeneinander wirkten sie wie ein Gespann aus einer Hollywood-Komödie. Aber an diesem Morgen hatte ihr Aussehen überhaupt nichts Komisches. Er war einer der wenigen, wenn nicht der einzige Polizist seiner Wache, dem Espinosa Kika anvertraut hätte. Und er wusste das.

Schweigend tranken sie ihren Kaffee. Kikas Gehirntätigkeit befand sich noch weit unter dem Niveau, das ihrer Ansicht nach als »Leben« in der allgemeinen Bedeutung des Begriffs bezeichnet werden konnte, das heißt, noch niedriger als »animalisches Leben« und meilenweit entfernt von »menschlichem Leben«; irgendwo zwischen dem pflanzlichen und einem Chamäleon, das sich in der Sonne wärmt. Maldonado wartete geduldig ab, bis etwas anzeigte, dass der Tag für sie tatsächlich begonnen hatte. Kika trank ihre erste Tasse Kaffee aus, goss sich und Maldonado eine zweite ein, ohne ihn zu fragen, und streckte die Beine unterm Tisch aus, so dass Maldonado seine einziehen musste. Das Schweigen bedeutete nicht, dass sie nicht sprechen wollte, sondern dass sie des Sprechens noch nicht fähig war. Sie rieb sich mehrmals das Gesicht und blickte zur Decke, streckte die Arme nach vorn und nach oben und verschränkte dabei die Hände, richtete den Blick starr auf Maldonado, aber er war sich ganz sicher, dass sie durch ihn hindurchsah. Schließlich öffnete sie wirklich die Augen und stellte die Blickschärfe auf die jeweilige Entfernung zu dem Gesehenen ein. In diesem Augenblick begann für sie der Tag. Maldonado war fasziniert.

»Ich muss nicht hier in der Wohnung bleiben. Das würde euch in eurer Bewegungsfreiheit einschränken. Ich kann mich unten auf dem Bürgersteig, neben dem Eingang, postieren, so dass ich jeden, der ins Haus geht, aufhalten kann. Wenn ich etwas brauche, klingele ich.«

»Wie du meinst. Aber wenn du hier drin bleiben willst, kein Problem.«

Während er auf dem Bürgersteig Wache stand, passte die Beschreibung, die Espinosa ihm gegeben hatte, auf sämtliche Männer, die auf den Hauseingang zusteuerten. Für die Mädchen war er nur in dem Maße ein Schutz, wie es ihm gelang, sich selbst zu schützen. Der Mann, der Espinosa überfallen hatte, war Profi genug, um einen Polizisten in Zivil zu erkennen und ihn auszuschalten. Er musste also verdammt aufpassen, dass er nicht überrumpelt wurde; wenn er ausgeschaltet würde, wäre Kika eine leichte Beute.

Da in drei Tagen Weihnachten war, herrschte in der Rua do Catete so dichter Verkehr, dass man überhaupt nicht vorankam, weshalb Maldonado doppelt achtsam sein musste, abgesehen davon, dass es noch schwieriger wurde, im Notfall sofort einzugreifen. Allein bei dem Gedanken, dass jemand mitten in dieser Menge eine Schießerei anfangen könnte, schauderte es ihn. Wenn der Mann tatsächlich so schlau war, dass er ihn sofort erkennen würde, brauchte er sich keine Gedanken darüber zu machen, möglichst nicht aufzufallen; statt auf dem Bürgersteig vor dem Haus zu stehen, konnte er sich auf die ersten Treppenstufen setzen. Damit wäre er zwar leichter zu treffen, dafür würde er ohne großes Risiko, andere Menschen in Mitleidenschaft zu ziehen, reagieren können. Die Entscheidung für die Treppenstufen wurde durch einsetzenden Regen erleichtert. Wäre er auf dem Bürgersteig stehen geblieben, wäre er in wenigen Minuten völlig durchnässt gewesen.

Im Erdgeschoss des Hauses befand sich ein Schreibwarengeschäft; die Haustür zur Treppe und den oberen Stockwerken lag links davon und war von dem Geschäft durch eine Wand getrennt. Wenn jemand auf einem anderen Weg als über die Treppe nach oben gelangen wollte, gab es nur die Möglichkeit, dass er den Laden durchquerte und es auf der Rückseite des Hauses versuchte, was zwar äußerst schwierig wäre, aber nicht gänzlich unmöglich. Maldonado machte den Besitzer des

Schreibwarengeschäfts und den Angestellten darauf aufmerksam. Falls irgendjemand so etwas versuchte, sollten sie ihn informieren, er sei an der Tür nebenan.

Um die Mittagszeit kam Kika mit einem Sandwich, eingewickelt in Alufolie, und einer Dose Diät-Limonade nach unten.

»Ich hoffe, du magst Bio-Sandwich und Diät-Guaraná.«

Die Treppe war so breit, dass sie nebeneinander sitzen konnten. Kika hatte auch für sich so ein Sandwich mitgebracht. Sie trug ein ähnliches T-Shirt wie am Morgen, nur dass es in allen Farben bekleckst war, dazu ebenfalls bekleckste Shorts und Holzpantinen. Maldonado machte sich Sorgen, weil sie da so ungeschützt saß, doch gleichzeitig war er fasziniert, sie neben sich zu haben.

Espinosa fuhr aus dem Schlaf hoch, ein Gedanke war ihm durch den Kopf geschossen und hatte ihm fast die Schädeldecke durchbohrt. Der Kerl, der in seine Wohnung eingedrungen war und ihn überwältigt hatte, war ein Polizist oder von der Polizei gedungen. Keine überflüssige Gewaltanwendung, die Kaltblütigkeit und Effizienz, mit der er ihn überwältigt hatte, die Dreistigkeit, in die Wohnung eines Kommissars einzudringen und ihn zu fesseln, und der Raub der Waffen, darunter die 38er-Dienstpistole der Polizei, das passte alles zusammen und verwies auf die Polizei. Dass er sich nicht bemüht hatte, seine Identität zu verbergen, ließ darauf schließen, dass er nicht riskierte, bestraft zu werden. Aber dann kam ihm der Gedanke abwegig vor. Es gab keinen Grund, ihn anzugreifen. Er gehörte zu keiner Gruppe, auf die es eine rivalisierende Gruppe abgesehen haben konnte. Oder vielleicht war gerade das der Grund. Wer bei der Polizei zu keiner Gruppe gehört, ist auch keiner verpflichtet, er ist unabhängig, und das ist weit gefährlicher, als Mitglied der allerschlimmsten Gruppe zu sein. Aber er war seit über fünfzehn Jahren bei der Polizei, warum sollten sie sich erst jetzt mit ihm beschäftigen? Wegen seiner Beziehung zu Vieira?

Er stand auf. Nach und nach kehrte er in die Wirklichkeit zurück. Er dachte an Kika; an den Mann mit der Waffe; an Maldonado und dass er ihn ablösen musste. Er hatte kaum mehr als vier Stunden geschlafen, was er, wenn er das mehrmalige kurze Einnicken in Kikas Wohnung dazurechnete, für ausreichend hielt. Während er die Rasiercreme auf dem Kinn verteilte, stellte er die Kaffeemaschine in der Küche an, dann ging er ins Badezimmer, um sich zu rasieren. Er verstand nicht, warum er sich so beeilte. Wenn er bis zwei Uhr wieder in der Wohnung in Catete war, reichte es, und Maldonado konnte mit nicht allzu großer Verspätung zu Mittag essen. Tatsache aber war, dass er es eilig hatte. Das konnte am Rhythmus der letzten Tage liegen oder daran, dass er Kika nicht zu lange in Maldonados Obhut lassen wollte.

Auf dem Weg nach Catete dachte er darüber nach, was sie taten. Niemand auf der Wache wusste von dem Schutz für Kika; wenn etwas schief ging, war er allein dafür verantwortlich. Er parkte das Auto zwei Häuserblocks hinter Kikas Haus in einer Seitenstraße der Rua do Catete und ging zu Fuß zurück, als wäre er der Verfolger, der in das Haus wollte. Sowie er die Fassade entdeckt hatte, suchte er nach Maldonado – er musste sich in der Nähe der Haustür aufhalten. Die Straße war nass von dem Regen, der zwei Stunden zuvor niedergegangen war, aber auf den Bürgersteigen herrschte noch immer dichter Betrieb. Die Haustür war bereits deutlich zu sehen, Espinosa kam immer näher, suchte aber vergeblich nach dem Fahnder. Als er schon fast auf die Klingel drückte, hörte er eine Stimme an seinem Ohr:

»Suchen Sie jemanden, Kommissar?«

Espinosa musste zugeben, dass der Junge tüchtiger war, als er gedacht hatte. Und ebenso musste er einige Fantasien begraben, die er seit ein paar Tagen hegte; was er mit großer Freude tat.

»Ich muss gestehen, Sie haben mich erwischt, Maldonado. Überhaupt hat man mich in letzter Zeit ziemlich leicht erwischt. Wie steht es hier?«

»Von dem Mann keine Spur. Die Mädchen sind ruhig. Im Moment sind nur Kika und die Ärztin zu Hause. Kika malt und die andere schläft. Die dritte ist zur Arbeit gegangen. Ins Haus kommt man nur durch die Vordertür hinein; die Nachbargebäude haben keine Verbindung zu unserem Haus. Wer sehr gewandt ist, könnte versuchen, an der Rückseite hochzuklettern, aber dazu müsste er durch den Laden im Erdgeschoss, und ich habe schon mit dem Besitzer und dem Verkäufer gesprochen.«

»Sehr gut, Maldonado. Ich übernehme die Wache bis acht Uhr abends. Ich habe auf dem Revier angerufen und Bescheid gegeben, dass wir beide zu einem Einsatz außerhalb der Stadt unterwegs sind; lassen Sie sich da also nicht blicken.«

Anschließend ging er hinauf, um Kika die Wachablösung mitzuteilen.

Es regnete den ganzen Nachmittag, weshalb Espinosa seinen Posten abwechselnd in Kikas Wohnzimmer und auf der Treppe beziehen musste. Kika erkundigte sich, ob sie ihre Bilder an der Avenida Atlântica würde ausstellen können. Das Wetter nahm ihnen die Entscheidung ab – es regnete bis zum Abend. Dank der Sommerzeit war es um halb acht, als Maldonado zum Ablösen kam, trotz des bedeckten Himmels noch taghell. Er sollte zwei Stunden bleiben, unterdessen wollte Espinosa nach Hause fahren, und bei seiner Rückkehr wollten sie die Strategie für die Nacht und den nächsten Tag besprechen.

Es war Viertel nach acht, als er die Wohnungstür aufschloss. Das rote Lämpchen des Anrufbeantworters zeigte blinkend an, dass mehrere Anrufe eingegangen waren. Er drückte die Taste zum Abhören und ging durch das Wohnzimmer, um die Fensterläden zu öffnen. Der erste Anruf war von Clodoaldo, er hatte nur seinen Namen gesagt. Der zweite war wieder von ihm, ganz in seinem Stil: »Espinosa. Muss dich dringend sprechen. Clodoaldo.« Ein dritter Anrufer hatte keine Nachricht hinterlassen. Die letzte Nachricht war von der Revierwache. Man hatte Clodoaldo tot aufgefunden.

6

Clodoaldo war mit einem Schuss in die Schläfe aus nächster Nähe ermordet worden. Die neben der Leiche liegende Waffe konnte bei jemandem, der nichts von den Ereignissen der vergangenen Tage wusste, den Eindruck erwecken, es handele sich um Selbstmord. Doch wer den Streetworker gekannt hatte, hätte diese Möglichkeit gar nicht erst in Erwägung gezogen. Er, selbst ein ehemaliger Straßenjunge, der Bedrohungen jeglicher Art überlebt hatte, hätte sich niemals das Leben genommen. Deshalb dachte auch Espinosa nicht eine Sekunde lang daran, als er die Nachricht hörte. Sie wurde ihm nicht nur einmal übermittelt: Beim ersten Mal telefonisch, ohne weitere Einzelheiten; beim zweiten Mal persönlich von dem Dienst habenden Team, mit der näheren Information: die neben der Leiche liegende Waffe, eine 38er-Dienstpistole der Polizei, war die aus seiner Wohnung gestohlene. Die Leiche war auf dem Rücksitz eines Taxis in einer wenig belebten Straße in Copacabana gefunden worden, und zwar wenige Minuten, nachdem der Taxifahrer auf der Polizeiwache Anzeige erstattet hatte, er sei mit einer Pistole bedroht und gezwungen worden, den Wagen stehen zu lassen. Auf dem Sitz, neben Clodoaldos Leiche, die gestohlene 38er.

Espinosa wollte nicht glauben, dass der Täter einzig zu dem Zweck in seine Wohnung eingedrungen war und ihn gefesselt hatte, um die Pistole zu stehlen, damit seinen Freund zu töten und sie sozusagen als Visitenkarte zurückzulassen. Bei dem Gedanken, dass der Mann noch im Besitz der zweiten Waffe war und auch diese als Visitenkarte hinterlassen konnte, lief es ihm kalt über den Rücken. Nun stand für ihn außer Frage, dass der Anruf, der ohne Nachricht aufgezeichnet worden war, eine stumme Botschaft des Mörders war, um ihm Clodoaldos Tod mitzuteilen.

Espinosa war der Einzige, der im Gerichtsmedizinischen Institut nach der Leiche fragte. Er wusste von keinem Verwandten des Streetworkers. In jedem Fall wollte er versuchen, durch die Straßenkinderhäuser irgendeine Information über mögliche Angehörige zu erhalten. Bis dahin sollte die Leiche dort bleiben. Der Dienst habende Angestellte, ein Bekannter von Espinosa, versuchte ihn zu trösten, während er die Leiche aus dem Fach zog; der Tod sei sofort eingetreten, sein Freund habe nicht gelitten und dergleichen mehr, aber Espinosa konnte ihm nicht zuhören, während er den kalten, gelblichen Körper vor sich betrachtete. Dass der Tod sofort eingetreten war, dass er nicht gelitten hatte, das war jetzt nicht das Wichtigste; nicht die Leidlosigkeit, sondern die Leblosigkeit ließ ihn in diesem Augenblick leiden; Leid hatte Clodoaldo seit seiner Geburt erlebt.

Die ganze Zeit über, während der er sich im Gerichtsmedizinischen Institut um die Papiere für den Toten kümmerte, dachte er an seine vielen Begegnungen mit Clodoaldo, daran, wie sie sich mehrmals im Kampf gegen Stadtvandalen zusammengetan hatten, die Straßenkinder töteten; er dachte an die Achtung und Bewunderung, die sie im Laufe der Jahre füreinander entwickelt hatten, als das Stadtzentrum ihr Betätigungsfeld war; er dachte daran, wie er den Jungen und Mädchen an der Avenida Atlântica die Nachricht mitteilen sollte. Und er überlegte, dass die Tatsache, dass der Mörder in der Wohnung von Kikas Nachbarin gewesen war und nach ihr gefragt hatte, eine Ablenkungstaktik gewesen war, um ihn von dem Streetworker fern zu halten.

Auf dem Bürgersteig vor dem Gerichtsmedizinischen Institut verstand er kaum, was der junge Kerl sagte, der ihm gestikulierend Zeichen gab. »Taxi, Doktor?« Nach zweimaligem Fragen gab er auf. Espinosa ging zu Fuß los, um seinen Wagen zu suchen, den er irgendwo in einer Seitenstraße abgestellt hatte, konnte sich aber nicht richtig auf die Suche konzentrieren. Am meisten beunruhigte ihn an den vielen Ereignissen seit Magalis Tod, dass sie alle keinen Sinn ergaben. Keins hatte mit einem anderen zu tun. Der Gipfel der Sinnlosigkeit war der Überfall in seiner Wohnung und der Diebstahl der Waffe gewesen, die dann zum Mord an Clodoaldo benutzt worden war. Warum das alles? Es konnte nur den Zweck haben, ihm eine Botschaft zu schicken, eine Art Vorwarnung. Ging es um die Ankündigung seines eigenen Todes oder des Todes einer anderen Person? Wen aus seinem Bekanntenkreis konnten sie noch umbringen – und warum? Beim Anblick des beleuchteten Viadukts Arcos da Lapa gegen den Nachthimmel kam er wieder ganz zur Besinnung. Bestimmt stand das Auto viel weiter hinten, und er musste ein paar Häuserblocks zurückgehen; aber es kostete ihn einige Mühe, den Blick von dem beleuchteten Viadukt zu lösen. Etwas konzentrierter ging er wieder zurück. Schon bald erblickte er den Wagen. Maldonado saß auf der Motorhaube.

»Sie sind nur ein paar Meter an mir vorbeigegangen. Ich dachte, Sie müssen nachdenken. Da wollte ich nicht stören. Es tut mir sehr Leid, was mit Clodoaldo passiert ist. Da Sie nicht kamen, habe ich bei Ihnen zu Hause angerufen, aber da hat sich niemand gemeldet. Dann habe ich auf der Wache angerufen und es erfahren.«

Espinosa bat seinen Kollegen, sich ans Steuer zu setzen, sie stiegen ein und sprachen bis Copacabana kein einziges Wort. Als er zu Hause an dem kleinen Balkon zum Platz hin lehnte, spürte er, wie ihm die Augen feucht wurden.

Seit er die Nachricht auf dem Anrufbeantworter gehört hatte, waren noch keine drei Stunden vergangen. Er hatte nicht zu Abend gegessen und war überhaupt nicht müde. Von seinem Balkon aus sah er die Fenster in den Nachbarhäusern von den bunt geschmückten Weihnachtsbäumen erleuchtet. Diese Menschen erfuhren von Verbrechen aus der Zeitung, und wenn es in ihrer Nähe einen Todesfall gab, dann starb ein Verwandter oder Freund eines natürlichen Todes. Weihnachten war für sie das Fest zur Erinnerung an eine Geburt, keine Trauerfeier.

Ein Taxi hielt vor dem Haus. Eine Frau stieg aus. Von oben und bei der spärlichen Beleuchtung war das Gesicht nicht zu erkennen, wohl aber die schlanke Figur. Es klingelte. Als Espinosa die Wohnungstür öffnete, ging Flors Atem etwas schneller, gerade so viel, dass sich die Bewegung der Brust unter dem Ausschnitt abzeichnete.

»Überrascht?«

»Ein bisschen.«

»Darf ich reinkommen?«

»Ja, natürlich.«

Flor trug dasselbe Kleid, das Espinosa an dem Sonntag verwirrt hatte, als sie gemeinsam losgegangen waren, um für Vieira etwas zum Mittagessen zu kaufen. Und er wusste, dass sie wusste, dass es ihn verwirrt hatte. Sie trat so selbstverständlich ein, als nähme sie etwas, das ihr längst gehörte, in Besitz. Sie sah sich um, beurteilte den Bewohner nach seiner Wohnung, ging zum Balkon, bewegte gleichsam zustimmend leicht den Kopf und drehte sich zu Espinosa um, der noch immer mitten im Raum stand, als wartete er auf eine Erklärung.

»Wahrscheinlich wundern Sie sich, dass ich hier erscheine, vor allem, nachdem wir die Meinungsverschiedenheit hatten.«

»Ich war wohl etwas forsch.«

»Schon gut. Für mich ist das erledigt.«

»Wie geht es Vieira?«

»Wir haben uns gestritten.«

»Gestritten?«

»Ja. Es war meine Schuld. Ich habe etwas gesagt, was ich nicht hätte sagen sollen. Wir haben wegen einer Nichtigkeit diskutiert. Da habe ich gesagt, er sei wütend. Er sagte, ich wisse nicht, wie er sei, wenn er wütend sei. Dann habe ich gefragt, ob er, wenn er wütend sei, Frauen umbringe. Das hätte ich nicht sagen sollen. Er ist ohne ein Wort weggegangen.«

»Und warum haben Sie das gesagt? Glauben Sie, dass er Magali umgebracht hat? Haben Sie Angst bekommen, er könnte Sie umbringen?«

»Nein. Ich weiß nicht. Er war sehr nervös. Ich gebe zu, dass ich Angst hatte, aber ich glaube nicht, dass er jemanden umbringen könnte.«

»Auch nicht Magali?«

»Nein. Ich glaube, ich bin zu weit gegangen.«

Sie standen noch immer im Wohnzimmer. Flor ging beim Sprechen durch den Raum und betastete die Gegenstände auf den Möbeln, nahm sie aber nicht in die Hand. Sie bewegte sich geschmeidig mit langsamen Körperdrehungen, wie schwerelos, während sie sprach und ihn ansah.

»Können wir uns nicht setzen?«

»Entschuldigung. Ja, bitte.«

Flor setzte sich auf das Sofa, Espinosa in den Sessel, obwohl er ihre Entscheidung für das Sofa als eine verdeckte Aufforderung verstand, sich neben sie zu setzen. Sie hatte noch immer nicht den Grund für ihren Besuch genannt, aber Espinosa hatte nicht die Absicht, ihn zu erraten.

»Sie fragen sich sicherlich, warum ich gekommen bin.«

»In der Tat, und ich glaube nicht, um mir zu erzählen, dass Sie sich mit Vieira gestritten haben.«

»Natürlich nicht.«

»Warum dann?«

»Um Sie zu verführen.«

»Jetzt bin ich allerdings überrascht.«

»Und wie denken Sie darüber?«

»Ich denke, dass Sie …«

Er brach mitten im Satz ab, weil es klingelte. Nicht unten an der Haustür, sondern oben, an der Wohnungstür. Noch unter dem Eindruck von Flors Erklärung stand er auf und öffnete. Es war Kika. Bevor jemand etwas sagen konnte, stand Flor auf. Kika sah sie an, dann Espinosa.

»Entschuldige, ich komme unangemeldet, ich wusste nicht, dass du Besuch hast.« Sie machte kehrt und lief die Treppe hinunter. Espinosa blieb an der offenen Tür stehen, bis er die Haustür zuschlagen hörte.

»Mir scheint, ich habe hier ein Programm gestört, aber offenbar sind wir beide überraschend gekommen, nur war ich zuerst da.«

»Es gab kein Programm.«

»Dann können wir ja zu dem Punkt zurückkehren, wo wir stehen geblieben sind, als es klingelte.«

»Flor, heute ist kein guter Tag, ich komme gerade aus dem Gerichtsmedizinischen Institut, wo ich die Leiche eines Freundes identifiziert habe, den man heute Abend umgebracht hat. Außerdem geht Ihr Streit mit Vieira bestimmt vorüber, ich möchte nicht, dass er denkt, ich hätte Sie zu mir kommen lassen.«

»Das mit Ihrem Freund wusste ich nicht … Es tut mir Leid. Auf Wiedersehen.«

Sie stand auf und ging ebenso selbstverständlich, wie sie hereingekommen war. Der Besuch, Flors besitzergreifende Art, die Doppeldeutigkeit, in die sie den Hinweis auf den Streit mit Vieira verpackt hatte, das Zusammentreffen mit Kika, all das hatte Espinosa überhaupt nicht gefallen. Zwar glaubte er, dass der Grund für ihren Besuch tatsächlich die Absicht war, ihn zu verführen; doch war er sich nicht sicher, was sie mit der Verführung letztlich bezweckte. Es war spät, er hatte einen emotional anstrengenden Tag hinter sich.

Er wachte früh auf. Sein erster Gedanke galt Clodoaldo. Er fühlte sich, als hätte er am Abend viel getrunken, dabei waren es nur zwei Bier zur Entspannung gewesen. Er war noch bei der ersten Tasse Kaffee, als Vieira anrief.

»Entschuldige, dass ich so früh anrufe, aber ich muss dich sprechen.«

»Ist etwas passiert?« Espinosa dachte sofort an Clodoaldos Tod, sagte Vieira aber nichts davon.

»Nein. Noch nicht. Aber ich glaube, es wird etwas passieren. Irgend so ein verdammtes Schwein ruft mich an und fragt, ob ich zu einem neuen Treffen auf der Straße bereit bin. Ich glaube auch, dass ich verfolgt werde, aber da bin ich mir nicht sicher, es kann auch Paranoia sein, aber zu so einem Scheißkram habe ich noch nie geneigt. Am meisten Sorgen macht mir aber, dass meine Pistole verschwunden ist.«

»Wann ist das passiert?«

»Was?«

»Dass die Pistole verschwunden ist.«

»Keine Ahnung, gemerkt habe ich es heute Morgen. Wegen dieser Schweinerei, dass man mich verfolgt, wollte ich nur noch bewaffnet aus dem Haus gehen; als ich die Pistole rausholen wollte, war sie nicht da. Ich habe schon die ganze Wohnung durchsucht. Ich hatte sie immer am selben Platz, habe sie nie woanders hingelegt, aber in der Schublade, wo ich sie immer hatte, ist sie nicht, da ist nur der leere Platz, wo sie sonst lag. Jemand muss hier eingebrochen und das verdammte Ding geklaut haben.«

Vieira wusste nichts von dem Überfall in Espinosas Wohnung und dem Diebstahl der Waffen, aber das wollte Espinosa ihm lieber persönlich erzählen. Außerdem hatte er noch nicht seine zweite Tasse Kaffee getrunken und auch nicht den Extratoast gegessen. Auch von Clodoaldos Tod wollte er ihm nicht am Telefon erzählen. Sie vereinbarten, sich auf der Wache zu treffen. Bevor er aus dem Haus ging, hinterließ er eine Nachricht für Kika.

Am Abend zuvor hatte Espinosa an die wichtigsten Zeitungen eine Mitteilung über Clodoaldos Tod geschickt, mit ein paar Daten über seine Arbeit mit den Straßenkindern, so dass es eine Art Nachruf ergab. Er hoffte, dass dadurch eventuelle Angehörige aufmerksam wurden.

Den Weg zur Wache legte er in schnellem Tempo zurück, ohne Blicke in die Schaufenster, auf die Menschen oder Autos und ganz ohne gedankliche Abschweifungen. Vom Bericht der Spurensicherung erwartete er keine zusätzlichen Erkenntnisse zu dem, was er schon über den Mann wusste. Die Waffe war seine Visitenkarte, Espinosa hielt für unwahrscheinlich, dass er noch irgendeinen anderen Hinweis auf seine Identität hinterlassen hatte. Er war mit dem Bericht über die Ereignisse des Vortags noch nicht fertig, da erschien Vieira. Noch bevor er die am nächsten Sitzenden begrüßte, hatte er die Atmosphäre erfasst und hörte den Schluss von Espinosas Bericht mit an. Als ihm klar wurde, dass das Opfer Clodoaldo gewesen war, setzte er sich auf den ersten Stuhl in Reichweite und murmelte mit gesenktem Kopf Wörter, die keiner verstand, aber wer ihn kannte, ahnte, was er da murmelte.

Espinosa musste Vieira den Teil der Geschichte, den er nicht gehört hatte, noch einmal erzählen. Als er geendet hatte, zog Vieira ihn am Arm aus dem Raum.

»Komm, lass uns an der Ecke einen Kaffee trinken gehen.« Kaum befand er sich mit Espinosa auf dem Bürgersteig, drückte er ihm den Arm, den er noch nicht losgelassen hatte, und sagte: »Verdammt noch mal, Espinosa, dieses Schwein ist entweder selbst bei der Polizei oder von der Polizei gedungen, was anderes kann es nicht sein. Wenn du den Kerl fassen willst, musst du im eigenen Haus anfangen.«

»Auf den Gedanken bin ich auch schon gekommen, aber warum bist du dir so sicher?«

»Weil das für mich keine Frage ist, verdammt. Überleg doch mal, Espinosa: Wer, wenn nicht die Polizei, würde in deine Wohnung eindringen, deine Dienstwaffe stehlen, deinen Freund damit töten und sie neben der Leiche liegen lassen? Verdammte Scheiße, der Kerl ist eiskalt. Vier hat er schon umgebracht, und so wie die Sache aussieht, hat er nicht die Absicht, damit aufzuhören. So was macht niemand ohne Rückhalt. Selbst wenn es ein gedungener Killer ist, kann er damit rechnen, dass die Polizei ihn schützt, falls etwas schief geht.«

»Aber warum sollten sie das ausgerechnet mit mir machen?«

»Das verstehe ich ja auch nicht, mein Lieber. Es sei denn, du hast irgendetwas ... Entschuldige, Alter, vergiss, was ich sagen wollte, das war Blödsinn.«

»Nein, das ist kein Blödsinn, und der Gedanke ist nicht völlig abwegig. Ich halte für wenig wahrscheinlich, dass ein Profi wie der mich mit jemand anderem verwechselt, aber es könnte sein, dass er oder seine Auftraggeber etwas, was ich tatsächlich getan habe, falsch verstanden haben. Denk mal bitte mit. Im Laufe der Jahre haben Leute, die zum Abschaum der Polizei gehören, immer wieder versucht, mich anzuheuern. Als sie merkten, dass es nichts fruchtete, gaben sie auf und ließen mich in Ruhe. Ich denke, ähnlich ist es auch dir ergangen. Leute wie wir sind für die eine größere Bedrohung als ihre erklärten Feinde.«

»Aber warum haben sie damit erst jetzt angefangen?«

»Weil wir ihnen bislang keine Gelegenheit geboten haben. Die hat sich jetzt ergeben, ob wir es wollten oder nicht.«

»Wann, verdammt noch mal?«

»Als du deine Brieftasche verloren hast.«

»Was hat meine …«

»Lass mich ausreden. Als der Junge merkte, dass er die Dokumente eines Polizisten erwischt hatte, bekam er einen Schrecken und warf sie wieder weg. Gefunden hat sie ein Ganove, der schon immer krumme Sachen gemacht hat. Im Besitz des Polizeiausweises beschloss er, mehr abzusahnen, und das bei geringerem Risiko, zumindest hat er sich das so gedacht. Er unternahm einen ersten Versuch in einer Homosexuellenbar, von der er wusste, dass da Drogen in Umlauf sind. Er erbeutete eine nicht unerhebliche Menge Koks und verkaufte sie anschließend unter Marktpreis. Bei seinem zweiten oder dritten Coup erfuhren es die Dealer. Aber was erfuhren sie? Dass da ein gewisser Kommissar Vieira am Wirken war. Also beobachten sie den Kerl und stellen fest, dass ihm immer ein Junge folgt und manchmal ein rothaariger Mann und dann sogar ein junger Fahnder vom 12. Kommissariat, aus meinem Team. Kurz darauf sehen sie dich aus der 13. Polizeiwache kommen und einem ihrer Leute in der Galeria Alaska folgen. Wahrscheinlich haben sie geglaubt, da versuche eine neue Gruppe ins Drogengeschäft einzusteigen, ohne Kontakt mit den Dealern aufnehmen zu müssen, indem sie einfach den Konsumenten den Stoff abpressen und ihn günstig weiterverkaufen. Sie schnappen sich den Ganoven mit der Brieftasche, foltern ihn, damit er den Rest der Gruppe preisgibt, aber es existiert gar keine Gruppe. Vor lauter Verzweiflung nennt er, um sein Leben zu retten, als Gruppenmitglieder Clodoaldo und den Jungen, ganz einfach deshalb, weil sie die Einzigen sind, die er preisgeben kann – er hat sie ein paar Mal bei verdächtigem Verhalten gesehen. Sie haben ihn umgebracht, den ersten Jungen irrtümlich, dann den zweiten Jungen; und um Clodoaldo umzubringen, haben sie, da sie wussten, dass wir befreundet sind, meine

Waffe benutzt, damit es so aussieht, als hätte ich ihn getötet. Zwei Polizeikommissare umzubringen, das haben sie sich nicht getraut. In deinem Fall waren die Prügel eine Warnung. Was in meinem Fall passieren wird, weiß ich nicht. Ich weiß nur, dass sie, falls sie die Waffe gestohlen haben, um eine Visitenkarte zu hinterlassen, noch meine zweite Pistole haben. Und jetzt erzählst du mir, dass sie deine auch gestohlen haben. Zweimal können sie noch zuschlagen.«

»Großartig.«

»Und noch etwas anderes beschäftigt mich. Wenn man ernsthaft davon ausgeht, dass der Mörder am Tatort gern seine Visitenkarte hinterlässt, dann ist die deutlichste dein Gürtel, mit dem Magalis Beine gefesselt waren.«

»Hast du nicht selbst gesagt, dass es sich möglicherweise um zweierlei Dinge handelt? Dass Magalis Tod nichts mit den anderen Morden zu tun hat?«

»Ja, bis zu dem Augenblick, als mir klar wurde, dass der Mörder seine Visitenkarte am Tatort hinterlässt. In diesem Fall wäre dein Gürtel an Magalis Beinen ein so außergewöhnlicher Zufall, dass einem Zweifel daran kommen müssen, ob es wirklich ein Zufall ist.«

Sie waren nicht an der Ecke Kaffee trinken gegangen; sie hatten die Ecke weit hinter sich gelassen und waren fast die ganze Runde um das Karree gegangen, aber um nicht an der Wache vorbeizukommen, gingen sie in Richtung Strand weiter. Vieira hielt Espinosa noch immer am Arm, teils, um sich etwas abzustützen, aber auch als Ausdruck seiner Zuneigung für den Freund. Beim letzten Häuserblock vor dem Strand machten sie in einem Café Halt. Espinosa hatte es aufgegeben, sich darüber Gedanken zu machen, ob ihm jemand folgte. Seit dem Überfall in seiner Wohnung gab es keinen Grund mehr, sich zu tarnen; sie wussten, wer er war, wo er arbeitete, wo er wohnte, welche Wege er ging und wer seine Freunde waren;

sie konnten ihm ruhig folgen, es spielte keine Rolle mehr. Trotzdem sah er sich um, ob er eine Gestalt entdeckte, die er beim Verlassen der Wache gesehen hatte; eine völlig überflüssige Maßnahme, seit der Eindringling in seiner Wohnung sich gänzlich unverhüllt gezeigt hatte.

»Espinosa.«

»Was ist?«

»Meinst du, irgendjemand bei der Polizei glaubt ernsthaft, wir beide hätten mit Drogen zu tun?«

»Vielleicht glauben sie selbst es nicht, wollen aber, dass andere es glauben.«

»Was meinst du, was passieren wird?«

»Der Diebstahl unserer Waffen kann zweierlei bedeuten: dass sie uns umbringen wollen, und zwar jeweils mit der Waffe des anderen; oder dass sie mit unseren Waffen Menschen umbringen wollen, die uns nahe stehen. Wer in deine Wohnung einbricht, so wie er in meine eingebrochen ist, und deine Pistole stiehlt, macht das nicht, weil er das Hobby hat, Dienstwaffen der Polizei zu sammeln.«

Sie hatten das Café verlassen und kehrten auf ihrer Runde um den Block über die Avenida Atlântica zur Polizeiwache zurück.

»Es ist doch so: Wenn eine Gruppe innerhalb der Polizei vermutet, dass wir gemeinsam Drogengeschäfte machen, dann beobachten sie garantiert, wann wir uns gegenseitig besuchen oder so wie jetzt einmal um den Block gehen, all das werden sie als Beweis dafür nehmen, dass wir etwas verbergen, alles, was wir in den letzten Tagen gemacht haben, wird ihren Verdacht nur bestätigen.«

»Und was wollen wir tun?«, fragte Vieira.

»Ich glaube nicht, dass sie den Druck auf uns über lange Zeit aufrechterhalten. Das ist zu riskant, der Kerl könnte geschnappt werden. Ich glaube, ihr Ziel ist es, zwischen den

Überfällen und Morden nicht zu viel Zeit vergehen zu lassen, damit das Klima permanenter Bedrohung erhalten bleibt. Bisher haben sie zwei Straßenjungen, einen unbedeutenden sozialen Außenseiter und einen Streetworker umgebracht, auf seine Art auch ein sozialer Außenseiter. Wenn man voraussetzt, dass der Mord an Magali nicht auf ihr Konto geht, haben sie Leute umgebracht, die in den Augen der Polizei Abschaum sind, vielleicht sind sie sogar der Meinung, dass sie soziale Säuberung betreiben. Uns beiden haben sie nur bewiesen, dass sie uns umbringen könnten, getan haben sie es nicht, weil wir Kommissare sind, es würde sich nicht so gut machen, wenn sie auf einmal Kollegen umbrächten. Meine Intuition sagt mir, dass die nächsten Opfer uns nahe stehende Personen sind, bevor sie zur allerletzten Lösung mit uns ansetzen. Damit geraten Kika und Flor in die Schusslinie, und wenn der Kopf, der das alles plant, so faschistisch ist, wie ich vermute, dann ist Flor das nächste Opfer.«

Clodoaldos Leiche sollte drei Tage im Gerichtsmedizinischen Institut bleiben, für den Fall, dass sich ein Angehöriger meldete. Andernfalls wollte Espinosa die Beerdigung veranlassen. Innerhalb dieser Frist hoffte er auch, den Mörder zu fassen.

Kika rief um die Mittagszeit an, wie sie angekündigt hatte. Sie wollte nicht richtig zu Mittag essen, nahm aber Espinosas Einladung zu »einem Salat« im Restaurant des Museu da República, fast gegenüber von ihrem Haus, an. Beide wollten über die Begegnung mit Flor am Abend zuvor sprechen; beide hatten Schuldgefühle, hätten aber nicht genau sagen können, warum. Zwanzig Minuten nach dem Telefonat trafen sie sich vor Kikas Haustür. Sie überquerten die Straße, und nachdem sie einen halben Häuserblock gegangen waren, standen sie vor dem Palácio do Catete, dem ehemaligen Amtssitz des Staatspräsidenten.

»Entschuldige, dass ich gestern Abend dein Rendezvous gestört habe.«

»Das war kein Rendezvous; sie war genau wie du unangemeldet gekommen, kurz bevor du geklingelt hast. Ihr wart beide überrascht; und ich, ehrlich gesagt, noch mehr als ihr.«

»Ist das deine Freundin?«

»Nein. Sie ist die Freundin eines Freundes.«

»Ist es nicht etwas seltsam, dass die Freundin deines Freundes so spät abends zu dir nach Hause kommt?«

»In den letzten Tagen sind allerhand seltsame Dinge passiert. Nicht nur Freundinnen von meinen Freunden waren bei mir in der Wohnung.«

»Espinosa, was geht eigentlich vor? Das alles hat doch nichts mit dem Jungen zu tun, oder?«

»Nein. Der Junge war, ohne es zu wissen, nur ein Teil von dem, was da vorgeht.«

»Und was geht vor?«

»Das weiß ich nicht genau. Und vermutlich weiß das niemand.«

»Wer steckt dahinter?«

»Auch das weiß ich nicht. Ich weiß, wer die Morde begeht, aber der Betreffende ist nur ein gedungener Killer. Vieira und ich versuchen, über Informanten herauszubekommen, wer er ist; sobald wir eine Spur haben, werden wir ihn jagen.«

»Morde? Welche Morde? Wen, außer dem Jungen, hat er noch umgebracht?«

»Clodoaldo. Gestern. Kurz bevor du bei mir warst. Ich war gerade aus dem Gerichtsmedizinischen Institut nach Hause gekommen.«

»Entschuldige, das wusste ich nicht.«

Sie saßen im Restaurant des Museums, einer Art Terrasse in Baumkronenhöhe über den Gartenanlagen des ehemaligen Palácio do Catete. Kika legte die Hände auf Espinosas Hände. An die Stelle von Sorge war Trauer getreten. Espinosa hatte ihr einmal, als sie zusammen ausgegangen waren, von Clodoaldo erzählt. Sie wusste von ihrer Freundschaft und gegenseitigen Bewunderung.

»War das Mädchen in deiner Wohnung seine Freundin?«

»Nein, sie ist die Freundin von Vieira, Clodoaldo kannte sie überhaupt nicht.«

»Und du machst dir ihretwegen Sorgen?«

»Ja.«

»Ist sie in Gefahr?«

»Ich glaube, ja.«

»Und ich?«

»Auch ein bisschen.«

»Ein bisschen? Was ist ein bisschen?«

»Ich glaube nicht, dass sie dir nach dem Leben trachten, aber sie werden dich vielleicht bedrohen.«

»Aber warum? Was habe ich getan?«

»Du hast nichts getan. Damit wollen sie mich treffen.«

»Und was hast du getan?«

»Es geht nicht um etwas, was ich getan habe, sondern um etwas, von dem sie glauben, dass ich es tun möchte.«

»Und was, glauben sie, möchtest du tun?«

»Ein Stück vom Drogenmarkt unter meine Kontrolle bringen.«

»Ach du Scheiße! Und wer ist das, sie? Dealer?«

»Nein.«

»…?«

»Polizei.«

»Polizei?«

»Ja. Polizei. Nicht die ganze. Ein Teil davon.«

»Habe ich das richtig verstanden? Eine Gruppe innerhalb der Polizei bedroht dich, weil sie glauben, dass du einen Teil des Drogenmarkts unter deine Kontrolle bringen willst. Auf

Grund dieser Vermutung haben sie schon vier Menschen umgebracht und zwei überfallen, und das nur als Denkzettel. Die nächsten Kandidaten sind die Freundin deines Freundes und ich. Richtig?«

»Das nehme ich jedenfalls an.«

»Und du nimmst auch an, dass ich tatsächlich in Gefahr bin?« Kika sprach gedämpft, trotzdem sahen die Leute von den Nachbartischen zu ihr herüber.

»Ich glaube, dass eine reale Gefahr besteht, allerdings vermute ich, dass sie ihr Vorgehen in deinem Fall auf eine andere Ebene verlegen werden.«

»Erklär das bitte deutlicher.«

»Die Sache ist so: Bis jetzt haben sie Menschen umgebracht, die sie als Abschaum der Gesellschaft betrachten. Ihrer Ansicht nach ist das so ähnlich wie das, was die städtische Müllabfuhr macht. Dass sie dabei Menschen beseitigen, zählt für sie nicht viel und wird ihnen selten zum Vorwurf gemacht, es sei denn, die Sache ist so skandalös, dass die Presse und die Öffentlichkeit sich äußern. Straßenkinder, Bettler, Transvestiten zählen für sie nicht zur Menschheit, die haben für sie mit Menschen so viel gemein wie eine Mülltonne mit einem Essen im Restaurant. Du kommst aus der Mittelschicht, hast studiert, hast deinen Beruf; du gehörst zu denen, die sie beschützen sollen und nicht beseitigen. Deshalb glaube ich, dass sie nichts Endgültiges unternehmen werden, was aber nicht die Möglichkeit ausschließt, dass sie versuchen werden, dir Angst zu machen.«

»Und diese Säuberungsleute sind dieselben, die Kokain an Erwachsene und Kinder derselben Gesellschaft verkaufen, die sie angeblich säubern wollen?«

»Ja, eben weil sie so denken.«

»Noch nicht ganz verstanden habe ich, warum sie glauben, dass du dich in ihr Geschäft drängen willst.«

»Wegen einer Reihe von Zufällen, die mit der verlorenen

Brieftasche angefangen hat, die der Junge gefunden hat, der dich um Hilfe bat. Den Teil der Geschichte, der ihn betrifft, kennst du; was du nicht kennst, ist der andere Teil, der Vieira und mich betrifft.«

Espinosa berichtete kurz von den Ereignissen, die seiner Meinung nach eine Serie bildeten, aber nicht zwangsläufig eine Geschichte, und fügte hinzu, er glaube nicht, dass die Mordserie mit dem Tod von Clodoaldo schon beendet sei.

»Es sei denn, die Leute sind zu der Ansicht gelangt, dass wir das Geschäft aufgegeben haben, allerdings scheint es mir viel schwieriger, sie davon zu überzeugen, dass wir nie damit angefangen haben.«

Ihre Unterhaltung und überhaupt ihr Treffen bildeten eine absurde Szene, die Espinosa auf einen Nenner zu bringen versuchte, was ihm aber nicht gelang. Es war zwei Tage vor Heiligabend, er befand sich in Gesellschaft einer bezaubernden Frau, in einem Ambiente, das die Kulisse für einen romantischen Film hätte abgeben können, und dennoch passte nichts zusammen, das Wenige an Sinn, was er überhaupt daran ausmachen konnte, kam ihm absurd vor. Denn er war ein Polizist, der von der Polizei verfolgt wurde; das hübsche Mädchen war nicht seine Freundin und wurde ebenfalls verfolgt; das Ambiente konnte sehr schnell von romantischem Film in Krimi umschlagen; und die Tatsache, dass Weihnachten vor der Tür stand, änderte an alldem absolut nichts.

Sie verabredeten, dass Maldonado und er sie noch mindestens an den beiden folgenden Tagen nach dem gleichen Schema wie am Vortag bewachen würden; und dass sie nirgendwohin gehen würde, ohne sie zu informieren. Das restliche Mittagessen verlief in angespanntem Schweigen, nur unterbrochen von knappen Sätzen und Verwünschungen, die Kika von sich gab; sie aß ihren Salat und auch noch Espinosas Gericht.

Ohne Eile verließen sie das Restaurant. Der Temperaturunterschied zwischen der Terrasse im Schatten der Bäume und der Rua do Catete voller Menschen war so groß, dass Espinosa der Schweiß auf die Stirn trat, obwohl es vom Restaurant zu Kikas Haus nur ein kurzer Weg war. Maldonado erwartete sie vor der Tür. Bevor sie mit dem Fahnder nach oben ging, gab Kika Espinosa rasch einen Kuss, halb auf die Wange, halb auf den Mundwinkel.

»Entschuldige wegen gestern.«

Espinosa rief von demselben öffentlichen Telefon, das Kika normalerweise benutzte, bei Vieira an. Er erkundigte sich, ob Vieira Flor angerufen oder irgendeine Maßnahme zu ihrem Schutz getroffen hatte. Er wollte nichts selbst unternehmen, ohne dass Vieira davon wusste.

»Wir hatten ein kurzes Gespräch, um ein Missverständnis auszuräumen, und haben uns für heute Abend verabredet.«

»Vieira, irgendetwas sagt mir, dass der Kerl noch heute zuschlagen wird oder spätestens morgen; wir dürfen nicht leichtsinnig sein. Ich weiß, es ist riskant, aber die einzige Möglichkeit, schnell an ihn ranzukommen, ist wohl, ihn an uns rankommen zu lassen. Aber denk daran, nur an uns, an niemanden sonst.«

»Verdammt noch mal, Alter, hältst du mich für einen Laien?«

»Nein, natürlich nicht; aber ich bin sicher, dass er auch keiner ist. Deine Waffe wurde gestohlen, und heute Morgen habe ich vergessen dich zu fragen, ob du noch eine andere hast.«

»Ich habe mir eine geliehen, ist sogar noch besser als meine.«

»Ausgezeichnet. Das heißt, gut, aber setz sie nur im äußersten Fall ein.«

»Verdammt, Espinosa, wir sind der äußerste Fall; alles andere hat er schon aus dem Weg geräumt. Der Mensch, der mir die Waffe besorgt hat, wollte seine Kontakte abklopfen, um herauszukriegen, wer dieses Schwein ist. Er wollte mich jetzt gleich anrufen.«

Kaum hatte Espinosa aufgelegt, rief Vieira bei Flor an. Niemand nahm ab. Während der folgenden halben Stunde probierte er es noch mehrmals, immer mit demselben Ergebnis. Wahrscheinlich versuchte der Schnösel von Junior noch immer, mit seinem Pimmel auf etwas zu zielen, was jedenfalls nicht das Pinkelbecken war. Oder hatte womöglich der Vater beschlossen, dem Spätzünder vorzuführen, wie man es macht? Flor musste sich wie eine regelrechte Institution vorkommen. Seit neunzehnhundertsoundsoviel vom Vater auf den Sohn. Sie konnte sich eine Gedenktafel an der Wohnungstür anbringen lassen.

Er zog die Kommodenschublade auf, aus der die andere Waffe entwendet worden war, nahm die automatische heraus, die man ihm auf der Polizeiwache in der Nähe seiner Wohnung geliehen hatte – bestimmt hatten sie die einem Ganoven abgenommen –, und dazu die mitgelieferte Munition. Er warf alles aufs Bett und begann die Patronen zu zählen. Mittendrin stockte er. Blödsinn. Noch nie hatte er einen Schusswechsel durchhalten müssen, bei dem mehr Munition als die maximale Aufnahmekapazität der Waffe nötig gewesen wäre. Einer von beiden wäre ohnehin vorher tot umgefallen.

Er blieb auf der Bettkante sitzen, füllte das Magazin, lud eine Patrone in die Patronenkammer und sicherte die Pistole; dann schob er die übrigen Patronen zusammen, und als er sie wieder in die Schublade legen wollte, fiel eine herunter und rollte unter die Kommode. Um sie aufzuheben, musste er sich auf allen vieren auf dem Teppich niederlassen und zweimal den Rumpf beugen, einmal, um unter die Kommode zu fassen, und einmal, um sich wieder aufzurichten, was ihn nicht nur einige Zeit kostete, sondern auch für ein paar Minuten außer Atem brachte. Er war barfuß, nur in Shorts, ohne Hemd. Von der Anstrengung bildete sich zwischen den Bauchfalten leichter Schweiß. Wie konnte er sich eigentlich anmaßen, jemanden vor einem Profikiller schützen zu wollen, dachte er, wenn er schon vom Aufheben einer Patrone in so einen Zustand geriet. Der Körper zeigte noch immer Spuren von dem Überfall vor einigen Tagen, der Kiefer versuchte, sich auf die neue Prothese einzustellen, während die Seele versuchte, sich auf die neuesten Gespenster einzustellen. Er hatte ernsthafte Zweifel, ob er in der Lage sein würde, sich und auch Flor zu schützen.

Er wusste nicht recht, womit er sich beschäftigen sollte, solange er wartete. Er wusste nicht einmal, worauf er wartete. Ob auf Flor, die nicht mehr sanft wie eine Blume war, ob darauf, dass Espinosa mit einer sicheren Verteidigungsstrategie erschien, oder darauf, dass der Mann die Tür aufbrach und schoss, bevor er die Waffe auf dem Bett neben sich überhaupt nur entsichern konnte. Zwar war sein ästhetisches Empfinden nicht sonderlich ausgeprägt, aber er fand es unangemessen, nur mit Shorts bekleidet zu kämpfen; er sah schon das Foto in der Zeitung vor sich, wie einer dieser Außenseiter, die immer nur mit Shorts bekleidet umgebracht werden. Auch gefiel ihm nicht, dass seine Füße leicht geschwollen waren; vermutlich wegen der Hitze. Er verzichtete auf Hemd und Schuhe, stellte die Klimaanlage im Schlafzimmer an, suchte im Fernsehen nach einem Film und begann zu warten.

Flor ging widerstrebend zur Tür, sie hatte es nicht gern, auf die Klingel zu reagieren, ohne vorher über die Gegensprechanlage informiert worden zu sein. Ein neuer Portier, dachte sie. Diese Leute sind die moderne Technik nicht gewöhnt. Sie öffnete die Tür.

»Kommissar, welch angenehme Überraschung. Hat mein Verführungsversuch doch funktioniert?«

»Sie sind verführerisch. Sie haben es nicht nötig, jemanden zu verführen. Aber ich bin nicht deswegen hier.«

»Sind Sie sicher?«

»Ganz sicher. Darf ich hereinkommen?«

»Natürlich. Entschuldigung. Treten Sie ein.«

Wenn er mit Flor allein zusammen war, hatte Espinosa noch kein einziges Mal verhindern können, dass Spannung in der Luft lag.

»Heute sind Sie an der Reihe zu fragen, warum ich gekommen bin.«

»Leider kommen Sie nie aus dem Grund, den ich gern hätte. Aber wenn Sie es schon ansprechen, Kommissar, was führt Sie hierher?«

»Ich möchte wissen, was Sie gestern Abend in meiner Wohnung wollten.«

»Das habe ich doch schon klipp und klar gesagt, ich wollte Sie verführen.«

»Das ist das, was Sie gesagt haben. Und was haben Sie nicht gesagt?«

»Was wollen Sie wissen? Nicht zum ersten Mal kommen Sie zu mir, um mir Fragen zu stellen, als wollten Sie mich beschuldigen.«

»Bislang habe ich Sie noch keiner einzigen Sache beschuldigt, und ich habe Ihre Wohnung nie ohne Ihre Aufforderung oder Einwilligung betreten.«

»Was wollen Sie wissen?«

»Ich will wissen, was Sie gestern Abend bei mir wollten.«

»Abgesehen davon, dass ich Ihr Rendezvous mit der Kleinen gestört habe?«

»Abgesehen davon, dass Sie mein Rendezvous mit der Kleinen gestört haben.«

»Warum wollen Sie das unbedingt wissen?«

»Weil wir beide wissen, dass Sie nicht gekommen sind, um mich zu verführen. Oder anders gesagt, auch deswegen, aber das war nicht der eigentliche Zweck. Und genauso gut wissen wir beide, dass Sie den Kontakt zu Vieira nicht aufgenommen haben, weil Magali es wollte. Sie hat Sie nie um dergleichen gebeten. Und Vieira hat Sie nicht geerbt, Sie gehören ihm nicht; vielmehr ist es umgekehrt, Sie haben Vieira geerbt, er ist Ihre Absicherung für die Zukunft.«

»Kommissar, ich habe Sie zwar zum Eintreten aufgefordert, aber jetzt fordere ich Sie auf, zu gehen.«

»Na gut. Aber denken Sie daran, Sie haben meine Frage noch nicht beantwortet.«

Vieira wachte vom Klingeln des Telefons auf und wusste im ersten Moment nicht, ob es im Film war oder ob sein eigenes Telefon klingelte. Während er auf den Bildschirm starrte, wurde ihm klar, dass das Telefon noch immer klingelte. Er nahm ab.

»Hallo, Schatz, du hast es lange klingeln lassen.«

»Flor.«

»Vieira, ich habe Angst.«

»Was ist passiert? Hat man dir etwas getan?« Vieiras Hand tastete auf dem Bett nach der Waffe, und gleichzeitig wurde er endgültig wach.

»Nein, nichts Besonderes, dein Freund Espinosa war nur wieder hier. Er macht mir Angst. Er kommt unangemeldet, sieht mich an, als wollte er mich mit Blicken verschlingen, und stellt mir Fragen, um mich in Verlegenheit zu bringen, Fragen über Magali.«

»Wieso das? Vorhin hat er noch angerufen und gesagt, wir müssten dich beschützen. Er machte sich Sorgen um dich.«

»Hat er wirklich deshalb angerufen, oder wollte er vielleicht nur wissen, ob du zu Hause bist und er herkommen kann, ohne zu riskieren, dass er dir hier begegnet?«

»Flor, Espinosa ist mein Freund, er ist ein anständiger Kerl.«

»Auch anständige Freunde haben einen Schwanz, und es hat nicht viel gefehlt, dann wäre seiner steif geworden.«

»Hat er etwas versucht? Dir einen Antrag gemacht?«

»Nein. Und mit seinen Fragen wollte er mir nur Angst machen. Wahrscheinlich ist es das, was er will, ich soll Angst haben, damit er nachher als der große Retter auftreten kann.«

»Das glaube ich nicht, Flor. Ich kenne Espinosa schon lange, er hat sich immer korrekt verhalten.«

»Wenn eine Frau oder Geld im Spiel ist, mein Lieber, dann verhält sich kein Mann hundertprozentig korrekt.«

»Flor, nimm ein Taxi und komm her.«

»Jetzt?«

»Ja.«

»Weil ich das eben gesagt habe?«

»Nein, wegen Espinosa mache ich mir keine Sorgen. Es gibt einen, der uns bedroht. Er könnte etwas gegen dich unternehmen, nur um dir Angst zu machen. Ich möchte nicht, dass dir etwas passiert.«

Nachdem er aufgelegt hatte, dachte Vieira darüber nach, ob die von Espinosa genannten Bedrohungen tatsächlich existierten. Schließlich verhält sich nicht jeder Mann korrekt, wenn eine Frau oder Geld im Spiel ist.

Von Flors Haus zur Rua Hilário de Gouveia waren es weniger als zehn nicht allzu lange Häuserblocks, weshalb Espinosa trotz der Tageszeit und Hitze den Weg zu Fuß zurücklegte. Wie zu erwarten, war er völlig verschwitzt, als er durch die Tür der Wache trat. Kaum tauchte sein Kopf im ersten Stock auf, verkündete ein Fahnder, wie oft Vieira in der letzten Stunde angerufen hatte. Bevor Espinosa jedoch irgendetwas unternahm, suchte er sich einen klimatisierten Raum und wartete ein paar Minuten, bis wenigstens sein Gesicht und die Kopfhaut trocken und zur normalen Temperatur zurückgekehrt waren. Vieira hatte alle Viertelstunde angerufen. Er hatte keine Nachricht hinterlassen, nur gesagt, er müsse dringend mit Espinosa sprechen. Als Espinosa anrief, nahm Vieira nach dem ersten Klingeln ab.

»Espinosa, ich glaube, wir haben den Kerl gefunden.«

»Wie? Wo? Wer ist es?«

»Immer mit der Ruhe, keine der drei Fragen kann genau beantwortet werden. Ruf mich von einem öffentlichen Apparat an.«

Espinosa lief die Treppe schneller als üblich hinunter und suchte sich ein öffentliches Telefon, das nicht gegenüber der Wache lag. Wieder nahm Vieira sofort ab.

»Der Informant hat es sich teuer bezahlen lassen. Wir mussten seinen Liebhaber, der auf der Wache einsaß, freilassen. Lass mich zu Ende sprechen, bevor du dich auf die Jagd nach dem Schwein machst. Er ist in einem Hotel in Catete abgestiegen, in der Nähe vom Palast. Der Informant wusste nicht, wie es heißt, nur dass es zwei Häuserblocks vom Museu da República entfernt liegt, womit wir vier mögliche Adressen haben, zwei in der Rua do Catete und zwei in einer Seitenstraße. Ich weiß, was du denkst – der verfluchte Kerl befindet sich wenige Meter von deiner Freundin, der Malerin, wir müssen schnell handeln. Zweiter Punkt: Der Kerl ist nicht von der Polizei, eine Gruppe von Polizisten, darunter zwei Kommissare, hat ihn engagiert, was bedeutet, dass wir auf keinerlei Hilfe rechnen können, abgesehen von deinem Freund Maldonado, und ich hoffe, dass der wirklich auf unserer Seite steht, sonst sind wir geliefert. Flor ist bei mir und bleibt hinter verschlossener Tür, sie hat die Anweisung, niemandem aufzumachen, solange wir den Kerl suchen. Ich nehme ein Taxi. In zehn Minuten hole ich dich an der Ecke der Avenida Copacabana ab.«

Espinosa hatte seine Jacke zum Trocknen in dem klimatisierten Raum gelassen und die Pistole in die Schublade gelegt. Wieder stieg er die Treppe hinauf, nahm die Waffe und ein Ersatzmagazin, zog die Jacke über und teilte mit, er fahre zum Gerichtsmedizinischen Institut, um sich mit einem Angehörigen von Clodoaldo zu treffen. Noch keine zehn Minuten waren vergangen, da stand er an der von Vieira genannten Stelle, und nach weiteren fünf Minuten kam ein Taxi angefahren und gab mit der Lichthupe Zeichen.

Sie fuhren direkt zu Kikas Wohnung, um zu sehen, ob mit ihr alles in Ordnung war, und um mit Maldonado einen Aktionsplan zu vereinbaren. Sie fanden ihn auf dem Treppenabsatz zwischen dem Erdgeschoss und dem ersten Stock sitzend vor. Von dort aus konnte er sehen, wer die Treppe heraufkam, und die Wohnungstür der Mädchen unter Kontrolle halten. Als er Espinosa in Begleitung eines Unbekannten sah, wurde er unruhig. Die Papiertüte, in der seine rechte Hand steckte, zielte auf Vieiras Brust. Espinosa machte sie miteinander bekannt, die Hand kam, eine automatische Pistole im Griff, aus der Papiertüte heraus, die Pistole wanderte in die andere Hand, dann begrüßte er den Exkommissar.

Sie gingen nach oben zu Kikas Wohnung. Sie öffnete in ihrer Malerbekleidung, das T-Shirt sah aus wie ein abstraktes Gemälde. So schnell, wie sie miteinander bekannt gemacht wurden, war die Entscheidung gefällt, dass einer in der Wohnung bleiben und auf Kika aufpassen sollte, während die anderen beiden die Hotels überprüften, die den Angaben des Informanten zufolge am ehesten in Frage kamen. Die schwierigste Frage war, wer zu Kikas Schutz dableiben sollte. Für

Vieira stand fest, dass der Junge weiterhin auf sie aufpassen sollte; Maldonado, dem die Bezeichnung Junge gar nicht gefiel, fand es sehr riskant, einen alten Mann einen Mörder jagen zu lassen; Espinosa wollte Kika lieber in der Obhut des Jungen als des Alten wissen. Die Unterhaltung fand ohne Kika im Wohnzimmer statt. Das Tageslicht fiel in Streifen durch die geschlossenen Fensterläden und breitete sich sanft im Raum aus; nur in Kikas Zimmer-Atelier standen die Fenster weit offen und ließen das helle Licht des frühen Sommernachmittags herein. Sie einigten sich darauf, dass Kika weiterhin von Maldonado bewacht werden sollte, während die beiden Kommissare die Hotels überprüften.

Sie begannen mit dem nächstgelegenen. Es war ein schönes, kürzlich renoviertes Kolonialgebäude, nicht luxuriös, aber sehr ansprechend. Die Geschäftsführerin versicherte, es gebe keinen Gast, auf den Espinosas Beschreibung passe. Obwohl er nachdrücklich betonte, dass ihre Auskunft sehr wichtig sei, blieb sie bei ihrer Aussage. Das Hotel habe nicht viele Zimmer, etliche würden von Dauergästen bewohnt, und an die kurzfristigen könne sie sich genau erinnern. Das nächste Hotel lag keine hundert Meter weiter auf derselben Straßenseite. Es war wesentlich bescheidener, in keiner Hinsicht attraktiv, das Richtige für niedrige Ansprüche. Der Geschäftsführer passte zum Haus, schmuddelig, sehr unfreundlich und wegen des Besuchs der Polizei sichtlich nervös. Er breitete vor Espinosa einen Haufen Anmeldeformulare auf dem Tresen aus, vermutlich zum Zeitpunkt der Eröffnung des Hotels ausgefüllt, als hätte er damit seiner gesetzlichen Pflicht Genüge getan. Als Espinosa nach neueren Anmeldungen fragte, brummelte er irgendetwas Unverständliches und schob die Formulare wieder auf dem Tresen hin und her. Wahrscheinlich hätte sich dies noch eine ganze Weile so fortgesetzt, hätte Vieira ihn nicht kurzerhand über den Tresen gezogen, so dass die Formulare auf den

Fußboden fielen, und ihm gleichzeitig den Pistolenlauf unter das Kinn gehalten.

»Ich zähle jetzt bis zehn, damit du Zeit zum Nachdenken hast, und wenn du bis zehn nicht alles gesagt hast, was wir wissen wollen, dann wird sich aus dieser verdammten Knarre ganz aus Versehen ein Schuss in deinen Mund lösen und dir hinten die Schädeldecke wegreißen, die könnte man sowieso durch einen Gullydeckel ersetzen. Eins, zwei, drei ...«

Sie konnten mit hundertprozentiger Sicherheit feststellen, dass der Mann in diesem Hotel nicht abgestiegen war, außerdem erfuhren sie die Namen von allen, die sich gelegentlich in der Spelunke versteckten. Als sie gingen, merkte Vieira, dass sein Kollege ihn missbilligend ansah.

»Entschuldige, alter Freund, aber wir hatten es eilig, die Pistole war gesichert.«

»Das habe ich gesehen.«

Im nächsten Hotel dauerte es sehr viel länger. Es war um einiges größer als die anderen, mit Komfort und gepflegt, eine Plakette an der Rezeption wies mehrere Sterne auf. Die Anmeldungen waren auf aktuellem Stand, aber es gab eine ganze Anzahl von unbegleiteten männlichen Gästen, von denen ein paar möglicherweise der von Espinosa präsentierten Beschreibung entsprachen. Aus der Befragung von etlichen Zimmermädchen, Portiers und Kellnern ergab sich der Eindruck, dass sie auf keinen von ihnen hundertprozentig passte. Von den wenigen, die einem Aspekt der Beschreibung entsprachen, befanden sich zwei auf ihren Zimmern. Unter größten Schwierigkeiten rangen sie dem Geschäftsführer das Einverständnis ab, einen irrtümlichen Zimmerservice vorzutäuschen, damit Espinosa sie sehen konnte. Beide beschwerten sich, dass man sie in ihrer Siesta gestört hatte. Die nicht Anwesenden waren schon mehrfach im Hotel abgestiegen; Espinosa und Vieira einigten sich darauf, sie als nicht verdächtig zu betrachten.

Das vierte Hotel war kleiner und familiärer und die Mehrzahl der Gäste spanischsprachig, was das Überprüfen erleichterte. Trotzdem brauchten sie eine Stunde, bis sie mit Sicherheit festgestellt hatten, dass der Mann weder jetzt noch früher dort abgestiegen war. Sie beschlossen, es noch in einem weiteren Hotel an der Ecke Praia do Flamengo zu versuchen, das zwar der Lage nach nicht der Beschreibung des Informanten entsprach, aber andere kamen nicht mehr in Frage.

Als sie schweigend, müde und enttäuscht zu Kikas Haus zurückkehrten, wurde plötzlich beiden gleichzeitig klar, was vor sich ging. Der Mann war niemals in der Umgebung abgestiegen. Während Espinosa die Treppe hinauflief, um Maldonado zu informieren, rief Vieira bei sich zu Hause an. Niemand nahm ab.

Er hatte Flor gebeten, unter keinen Umständen hinauszugehen. Außerdem sollte sie, falls jemand klingelte, nicht reagieren, auch nicht auf das Telefon, der Kerl konnte anrufen, um festzustellen, ob jemand zu Hause war. Nun nahm sie nicht ab.

Espinosa kam die Treppe herunter, hinter ihm Maldonado, der Fragen stellte.

»Wie sieht es aus?«, fragte Espinosa.

»Zu Hause weiß ich nicht; ich habe Flor gesagt, sie soll auch nicht ans Telefon gehen, anrufen hat also keinen Sinn; ich fahre hin. Einer muss hier bleiben und auf die Malerin aufpassen … und uns möge Gott beistehen.«

»Kann ich mal erfahren, was eigentlich los ist?« Maldonado wusste nicht mehr, wer wen vor wem beschützte.

»Das ist ganz einfach.« Vieira antwortete. »Den Scheißinformanten hat uns die Polizei hingesetzt. Ich fand sowieso, dass er sehr fix war, nach zwei Tagen kam er schon mit allen Informationen, die wir haben wollten, verdammt. Nur dieser Knallkopf hier hat nicht gemerkt, dass es eine Finte war. Er hat uns alle hierher geschickt, während der Kerl, den wir suchen, woanders in aller Ruhe sein Ding dreht. Die haben von Anfang an ihr Spiel mit uns getrieben, während sie Leute umbringen, die für sie wertlos sind.«

»Und warum das alles?«

»Weil sie uns zeigen wollen, wie viel Macht sie haben, weil sie uns Angst machen wollen, weil sie glauben, dass wir ihnen ihr Geschäft wegnehmen wollen.«

Flor war nicht gern allein in Vieiras Wohnung, sie fühlte sich von Maria Zilda und Magali beobachtet. Nichts in der Wohnung war ihr vertraut, »selbst der Fernseher ist noch aus der Zeit der Verstorbenen; vermutlich hat er nicht mal den Toilettenring ausgetauscht, und ich muss mich auf dasselbe Ding setzen wie die Alte mit ihrem Hintern«. Die ganze Zeit sah sie Gespenster und führte imaginäre Dialoge. Sie verspürte nicht die geringste Neugier, an die Sachen zu gehen, in den Schränken, Schubladen, dem Geschirr, der Küche zu stöbern; das alles interessierte sie nicht; die Vergangenheit war ein großer Schutthaufen und musste beseitigt werden.

Eine gute Stunde, nachdem Vieira weggegangen war, klingelte es. Sie dachte an Vieiras Worte. Sie ging zur Tür und äugte durch den Spion. Ein Mann im Anzug hielt den Blick auf sie gerichtet. Mit angehaltenem Atem wich sie zurück und sah sich nach einer zweiten Tür um, die aber nicht vorhanden war. Sie überlegte, ob sie ans Fenster gehen und um Hilfe rufen sollte. Als sie den ersten Schritt machte, hörte sie die Stimme:

»Dona Flor, ich bin der Fahnder Marcos, der Kommissar Vieira hat mich zu Ihrem Schutz geschickt.«

Flor ging mit vorsichtigen Bewegungen wieder an die Tür und äugte noch einmal durch den Spion. Der Mann stand da. Er wirkte ruhig, war ordentlich gekleidet und versuchte nicht, mit Gewalt hereinzukommen. Er wartete ihre Entscheidung ab.

»Zeigen Sie Ihren Ausweis«, sagte sie, den Mund dicht an der Tür, als erhielten ihre Worte damit die nötige dramatische Nuance.

Der Mann zog einen Ausweis aus der Tasche und hielt ihn vor den Spion. Flor sah etwas glänzen, das anscheinend eine Polizeimarke war, trotzdem zögerte sie, die Tür zu öffnen.

»Dona Flor, ich weiß, Doktor Vieira hat Ihnen gesagt, Sie sollen niemanden hereinlassen, bis er kommt, aber er wusste nicht, dass er mich antreffen würde.«

»Er hat mir nie etwas von einem Marcos erzählt.«

»Wir sind auch nicht befreundet, ich bin ein Freund von Kommissar Espinosa.«

Flor fand, die beiden Namen genügten. Sie zog den kleinen Riegel zurück, schloss mit dem Schlüssel auf, nahm die Kette ab und öffnete die Tür. Der Mann begrüßte sie, bat um Erlaubnis, eintreten zu können, und wartete in aller Ruhe ab, bis sie die Tür wieder abgeschlossen hatte. Nach den ersten Sekunden gegenseitigen Taxierens, in denen Flor das Gefühl hatte, sie habe richtig gehandelt, griff der Mann nach einem Stuhl vom Esstisch, drehte ihn mit der Lehne zum Fenster und dem Sitz zur Wohnungstür, und setzte sich anschließend darauf, um zu prüfen, ob er richtig stand. Dann erhob er sich, griff mit einer Hand in die Innenseite seines Jacketts und mit der anderen außen in die Tasche. Die erste Hand förderte eine Pistole zu Tage, die zweite eine Rolle Nylonschnur. Die Waffe auf Flors Kopf gerichtet, sagte er mit hoher Stimme und messerscharfem Ton:

»Setzen Sie sich bitte.«

Flor zuckte zusammen und blickte zur Tür.

»Versuchen Sie nicht, irgendwelche Dummheiten zu machen. Falls Sie auf die Idee kommen zu schreien, garantiere ich Ihnen, dass ich Ihnen das Gehirn zerfetzt habe, bevor auch nur ein Ton aus Ihrem Mund gekommen ist. Setzen Sie sich und legen Sie die Arme hinter die Lehne.«

Der Mann fesselte ihr die Handgelenke mit der Nylonschnur, verschloss ihr den Mund mit Klebstreifen, band ihre Füße an die Stuhlbeine, wickelte anschließend die Schnur um den Rumpf, die Arme und den Stuhl und desgleichen um die Beine. Nur ihr Kopf blieb relativ frei, so dass sie bejahende und verneinende Bewegungen machen konnte. Nach vollbrachter Tat trat der Mann rückwärts zur Tür hin, blieb ein paar Sekunden stehen und betrachtete sein Werk.

»Falls Sie versuchen sollten, den Stuhl umzukippen, haben Sie gute Chancen, sich das Genick zu brechen. Ich empfehle Ihnen, es nicht zu probieren.«

Dann drehte er sich um, schloss die Tür auf, warf noch einen Blick in den Flur, zog die Tür zu und ging. Erst als sie das Geräusch von der Fahrstuhltür hörte, glaubte Flor, dass sie nicht umgebracht würde. Tränen traten ihr in die Augen, aber sie bemühte sich verzweifelt, nicht zu weinen, aus Angst, die Nase könnte verstopfen und sie würde keine Luft mehr bekommen. Vor Anstrengung und Panik nässte sie sich ein. Sie versuchte sich zu freuen, dass sie überhaupt noch am Leben war. Dachte daran, dass Vieira zurückkommen und sie befreien würde. Nie hatte sie sich vorgestellt, dass ein verschlossener Mund eine so große Bedrohung bedeutete. Die Nase brauchte nur zu verstopfen, und sie würde ersticken. Sie dachte daran, den Stuhl zum Fenster zu schieben, um sich ins Blickfeld der Nachbarn im Haus gegenüber zu rücken, doch der Mann hatte darauf geachtet, ihre Füße ein Stück über dem Fußboden anzubinden, sie konnte sich nicht abstützen. Der Urin lief durch ihre Wäsche und den geflochtenen Stuhlsitz und bildete auf dem Fußboden eine Lache. Hätte sie den Darm statt der Blase entleert, dachte sie, müsste sie sich womöglich übergeben, und dann würde sie garantiert sterben. Mit jedem Gedanken wuchs ihre Panik.

Als Vieira sie anderthalb Stunden später fand, war sie kurz vor einem Kollaps.

»Espinosa, ich bring das Schwein um! Ich ganz persönlich, darauf bestehe ich! Ich schneide dem …«

»Nun mal langsam. Was ist los?«

»Ich schneide dem Schwein die Eier ab, das ist los.«

Nach mehreren Anläufen brachte Vieira schließlich einen Bericht zu Stande, der, obwohl von Ausrufen unterbrochen, ein ungefähres Bild dessen ergab, was geschehen war. Sein Zorn übertraf bei weitem, was er bei dem Überfall auf ihn selbst empfunden hatte. Er geiferte vor Wut und spuckte ins Telefon. Flüche unterstrichen seine Worte, die gar nicht ausdrücken konnten, wie empört er war.

»Espinosa, der Schweinehund ist in meine Wohnung eingedrungen, hat meine Frau an einen Stuhl gefesselt und ist ohne ein Wort gegangen, hat einfach nur die Szene hinterlassen, um zu zeigen, wozu er fähig ist …«

»Hat er Flor irgendetwas getan? Hat er sie verletzt?«

»Er hat sie wie eine Mumie geknebelt und gefesselt, mehr nicht. Der Kerl spielt mit uns. Dich hat er in deiner eigenen Wohnung gefesselt, und jetzt fesselt er Flor in meiner. Verdammt noch mal, Espinosa, wir stehen wie die Idioten da.«

»Wie geht es Flor?«

»Sie stirbt vor Angst. Sie wollte nicht eine Minute länger hier bleiben. Sie ist zu sich nach Hause gefahren. Tief gedemütigt. Und so fühle ich mich auch. Dieses Schwein demütigt uns, Espinosa.«

»Versuch, dich zu beruhigen, fahr zu ihr und sieh nach, wie es ihr geht. Ich habe gerade geduscht und muss Maldonado ablösen. Kika ist die Einzige, der er noch nichts getan hat. Ich rufe dich nachher wieder an.«

Auf dem Weg nach Catete dachte Espinosa über das Geschehene nach. Die Episode mit Flor konnte eine qualitative Veränderung der Bedrohungen bedeuten oder sogar das Ende der Attacken. Dass sie Flor nicht umgebracht hatten, war lediglich eine Machtdemonstration und eine letzte Warnung für Vieira.

Oder aber sie spielten tatsächlich mit ihnen, so wie ein Tier mit der geschlagenen Beute spielt, bevor es sie verschlingt.

»Espinosa, Kika sagt, morgen ist Heiligabend, sie geht zur Avenida Atlântica, ihre Bilder verkaufen, und dass sie sich daran von keinem Wahnsinnigen hindern lassen wird und so weiter und so fort.«

»Lassen Sie gut sein, ich rede mit ihr. Wenn sie sich davon nicht abbringen lässt, gehe ich mit.«

Der Dialog fand draußen vor der Wohnungstür statt, bevor sie klingelten, um anzuzeigen, dass sie hereinkamen. Kika sah Espinosa fragend an, sie ahnte, worüber die beiden im Flur gesprochen hatten, und wartete auf die Entscheidung des Ranghöheren.

»Ist gut. Ich komme mit.«

Kika sprang mit einem Satz auf ihn zu und küsste ihn auf beide Wangen.

»Das ist das Problem der Untergebenen«, sagte Maldonado, »die Belohnung kriegt immer der Chef; vergesst nicht, dass zu Weihnachten die Kleinen Geschenke bekommen.«

Kika beugte sich leicht, um den Größenunterschied wettzumachen, und gab auch Maldonado zwei Wangenküsse.

Es war zehn Minuten vor sieben, als Espinosa und Kika sich an den Esstisch setzten, denselben Tisch, an dem am Nachmittag Vieira, Maldonado und er den Plan zur Überprüfung der Hotels aufgestellt hatten. Seit dem Morgen hatte er nicht eine Minute Pause gemacht. Er wusste nicht mehr, ob er zu Mittag gegessen hatte oder nicht. Manche Stunden des Tages kamen ihm vor, als wären sie Teil des gestrigen Tages gewesen. Sie saßen beide vorgebeugt, ob vor Erschöpfung oder Schwere, hätten sie nicht sagen können, die Arme lagen auf der Tischplatte ausgestreckt.

Die Wohnung war ungewöhnlich geschnitten, zwei Zimmer gingen direkt vom Wohnzimmer ab, mit zweieinhalb Meter hohen Flügeltüren, darüber Oberlichter mit farbigen Scheiben in der Form von halben Rosetten. Das gelbliche Spätnachmittagslicht, das durch das Fenster fiel, traf auf die vielfarbige, schräg durch die Oberlichter fallende Helligkeit und hob in einem Spiel aus Licht und Schatten die Unebenheiten der alten Holzdielen auf dem Fußboden hervor. Wäre nicht der Lärm von der Straße gewesen, hätten sie das Gefühl haben können, sie seien in eine vergangene Zeit versetzt.

Die Hände lagen so nah aneinander auf dem Tisch, dass sie sich fast berührten. Seit einiger Zeit saßen sie so da, wie lange, hätte keiner von beiden sagen können. Eine schöne, intensive Zeit. Die winzigen Staubkörnchen auf der Tischplatte schimmerten im Gegenlicht wie mikroskopisch kleine magische Leuchtkörper und daneben die goldenen Härchen auf Kikas Arm. Nichts bewegte sich im Raum außer ihrem Atem, bei Kika am Heben und Senken ihrer Brüste unter dem ärmellosen T-Shirt deutlicher wahrnehmbar. Immer tiefer sahen sie sich in die Augen, und die Zeit verging immer langsamer, der Straßenlärm rückte in immer weitere Ferne. Wie unabsichtlich berührte Espinosas Daumen Kikas kleinen Finger, mit derselben Bewegung wanderte er den Finger hinauf zum Fingernagel, strich über die Kuppe, bewegte sich ganz langsam am Finger entlang bis zum Ansatz des benachbarten Fingers, und das alles wiederholte sich über die ganze Länge jedes einzelnen Fingers, bis die beiden Daumen übereinander lagen, die Hände sich drehten und ineinander schlangen. Die Zeit hatte sich so verlangsamt, dass eine Minute vergangen sein konnte oder aber eine Stunde. Die Ellbogen auf den Tisch gestützt, die Unterarme mit den ineinander geschlungenen Händen angehoben, näherten sich ihre Gesichter bis auf eine Handbreit. Espinosa spürte in den Augen, auf den Wangen, den Lippen Kikas warmen, weichen Atem. Ein zunächst undefinierbares Geräusch drängte sich in Espinosas Bewusstsein, während ihn zugleich der Geruch von Kikas Haut umfing. Das Geräusch wurde, obwohl noch immer undefinierbar, lauter und mischte sich in den Atem, den Duft ihres Haares, ihrer Haut; Geräusch und Geruch machten sich die Vorherrschaft in seinem Bewusstsein streitig. Schon berührten sich fast ihre Lippen, da gesellte sich zum Klang der Holzpantinen auf der Treppe das Geräusch des Schlüssels im Schloss, und die Tür ging auf. Kikas Freundin kam herein.

»Betet ihr?«

»Ich wette, dass deine Frau oder Magali nie so gedemütigt worden sind wie ich. Und du hast noch gesagt, ich soll in deine Wohnung kommen, weil es da sicherer für mich wäre. Verdammte Scheiße, ich schwör dir, nachts auf der Straße ist es sicherer als in deiner Wohnung. Noch nie in meinem Leben hat einer so was mit mir gemacht wie dieser Kerl, und dazu in der Wohnung eines Kommissars, wer weiß, was ich noch alles erlebe, wenn ich zu dir ziehe, wie du es möchtest. Irgendwann schlitzen sie mir noch den Bauch auf.«

»Deswegen brauchst du nicht so zu sprechen und zu fluchen wie ein Mann, für eine Frau gehört sich das nicht. Und verdammt noch mal, kapier doch, der Kerl ist auch in die Wohnung von Kommissar Espinosa eingedrungen, hat ihn gefesselt in der Duschkabine liegen lassen und seine Waffen gestohlen. Glaub also nicht, dass du das einzige Opfer bist oder dass er dir den Bauch aufschlitzen will; hätte er noch mehr tun wollen, als dich zu fesseln, dann hätte er das getan. Komm mir jetzt nicht mit so einem Scheiß, mir die Sache anzulasten, als wäre ich daran schuld.«

»Bist du das etwa nicht? Hast nicht du deine Brieftasche

verloren? Bist nicht du auf eigene Faust hinter dem Dealer her gewesen?«

»Verflucht noch mal, Magali, in meiner …«

»Siehst du? Jetzt sprichst du mich schon mit dem verkehrten Namen an.«

»Verflucht noch mal, was soll der Scheiß? Willst du dich mit mir anlegen? Jetzt sei mal ein bisschen nachsichtig. Das passiert doch jedem mal.«

»Mir nicht. Ich habe dich noch nie mit dem verkehrten Namen angesprochen. Und wer hier Nachsicht braucht, bin ich, noch nie in meinem Leben hat man mich gefesselt und geknebelt. Das möchte ich nicht noch einmal erleben, und soweit ich verstanden habe, schnappt den Kerl keiner, wenn der es nicht will.«

Vieira antwortete nicht. Er ging mit müden Schritten durch Flors Wohnung, auch wenn nicht viel Raum war zwischen dem Bett, auf dem sie gesessen hatten, dem Fenster und der Tür. Zehn Schritte genügten für das knappe Dreieck. Die Hände auf dem Rücken, den Kopf auf die Brust gesenkt, mit Lippenbewegungen, als läse er stumm, ging Vieira mehrmals in beiden Richtungen hin und her.

»Hör auf damit, Vieira, das macht mich nervös.«

Wortlos ging er noch dreimal hin und her. Beim vierten Mal, als er die Tür erreichte, ging er hinaus.

Da am nächsten Tag Heiligabend war, waren Einheimische und Touristen in Scharen unterwegs. Stockender Verkehr, Cafés und Restaurants voll besetzt, überall Straßenhändler, und dazu die verborgene Fauna, die in der Woche zwischen Weihnachten und Neujahr auftauchte. Als sie bei den Ständen ankamen, musste einiges arrangiert werden, bis Kika ihr Stück Bürgersteig zurückerobert hatte.

Espinosa hatte sich noch nicht ganz von der Szene in der Wohnung erholt, in die Kikas Freundin hineingeplatzt war. Er beschäftigte sich damit, Kika beim Aufstellen des Ständers und Aufhängen der Bilder zu helfen. Seit sie von Catete nach Copacabana aufgebrochen waren, hatten sie nur das Allernötigste gesprochen und Blickkontakt vermieden. Noch nie, hatte er das Gefühl, hatten sich so viele Leute auf dem Bürgersteig gedrängt. Ein Angreifer würde nicht die geringste Schwierigkeit haben, sich ihnen zu nähern. Da Espinosa sich ganz auf Kika und die Menschen um sie herum konzentrierte, war er selbst äußerst gefährdet. In dieser Situation wollte er nicht an den Fall Magali denken, das konnte ihn ablenken. Er sah sich immer wieder um, ließ den Blick über die Menge schweifen, doch das Bild, das seine Bewegungen begleitete, war der Anblick der ans Bett gefesselten Magali und des toten Clodoaldo im Fach im Gerichtsmedizinischen Institut, und er stellte sich vor, was wäre, wenn das Gleiche mit Kika geschähe. Sofort blickte er zu ihr und stellte sich so dicht neben sie, dass zwischen ihnen für niemanden Platz war. Einzig die Tatsache, dass der Mann Flor nichts weiter getan hatte, als sie zu fesseln, beruhigte ihn etwas. Außerdem hatte er sein tägliches Spielchen schon hinter sich, vielleicht legte er zum Wochenende eine Pause ein. Er sah die Menschen, die auf Kika zukamen, so genau an, dass er fürchtete, das im Gedächtnis behaltene Bild könnte verwischen. Jeder einzelne Gesichtszug des Mannes war gespeichert, die knappe Ausdrucksweise, die Art, wie er sich bewegte, das Funkeln im Blick, die winzige Besonderheit, mit den Kiefermuskeln zu mahlen, während er etwas tat, alles wie auf einer gestochen scharfen Fotografie. Und weil er sich das Bild immer wieder vor Augen führte, fürchtete er, es zu verzerren. Doch der Abend ging ohne Zwischenfall zu Ende. Das einzige markante Ereignis war der Verkauf eines weiteren Bildes, worüber Kika vor Freude jubelte.

»Wenn wir die Sachen untergestellt haben, wird gefeiert«, schlug Espinosa vor, »und dieses Mal wird uns keiner stören.«

Kika strahlte. Dank der zwei verkauften Bilder war nicht nur Weihnachten, sondern auch der nächste Monat gesichert. Sie wirkte nicht so, als fühlte sie sich durch die jüngsten Ereignisse sehr bedroht, oder aber sie glaubte nicht, dass sie Opfer eines Überfalls werden konnte, so wie Espinosa und Flor. Und was die Toten betraf, war sie der Ansicht, dass sie zu einer anderen Geschichte gehörten.

Nachdem sie den Metallständer in der Garage untergebracht hatten, gingen sie zu dem Restaurant, in dem sie gewesen waren, als Vieira überfallen wurde. Selbst um diese Stunde – es war schon nach Mitternacht – waren nahezu alle Tische besetzt, doch sie bekamen noch einen am Fenster, fast neben dem, wo sie das letzte Mal gesessen hatten. Als sie einander gegenübersaßen, war es wie eine Fortsetzung der unterbrochenen Szene vom späten Nachmittag. Der deutlichste greifbare Unterschied zu der tiefen Stille in der Wohnung in Catete war der Lärm im Restaurant, wie er an einem Freitagabend im Dezember in allen Lokalen in Strandnähe herrscht. Es gab keine Möglichkeit, dort anzuknüpfen, wo Kikas Freundin sie gestört hatte, die Situation und Atmosphäre waren anders. Sie bestellten Bier und suchten aus, was sie essen wollten.

»Machst du dir noch immer meinetwegen Gedanken?«

»Ja, im doppelten Sinn deiner Frage.«

»Und das wäre?«

»Das eine betrifft deine Sicherheit. Ich glaube noch immer, dass du in gewisser Weise in Gefahr schwebst, zumal du als Einzige noch nicht attackiert worden bist. Das kann zweierlei bedeuten: Entweder hat er aus irgendeinem Grund auf dich verzichtet, oder du bist sein Trumpf. Und solange ich nicht herausgefunden habe, welche der beiden Thesen zutrifft, lasse ich dich nicht aus den Augen.«

»Das ist die gute Seite daran.«

Das Abendessen verlief ruhig, Vieira rannte nicht auf dem Bürgersteig vorbei, und der Mann inszenierte keinen dramatischen Auftritt. Es war Viertel vor zwei, als Espinosa mit dem Wagen vor dem alten Haus in der Rua do Catete hielt. Da der nächste Tag ein Samstag war, konnte er das Auto an Ort und Stelle stehen lassen.

»Findest du es wirklich nötig, wieder die ganze Nacht im Wohnzimmer wach zu bleiben?«

»Wenn ich nach Hause führe, könnte ich auch nicht schlafen.«

Sie stiegen die alte Treppe hinauf, die mit ihrem Knarren und Quietschen zuverlässig vor Eindringlingen warnte, nur konnte sie nicht zwischen erwünschten und unerwünschten unterscheiden.

Die anderen beiden Mädchen waren schon in ihren Zimmern. Espinosa mied den Esstisch. Er schaltete eine kleine Lampe ein, die auf einem Tischchen in einer Ecke stand, zog die Jacke aus und setzte sich, die Pistole neben sich, aufs Sofa.

Espinosa wachte vom hellen Morgenlicht auf. In der Rua do Catete herrschte noch wenig Autoverkehr. Nur die Stehcafés, wo die Kundschaft Milchkaffee und Brötchen mit Butter verzehrte, hatten geöffnet. Er wartete noch eine Stunde, bis vielleicht eins der Mädchen wach wurde, was aber nicht geschah. Also ging er, schloss die Tür von außen ab und schob den Schlüssel durch die Ritze unter der Tür zurück. Ihm war durchaus bewusst, dass seine Nachtwachen eher eine psychologische Wirkung hatten, als dass er damit die Mädchen wirklich vor dem Zugriff des Mannes schützte. Sie halfen eher gegen Gespenster als gegen Aggressoren aus Fleisch und Blut.

Kurz vor acht kam er zu Hause an, nachdem er in der Rua

do Catete einen Kaffee getrunken hatte. Die ersten Mütter und Kindermädchen erschienen, Kinderkarren schiebend, auf dem Platz. Espinosas übernächtigte Augen erkannten nicht gleich die weibliche Gestalt, die auf ihn zukam.

»Guten Morgen, Kommissar.«

»Flor, was machen Sie hier um diese Zeit?«

»Gestern habe ich bis nach Mitternacht auf Sie gewartet; sobald es hell wurde, bin ich heute Morgen wiedergekommen.«

»Was ist passiert? Wo ist Vieira?«

»Das weiß ich nicht. Er ist gestern am frühen Abend zu mir gekommen, wir haben wegen des Mannes, der mich gefesselt hat, diskutiert, Vieira ist ohne ein Wort weggegangen, aber nicht nach Hause, und seitdem ist er nicht wieder aufgetaucht.«

Espinosa hatte gerade den Wagen abgeschlossen und war auf dem Weg zum Hauseingang. Er hatte höchstens drei Stunden geschlafen, war immer wieder von den Geräuschen im alten Haus hochgeschreckt, der gestrige Tag war besonders anstrengend gewesen, und in diesem Augenblick wünschte er sich nichts so sehr wie eine Dusche und ein oder zwei Stunden Schlaf. Flor spürte, wie erschöpft er war, obwohl er aufmerksam zuhörte.

»Darf ich mit nach oben kommen? Ich warte seit über zwei Stunden hier auf dem Platz, und ich fürchte mich allein in meiner Wohnung.«

»Ich muss mich hinlegen. Ich habe diese Nacht nicht geschlafen.«

»Ich bin ganz still und warte. Keine Sorge, ich bin nicht mit der Absicht gekommen, Sie zu verführen, so wie neulich.«

»Flor, Ihre Verführungskraft hat nichts mit Absicht zu tun. Aber gut, gehen wir nach oben. Ich kann kaum einen ganzen Satz sagen.«

»Dann sagen Sie nur das Verb.«

»Das heißt im Augenblick *schlafen*.«

Sie gingen schweigend die Treppe hinauf, Flor voran, so dass Espinosa trotz aller Müdigkeit die Bewegungen des Körpers vor sich beobachten konnte. Wie beim ersten Mal trat sie in die Wohnung, als inspizierte sie ihr neues Reich.

»Es gibt für Sie keinen Grund mehr, Angst zu haben, der Mann hat sein Ziel erreicht, und das lautete: Vieira demütigen. Er wird nichts mehr gegen Sie unternehmen.«

»Egal, ob es einen Grund gibt oder nicht, ich habe Angst, Espinosa, und die Gedemütigte bin ich. Ich bin gefesselt und geknebelt worden, und ich wusste nicht, was der Kerl mit mir machen würde. Als er aus der Tür ging, wusste ich nicht, ob er zurückkommt und mich umbringt. Stundenlang saß ich mit verklebtem Mund da, ich hatte furchtbare Angst, dass ich weinen oder mich übergeben muss und ersticke. Nichts auf der Welt kann mir diese Angst nehmen.«

»Entschuldigen Sie. Setzen Sie sich und versuchen Sie, sich zu entspannen. Falls Sie Kaffee möchten, in der Küche steht eine Kaffeemaschine. Ich gehe duschen.«

Espinosa ging in die Dusche und ließ sich eine ganze Weile heißes Wasser über den Nacken laufen; erst als er spürte, dass die Muskeln sich etwas entspannten, drehte er das kalte Wasser weiter auf. Er duschte länger als üblich, nicht nur, um sich zu entspannen, sondern auch, um Flor Zeit zu lassen, damit sie sich beruhigte. Auf dem Weg vom Badezimmer zum Schlafzimmer stand Flor vollkommen nackt vor ihm, in der Hand ein Präservativ.

»Das habe ich in Ihrem Nachttisch gefunden, und da Sie sich sowieso anziehen, dachte ich, wir könnten damit anfangen.«

Es gab kein Zurück. Er wusste, dass es passieren würde, sie hatte darauf hingearbeitet und hätte keinen besseren Moment abpassen können. Espinosa, das Handtuch, mit dem er sich abgetrocknet hatte, um die Hüften, war wie gelähmt vom Anblick des braunen Körpers, der dichten Schamhaare, schmalen Hüften, die sich gleichsam in einer Linie in den langen Beinen fortsetzten, und der für den schlanken Körper üppigen Brüste. Flor kam näher, zog das Handtuch fort, presste ihren Körper an seinen, und so verharrten sie, erkundeten sich wortlos, nur durch Berührung, bis beider Haut die gleiche Temperatur hatte und ihre Körper auf die Reize des anderen reagierten. Flor glitt an Espinosa hinunter und kniete sich vor ihn, liebkoste seinen Schwanz mit den Wangen, dem Mund, den Augen, dem Haar, der Nase, bevor sie ihm das Präservativ überzog. Dann, mit den Brustwarzen über Espinosas ganzen Rumpf streifend, richtete sie sich auf, bis sie wieder Gesicht an Gesicht standen. Die Körper aneinander gepresst, bewegten sie sich wie tanzend mit kurzen Schritten vorwärts, bis sie die Bettkante berührten. Espinosas Beinmuskeln zitterten unmerklich, als er die Hände unter Flors Schenkel schob und sie anhob, damit sie die Beine um seine Taille schlang, dann gab er seinem Körper nach, bis sie an der gewünschten Stelle zu einer perfekten Vereinigung ineinander drangen. Da erst ließen sie sich langsam auf das Bett sinken.

Er sah lange auf die Uhr, bis er das Zifferblatt deutlich erkennen konnte. Es zeigte fünf Minuten nach zehn. Er streckte den Arm zur Seite und tastete das Bett nach Flor ab. Es war leer. Er rief ihren Namen, aber seine Stimme war heiser und kraftlos; er räusperte sich und versuchte es noch einmal. In der Wohnung herrschte vollkommene Stille. Plötzlich hatte er das Gefühl, dass alles nur ein Traum gewesen sei; Erschöpfung vom Vortag, übergroße Anspannung. Das Handtuch auf dem Fußboden konnte nicht als zuverlässiges Indiz dafür gelten, dass die Szene wirklich stattgefunden hatte. Der Geruch von

Flors Körper am eigenen Körper ließ sich allerdings schwerlich leugnen.

Er hatte eine Stunde geschlafen, aber so tief, dass er nichts in seiner Umgebung wahrgenommen hatte. Dass Flor gegangen war, beschäftigte ihn, es passte nicht zu ihren Behauptungen vom Morgen; ebenso beunruhigte ihn Vieiras Verschwinden. Er stand auf, in Kopf und Beinen noch nicht ganz sicher, und ging noch einmal unter die Dusche, was ihm half, die Gedanken nach Ort und Zeitpunkt zu sortieren. Er trank Kaffee, aß Toast und öffnete, noch immer in Unterhosen, die Fensterläden im Wohnzimmer, um nach dem Wetter zu sehen. Da fiel sein Blick auf den Anrufbeantworter. Vermutlich blinkte er schon seit dem Abend, denn im Laufe des Morgens hatte er das Telefon nicht klingeln hören. Es waren vier Nachrichten, eine von Flor und drei von Vieira. Flor bat um seinen Anruf, sobald er nach Hause käme. Vieiras Nachrichten waren sehr erregt. »Espinosa, ich geh den Schweinehund jagen. Mir geht es miserabel, ich muss den Kerl unbedingt finden.« Die beiden anderen waren Variationen desselben Themas. »Ich bin gedemütigt, erniedrigt, Flor hat mich für das, was passiert ist, beschimpft, und sie hat Recht, wenn der Kerl gewollt hätte, dann hätte er sich mit meinen Hemden den Arsch abgewischt.« Die letzte Nachricht beunruhigte ihn am meisten. »Ich muss herausfinden, wer der Kerl ist; du hörst bald wieder von mir.«

Er rief bei Vieira an, niemand nahm ab. Er rief bei Flor an, niemand nahm ab. Er rief auf dem 13. Kommissariat an, wo man ihm den Informanten genannt hatte, der die Hotels in Catete angegeben hatte. Vieira war tatsächlich am Abend zuvor dort gewesen; ob er allein oder in Begleitung weggegangen war, konnte man nicht sagen, auch nicht, wohin. Um Viertel nach elf rief Maldonado an und fragte, ob er Hilfe brauche. Espinosa bejahte und gab ihm ein paar Anweisungen. Um Punkt zwölf rief Vieira an.

»Espinosa, Gott sei Dank, dass ich dich antreffe; warte auf mich; ich bin in einer Viertelstunde da.« Seine Stimme klang nervös, er sprach wie in Atemnot.

Espinosa überlegte, was passiert wäre, wenn Vieira am frühen Morgen vorbeigekommen wäre. Und er überlegte, was nun geschehen würde. Bestimmt würde Flor Vieira von der Sache erzählen; er konnte nicht ausschließen, dass sie das Ganze einzig zu dem Zweck arrangiert hatte, um es später zu ihren Gunsten benutzen zu können.

Vieira erschien unrasiert, in zerknitterter Kleidung, physisch überanstrengt und deutlich erregt. Vom Treppensteigen war er so außer Atem, dass er nicht sofort sprechen konnte. Espinosa sorgte dafür, dass er sich setzte, brachte ihm ein Glas Wasser und sagte, er solle mit dem Sprechen etwas warten, aber Vieira konnte nicht warten, er trank nur das Wasser, dann redete er los.

»Ich weiß, wer der Kerl ist und wo er sich aufhält.« Er hatte so schnell gesprochen, dass er den Satz wiederholen musste, damit Espinosa ihn verstand.

»Was hast du herausgefunden?«

»Folgendes: Engagiert hat ihn eine Gruppe von der Polizei, die die Dreckarbeit nicht selbst machen wollte. Er sollte den Mann schnappen, weil sie festgestellt hatten, dass der gar kein Kommissar war, außerdem den Jungen, den sie für einen Kleindealer hielten, und Clodoaldo. Sie dachten, das sei eine Gruppe, die unter unserer Ägide arbeitet. Sie haben den Ganoven mit meinem Ausweis geschnappt und ihn sich vorgeknöpft. Nur konnte der ihnen gar nichts erzählen. Sie dachten, er halte mit irgendetwas hinterm Berg, und haben ihn in die Mangel genommen, also hat er die genannt, die hinter ihm her waren, und das waren der Junge, Clodoaldo und ich, wobei er über mich überhaupt nichts sagen konnte. Dann haben sie ihn wohl noch härter rangenommen, und dabei ist er gestorben. Dich haben sie nur verdächtigt, weil sie uns zusammen gesehen haben. Sie wollten nur, dass wir das Feld räumen. Sie haben den Jungen, den Mann mit dem Ausweis und Clodoaldo umbringen lassen, Abschaum, nach ihrer Ansicht; außerdem haben sie dich und Flor fesseln lassen. Was sie noch vorhatten, weiß ich nicht.«

»Wie hast du das alles rausgekriegt?«

»Frag mich nicht. Ich bin nicht mehr bei der Polizei. Ich brauche mich nicht mehr an die verdammten Vorschriften zu halten. Die Schweinebande hat mich gedemütigt und erniedrigt. Was willst du? Sollte ich den lieben Onkel markieren?«

»Ist gut. Keine Fragen. Du hast gesagt, du weißt, wo der Kerl ist.«

»Die Sache ist so: Er nimmt sich nicht nur vor denen in Acht, die er bedroht, sondern auch vor seinen Auftraggebern. Alle zwei Tage wechselt er das Lager. Ich habe rausgekriegt, wo er war. Heute Morgen bin ich hingegangen. Er hatte gerade das Hotel verlassen. Ich habe jeden Zentimeter von seinem Zimmer durchsucht, aber nichts gefunden. Er ist vorsichtig, aber einen Fehler hat er gemacht, er hat mehrmals vom Foyer aus telefoniert, damit seine Zimmernummer nicht registriert wird. Von dem Apparat waren aber, bis ich ins Hotel kam, nur wenige Gespräche geführt worden, alle zu Privatanschlüssen, bis auf zwei, und die wurden mit Hotels geführt. Ich habe beim zweiten Hotel angerufen, und da hat man mir die Anmeldung bestätigt. Er hat denselben Namen benutzt wie in dem Hotel, aus dem er ausgezogen war. Bestimmt hat er falsche Papiere.«

»Wenn er in ein anderes Hotel umgezogen ist, bedeutet das, dass er bis morgen bleiben will.«

»Vielleicht wird der Hund ja sentimental und möchte Weihnachten zu Hause sein.«

»Wir können Maldonado dazuholen.«

»Lieber nicht, finde ich. Überleg bitte genau, Espinosa, der Kerl ist uns immer voraus gewesen. Abgesehen davon, dass er sein Handwerk versteht, kriegt er auch bestimmt Informationen direkt von der Polizei. Im Zweifelsfall sind unsere Telefone verwanzt. Deshalb habe ich vorhin am Telefon nichts gesagt. Es ist besser, wir werden aktiv, ohne jemandem etwas zu sagen.«

»Wo ist er jetzt?«

»Wo man einen Pistoleiro nie im Leben suchen würde. Im Hotel *Méridien* an der Avenida Atlântica.«

»Die Rechnung bezahlt er bestimmt nicht selbst.«

»Hast du irgendeinen Plan? Oder wollen wir einfach nur klingeln und dem Schwein den Lauf vors Auge halten?«

»Was ja schon ein Plan wäre.«

»Verdammt noch mal, Espinosa, ich rede im Ernst. Der Kerl kann abhauen.«

»Wenn er abhauen wollte, wäre er nicht in ein anderes Hotel umgezogen. Ich glaube, der hat für heute Abend etwas vor.«

»Warum glaubst du das?«

»Der Typ liebt den großen Effekt. Alles, was er bislang getan hat, hatte etwas von einer Filminszenierung: der Mord an Clodoaldo in einem Taxi, mit meiner Waffe; Flor an einen Stuhl gefesselt und strategisch genau gegenüber der Tür postiert, damit der Schock, wenn du hereinkommst, umso größer ist. Selbst der Tod des Jungen, der am Strand im Sand an den Felsen gelehnt sitzt, hatte etwas Inszeniertes. Ihm gefällt, was er tut, und er legt Wert auf Stil.«

»Verdammte Scheiße, der Kerl ist ein Mörder, und du erzählst mir hier was von Stil?«

»Ganz ruhig. Du hast herausgefunden, wer er ist und wo er abgestiegen ist. Jetzt müssen wir nur noch den richtigen Moment abpassen, um ihn zu schnappen, und ich habe so eine

Ahnung, was er vielleicht gerade plant. Ich sage noch einmal, er inszeniert gern, und für die Inszenierung einer Hollywood-Szene eignet sich nichts besser als Weihnachten. Und heute ist Heiligabend. Ich glaube, er hat für heute Abend etwas vor.«

»Und hast du eine Vorstellung, was?«

»Ich habe mir Verschiedenes vorgestellt. Alles in Zusammenhang mit Menschen, die uns nahe stehen, oder nur mit uns beiden.«

»Und was schlägst du vor?«

»Ich schlage vor, dass du jetzt mein Badezimmer benutzt, duschen gehst, dich rasierst und dir ein frisches Hemd aus dem Schrank nimmst. Und wenn du fertig bist, fahren wir zum Hotel *Méridien*.«

Es war nachmittags zwanzig nach zwei, aber der Himmel war dunkel von schweren Regenwolken, als sie beim Hotel eintrafen. Der Wagenmeister sah auf Espinosas Auto, als hätte er ein Fahrzeug der Müllabfuhr vor sich. Trotzdem geruhte er, die Hand zum Türgriff zu führen und den Schlag zu öffnen. Statt sich an die Rezeption zu wenden, fragten sie nach dem Sicherheitschef. Aus Erfahrung wussten sie, dass Hotelmanager auf Polizisten nicht gut zu sprechen sind.

Der Mann, der sich ihnen vorstellte, hätte genauso gut ein Buchhalter oder der Chef der Wäschekammer sein können, kaum jemand hätte auf Sicherheitschef getippt. Espinosa zeigte seinen Ausweis, er sah ihn sich, ohne ihn zu berühren, sehr genau an, dann blickte er auf Vieira, als wollte er fragen, ob er auch von der Polizei sei, und nach kurzer Zeit und wenigen Worten war klar, dass er kein Buchhalter war. Espinosa präsentierte eine verkürzte und nicht ganz wahre Geschichte, sprach aber von dem Verdacht, dass noch am selben Abend ein weiterer Mord geschehen könne. Er wolle die Geschäftsführung und die Gäste nicht beunruhigen, deshalb habe er sich an den Sicherheitschef gewandt, bevor er mit dem Manager spreche.

»Womit kann ich Ihnen dienen?«

»Ich möchte wissen, ob er tatsächlich hier im Hotel abgestiegen ist, und falls ja, welches Zimmer er hat. Ich versichere Ihnen, dass wir nichts tun, ohne Sie vorher zu informieren.«

Der Sicherheitschef war nicht nur mit der Art zufrieden, wie der Kommissar ihm die Situation dargelegt hatte, sondern fühlte sich sichtlich geschmeichelt, weil er als Erster konsultiert worden war. Er ging zur Rezeption, und nachdem er im Computer nachgesehen hatte, kam er in Begleitung des Hotelmanagers mit den Informationen zurück.

»Der Mann, den Sie suchen, hat sich tatsächlich heute Vormittag angemeldet. Um nicht wegen einer Stunde noch einen ganzen Tagessatz zu zahlen, hat er das Anmeldeformular ausgefüllt, einen Tag im Voraus bezahlt und gebeten, seinen Koffer in Verwahrung zu nehmen, solange er zu Mittag essen geht und sich etwas in den Geschäften umsieht. Das Hotel bietet den Gästen ein Weihnachtsdiner an. Auf die Frage, ob er einen Platz reservieren möchte, hat er mit ja geantwortet, für zwei Personen. Er muss jeden Moment zurückkommen, und da er seine Zimmernummer noch nicht weiß, muss er zwangsläufig zur Rezeption gehen. Wenn Sie an einem geeigneten Platz warten, werden Sie informiert, sobald er eintrifft.«

Mit geeignetem Platz, das wusste Espinosa, meinten sie einen Ort, an dem selbst der neugierigste Hotelgast nicht vorbeikam. Da er nicht die Absicht hatte, sich in der Personaltoilette zu verstecken, fragte er, welchen Ort sie für geeignet hielten.

»Die Rezeption befindet sich im Zwischengeschoss, genau gegenüber der Rolltreppe. In der Etage gleich darüber gibt es einen sehr angenehmen Salon, da können Sie sich aufhalten, ohne von jemandem, der hereinkommt, gesehen zu werden. Von dort haben Sie auch die Fahrstühle im Erdgeschoss und

Zwischengeschoss im Blick. Ich stelle Ihnen ein Walkie-Talkie zur Verfügung; sowie der Mann sich den Zimmerschlüssel holt, gibt Ihnen jemand von der Rezeption Bescheid.«

Es war drei Uhr, als Espinosa, in einem bequemen Ledersessel sitzend, das Walkie-Talkie ausprobierte. Während der nächsten Stunde nickte Vieira mehrmals länger ein und wachte immer auf, wenn das Gerät piepte. Espinosa nahm mit dem Sicherheitsmann an der Rezeption Kontakt auf. »Nichts Neues, Kommissar.« Selbst wenn der Mann durch eine andere Tür hereinkam, musste er zur Rezeption gehen, um seine Zimmernummer zu erfragen und sich den Schlüssel geben zu lassen. Es war vier Uhr nachmittags, und noch immer hatte er sich im Hotel nicht blicken lassen. Irgendetwas stimmte nicht.

»Vieira, du hast gesagt, der Kerl hat bei zwei Hotels angerufen. Welches war das zweite?«

»Das weiß ich nicht mehr. Welche Rolle spielt das? Er ist doch hier abgestiegen, oder?«

»Wirklich?«

»Na klar, verdammt. Er hat sich doch hier angemeldet.«

»Ja, angemeldet hat er sich, was aber nicht bedeutet, dass er auch hier wohnt.«

»Verdammte Scheiße!«

»Ganz richtig. Du bist dem anderen Anruf nicht nachgegangen, weil du logischerweise geglaubt hast, der zweite sei erfolgreich gewesen. Du hast hier angerufen, hast festgestellt, dass sich einer mit demselben Namen angemeldet hat, und dich nicht weiter gekümmert. Aber hier steht nur ein Koffer. Und der ist vermutlich voller alter Zeitungen.«

»Verdammte Scheiße!«

»Das sagtest du bereits.«

»Das andere Hotel war ... war ... das *Miramar*!«

Sie riefen von der Rezeption aus beim Hotel *Miramar* an, ebenfalls an der Avenida Atlântica gelegen, nur am anderen

Ende; sie nannten den Namen, den der Mann im *Méridien* benutzt hatte.

»Tut mir Leid, Senhor, hier ist niemand mit diesem Namen.«

»Bitte sehen Sie noch einmal nach, es ist äußerst wichtig, suchen Sie sowohl unter Vornamen als auch dem Familiennamen.«

»Nichts, Senhor, hier ist niemand mit diesem Namen eingetragen.«

Vieira stand dicht neben Espinosa und versuchte mitzuhören, was am anderen Ende geantwortet wurde. Espinosa brauchte es ihm nicht zu wiederholen.

»Dass niemand unter dem Namen eingetragen ist, bedeutet gar nichts. Komm, wir fahren hin.«

Während sie im Hotel auf den Mann warteten, hatten sie nicht gemerkt, dass inzwischen draußen ein Unwetter losgebrochen war. Der Himmel war schwarz, und es goss in Strömen, so dass man die Hochhäuser am Strand von Copacabana kaum sehen konnte. Statt auf den Wagenmeister zu warten, der ihr Auto von weiß der Himmel wo holen gegangen war, nahmen sie ein Taxi, das gerade mit Hotelgästen vorgefahren war. Sie brauchten für die Strecke bis zum anderen Ende der Avenida Atlântica etwas länger als üblich.

Im Hotel *Miramar* verzichteten sie auf alle beruflichen Rücksichtnahmen und gingen direkt zur Rezeption. Espinosa legte seinen Ausweis auf den Tresen und sprach gleichzeitig zum Empfangschef und dem jungen Mann, der vor dem Computer saß:

»Ich habe vorhin angerufen und nach einem Gast gefragt, der Name war verkehrt, wir müssen versuchen, ihn nach meiner Beschreibung zu finden.«

»Kommissar …«

»Ich weiß, Sie werden mir sagen, heute ist Heiligabend, das

Hotel ist voll, jemanden nach Beschreibung ausfindig zu machen, ist unmöglich, und so weiter; hier geht es aber um ein Menschenleben, und jede Minute ist kostbar.«

»Welche Angaben können Sie machen?«

»Er ist heute Vormittag zwischen zehn und ein Uhr angekommen, allein, etwas kleiner als ich, sehr kräftig, kurze braune Haare, Gesicht eher rundlich, sehr kleine Augen, wie ein Asiat.«

»Ich weiß, wen Sie meinen.«

»Wie bitte?«

»Ja, ich kann mich genau an ihn erinnern. Er kam kurz nach zwölf, allein. Mit der Zimmernummer bin ich mir nicht ganz sicher. Ich schau mal nach.«

Nach einigem Suchen im Computer kehrte der junge Mann triumphierend zurück.

»Zimmer fünfhundertzwölf. Senhor Mozart.«

»Wie bitte?«

»Senhor Mozart. So heißt er.«

Seit Flor Espinosas Wohnung verlassen hatte, probte sie verschiedene Variationen zu dem zentralen Thema des Gesprächs, das sie mit Vieira führen würde. Sie wollte nicht sämtliche Einzelheiten festlegen, sonst würde es nicht natürlich klingen, improvisieren war besser; und falls die Geschichte ihn nicht völlig überzeugte, gab es immer noch das Mittel der Verführung. Außerdem vertraute sie darauf, dass der Heiligabend alle Gefühle besänftigte. Nur hatte sie keine Ahnung, wo Vieira seit dem Vortag geblieben war. Sie gestand sich ein, dass sie zu weit gegangen war. Schon zum zweiten Mal hatte er mit Schweigen reagiert. Das war nicht seine Art, sie wusste von seinen emotionalen Ausbrüchen, Magali hatte davon erzählt, aber nie, dass Vieira mit Schweigen reagierte, das war vollkommen neu. Auch sein Verschwinden passte nicht zu seiner Art, auf schwierige Situationen zu reagieren, er zog immer die vertraute Umgebung seiner Wohnung vor. Er war kein Grübler, sondern ein Mann der Tat. Aus all diesen Gründen beunruhigte sie sein Verschwinden. Und das Schlimme war, dass auch Espinosa nicht abnahm. Insgeheim hielt sie für möglich, dass die beiden etwas gemeinsam gegen sie ausheckten. Aber dem Kommissar hatte die morgendliche Überraschung doch anscheinend sehr gefallen. Es war Heiligabend, bestimmt machten sie Einkäufe; schließlich haben auch Polizisten Verwandte und Freunde. Und wenn keiner von beiden zu Hause war, gab es auch für sie keinen Grund, in ihrer Wohnung zu hocken, obwohl es zu regnen drohte. Sie musste sich die Nägel und die Haare machen lassen, der Friseur war nicht weit. Nur eins wollte sie um nichts in der Welt: den Kerl wiedersehen, der sie gefesselt hatte. Die Diskussion mit Vieira war nicht so ernst gewesen, es gab keinen Grund für ihn, gekränkt zu sein. Außerdem war sie überzeugt, dass sie vollkommen Recht hatte – der Pistoleiro machte, was ihm gefiel, und die beiden Kommissare mitsamt dem kleinen Fahnder schafften es nicht, ihn daran zu hindern. Sie waren zu dritt gegen einen, aber dieser eine beherrschte die Lage. Inzwischen stand sie auf der Straße und taxierte die Regenwolken. Letztlich konnte sie aus der Geschichte mit dem Banditen, Pistoleiro oder was immer er war, eine Lehre ziehen. Er hatte es genau demonstriert, das Geheimnis des Geschäfts bestand in Ordnung, Präzision, Effizienz. Erfolgreich war nicht, wer am meisten Krach machte, sondern wer die Lautstärke kontrollierte. An diesem Morgen mit Espinosa hatte sie sich äußerst kompetent verhalten und kaum gesprochen. An dem Abend neulich, als sie zu ihm gegangen war, hatte sie gleich gesagt, sie sei mit der Absicht gekommen, ihn zu verführen. Er hatte sich in die Defensive begeben, und erst recht, nachdem die Kleine erschienen war, die so aussah, als fürchtete sie sich vor einem Schwanz. Das Sprechen war ein Fehler gewesen. Am Morgen hatte sie keinen Fehler gemacht; er hatte keine Fluchtmöglichkeit gehabt; es war wie eine Vergewaltigung gewesen. So läuft das Geschäft. Wenig sprechen, den geeigneten Moment abpassen und im richtigen Maß handeln. Da kann nichts schief gehen. Zumindest, solange die Ausstattung nicht in der Qualität nachlässt. Und ihre Ausstattung war ein Geschenk Gottes. Für die wenigen Kleinigkeiten, die gelegentlich etwas ausgebessert werden mussten, genügte der Friseur allemal.

Maldonado hatte zwar keine Verwandten in Rio, aber am Heiligabend arbeiten wollte er nicht. Er bezweifelte, ob das, was sie taten, irgendetwas bewirken konnte. Wenn tatsächlich die Polizei für die Morde und Attentate verantwortlich war, dann würden Espinosa und er allein nichts verhindern können. Geschichten von edlen Helden, die ganz allein den Kampf gegen die korrupte Großstadtpolizei aufnehmen, gibt es nur im Kino, und Schauplatz ist im Allgemeinen New York, Los Angeles oder San Francisco. Aber was er erlebte, war kein Kino, er war kein edler Held, er war einen halben Kopf kleiner als das Mädchen, und die Stadt war nicht New York, Los Angeles oder San Francisco, sondern Rio de Janeiro an einem heißen Sommernachmittag mit schweren Wolken am Himmel, die wieder mal ein sintflutartig verregnetes Weihnachten versprachen.

Kika war die Liebenswürdigkeit in Person gegenüber Espinosa, weil er die Nacht ohne zu schlafen im Wohnzimmer gesessen und sie vor dem gedungenen Pistoleiro beschützt hatte. Er selbst, der auch seit dem frühen Morgen da war, wurde nett behandelt, aber mehr nicht. Wenn der Kerl plötzlich hereinkäme und ihm eine zwischen die Augen ballerte, würden sie vielleicht noch eine Woche lang an ihn denken, länger nicht. Danach würden sie kaum noch seinen Namen richtig aussprechen können. Also besser den Kerl beseitigen, bevor er einen von ihnen oder womöglich alle beseitigte. Er zog die Waffe aus dem Halfter und legte sie auf den Tisch. Er hatte noch nie auf einen Menschen geschossen. Das heißt, noch nie, um einen Menschen zu töten. In die Luft hatte er schon geschossen und einmal, auf dem Weg hinauf in eine Favela, sogar in Richtung von Flüchtigen, aber da wusste er, dass die Kugeln keinen treffen würden. Wenn aber der Kerl die Treppe heraufkäme, um sich das Mädchen zu schnappen, durfte er nicht lange nachdenken, denn dann wäre er tot, bevor er zu Ende gedacht hatte; er musste den Kerl treffen, bevor er schießen konnte. Er überlegte, ob zwei Laute zu hören sein würden, einmal beim Abdrücken und einmal, wenn die Kugel in den Körper des Typen eindrang. Bestimmt nicht. Beides würde gleichzeitig geschehen, Leben und Tod. Er wollte lieber niemanden töten müssen, obwohl er schon tausendmal daran gedacht hatte. Irgendetwas sagte ihm allerdings, dass der Mann sich hier im Haus nicht sehen lassen würde. Was aber seine Unruhe nicht minderte.

In dem alten Haus herrschte nicht die erwartungsvolle Aufregung, wie man sie bei drei jungen Frauen an solch einem Festtag vermutet hätte. Die Medizinstudentin machte auf eigenen Wunsch Nachtdienst, um ihrem Freund Gesellschaft zu leisten, der im selben Krankenhaus sein Praktikum absolvierte. Kika und das andere Mädchen schwankten, ob sie eine Einladung zum Essen bei Freunden annehmen oder ein Essen im engsten Kreis machen und früh schlafen gehen sollten. Maldonado fand die Vorstellung traurig, dass junge Frauen Weihnachten ohne Verwandte, ihren Freund oder Bekannte verbrachten. Schließlich würde keine von beiden auf einem großen Ball länger sitzen bleiben, als die Pause zwischen zwei

Tänzen dauerte. Er überlegte gerade, ob er sie zu seinen Eltern einladen sollte, da machte Kikas Pieper die Weihnachtsromanze schon im Ansatz zunichte.

Maldonado begleitete sie zu einer nahe gelegenen Einkaufspassage, wo es eine größere Anzahl öffentlicher Telefone gab. Trotzdem standen vor jedem Apparat mehrere Leute. Das Warten wurde mit einem strahlenden Lächeln belohnt, das sich auf Kikas Gesicht ausbreitete, sowie sie der Telefonistin in der Nachrichtenzentrale zugehört hatte.

»Was ist? Hat der Weihnachtsmann eine Nachricht hinterlassen?«

»Er nicht, aber vielleicht stammt die Idee von ihm.«

»Und?«

»Und ich muss mir die Fingernägel und die Haare machen.«

Espinosa und Vieira sahen sich an und trauten ihren Ohren nicht.

»Fünfhundertzwölf.«

»Er ist nicht im Zimmer«, sagte der junge Mann an der Rezeption.

»Woher wissen Sie das?«

»Der Schlüssel hängt im Fach.«

»Rufen Sie im Zimmer an. Falls jemand abnimmt, sagen Sie, das Hotel offeriere ein kleines Weihnachtsgeschenk.«

»Aber der Schlüssel hängt im Fach.«

»Zum Teufel mit dem Schlüssel, verdammt noch mal, tun Sie, was der Kommissar sagt.«

Der junge Mann rief auf dem Zimmer an und ließ es klingeln, bis Espinosa sagte, er solle auflegen.

»Sie haben nicht gesehen, wann er weggegangen ist?«

»Nein, Senhor. Manchmal sind wir mit gerade eingetroffenen Touristen beschäftigt, und der Gast legt den Schlüssel in den Kasten, ohne dass wir es merken. Heute sind zwei ganze Busse voll gekommen; das Foyer war mindestens eine Stunde lang überfüllt. Währenddessen kann er weggegangen sein.«

»Um wie viel Uhr war das?«

»Ungefähr zwischen drei und vier; kurz bevor Sie gekommen sind.«

»Wir können nicht den Rest des Tages von einem Ende der Avenida zum anderen fahren. Falls mein Gefühl stimmt, dass er heute Abend etwas plant, gilt es einem von uns oder Kika, und ich glaube nicht, dass er vor zehn Uhr etwas unternimmt.«

»Wieso zehn Uhr?«

»Weil das, was wir tun, auf der etwas fantasievollen These basiert, dass unser mutmaßlicher Täter Inszenierungen liebt, eingedenk dessen, wie er bisher vorgegangen ist. Davon ausgehend, können wir als denkbar annehmen, dass er für heute, am Heiligabend, eine Art *Grand finale* plant. Bislang spricht nichts gegen diese These. In diesem Fall müssen wir, wenn wir daraus die logische Konsequenz ziehen, annehmen, dass er, sofern er etwas plant, dieses für heute Abend plant, zum Zeitpunkt des Weihnachtsdiners, mit Reservierung im Hotel *Méridien*.«

»Verdammte Scheiße.«

»Verdammte Scheiße, was?«

»Wie gewählt du redest.«

»Ich spreche im Ernst, Vieira.«

»Ich auch. Ich finde es verflucht gut, wie du sprichst.«

»Danke. Weiter. Wenn der Kerl sich in zwei Hotels angemeldet hat, dann benutzt er das eine als Lager, während ihm das andere als Bühne für seine Inszenierung dient. Hier hat er einen neuen Namen genannt, da hat er für das Diner reserviert. Die Sache ist klar. Wir fahren zurück zum *Méridien*. Was mich stutzig gemacht hat, ist die Reservierung für zwei Personen. Wer ist die andere?«

»Verdammt, Espinosa, auch Verbrecher vögeln und feiern Weihnachten. Der wird sich eine Frau besorgt haben.«

»Das glaube ich nicht. So genau, wie der ist, sagt er bestimmt, erst die Arbeit, dann das Vergnügen, und ich habe das Gefühl, dass er mit seiner Arbeit noch nicht fertig ist.«

Der Regen ließ nach, der Himmel, vorher bleigrau, war hellgrau geworden und versprach einen Abend, an dem man sich in der Stadt von einem Ort zum anderen würde fortbewegen können, ohne sich die Schuhe über den Kopf halten zu müssen. Der Manager im *Méridien* lächelte nicht gerade freundlich, als er die beiden wieder hereinkommen sah. Ihm war ein ruhiger Bandit lieber als zwei Unruhe stiftende Polizisten. Bislang hatten Espinosa und Vieira allerdings, abgesehen von den Sicherheitsleuten des Hotels, bei niemandem Aufmerksamkeit erregt.

»Nanu, Kommissar, haben Sie kein Glück gehabt?«

»Doch. Und es hat mich wieder hierher geführt.«

»Kommissar, wollen Sie nicht meinen Leuten die Arbeit überlassen? Die kennen das Haus wie ihre Westentasche und sind dafür ausgebildet, in Notsituationen einzugreifen. Das würde Ihnen, meine Herren, Arbeit ersparen und unsere Gäste vor unnötigen Risiken bewahren.«

Espinosa konnte nicht gerade sagen, dass die beiden letzten Tage geruhsam gewesen waren; er hatte insgesamt keine drei Stunden geschlafen, die wenigen angenehmen Momente waren spannungs- und konfliktgeladen gewesen, er jagte die ganze Zeit hinter einem Kerl her, der ihm immer einen Schritt voraus war, und dazu befürchtete er, dass es noch einen Toten geben würde, bevor der Abend zu Ende ging. Das konnte jemand sein, der ihm sehr nahe stand, es konnte auch er selbst sein.

»Mein Herr, der Mann, hinter dem ich her bin, hat allein in dieser Woche zwei Kinder und zwei Männer umgebracht; er würde ihre Leute der Reihe nach abknallen und sie hier auf dem Tresen stapeln, damit Sie sie als Weihnachtsgeschenk an Ihre ausländischen Gäste verteilen. Reden Sie also keinen Unsinn und sehen Sie zu, dass Sie uns helfen, bevor ich Ihnen einen aus meinem Team in die Rezeption setze.«

Schon allein die Vorstellung, ein Polizist könnte die Rolle des Empfangschefs übernehmen, machte den Mann zum entgegenkommendsten Menschen der Welt. Espinosa und Vieira kehrten auf ihren Posten eine Etage höher zurück, und einer der Sicherheitsleute des Hotels bezog an der Rezeption Posten, alle mit Walkie-Talkie ausgerüstet. Da das Warten Stunden dauern konnte, bestellte Espinosa Sandwiches und Saft, außerdem eine Thermoskanne mit Kaffee.

Ihr Platz lag nur wenige Meter vom Fahrstuhl entfernt. Falls man ihnen mitteilte, dass der Mann eingetroffen war, konnten sie ihn abfangen, ohne laufen zu müssen. Vom Erdgeschoss trennte sie eine Rolltreppe, von der Rezeption nur ein Treppenabsatz. Wenn der Mann sich an der Rezeption den Schlüssel geben ließ, würde der Sicherheitschef ihn identifizieren und Espinosa benachrichtigen, sobald er seinen Koffer in Empfang genommen hatte und sich zum Fahrstuhl begab. Espinosa hatte angeordnet, dass sie keinerlei Initiative ergreifen sollten; nicht einmal in Gedanken sollten sie ihre Waffen ziehen, um den Mann festzunehmen; alles andere sollten sie Kommissar Vieira und ihm überlassen.

Dass der Mann vor dem Weihnachtsdiner kommen würde, war ziemlich unwahrscheinlich, es sei denn, er wollte vorher das Terrain erkunden. Die Rezeption im anderen Hotel hatte die Anweisung, ihnen sofort Mitteilung zu machen, falls er dort erschien, womit Espinosa aber kaum rechnete. Er hatte kurz überlegt, ob sie sich auf die Hotels aufteilen sollten, den Gedanken aber gleich wieder verworfen. Vieira war fest entschlossen, den Mann zu fassen, um seine Selbstachtung wiederherzustellen, aber falls sie aufeinander trafen, wäre das ein Kampf zwischen ungleichen Gegnern. Vieira hatte sich noch nicht vollends von seinen Verletzungen erholt, jede Anstrengung brachte ihn außer Atem; er konnte unüberlegt handeln und alles verderben, sogar selbst das Leben verlieren.

Vieiras Stimmung wechselte zwischen Erregung und Ungeduld einerseits und fast völliger Ermattung andererseits, so dass er einnickte. Dem Altersunterschied nach konnten sie Vater und Sohn sein, und wenn Espinosa mit Vieira zusammen war, überkam ihn immer eine Art Sehnsucht nach dem Vater, den er verloren hatte, was die Geschichte vom Morgen äußerst kompliziert machte. Diese Überlegungen traten nicht ganz deutlich auf, sondern mischten sich zwischen diverse Gedanken und Gefühle, während Vieira schlummerte, im Vertrauen darauf, dass sein Gefährte wachte, eine Vertrauensseligkeit, die Espinosa besonders zu schaffen machte.

In Gedanken ging er alle seine Begegnungen mit Flor unter dem Aspekt durch, ob er irgendwelche Andeutungen gemacht hatte, die ihren Überfall am Morgen rechtfertigen konnten. Keine Frau bietet sich so an, wie Flor es getan hatte, ohne sich ihres Erfolges hundertprozentig sicher zu sein, und deshalb musste ihr signalisiert worden sein, dass ihr die Eroberung gelingen würde. Er fand nichts. Sicherlich, Signale der Zustimmung sind nicht immer offenkundig, und eine Frau kann für andere nicht sichtbare Signale wahrnehmen, vor allem eine Frau, die ihr Leben auf dem Austausch solcher Signale aufgebaut hat. Doch da gab es noch etwas an Flor, etwas, das jenseits von gut und böse war: die Verbindung von Schönheit und Sinnlichkeit. Kein Mann kann an seinen Freund denken, wenn er gerade aus der Dusche kommt und eine Frau wie Flor steht nackt vor ihm im Schlafzimmer. Und sie wusste das.

Das Fiepen des Walkie-Talkie holte sie in die Wirklichkeit zurück. Aber es war nur ein Fiepen. Wenn sie, solange sie warteten, die ganze Zeit sitzen blieben, würden ihre Beinmuskeln im entscheidenden Augenblick nicht reagieren können. Sie hatten genug Platz, sich die Beine zu vertreten, ganz abgesehen von den unzähligen Gläsern Wasser, die sie zu kurzen, aber regelmäßigen Gängen zur Toilette zwangen.

Espinosa hinterließ in regelmäßigen Abständen Nachrichten für Kika und gab die Telefonnummer des Hotels an. Je länger sie warteten, umso stärker hatte er das Gefühl, das Ganze sei nur ein großes Hirngespinst. Es gab gar keinen Pistoleiro, der sich in beiden Hotels zugleich einquartiert hatte (was an sich schon absurd war), sie hatten nichts in der Hand außer einem Namen, und der war noch nicht einmal derselbe in den beiden Hotels. Sein Fantastenhirn hatte eine Fiktion konstruiert, die er jetzt mit Realität auszufüllen versuchte, die Idee von einem Komplott der Polizei gegen ihn war reiner Verfolgungswahn …

Es war halb zehn Uhr abends, als ein junger Mann von der Rezeption mit einem Zettel kam, auf dem »Message« stand und gleich darunter: »Dona Kika lässt ausrichten, sie komme zur vereinbarten Zeit.«

»Wie bitte? Welche vereinbarte Zeit? Warum hat man mich nicht ans Telefon geholt?«

»Sie hat gesagt, sie spreche von einer Telefonmuschel, der Regen würde ihr die Frisur verderben.«

Espinosa war sprachlos. Vieira, inzwischen vollkommen wach, sah ihn verständnislos an.

»Was ist passiert?«

»Kika hat angerufen und gesagt, sie komme zur vereinbarten Zeit.«

»Kommt wohin?«

»Es kann nur hierher sein. Wenn sie hier anruft und so etwas ausrichten lässt, heißt das, dass sie meine Nachrichten erhalten hat und dass die Tatsache, dass ich hier bin, sie überhaupt nicht verwundert hat. Natürlich! Der Kerl hat sich mit ihr für das Diner verabredet!«

»Wie hat er das gemacht? Kika kennt doch deine Stimme!«

»Sie hat kein Telefon, sie benutzt einen Pieper, die Nachrichten werden in einer Zentrale notiert und von der Telefonistin weitergegeben, da kann jeder eine Nachricht hinterlassen. Er muss sich Kikas Code notiert haben, als er in meiner Wohnung war. Er hatte genug Zeit, in meinen Sachen zu wühlen.«

»Was will der Hund von ihr?«

»Wenn mein Gefühl stimmt, erfahren wir das in einer halben Stunde.«

Berichten von draußen zufolge hatte der Regen ganz aufgehört, und die Dunkelheit ließ ein Stückchen Mond sehen. Nachdem Espinosa Kikas Nachricht erhalten hatte, war der Adrenalingehalt in seinem Blut beträchtlich gestiegen. Vieira ging vor dem Sessel auf und ab. Es war fünf Minuten vor zehn, da verkündete eine Stimme aus dem Walkie-Talkie: »Achtung, Kommissar, der Mann hat soeben den Schlüssel abgeholt und ist auf dem Weg zum Fahrstuhl, ohne Koffer. Ich wiederhole, Mann unterwegs zum Fahrstuhl, trägt keinen Koffer.« Eine einzige kurze Antwort: »Verstanden.«

»Los.«

Mit vorgehaltener Waffe drückten sie auf die Knöpfe der vier Fahrstühle. In der Eile hatte Espinosa vergessen zu fragen, welchen der Mann genommen hatte. Von der Rezeption nur einen Treppenabsatz entfernt, standen die beiden Kommissare im Flur zwischen den Fahrstühlen und beobachteten die Anzeigen. Zwei Gongtöne erklangen fast gleichzeitig, und bei zwei Fahrstühlen leuchteten die Aufwärtspfeile auf; nicht auf derselben Seite, sondern einander gegenüber, im Abstand von zwei Sekunden. Das verwirrte sie kurzfristig, denn sie mussten in entgegengesetzte Richtungen sehen. Sowie sich die erste Tür zum Öffnen in Bewegung setzte, stürzten Espinosa und Vieira mit vorgehaltener Waffe auf den breiter werdenden Spalt. Im selben Moment, als sie feststellten, dass der Fahrstuhl leer war, erklang bei dem anderen hinter ihnen das gleiche charakteristische Geräusch. Sie drehten sich um, standen mit zwei Schritten davor, und im selben Augenblick griff ein allein im Fahrstuhl stehender Mann in sein Jackett und zückte eine Waffe. Die beiden Kommissare standen mit vorgehaltenen Pistolen da, als die automatische Tür, noch bevor der Mann ganz schussbereit war, zum Schließen ansetzte. Sie sprangen hinein, schrien Worte, die trotz des Durcheinanders ihrer beider Stimmen und des Schließgeräusches der Tür unmissverständlich waren. Der Mann drückte sich an die Wand neben der Tafel mit den Schaltknöpfen, während Espinosa und Vieira sich an die anderen beiden Wände pressten, immer die Waffen auf ihn gerichtet. Genau in diesem Moment schloss sich die Tür endgültig – und das Licht ging aus. Espinosa hörte das gedämpfte Geräusch von Körpern, die sich zu Boden warfen. Es war stockfinster. Alle drei hielten die Waffen gezückt, konnten aber nicht wissen, worauf oder auf wen sie zielten. Der geräumige Fahrstuhl mit einer Kapazität von mehr als einem Dutzend Personen war mit einem dicken, weichen Teppich ausgelegt, der jedes Geräusch schluckte. Espinosa war als Einziger stehen geblieben. Vieira und der Mann hatten sich zusammengekauert, um einem Schuss möglichst wenig Angriffsfläche zu bieten. Espinosa und Vieira konnten nicht schießen, ohne zu riskieren, den Kollegen zu treffen; für den Unbekannten stellte sich das Problem nicht, doch wenn er abdrückte, verriet er, wo er sich befand, weil er ja der Einzige war, der schießen konnte. Bis zum Restaurant waren es siebenunddreißig Etagen, und Espinosa schätzte, dass sie nicht ganz eine Minute brauchen würden, bis sie oben ankamen. Als der Fahrstuhl sich wieder aufwärts in Bewegung setzte, leuchtete das schwache grüne Licht der Anzeigetafel etwas kräftiger und wurde damit zum wichtigsten Orientierungspunkt in der Finsternis, doch reichte es nicht aus, um zu sehen, wo sich die Insassen befanden. Espinosa versuchte, Vieiras Atem auszumachen, er kam ja bei jeder körperlichen Anstrengung ins Schnaufen, aber es gelang ihm nicht, bestimmt atmete der alte Kommissar durch den Mund und hatte damit das Ein- und Austreten der Luft unter Kontrolle. Keiner wagte sich zu bewegen, und es war klar: falls einer es doch tat, dann um zu schießen. Für den Mann war das Risiko am geringsten. Wenn er das Feuer schnell eröffnete, konnte er zwei oder drei Schüsse abgeben, bevor er selbst getroffen wurde, und die Wahrscheinlichkeit, dass er die Polizisten traf, war groß. Falls es dazu kam, mussten Espinosa und Vieira extrem schnell und in die richtige Richtung zurückschießen, sonst würde der Mann weiterfeuern, bis er sicher sein konnte, dass er seine Ziele tödlich getroffen hatte. Sie spürten in der Dunkelheit den Geruch von Körpern, Stoffen, Metall, konnten aber nicht genau sagen, woher er kam. Espinosa merkte, dass etwas ganz leicht sein Hosenbein berührte, ein minimaler, geometrischer Kontakt, wie der einer Tangente, vielleicht ein Schuh, eine andere Hose oder auch nur ein Atemzug. Obwohl sehr leise, überdeckte das Fahrgeräusch des Aufzugs jedes andere Geräusch, wie es etwa von der Kontraktion eines Muskels, den Herzschlägen oder einem nicht ganz kontrollierten Atemzug verursacht werden konnte. Eines stand für Espinosa fest: Bevor die Türen sich öffneten, würde der Unbekannte schießen, seine Chancen waren besser.

Espinosa hielt die Waffe ein wenig nach unten gerichtet, auf einen Punkt, wo er eine der Ecken des Fahrstuhls vermutete; dazu orientierte er sich an den Leuchtziffern der Anzeige. Je länger der Aufzug fuhr, desto deutlicher wurden sie, doch die Dunkelheit blieb trotzdem undurchdringlich. Die Zahl Elf blinkte ein Stück über Espinosas Augenhöhe, aber er durfte sich nicht von dem kleinen grünen Licht ablenken lassen, sonst riskierte er, nicht schnell genug zu reagieren. Er musste sich ganz auf ein anderes Licht konzentrieren, auf jenes, das aus dem Revolverlauf des Mannes kommen würde, bevor die Zahl Siebenunddreißig auf der Anzeige aufleuchtete. Die Waffe war auf die Ecke gerichtet, wo er den Mann gesehen hatte, als es dunkel wurde – allerdings war der, wenn tatsächlich er das Licht ausgeschaltet hatte, bestimmt nicht an derselben Stelle geblieben. Wieder spürte er die Berührung am Hosenstoff, dieses Mal etwas deutlicher. Zweifellos war es Vieira. Dem Unbekannten hätte die Berührung verraten, wo sich einer seiner Gegner befand, und er hätte das Feuer eröffnet, in der Gewissheit, dass zumindest der erste Schuss treffen würde. Espinosa wartete zwei, drei Sekunden, kein Schuss fiel, es war also wirklich Vieira. In dem verbleibenden Raum war Platz für mehrere Körper; wenn er blind drauflosschoss, war es nicht sehr wahrscheinlich, dass er mit der ersten Kugel traf, dafür würde er sie zur sicheren Zielscheibe machen. Neunzehn, die halbe Strecke hatten sie hinter sich. Espinosa überlegte, dass der Mann vermutlich auch die Leuchtziffern sah, vielleicht hatte er sich eine Zahl als Limit gesetzt, ab der er schießen wollte, die Dreißig vielleicht oder die Zweiunddreißig, später wohl kaum, sie hatten also noch ungefähr zehn Stockwerke, um zu entscheiden, wer zuerst schoss. Espinosa spürte, dass der Schweiß, der ihm durch die Jacke getreten war, von der kalten Fläche hinter ihm noch kälter wurde, die Berührung am Hosenstoff war nicht mehr zu spüren, und es roch stärker nach geöltem Metall, ob von den Waffen oder dem Fahrstuhl, wusste er nicht. Dass er mindestens eine Kugel abbekommen würde, das wusste er. Aber nicht, an welcher Körperstelle, auch nicht, ob er es überleben würde, er wollte nicht sterben, er konnte als Erster schießen, aber dann würde er vielleicht doch Vieira treffen; auf dem engen Raum konnte er genauso leicht treffen wie danebenschießen. Sechsundzwanzig, der Schweiß, der ihm von der Stirn lief, drohte ihm die Sicht zu trüben, obwohl das in der Dunkelheit keine Rolle spielte. Er wünschte sich, der Schuss würde ihn am Bein treffen. Neunundzwanzig, er verstärkte den Fingerdruck am Abzug bis zum Anschlag. Einunddreißig, zweiunddreißig, ein aufblitzendes Licht und ein Knall und sofort danach noch vier-, fünf-, sechsmaliges Knallen, kein Stöhnen, nur das Geräusch eines Körpers, der an der Metallwand entlang schabte. Im Fahrstuhlschacht hallte das Krachen der Schüsse in der Metallkabine wie in einem Resonanzkörper nach. Als die Tür im letzten Stockwerk aufging, fiel der Körper des Pistoleiro auf den weichen Teppich im Flur, die Beine in der Kabine, so dass die Tür sich nicht wieder schließen konnte, in der Hand Espinosas gestohlene Pistole. In einer Ecke hockte Vieira und tastete sich das Gesicht ab; an der Rückwand saß Espinosa, über und über voller kleiner Glassplitter, ein Hosenbein blutdurchtränkt. Der Pistoleiro hatte zwei Löcher in der Brust und eins im Bein. Acht Schüsse waren insgesamt gefallen, eine Kugel hatte Espinosas Bein eine Handbreit unter dem Knie durchbohrt, eine hatte Vieiras Wange gestreift und ihm ein Stück vom Ohr weggerissen, drei hatten den Mann getroffen, zwei hatten die Metallwand der Aufzugkabine durchbohrt und eine den Spiegel, an dem Espinosa gelehnt hatte, zersplittert.

Ein Hotelgast band gerade Espinosa das Bein ab, ein anderer legte Vieira eine nasse Serviette auf die Wange und das Ohr, da öffnete sich die Tür eines anderen Fahrstuhls, und heraus trat Kika. Ohne einen Gedanken daran, was der Pistoleiro vorgehabt haben mochte, einfach nur froh, dass sie am Leben waren, sah Espinosa, auf dem Fußboden sitzend, sie an.

Nachdem die Ärzte in der Notambulanz des Krankenhauses Miguel Couto und die Polizisten, die ihre Aussagen aufnahmen, ihre Arbeit beendet hatten, verspeisten sie zu dritt spät in der Nacht zum 25. Dezember statt eines Weihnachtsessens die von Kika gekauften Sandwiches. Ein und dasselbe Taxi setzte Vieira vor seinem Haus ab und fuhr mit Espinosa und Kika weiter zum Peixoto-Viertel. Der Regen hatte wieder eingesetzt, Nachzügler des Unwetters, das am späten Nachmittag niedergegangen war. Auf dem Weg die Treppe hinauf hielt Espinosa sich am Geländer fest, den anderen Arm um Kika gelegt. Noch nie waren sie sich körperlich so nahe gewesen.

»Du hast die Nacht in meiner Wohnung verbracht, um mich zu beschützen, jetzt bin ich an der Reihe.«

Kika war für das Abendessen im *Méridien* fein gemacht, Espinosa hingegen hatte ein oberhalb des Knies abgeschnittenes Hosenbein und überall auf der Kleidung Blutflecken, von wessen Blut, wusste er nicht.

Als Allererstes sehnte Espinosa sich nach einer Dusche. Der Gips hatte an der Stelle, wo er verletzt war, eine seitliche Öffnung für die Versorgung der Wunde. Kika nahm eine Plastiktüte, wickelte sie um das eingegipste Bein und klebte den oberen Rand sorgfältig mit Pflaster zu. Dann zog sie ihn aus.

Die Nacht bescherte abwechselnd Schmerz und Lust, mehr aber Lust, obwohl die Wirkung der Schmerzmittel etwas nachgelassen hatte. Als Espinosa aufwachte, lag Kika um den Teil seines Körpers geschlungen, der nicht vergipst war, und das Telefon klingelte. Als er versuchte, Kikas Bein von seinem Bein herunterzuschieben, wurde sie wach, sprang mit einem Satz aus dem Bett und suchte schlaftrunken nach dem Telefon. Es war Vieira.

»Na, wie war die Nacht für meinen Freund?«

»Das weiß ich noch nicht, aber für mich war sie wunderbar.« Und sie ging mit dem Telefon zu Espinosa.

»Vieira, wie fühlst du dich?«

»Wie van Gogh.«

Es folgte ein Schweigen, kaum fünf Sekunden lang, Espinosa hörte nur die Atemzüge des alten Kommissars.

»Vieira, ich möchte mich gern mit dir und Flor unterhalten; das Gespräch kann unangenehm werden; wichtig ist, dass wir alle drei zugegen sind, es hätte keinen Sinn, erst mit dir zu sprechen; und wir sollten dieses Gespräch so schnell wie möglich führen.«

»Sie hat mich angerufen, sie möchte mich sehen. Sie ist auf dem Weg hierher. Wenn du willst, können wir das Gespräch führen, sobald sie hier ist. Kannst du dich bewegen?«

»Das kriege ich schon hin. Ich bin in einer Stunde bei dir.«

Kika kam aus dem Badezimmer, nur mit Slip bekleidet, sie trocknete sich das Gesicht ab und sah ihn erstaunt an.

»Willst du weggehen?«

»Ja.«

»Aber der Arzt ...«

»Noch ist nicht alles vorbei.«

»Um Gottes willen, Espinosa, was passiert denn noch?«

»Nichts mit uns. Du bist nicht mehr in Gefahr.«

»Was dann?«

»Das weiß ich noch nicht genau.«

Espinosa zog sich an. Er rief per Telefon ein Taxi und ging mit Kikas Hilfe die Treppen hinunter. Beim Abschied begriff sie immer noch nicht, was eigentlich los war.

In Vieiras Haus gab es kein Problem, bis zum Fahrstuhl waren es nur zwei kleine Stufen. Flor öffnete die Tür, ohne

Espinosa zu begrüßen. Es war unschwer zu erraten, dass sie gestritten hatten, bevor er kam. Vieira verteilte die Plätze, jeder bekam einen Stuhl, so dass sie im Dreieck saßen, dann schob er einen kleinen Hocker vor Espinosa, damit er sein Bein darauf legen konnte. Flor saß mit dem Rücken zum Schlafzimmer, Vieira vor dem einzigen Fenster des Wohnzimmers und Espinosa mit dem Rücken zur Wohnungstür. Einen Augenblick lang schwiegen alle und warteten gespannt darauf, wer das Wort ergreifen würde, doch die Blicke der anderen waren auf Espinosa gerichtet. Als er zu sprechen begann, verriet der Ton seiner Stimme, dass es keine freundschaftliche Unterhaltung werden würde. Espinosa bemerkte, dass auf dem Tisch neben Vieira, in Reichweite seiner Hand, der Revolver lag, den er am Abend zuvor benutzt hatte. Vielleicht lag er schon dort, seit der Kommissar in der Nacht nach Hause gekommen war.

»Der Grund für dieses Gespräch ist, wie ihr euch vielleicht schon gedacht habt, der Mord an Magali.«

Espinosas Stimme klang wegen seiner Schmerzen leicht gereizt. Im Bein pochte es ununterbrochen.

»Dies ist kein Verhör und auch kein offizielles Gespräch; ich möchte euch nur ein paar Mutmaßungen darlegen, die sich auf Erkenntnisse der letzten Tage stützen, und klären, ob sie für euch denselben Sinn ergeben wie für mich.«

Flor und Vieira sahen sich an und bewegten sich auf ihren Stühlen. Die Hitze im Raum war fast unerträglich.

»Magali wurde zwischen Mitternacht und drei Uhr morgens ermordet. Wer nicht im Haus wohnt, muss klingeln und wird nur hereingelassen, wenn er erwartet wird. Kommt er in Begleitung eines Hausbewohners, braucht er den Portier natürlich nicht zu rufen. Alle haben erklärt, dass Magali an den Tagen, wenn sie mit Vieira ausging, niemanden mehr empfing; sie hätte also um die Zeit keinen Kunden mehr mitgebracht. Falls der Mörder mit ihr zusammen gekommen ist, was erklären würde, dass er nicht zu klingeln brauchte, dann war es entweder Vieira oder eine befreundete Person.«

Vieira rutschte auf seinem Stuhl hin und her, streckte die Hand aus und stieß mit einer Fingerkuppe an die Waffe, so dass sie sich auf der Tischplatte drehte.

»Der Portier hat erklärt, dass Vieira nicht in der Lage war, allein aus dem Auto zu steigen, als er mit Magali ankam, und dass er gesehen hat, wie die beiden wieder im Auto abfuhren, zusammen mit Flor, die sie gerade vor dem Haus getroffen hatten. Danach hat er keinen von den dreien mehr gesehen. Wenn dies der Wahrheit entspricht, ist es wenig wahrscheinlich, dass Vieira später zurückgekommen ist, um seine Gefährtin umzubringen. Nehmen wir also, um den Gedankengang fortzuführen, an, dass er unschuldig ist. Womit ich, wohlgemerkt, nicht feststelle, dass er unschuldig ist, ich bewege mich lediglich auf dem Gebiet der Mutmaßungen. Wenn wir also annehmen, dass Vieira unschuldig ist, zumal alle Zeugen sich darin einig sind, dass er sich gar nicht auf den Beinen halten konnte, bleiben nur Vanessa, die einen Stock höher wohnt, und Flor, Magalis enge Freundin.«

Vieira griff nach der Waffe, nahm sie von einer Hand in die andere, wiegte sie, sah aber niemanden an. Flor blickte sichtlich erschrocken abwechselnd auf Vieira und Espinosa.

»Ich habe mich mehrmals mit beiden unterhalten. Die Einzige, die Vieira bei jeder Gelegenheit verteidigt hat, war Vanessa, obwohl sie sich nicht unbedingt als mit ihm befreundet betrachtet, sie kannte ihn mehr aus Erzählungen von Magali.«

»Verdammt, Vieira! Worauf will der Kerl hinaus?«

Vieira richtete den Revolver auf Flor, hielt den Lauf jedoch nach unten. Espinosa legte sein Bein etwas anders hin, es pochte nach wie vor sehr stark.

»Meine Vermutung, denn mehr als eine Vermutung ist

es nicht, meine Vermutung lautet, dass Flor Magali getötet hat.«

Flor stieß einen Schrei aus und sprang auf die Füße. Vieira hob den Revolver. Espinosa bewegte seine rechte Hand nach hinten. Vieira richtete den Revolver auf ihn.

»Ja, Vieira, schieß auf den Dreckskerl, er hat mich gezwungen, mit ihm zu schlafen, bring das Schwein um, schieß!«

»Ich habe …«

»Schieß, Vieira!«

»… mir den Ablauf wie folgt vorgestellt: Magali und Vieira verlassen das Restaurant und fahren zu Magalis Wohnung. Als sie dort ankommen, treffen sie auf dem Bürgersteig vor dem Haus auf Flor. Gemeinsam versuchen sie, Vieira aus dem Auto zu ziehen, aber er schläft tief und fest. Flor bietet ihre Hilfe an, ihn nach Hause zu bringen. Als sie dort – oder vielmehr hier – ankommen, fahren alle drei nach oben. Vieira, praktisch von den beiden getragen, kommt zu keinem Zeitpunkt mehr richtig zu sich …«

»Schieß, Vieira! Hast du Angst?«

»… Im Schlafzimmer will er sich ausziehen, er fasst an den Gürtel, zieht ihn ganz heraus, die Hose rutscht herunter. Flor und Magali ziehen ihm die Hose aus, legen ihn ins Bett, gehen aus der Wohnung und lassen ihn schlafen. Draußen auf der Straße merkt Flor, dass sie außer ihrer Handtasche auch Vieiras Gürtel in der Hand hält …«

»Worauf wartest du, Vieira? Schieß, verdammt noch mal!«

»… Beim Kramen im Handschuhfach des Autos oder in der Tasche ihrer Freundin entdeckt sie die Spraydose; Magali warnt sie, sie solle vorsichtig sein, es sei ein sehr starkes Gas, schon von einer kleinen Menge werde man bewusstlos …«

»Er ist wahnsinnig!«

»… Als sie wieder bei Magali sind, fahren sie beide nach oben, vermutlich, um sich über den Abend zu unterhalten. Im

Zimmer, noch mit der Spraydose in der Hand, will Flor zum Spaß das Gas an ihrer Freundin ausprobieren, Magali ist sofort bewusstlos …«

»Verdammtes Schwein! Dreckskerl! Hund!« Flor stand da und schrie Espinosa an. Vieira hielt den Revolver noch immer auf den Fußboden zwischen Flor und Espinosa gerichtet.

»… Sie versucht, die bewusstlose Magali wieder wach zu bekommen, es gelingt ihr nicht, sie weiß nicht, ob sie tot ist oder noch lebt, sie gerät in Panik. Da fällt ihr Vieiras Gürtel ein, sie sieht eine Plastiktüte in Reichweite …«

»Bring ihn um! Bring das Schwein um!«

»… Sie fesselt ihre Freundin mit Tüchern und Wäschestücken aus der Schublade, bindet ihr die Füße mit Hilfe von Vieiras Gürtel fest und zieht ihr die Plastiktüte über den Kopf.«

»Dreckskerl!«

Vieira hob die Waffe langsam an und richtete sie auf Flor.

»Schieß, Vieira! Bring ihn um! Gestern hat mich der Hurenbock gezwungen, mit ihm zu schlafen, er hat gesagt, er würde uns ans Messer liefern, wir hätten gemeinsam geplant, Magali umzubringen; ich wollte es nicht … das Gas kam plötzlich raus … ganz aus Versehen … ich wollte nicht …«

Vieira drückte nur einmal ab und traf Flor in die Brust.

Mark Bowden

Killing Pablo

Die Jagd auf Pablo Escobar, Kolumbiens Drogenbaron

Aus dem Amerikanischen von Friedrich Griese

Die sensationelle Geschichte der einzigartigen Jagd auf einen Drogenboss, der eine ganze Nation zu seiner Geisel machte. Zum ersten Mal wird detailliert beschrieben, wie eine amerikanische Einsatztruppe einen internationalen Verbrecher gejagt und schließlich zur Strecke gebracht hat. Mark Bowden stützt sich auf Gespräche mit den Beteiligten und auf Top-Secret-Dokumente, darunter die Transkripte von Escobars abgehörten Telefongesprächen. Sein Bericht stellt jeden modernen Technothriller in den Schatten.

»Seite für Seite ein Leseerlebnis.«
NDR

»Ein Buch, das sich wie ein Thriller liest.«
Süddeutsche Zeitung

Berliner Taschenbuch Verlag

Alexander Schwarz

Tag der Frösche

16 seltsame Reisen

Reisen und Lesen ist gefährlich! Der Autor und Filmemacher Alexander Schwarz schildert 16 ungewöhnliche Begebenheiten, die sich an gewöhnlichen Orten wie Basel, Wien, Málaga, Rimini, Teneriffa oder San Remo ereignen. Wie in den Filmen von David Lynch sind es zunächst die feinen Risse im Alltag, die sich im Laufe der Geschichte zu wahren Beben entwickeln. Alexander Schwarz erzählt mit Humor vom Alltag, in dem das Unheimliche lauert.

Berliner Taschenbuch Verlag